文春文庫

アウトサイダー
下

スティーヴン・キング
白石　朗訳

文藝春秋

下巻　目次

アウトサイダー　下

主な登場人物

ホリー・ギブニー……………〈ファインダーズ・キーパーズ探偵社〉の調査員
ラルフ・アンダースン……………フリントシティ市警察の刑事
ユネル・サブロ……………オクラホマ州警察警部補
ビル・サミュエルズ……………フリント郡地区首席検事
ハウイー・ゴールド……………弁護士
アレック・ペリー……………調査員　元刑事
テリー・メイトランド……………少年殺しの容疑で逮捕された教師
マーシー・メイトランド……………テリーの妻
ピーター・メイトランド……………テリーの父　認知症を患って施設に
ジャック・ホスキンズ……………フリントシティ市警察の刑事
ジャネット・アンダースン……………ラルフの妻
デレク・アンダースン……………アンダースン夫妻の息子
クロード・ボルトン……………目撃証人　ストリップ・クラブの警備スタッフ
ラヴィ・ボルトン……………クロードの母
マール・キャシディ……………白いヴァンを盗んだ少年
ヒース・ホームズ……………オハイオ州の殺人容疑で逮捕され自殺を遂げた男
ホレス・キニー……………テキサス州ハイウェイパトロール警部　ラルフの知人
ビル・ホッジズ……………ホリーの探偵業の師匠　故人

ホリー

七月二十二日〜七月二十四日

1

ホリーは自宅の固定電話の横にある充電スタンドにオフィス用の携帯をセットすると(ピートにはからかわれるが、ホリーはオフィス用携帯をいつも自宅にもち帰っていた)、そのままコンピューターを前にして、三十秒ほどじっとすわっていた。ついでスマートウォッチ〈フィットビット〉のボタンを押して、脈搏《みゃくはく》をチェックした。結果は75――平常値よりも8から10高い。意外ではなかった。アレック・ペリーからきかされたテリー・メイトランドの事件にまつわる話に昂奮させられ、すっかり引きこまれていたからだ――こんな気分になるのは、いまは亡き(そしておぞましいかぎりの)ブレイディ・ハーツフィールドを始末して以来初めてだった。

ただし、これは完璧に事実だともいえなかった。真実をいうなら、ビルが死んで以来、どんなことにも本心からの昂奮をかきたてられたためしはなかった。ピート・ハントリーにはなんの文句もなかった。しかしピートは――ひとりで住んでいるこの洒落《しゃれ》たアパートメントの静けさのなかでなら認められるが――いささか地道な努力家すぎる。借金の踏み倒し屋や保釈中逃亡者、盗難車や迷子のペットや児童養育費を滞納している父親たちを追いかけていられればご満悦だ。ホリーがアレック・ペリーに語ったことはすべて真実だったが（映画で見るのは例外だが暴力アレルギーは本当で、暴力に接するとお腹が痛くなる）、ブレイディ・ハーツフィールドを追跡していたときに感じたような生き生きした気分は、そののち感じたことはない。おなじことはモリス・ベラミー――みずからの最愛の作家を殺害した狂気の文学マニア――についてもいえた。

デイトンへ行っても、ブレイディ・ハーツフィールドやモリス・ベラミーがホリーを待っていることはない。これ自体はいいことだった。というのも目下ピートは休暇でミネソタへ行っており、ホリーの若き友人のジェロームは家族旅行でアイルランドへ行っているからだ。

「ぼくが代わりにブラーニー石にキスしてきてあげるからね」空港でジェロームは、アイルランドのコーク近くの城内にある石のことを話した――この石にキスをすれば口が達者になるという言い伝えがある。このときにはアイルランド訛《なまり》を真似していたが、やはりジェロームがおりおりに――もっぱらホリーを挑発しようとして――採用する〝白人が真似をする黒人訛の物真似〟なみにおぞましかった。

「石にキスなんかやめたほうが身のためよ」ホリーは答えた。「どんな黴菌《ばいきん》がついてるか知れたものじゃない。おお、いやだ」

《アレック・ペリーは、わたしが怪奇現象の話に不愉快になると思いこんでいたみたい》ホリーは思った。《わたしがこんなふうにいうと思ってたのね。「そんなことはありえない。人が同時に二カ所にいることはありえないし、アーカイブされたニュース映像から人が消失することもありえない。だからこんなのはたちのわるい悪戯《いたずら》か、人をかつぐ悪ふざけに決まってる」ってね。でも、アレック・ペリーが知らないことがある。わたしも話すつもりはないけれど、人間は同時に二カ所に存在することができる。ブレイディ・ハーツフィールドがやってのけた。そのブレイディがようやく死んだとき、あいつはほかの男の肉体のなかにいた》

「なにがあっても不思議じゃない」ホリーはだれもいない部屋にむかっていった。「どんなことだって不思議じゃない。この世界には、人目につかない奇妙な隅や隙間がほんとにいっぱいあるのです」

ホリーはブラウザのファイアフォックスを立ちあげて、〈トミーとタペンス・パブ&カフェ〉の住所を調べた。この店の最寄りの宿泊施設はノースウッズ・ブールヴァードのフエアヴュー・ホテル。メイトランド家の面々が泊まったのはこのホテルだろうか？　アレック・ペリーにメールで問いあわせてもいいが、メイトランド家の長女の言葉を考えあわせれば、ここでまちがいないと思えた。宿泊施設の料金比較サイト〈トリバゴ〉でチェックすると、まずまずの客室を一泊九十二ドルで予約できることがわかった。アップグレードして小さめのスイートルームに泊まろうかとも思ったが、それも一瞬だった。そんなことをすれば経費の水増し行為になる——この業界の悪癖であり、腐敗にいたる滑りやすい下り坂だ。

ホリーはフェアヴュー・ホテルに電話をかけて（正規の必要経費なので社用携帯をつか

った）、あしたから三泊の宿泊予約をとると、コンピューターの電卓ソフトを起動させた。ホリーの持論では、電卓は日々の諸問題を解決するための最上のソフトだ。フェアヴュー・ホテルのチェックイン時刻は午後三時。愛車のプリウスで高速道路を走る場合に燃費がもっともいいのは時速百一キロ。途中で一回はパーキングエリアで給油して、標準以下の食事をとることを計算に入れ……道路工事などでやむをえず四十五分は遅延させられるとすれば……。

「出発は午前十時」ホリーはいった。「いえ、念のため九時五十分」

さらに念には念を入れるため、ホリーはナビゲーション機能つきGPSアプリの〈Waze〉をつかい、万一必要になった場合にそなえて予備のルートを策定した。

ホリーはシャワーを浴びると（朝になってから浴びなくてもいいように）、ナイトガウンに着替えて歯を磨き、デンタルフロスをつかい（最近の研究によればデンタルフロスには虫歯予防の効果はないとのことだが、これはホリーの日々の慣習のひとつであり、死ぬまでフロスをつづけても悔いはない）、ヘアクリップをはずして一列にならべ、裸足《はだし》で予備の寝室へはいっていった。

この部屋はホリーの映画ライブラリーだった。棚にはずらりと映画のDVDがならんでいた。カラフルな販売用パッケージにはいったものもあるが、大半はホリーがつかっている最先端のディスク書き込みソフトで作製したものだ。総数で数千枚はあるが（現在は四千三百七十五枚）、目あてのディスクはすぐに見つけられた。アルファベット順に整理されているからだ。その一枚を棚から抜きだしてナイトスタンドの上に置く。朝になって荷造りをするときに、かならず目にとまる場所だ。

この用事をすませると、ホリーは床に膝をついて目を閉じ、両手を組みあわせた。朝と夜に祈りを捧げるというのは、かかりつけの分析医のアドバイスだった。ホリーは、自分はかならずしも神を信じてはいないと抵抗したが、自分の不安や計画を声に出して仮想上の〝高次の力〟に語りかけることが——たとえ神を信じていなくても——ホリーの役に立つといった。意外にも、その言葉どおりになったようだった。

「こんにちは、またホリー・ギブニーです。いまも自分なりにベストをつくそうと努めています。もしあなたがそこにいるのなら、釣りをしているピートにお恵みをお願いします。泳ぎも知らないのにボートに乗って釣りにいくのは愚か者でしかありません。アイルランドに旅行しているロビンスン一家にもどうかお恵みを。ジェロームがまだブラーニー石にキスしようと考えてるのなら、あなたから働きかけて、あきらめさせてください。いまは体重を少し増やしたいので、エナジードリンクの〈ブースト〉を飲んでいます。ドクター・ストーンフィールドから痩せすぎだといわれたからです。味は好きじゃありませんが、ラベルによればひと缶あたり二百四十キロカロリーだそうです。抗鬱剤のレクサプロはちゃんと飲んでいますし、タバコは吸っていません。あしたはデイトンへ行きます。車のなかでわたしがずっと安全でいられるように、あらゆる交通規則を守るように、わたしを見まもってください。そして、わたしが手もとの事実をもとに最善の行動をとれるように見まもってください。その事実がまた興味深いものなのです」ホリーは考えをめぐらせた。「いまでもビルのことが恋しいです。今夜はこのへんで」

ホリーはベッドにもぐりこみ、五秒後には寝入っていた。

2

ホリーがフェアヴュー・ホテルに到着したのは午後三時十七分だった。いちばん理想的な時刻ぴったりではなかったが、決してわるくはなかった。事前の推測では、午後三時十二分到着のはずだった――ターンパイクを降りたあと、カスな信号がひとつ残らず赤でなければ、その時刻になったはずだ。客室に問題はなかった。シャワー室のドアにかかったバスタオルが若干斜めだったのは、バスルームで手と顔を洗ったあとで正しい位置に修正した。客室のテレビにはDVDプレーヤーが付属していなかったが、一泊九十二ドルの部屋では望むべくもない。旅に持参してきたDVDを見たくなったら、ノートパソコンでの再生で充分だろう。もともと低予算で製作され、せいぜい十日前後で撮影をおえたような映画なのだから、高解像度やドルビーサウンドは必要ない。

〈トミーとタペンス〉はホテルから一ブロックも離れていなかった。ホテルの正面玄関に張りだした庇《ひさし》から足を踏みだすなり、店の看板が見えた。ホリーは店まで歩いていき、窓に貼りだされているメニューに目を通した。左上の隅に、ほかほかと湯気を立てているパイのイラストがあった。そのすぐ下には《当店自慢のステーキ&キドニーパイ》とあった。

さらに一ブロック先までのんびり歩くと、駐車場に行きあたった。四分の三ほどのスペースに車が駐めてあった。外に出ている看板には《市営駐車場》とあった。《最長六時間まで》という文字もある。ホリーは駐車場に足を踏み入れて、フロントガラスにはさまれた違反チケットや、交通指導員がタイヤにチョークで書きつけたしるしがないかと目を凝らした。どちらも見あたらなかった。六時間ルールを厳格に執行している者はいないらしい。純粋に性善説をもとにしたシステムだ。ニューヨークでは機能するはずもないが、ここオハイオでは問題ないのだろう。防犯カメラもない以上、マーリン・キャシディが乗り捨てたあと、白いヴァンがここにどのくらい駐められたままだったのかを知るすべはない。しかし、ドアロックはかかっておらず、イグニションにキーが挿《さ》さったままだったというから、それほど長く放置されていたとは思えなかった。

ホリーは〈トミーとタペンス〉へ引き返すと、女性店長に調査員だと自己紹介し、今年の春にこの近くに滞在していた男性がかかわっているある事件の調査をしている、と説明した。店長は店の共同経営者のひとりだと判明した。客の立てこむ夕食時まではまだ一時間あったこともあり、店長は喜んで話に応じるといってくれた。そこでホリーは、レストランがメニューのちらしを近隣に配ったのがいつか覚えているだろうか、とたずねた。

「で、その男はなにをしたの？」女性店長はたずねた。名前はタペンスではなくメアリー。

言葉のアクセントはイギリスのニューカッスルよりニュージャージーのほうがふさわしい。

「あいにく、それを明かしてはいけないことになってるの」ホリーはいった。「ほら、法律問題なので。わかってちょうだい」

「ええ、いつのことかは覚えてる」メアリーはいった。「忘れてたら大笑いよ」

「それはどうして？」

「二年前にこの店をひらいたとき、店名は〈フレドの店〉だった。ほら、映画の〈ゴッドファーザー〉に出てくる人」

「ええ、知ってる」ホリーはいった。「でもフレドがいちばん有名になったのは〈ゴッドファーザー　PARTⅡ〉よ。なかでもよく知られているのは、弟マイケルがフレドにキスをして、『やっぱりおまえが撃ったんだな、フレド。情けない、情けないやつだ』というシーン」

「それは知らないけど、デイトンにはイタリア料理の店が二百軒はあって、そのままだったらうちが潰れるのは目に見えてた。それでイギリス料理にチャレンジしたわけ。料理といってもフランス料理《キュイジーヌ》とはわけがちがう。フィッシュ＆チップスにソーセージ＆マッシュポテト、それにビーンズオントーストあたりもね。それで店名はアガサ・クリスティーの本からとって〈トミーとタペンス〉にした。そんなふうに路線変更しても、損にはならないと思えたわけ。蓋をあけたらどうなったと思う？　店は大繁盛。そりゃもうびっくりよ――といってもいい意味での驚きだけど。ランチタイムは店が満員、ディナータイムもほぼ連日満席」メアリーは身を乗りだした。その拍子にホリーの鼻は、強烈なはっきりしたジンの香りをとらえた。「秘密を教えてあげましょうか？」

「秘密は大好き」ホリーは正直に打ち明けた。

「うちのステーキ&キドニーパイは、ニュージャージーのパラマスにある業者から仕入れてる冷凍食品よ。店ではオーヴンで温めて出してるだけ。それなのにどうなったと思う？デイトン・デイリーニューズ紙にレストラン批評を書いてる評論家のお眼鏡にかなっちゃった。うちの店に五つ星をくれたわ！　嘘なんかじゃないよ！」それからメアリーはさらに顔を近づけて、こうささやいた。「もしこのことをほかの人に話したら、あんたを殺さなくちゃならなくなる」

ホリーは親指で薄い唇を閉じあわせてみせ、さらに見えない鍵をまわすジェスチャーをした。ビル・ホッジズがおなじしぐさをするところは何度も見ていた。

「レストランの店名を新しくして、メニューも一新して再オープンしたとき……あるいはその少し前とかに……」

「ジョニー……っていうのはうちの亭主だけど、そのジョニーが開店一週間前にちらしを近所にまこうっていいだしたの。だからいってやった。それはまずい、人々は忘れっぽい、だから前日にちらしを配るのがいい、って。それでバイトの若い子を雇い、それなりの枚数のちらしを印刷させて、バイトに店の周囲の九ブロックに配らせたというわけ」

「この道の先にある駐車場の車もふくめて」

「ええ。それが重要なの？」

「カレンダーを調べて、ちらしを配った日の正確な日付を教えてもらえる？」

「調べるまでもない。記憶が刻んであるんだから」そういってメアリーは、ひたいを指でとんとんと叩いた。「四月十九日。木曜日。うちの店があけたのは――っていうか、ほんとは新装開店だけど――金曜日だったの」

ホリーはメアリーの文法ミスを訂正したい気持ちにあらがいつつ礼を述べ、辞去しようと背中をむけた。

「やっぱり、その男がなにをしでかしたかは教えてもらえない？」メアリーはいった。

「ほんとにごめんなさい。話したら、この仕事をクビになっちゃう」

「そっか。でも、この街にしばらくいるのなら、せめて今度はディナータイムに来てよ」

「ええ、ぜひうかがうわ」ホリーは口ではそういったが、内心そんなつもりはなかった。メニューにあるほかの料理のどれがパラマスでつくられた冷凍食品なのか、わかったものではないからだ。

3

次の訪問予定先はハイスマン記憶機能ユニットだった。そこで暮らしているテリー・メイトランドの父親の調子がよければ（調子がいい日がまだあれば）、話をきくつもりだった。たとえテリーの父親が曇り空のような状態でも、施設のスタッフから話をきくことくらいはできそうだ。それまでは、そこそこ快適なこのホテルの客室にこもっていよう。ホリーはノートパソコンの電源を入れると、《ギブニー調査報告　その1》という件名でアレック・ペリーあてのメールを書きはじめた。

〈トミーとタペンス〉のメニューちらしが配布されたのは四月十九日の木曜日。共同経営者のメアリー・ホリスターとの面談の結果、この日付でまちがいないとの確証を得た。日付が特定できたことで、店近くの駐車場にマーリン・キャシディがヴァンを乗り捨てたのも同日であると特定できよう。留意すべきはメイトランド一家がデイトンに到着したのが四月二十一日（土曜日）の正午前後だった事実だ。この時点で、ヴァンはすでに駐車場から盗まれていたと見てまずまちがいないだろう。明日、可能性の幅をさらに狭められることを期待しつつ地元警察を訪ねて調べ、そのあとでハイスマン記憶機能ユニット訪問の予定。疑問点などあれば、わたしあてにメール、もしくは携帯での問い合わせを。

〈ファインダーズ・キーパーズ探偵社〉
ホリー・ギブニー

報告書を書きおえると、ホリーはホテル内のレストランに行って軽い食事を注文した（ルームサービスを利用しようとは最初から考えなかった――どこのホテルでも法外なまでに高くつくからだ）。客室にあったオンデマンドの映画メニューにメル・ギブソンの主演作品があったので視聴することにした。料金は九ドル九十九セント。いずれ請求書を作成するときには、ホテルの領収証からこの料金を差し引くつもりだった。映画そのものは傑作とはいいがたい出来だったが、メル・ギブソンは与えられた条件を最大限に生かしていた。ホリーは現在の映画鑑賞記録ノートにタイトルと上映時間を書き（同様のノートはすでに二十冊以上になっていた）、三つ星の評価をつけた。記録作成をすませると、ホリーは客室ドアにふたつある錠がどちらもしっかりおろされていることを確かめ、いつもの祈りをとなえてから（しめくくりには、これまたいつもどおり、ビルをうしなった悲しみが癒えないことを告げた）、ベッドに横になった。それから八時間、ホリーは夢を見ずに眠った。少なくとも記憶に残る夢は見なかった。

4

翌朝、コーヒーと約五キロの速足でのウォーキングをすませ、近所のカフェで朝食をとり、熱いシャワーを浴びたのち、ホリーはデイトン警察署に電話をかけて、交通課につないでくれと頼んだ。常識を書き換えられるほど短い保留時間をはさんでリンデン巡査が電話に出て、ホリーに用件をたずねた。これがホリーにはうれしかった。礼儀を知っている警官と出会うと一日が明るくなる。ただし公平を期すためにいっておけば、中西部の大多数の警官は礼儀正しい。

ホリーは自己紹介をすませると、四月にノースウッズ・ブールヴァードにある市営駐車場に乗り捨てられていたエコノラインの白いヴァンについて調査しているところだ、と説明し、デイトン警察では市当局が運営している駐車場を定期的にチェックしているのか、とたずねた。

「もちろんです」リンデン巡査はいった。「しかし、六時間ルールを守らない車を取り締まったりはしません。それは警官ではなく、交通監視員の仕事です」

「なるほど」ホリーはいった。「でも警官たちは、乗り捨てられた可能性のある車に目を光らせるのではありませんか？」

リンデンは笑った。「そちらの探偵社では、ローンを踏み倒した連中から車を回収するとか、その手の仕事を数多く手がけているようですな」

「ええ、保釈中失踪人の追跡とならんで、わたしたちの大事な収入源です」

「だったら、このあたりの事情はもうおわかりでしょう。われわれが特段の注意をむけるのは、あの手の駐車場にしばらく放置されているように見受けられる高級車です――街なかの駐車場だけではなく、空港の長期間駐車場もおなじです。ユーコンデナリ、エスカレード、ジャガーやBMW。そういえば、あなたが興味をもっているヴァンはニューヨークのプレートつきでしたっけ？」

「ええ、そのとおり」

「そのたぐいのヴァンは、最初の一日だけならあまり注目をあつめないでしょうね――不可解な話ですが、ニューヨークからデイトンに来る人がいるんですよ。しかし二日めもおなじ場所に駐めてあったら？　まず注意を引くでしょうね」

二日めがあったとしても、メイトランド一家がデイトンに来るまでにはまだ丸一日残っている。「ありがとう、リンデンさん」

「お望みなら押収車輛置場も調べましょうか？」

「いえ、その必要はありません。問題のヴァンはそのあと、ここから南に千五百キロ以上離れた街にあらわれたのです」

「どうしてそのヴァンにそれほど興味をおもちなんですか？　差し支えなかったら教えてください」

「ええ、差し支えありません」ホリーは答えた。なんといっても相手は警察官だ。「そのヴァンがひとりの少年を拉致するのに利用されたからですし、少年が拉致ののちに殺害されたからです」

5

テリー・メイトランドが妻とふたりの娘をともなってデイトンに到着した四月二十一日以前に、問題のヴァンが駐車場から消えていたことに九十九パーセントの確証が得られたいま、ホリーはプリウスを走らせてハイスマン記憶機能ユニットへ行った。一万六千平方メートルにおよぶ手入れの行き届いた敷地の中央に、長く伸びた砂岩づくりの平屋の建物があった。施設を所有し、運営もしていると思われるキンドレッド総合病院とは木立で隔てられていた——病院はこの施設から多大な収益をあげているはずであり、建物は決して安っぽいつくりではなかった。

《ピーター・メイトランドに充分な蓄えがあったか有利な保険に加入していたか、あるいはその両方だったみたい》ホリーは好ましい思いとともにそう考えた。まだ午前中という時間だったせいだろう、駐車場の来客用スペースには充分な空きがあったが、ホリーは建物からいちばん遠いところに車を駐めた。〈フィットビット〉の一日あたりの歩数の目標は一万二千歩。たゆまぬこまめな努力が成果につながる。

ホリーは足をとめ、三人の介護スタッフが三人の入居者を散歩させている場面をながめてから（後者のうちひとりだけは、自分がどこにいるかをわきまえているように見えた）、建物に足を踏み入れた。ロビーは天井を高くとった心地いい雰囲気だったが、ホリーの鼻はフロアワックスと家具用艶出し剤の香りに隠された小便のにおいを嗅ぎつけていた。臭気は建物のずっと奥からただよっていた。それぱかりか、もっと重苦しいにおいも感じられた。それを〝失われた希望のにおい〟と形容するのは愚かしい感傷でしかないが、それでもホリーにはそう感じられた。

《そんなふうに思うのは、わたしがドーナツ本体ではなく、ドーナツの穴を見つめることだけに前半生のかなりの時間を費やしてしまったからだ》ホリーは思った。

メインデスクの上に《**面会の方は受付手続をお願いいたします**》という掲示が出ていた。デスクの裏にいる女性（デスクに出ている小型のネームプレートによればミセス・ケリー）がホリーに愛想のいい歓迎の笑みを見せた。「いらっしゃいませ。ご用件をおうかがいします」

この時点までは、すべてが日常そのままで、特筆すべきことはひとつもなかった。事態が正常コースからはずれはじめたのは、ホリーがピーター・メイトランドに面会できるかどうかを質問した瞬間だった。ミセス・ケリーの唇にはまだ笑みが残っていたが、目からは一瞬で消えていた。「失礼ですが、ご家族の方ですか？」

「いえ」ホリーは答えた。「家族の友人です」

こういっても完全な嘘にはならないだろう、とホリーは自分にいいきかせた。いま自分はミセス・メイトランドの顧問弁護士のもとで働いている。弁護士はミセス・メイトランドのもとで働いていて、これは一種の友人関係といえるのではないか。なんといっても自分は、ミセス・メイトランドの他界した夫の汚名をそそぐために雇われたのだし。

「あいにく面会は許可できません」ミセス・ケリーはいった。かろうじて残った笑みの断片はお義理のものでしかなかった。「ご家族でなければ、お引き取りを願うほかありません。どのみち、ミスター・メイトランドはあなたをご存じないのですからね。ミスター・メイトランドの病状は、今年の夏にかなり進行しましたし」

「今年の夏というだけ？　それとも春に息子のテリーが面会に来てからですか？」

この質問で笑みはあとかたもなく消えた。「あなたは記者ですか？　もし記者なら、あなたには法にしたがって身分を明かす義務がありますし、その場合には即刻敷地外へ立ち去ることを求めます。退去を拒否なさるようなら、警備員を呼んで、あなたを外へ連れだしてもらいます。これまでにも、あなたの同類が大勢ここへ来たので」

これは興味深い。ホリーがここへ調査のために訪れた例の件と無関係なのかもしれないし、関係があるのかもしれなかった。なんといってもこの女性はホリーの口からピーター・メイトランドの名前が出たとたん、いきなりクソ女に豹変したのだ。

「わたしは記者ではありません」

「お言葉はそのまま受けとりますが、血縁の方でない以上はお引き取りを願うしかありません」

「わかりました」ホリーはそういってデスクから一、二歩離れたが、そこであることを思いついてふりかえった。「わたしからミスター・メイトランドの息子さんのテリーに電話をかけて、わたしの身元を保証してもらったらどうです？　それなら有効ですか？」

「そうですね」ミセス・ケリーはいった。いかにも不承不承の返事だった。「ただし、電話口でわたしの質問に答えていただく必要があります——あなたの同僚の方がミスター・メイトランドを騙《かた》っているのではないことを確かめる必要がありますのでね。あなたには病的なまでの疑い深さだと思われるかもしれませんが、この施設ではずいぶん多くのことがありました——ええ、ずいぶん多くのことが。それでわたしも自分の責任を深く自覚しているわけです」

「わかりますよ」

「そのお言葉は本心かもしれないし、ちがうかもしれない。いずれにしてもピーター・メイトランドと会って話をしても得るところはなにもありません。警察もそのことはわかっています。あの方は後期アルツハイマー病です。お若いほうのミスター・メイトランドと話をなさったのなら、もうお聞きおよびかと存じますが」

《お若いほうのミスター・メイトランドは、わたしになにかを話したりはしないのよ、ミセス・ケリー。だってあの人は一週間前に死んだのだから。でも、あなたはその事実を知らないんでしょう？》

「警察の人が最後にミスター・メイトランドから話をきこうとしたのはいつですか？　あくまでもご家族の友人としての質問ですが」

ミセス・ケリーはこの質問に考えこみ、やがてこう答えた。「やはりあなたのことは信用できませんので、いかなる質問にもお答えいたしません」

これがビルだったらいまごろは相手と仲よくなって信頼も勝ち得ていただろうし、最後はミセス・ケリーとメールアドレスを交換し、今後はフェイスブックを通じてつながりつづけようと約束しあっていたかもしれない。しかし優れた推理的思考力こそそなわっているホリーだが、かかりつけの分析医のいう〝コミュ力〟は現在もまだトレーニング中だった。ホリーは立ち去った。多少気落ちはしていたが、決して落胆してはいなかった。

調査はますます興味深いものになってきた。

6

好天に恵まれて日ざしあふれる火曜日の午前十一時、ホリーはアンドルー・ディーン記念公園の木陰のベンチにすわり、近くの〈スターバックス〉で買い求めたラテをちびちび飲みながら、ミセス・ケリーとの奇妙な会話の一部始終に考えをめぐらせていた。

あの受付係の女性は、テリー・メイトランドが死んでいることを知らなかった。おそらくハイスマン記憶機能ユニットのスタッフ全員が知らないのだろう。しかし、ホリーにはあまり意外ではなかった。フランク・ピータースンとテリー・メイトランドの殺害事件は、ここから南に千五百キロ以上離れた街で起こった。この事件が全国ニュースで報じられていたとしても、おなじ週にはテネシー州のショッピングモールでイスラーム過激派組織ＩＳＩＬの支持者が起こした銃撃事件で八人の死者が出たし、インディアナ州では竜巻が小さな町ひとつを壊滅させていたこともあって、せいぜいハフィントンポストの最下段に短信が流れただけになっていただろう。それにマーシー・メイトランドがわざわざ義父ピーターに連絡して、テリーの悲報を伝えていたとも思えなかった——ピーターのいまの病状で、マーシーがそんなことをする理由があるだろうか？

《あなたは記者ですか？》ミセス・ケリーからはそう質問された。《これまでにも、あなたの同類が大勢ここへ来たので》ともいっていた。

なるほど、記者たちがやってきては大声を出していたし、警官たちもやってきた。そしてハイスマン記憶機能ユニットの正面入口に立っている者として、ミセス・ケリーは彼らに耐えるしかなかった。しかし記者や警官の質問は、テリー・メイトランドに関係するものではなかったはずだ。もしテリーに関係していれば、ミセス・ケリーはテリーの死を知っていたはずだ。とすると、あの施設で起こった大騒ぎとはいったいなんだったのか？

ホリーはラテのカップを脇へ置くと、ショルダーバッグからｉＰａｄをとりだして電源を入れ、アンテナバーが五本立っていることを確かめた。これならフリーＷｉ‐Ｆｉを求めて〈スターバックス〉へ引き返す必要はない。ホリーは少額の利用料金を支払って地元新聞社の過去記事アーカイブにアクセスすると、まず四月十九日の記事をサーチした——

マーリン・キャシディ少年がヴァンを乗り捨てた日である。さらにこの日は、そのヴァンがふたたび盗まれた日と断じてもいいかもしれない。地元ニュースに丹念に目を通していったが、ハイスマン記憶機能ユニットと関連するものは見つからなかった。つづく五日間についても同様だった——ただし、ほかのニュースはどっさりあった。交通事故、二件の家宅不法侵入事件、ナイトクラブ火災、ガソリンスタンドの爆発事故、教育行政関係者による公金着服スキャンダル、近郊のトロットウッド在住で行方不明になったふたりの(白人)姉妹の捜索活動、武器をもっていない十代の(黒人の)若者への銃撃で警察官が訴追された事件、ユダヤ教会が鉤十字《スワスチカ》の落書きで汚された事件などだ。

ついで四月二十五日になると第一面の大見出しが金切り声で叫んでいた。アンバーとジョリーンのハワード姉妹——トロットウッド在住の行方不明だった姉妹——が、自宅近くの小さな谷で無残なありさまの死体で発見されたという。匿名の警察関係者が、「ふたりの少女たちはおよそ信じられないような残虐行為の犠牲になっていた」と語っていた。いうまでもなく、姉妹ともに性的な危害をくわえられていた。

四月二十五日には、テリー・メイトランドがデイトンに滞在していた。もちろんテリーは家族といっしょだったが……。

四月二十六日、つまりテリー・メイトランドが最後に実父の見舞いにいった日には、事件に新展開はなかった。四月二十七日、メイトランド一家が飛行機でフリントシティへ帰った日にも新展開はなし。そして二十八日の土曜日になると、警察から〝重要参考人〟の事情聴取中だという発表があった。二日後に、その重要参考人が逮捕された。氏名はヒース・ホームズ。デイトンに住む三十四歳の男であり、ハイスマン記憶機能ユニットに介護スタッフとして勤務している、とのことだった。

ホリーはラテのカップをつかみあげ、大きく数口で半分ほど飲み、公園の暗がりの深みに大きく見ひらいた目を凝らした。〈フィットビット〉を確認すると、心拍数は一分あたり百十にまで跳ねあがっていた。脈を速くさせたのは、ラテに含まれるカフェインではなかった。

ホリーはデイリーニューズ紙のアーカイブに引き返すと、スクロールで五月から六月へと、関連記事のスレッドを追った。テリー・メイトランドとは異なり、ヒース・ホームズは命を落とさずに罪状認否をすませていた。しかし、そのあとはテリーときわめて似た道をたどった（ジャネット・アンダースンなら〝共時現象《コンフルエンス》〟と呼んだかもしれない）――結局、ヒース・ホームズがアンバーとジョリーンのハワード姉妹殺害の罪で裁判にかけられることはなかった。七月七日にモンゴメリー郡拘置所で自殺したのだ。

また〈フィットビット〉に目をむけると、いまや脈搏は百二十にまで上昇していた。そんなことにはかまわず、ラテを最後まで飲み干す。これぞ危険な生き方だ。

《ビル、あなたがここにいて、いっしょに調査を進められればどんなにいいことか。それからジェローム、あの子も。三人がそろっていれば、手綱をしっかりつかみ、このポニーがもう走れなくなるまで、ひたすら早駆けさせていたはず》

しかしビルはもうこの世の人ではないし、ジェロームはアイルランドにいる。おまけに謎の解明という目的地には、これまでどおり、まだ一歩も近づいていない。少なくとも自分ひとりでは。しかし、だからといってデイトンは用ずみになったわけではない。それどころか、その反対だ。

ホリーは滞在先のホテルに引き返し、ルームサービスでサンドイッチを注文すると（経費など知ったことか）、ノートパソコンをひらいた。ついでアレック・ペリーとの電話での会話中に作成したノートに、新たに判明した事実を書き加えていった。スクリーンを見つめ、スクロールで遡《さかのぼ》ったり先へ進めたりしているうちに、母親が昔よく口癖のようにいっていた言葉がぽんと頭に浮かんできた——ふたつの大きなデパートにひっかけた《メイシーズはギンベルズに話をしない》という言葉だ。デイトンの警察はフランク・ピータースンが殺された事件のことを知らず、フリントシティの警察はハワード姉妹の事件を知らない。知っている道理があるだろうか？　二件の殺人はこの国のまったく異なる土地で、しかも数カ月の間隔をおいて発生していた。テリー・メイトランドという男が両方の街にいたことはだれも知らず、ハイスマン記憶機能ユニットとの関係についても、だれも知らなかった。どんな事件にも情報ハイウェイが走っているが、この二件の場合には、別々の土地で情報がそれぞれ干上がってしまった。

「でもわたしは知ってる」ホリーはいった。「全部ではないけれど。そう、知っている。ただし……」

ドアにノックの音がして、ホリーは驚きに飛びあがった。ルームサービスのボーイを部屋に通して伝票にサインし、（サービス料が加算されていないことを確かめてから）チップとして十パーセントを上乗せして、ボーイをせかせかと部屋から追いだす。それから、ろくに味わいもせずにBLTサンドを食べていく。

いまの自分は知らないが、知っていてもおかしくなかったことがあるとすれば、それはなにか？　いま解こうとしているパズルに欠けているピースがあるように思えるのが気がかり……というよりも、その思いに憑かれているといってもいい。いや、アレック・ペリーがなんらかの情報を意図的に伏せているからではない。そんなことは考えもしていなかった。ただし、ひょっとしたらアレックが重要でないと片づけてしまった情報が、実際には必要不可欠な情報だったのかもしれない。

ミセス・メイトランドに電話をかける手もないではなかったが……いや、あの女性はきっと泣きだして悲しみに沈むだけだろうし、そうなった人をどう慰めればいいのか見当もつかなかった。そもそもそんな経験がない。それほど遠くない昔のこと、ジェローム・ロビンスンの妹に手を貸して苦しい立場から助けだしたことはあるが、一般的にホリーはその手のことがすこぶる苦手だった。くわえて、かわいそうなミセス・メイトランドの精神は深い悲しみの霧に曇っているかもしれず、重要な事実をうっかり等閑視してしまったかもしれない——それこそ、断片から一枚の絵を完成させるときに必要になる小さな情報を。たとえるならジグソーパズルをつくっている最中に決まってテーブルから床に落ちてしまい、あとから這いつくばって探しあてなければ全体の構図が見えてこない、三つ四つのピースのようなものを。

細部を——それも目につくものばかりではなく、目につきにくい小さなものまでも——残らず意識にとめる人物がいるとすれば、目撃証人の事情聴取の大半をこなし、テリー・メイトランド逮捕を担当した刑事だろう。ビル・ホッジズとともに働いたことで、ホリーは警察の刑事という人種を信頼するようになっていた。たしかに、刑事ならだれもが優秀というわけではない。たとえばビルが警察を退職したあと、ピート・ハントリーのパートナーになったイザベル・ジェインズには敬意のかけらも抱けなかった。そして今回のラルフ・アンダースンは、人目の多い場所でテリー・メイトランドを逮捕するという最悪のミスをしでかした。お粗末な作戦を選んだといえるが、だからといってラルフはお粗末な刑事でもない。アレック・ペリーからは、ラルフを情状酌量するべき重要な事実を教えてもらった——テリー・メイトランドはラルフの息子ときわめて親しかったという事実。ラルフがおこなった事情聴取が、どれも徹底したものだったことは確かだ。だから、消え失せた情報のピースに心当たりがあるとしたら、おそらくラルフ・アンダースン刑事だろう、とホリーは思った。

これについてはさらに考えなくてはならない。それまでのあいだ、ハイスマン記憶機能ユニットをいまひとたび訪問するのが適切だと思えた。

7

到着したのは午後二時半だった。今回ホリーは車を建物の左側へまわした。**《職員専用駐車場》**と**《救急車入口・一般車輌進入禁止》**という標識が出ている。ホリーはいちばん奥の駐車スペースを選んで、バックで車を入れた——建物を見ていられるようにだった。二時四十五分になると、ぽつぽつと車がやってきた——三時から十一時の勤務シフトのスタッフが出勤してきたのだ。三時をまわると、今度は昼間勤務のスタッフたちが帰りはじめた——大半は介護スタッフだったが、ナースもちらほら見受けられたし、ふたりいたスーツ姿の男性は医者だろう。スーツ男のひとりはキャデラックを、もうひとりはポルシェを走らせて帰っていった。なるほど、ふたりは医者だ。ホリーはほかのスタッフたちを丹念に見さだめ、やがてターゲットを定めた。中年のナース、ダンスするテディベアがプリントされたチュニックを着ている。車は古いホンダ・シビック——ボディの両サイドには錆が浮き、テールライトはひび割れをダクトテープで補修してあって、バンパーには色褪せた**《わたしはヒラリー支持》**のステッカーが貼ってある。車に乗る前にナースはタバコに火をつけていた。車は古く、タバコは高価。ますますもって好都合。

ホリーはナースの車について駐車場をあとにした。西へ五キロ弱進むと、都会が小ぎれいな郊外住宅地に変わり、さらに小ぎれいとはいえない住宅地になった。ナースはここで、一軒の建売住宅のドライブウェイに車を乗り入れた。通り沿いにはまったく同一の建売住宅が、ほとんど隙間なくぎっしり立ちならんでいた。ほとんどの家では、猫のひたいなみの狭い芝生に安っぽいプラスティックのおもちゃが転がったままだった。ホリーは歩道に寄せて車を駐め、勇気と忍耐と知恵を乞う祈りの言葉をとなえてから車を降りた。

「マーム？　看護師さん？　ちょっといいかしら？」

女がふりかえった。顔には皺が寄り、喫煙者らしく髪には若白髪があるせいで年齢が判別しにくかった。四十五歳というところか、それとも五十歳か。結婚指輪はなかった。

「なにかご用？」

「ええ、協力してもらえたら、お礼をします」ホリーはいった。「百ドルをキャッシュで──ヒース・ホームズのことや、ホームズとピーター・メイトランドとの関係について話してもらえたらですが」

「職場からここまで尾《つ》けてきたの？」

「ええ」

女は両の眉をぎゅっと寄せた。「あなたは記者？　受付のミセス・ケリーがいってた、女の記者がうろついているって。記者の取材に応じた者は馘首《くび》にすると息まいてたわ」

「ミセス・ケリーが話していたのはわたしのこと。でも、わたしは記者じゃありません。探偵社の調査員です。それに、わたしと話したことはミセス・ケリーにはぜったいに知られません」

「身分証かなにか見せてくれる？」

ホリーは運転免許証を見せ、さらに〈ファインダーズ・キーパーズ探偵社〉の保釈保証人としての名刺も見せた。女は免許と名刺を丹念に調べてから返してよこした。「わたしはキャンディ・ウィルスン」

「お会いできてよかった」

「ええ、ほんとによかった。でも、あなたと話すことで仕事の口が危なくなるのなら、二百はもらいたいところ」キャンディはそこで言葉を切って、こういい添えた。「それに五十を追加で」

「わかりました」ホリーはいった。話をうまくもちかければ謝礼金は二百ドルに減らせただろうし、ことによれば百五十までは減額できたかもしれないが、もとよりホリーは値切り交渉が不得意だった（母親にいわせれば、値切りは〝買い叩き〟だった）。さらにいえば、目の前の女性はその金を必要としているように見えた。

「家にはいってもらったほうがいいみたい」キャンディ・ウィルスンはいった。「ここらの人たちは穿鑿《せんさく》好きだから」

8

家のなかにはタバコの強いにおいが立ちこめていて、ホリーは数年ぶりに心底からタバコを吸いたくなった。キャンディ・ウィルスンは安楽椅子に腰をおろした。この椅子も、テールライトとおなじくダクトテープで修理されていた。椅子の横にはスタンド式の灰皿があった――ホリーがこれを目にしたのは、祖父が（肺気腫で）死んで以来初めてだった。キャンディはナイロンスラックスのポケットからタバコの箱をとりだして、〈ビック〉のライターで火をつけた。ホリーに箱を差しだすことはなかったが、昨今のタバコの高価格を思えば意外ではない。いずれにしても、ホリーにはありがたかった。すすめられたら、うっかり一本もらってしまいそうだった。

「最初にお金をちょうだい」キャンディはいった。

二度めにハイスマン記憶機能ユニットを訪ねる前にぬかりなくＡＴＭに立ち寄っていたホリーは、ハンドバッグから財布を抜きだし、正確な金額をかぞえた。キャンディは受けとった紙幣をあらためて数えてから、タバコの箱ともどもポケットにおさめた。

「だれにもしゃべらないっていう話、あれが本当であることを祈るわ、ホリー。だって、わたしにはお金が本当に必要だから――ろくでなしの亭主が家を出ていくとき、銀行預金をすっからかんにしていったせいよ。でも、ミセス・ケリーは大目に見てなんてくれない。あの女はね、ドラマの〈ゲーム・オブ・スローンズ〉に出てくるお偉い高飛車女たちの同類だからさ」

ホリーはここでも親指の先で唇にチャックをかける真似をし、つづけて目に見えない鍵をまわして施錠する真似をした。キャンディ・ウィルスンは笑みをこぼし、緊張を解いたように見えた。居間を見まわす。居間は狭く、初期アメリカ・ガレージセール様式で統一されていた。

「どん底なみにひどいところでしょ？　前はウェストサイドのまともな家に住んでたの。お世辞にも大豪邸とはいえなかったけど、こんなあなぐらよりはましだった。ろくでなしの亭主がわたしに断わりもなく家を売り飛ばしたあげく、尻に帆かけて船出したわけ。ほら、有名な警句があるでしょう？　見る気あらざれば目あれど見えず……とかなんとか。せめて子供がいればよかった──そうすれば馬鹿亭主をきらうように育ててやれたのに」

ビルならば、こういった話に適切な受け答えをしたことだろう。しかし、あいにくそのすべを知らなかったホリーはノートをとりだし、目下の課題の話をはじめた。

「ヒース・ホームズは、ハイスマン記憶機能ユニットの介護スタッフでしたね」

「ええ、そのとおり。わたしたちは〝ハンサム・ヒース〟って呼んでた。ええ、俳優のクリス・パインやトム・ヒドルストンにはかなわなかったけど、ふた目と見られぬご面相でもなかったし、気立てもよかった。だれもがそう思ってた。といっても、しょせん〝人の本心はうかがい知れない〟っていう言葉が正しかったことを裏づけるだけね。わたしがそれを思い知ったのは、ろくでなし亭主のおかげ。でも亭主は、少女たちをレイプして死体を傷つけるような真似だけはしなかった。あの姉妹の写真を見た？」

ホリーはうなずいた。ふたりの愛らしいブロンドの少女。そっくりのかわいらしい笑みをたたえていた。十二歳と十歳。テリー・メイトランドのふたりの娘とまったくおなじ年齢だ。こうしてまたひとつ、関係性らしきものが見つかった。実際には関係ないのかもしれない。しかし、二件の事件は本当はひとつの事件だとささやく声は、頭のなかでしだいに大きくなっていた。これぞという事実があと二、三見つかれば、ささやき声は大きな叫び声になりそうだ。

「あんな真似をするのはどんなやつ？」ウィルスンはたずねたが、これは形ばかりの質問だった。「決まってる、怪物よ」

「ヒース・ホームズとは、どのくらいいっしょに仕事をしていたんですか、ミセス・ウィルスン？」

「いいから、わたしのことはキャンディって呼んで。来月分の光熱費を払ってくれる相手なら、わたしをファーストネームで呼んでもかまわない。あの男とは七年間もいっしょに働いてたけど、そんな気配はまったく感じなかったね」

「新聞によれば、ふたりの少女が殺されたときホームズは休暇中だったとか？」

「そう。レジスに行ってた。ここから北に五十キロばかり離れた街。母親を訪ねていたそうよ。で、母親は警官に休暇のあいだ息子はずっと家にいた、と証言してた」そういってキャンディは、あきれたように目をまわした。

「新聞には、ホームズには前科があったとも書いてありました」

「うん。まあね。でもたいした罪じゃないのよ。十七歳のときに盗んだ車を遊びで乗りまわしてただけ」キャンディは眉を寄せてタバコを見つめた。「ほんとなら新聞はその手の情報をつかめるわけがないのに。犯行時は十七歳で、少年犯罪の記録は非公開のはずだもの。非公開じゃなければ、いくら軍隊であれだけ訓練され、ウォルター・リード陸軍医療センターに五年もつとめていても、ハイスマンの仕事につけなかったはずよ。つけたかもしれない……でも、やっぱりだめだったと思う」

「ホームズとはずいぶん親しかったような話しぶりですね」

「あの男をかばってるわけじゃない――勘ちがいしないで。いっしょにお酒を飲んだことは確かにある――でも、デートとか、そういうのじゃなかった。ぜんぜんちがう。たまにスタッフ同士で連れだって、仕事あがりに〈シャムロック〉へ飲みにいってた――といっても、まだお金に余裕があって、順番になればみんなに一杯おごれたころの話。それも昔のことになっちゃった。ともあれ、あのころわたしたち、〈物忘れ五人衆《フォゲットフル・ファイブ》〉と名乗ってた。なににちなんだかといえば――」

「わかる気がします」ホリーはいった。

「ええ、わかって当たり前かも。スタッフはみんなアルツハイマーねたのジョークを知りつくしてる。ほとんどは残酷なジョークだし、うちの患者さんたちはおおむね気のいい人たちなのに。それでも、スタッフ同士でその手のジョークをいいあっているのは……どうしてかな……」

「墓場のそばを通るときに口笛を吹くようなもの？」ホリーは思いつきを口にした。

「そう、まさにそれ。どう、ビールを飲みたくない、ホリー？」

「ええ、いただきます。ありがとう」ビールは大好物とはいえず、一般的には抗鬱剤のレクサプロ服用中のビール摂取は決して推奨されていないが、ホリーは会話をこのままつづけさせたかった。

ウィルスンはバドライトの缶をふたつ手にして引き返してきた。タバコをすすめなかったのとおなじように、キャンディはグラスを差しだしもしなかった。

「そんなだから、盗難車を乗りまわした件は知ってた」キャンディはそう話しながら、また修理ずみの安楽椅子にすわった。椅子のクッションは疲れた〝ふぅうっ〟という音をたてた。「わたしたちみんなが知ってた。そういうことがあると、人がどんなふうに噂をするかは知ってるでしょう？　それでもあの男が四月にやったことは、それとは比べものにもならなかった。いまでもわたし、まだ信じられない。だって去年のクリスマスのパーティーでは、宿り木の下であの男にキスまでしたのよ」キャンディは身震いした——いや、芝居で身を震わせたのか。

「で、ホームズは四月二十三日の週には休暇旅行に出かけていた……」

「あなたがそういうのならね。わたしが覚えてるのは春だったたってことだけ。アレルギーが出てたから」そう話すと、キャンディは新しいタバコに火をつけた。「あの男はレジスに行くと話してたし、お母さんとふたりでお父さんのための儀式をするとも話してた――お父さん、その一年前に亡くなったのね。本人は〝追悼式〟と話してたかな。その言葉どおりレジスに行ったのかもしれない。でも、こっそりこっちにもどって、トロットウッドの姉妹を殺してもいた。そのことに疑いの余地はない。いろんな人がヒース・ホームズを目撃してたし、ガソリンスタンドの防犯カメラには給油中の姿がばっちり映ってたんだもの」

「どんな車に給油してたんです？」ホリーはたずねた。「ヴァンということはありませんか？」ふたつめの質問は証人を誘導するものであり、ビルに知られたらお目玉を食らうところだが、ホリーには我慢できなかった。

「わたしは知らない。新聞にも出てなかったかも。自前のトラックかな。あの人、きれいに飾りたてたシボレー・タホのトラックに乗ってた。カスタムタイヤを履かせて、クロームめっきのパーツをいっぱいつけてたっけ。荷台にはキャンピングボックスまで載せてた。ふたりの女の子をあそこに閉じこめていたのかも。ふたりに薬を盛ってたのかもしれない……ほら……あいつが姉妹に……好き放題できるようになるまで眠らせて……」

「おえぇっ」ホリーの口から声が洩れた。抑えられなかった。

キャンディ・ウィルスンはうなずいた。「ほんとよ。こういったことはぜったい想像したくないけど、いやでも想像しちゃうのね。ほかの人はともかく、わたしはそう。警察はホームズのＤＮＡも発見してる——でも新聞にも出てた話だから、あなたも当然知ってるはずね」

「ええ、知ってます」

「それに、わたしもあの週のあいだヒースを見かけたの。だってある日、出勤してきたんだもの。『あら、ここが恋しくて離れていられないの？』って軽口でたずねたけど、ヒースはなにも答えず、なんだか気味の悪い笑顔を見せたっきりで、Ｂ翼棟の廊下をすたすた歩いていっちゃった。あんな笑顔はそれまで見たこともなかった、ただのいっぺんも。あのときはまだ爪の下に姉妹の血が残ってたはず。チンポとタマにもね。それを思うと、ほんと、ぞっとするね」

ホリーもぞっとしたが、そのことは口にせずにビールを少しだけ飲み、それは何日のことかと質問した。

「すぐには答えられないけど、姉妹が行方不明になったあとだったことは確か。調べれば正確な日付を教えてあげられる——だってその日は、仕事のあとで予約してた美容院に行ったから。染めてもらうために。それきり美容院には行ってないけど、この頭を見れば、あなたにもわかるでしょう？　ちょっと待ってて」

キャンディは部屋の隅の小さなデスクに歩み寄り、スケジュール帳を手にしてもどってくると、ページをめくって日付を遡りはじめた。

「ああ、あった。美容院は〈デビーズ・ヘアポート〉。行ったのは四月二十六日」

ホリーはその情報を書きとめると、さらにびっくりマークを書き添えた。たまたまテリー・メイトランドが最後に父親を訪ねた日でもあったからだ。テリーとその一家はその翌日、飛行機でフリントシティへ帰った。

「ピーター・メイトランドはホームズのことを知っていた？」

キャンディは笑った。「あのね、いまのピーター・メイトランドは、もうだれのことも本当の意味では知っちゃいない。去年までは頭がはっきりしてる日もあったし、今年になってからも、最初のうちはひとりでカフェテリアまでやってきてチョコレートドリンクを注文するくらいは記憶があった――人はいちばんの大好物をいちばん最後まで覚えてるものなの。それがいまじゃ、日がな一日すわって宙を見てるだけ。わたしがあんなざまになりはてたら、どっさり薬を飲んで死んでやる――まだ少しは動いてる脳細胞が残ってて、なんのための薬なのかをかろうじて思いだせるうちに。でも逆にヒースがピーター・メイトランドを知っていたかという質問だったら、答えはイエス、知ってたに決まってる。介護スタッフのなかには担当先を変えるのもいるけど、ヒースはほぼずっとB翼棟の奇数ナンバーの部屋を担当してたから。よくいってたっけ、脳みそがすっからかんになっていても、それでも自分のことがわかる居住者もいるんだよ、ってね。で、ピーター・メイトランドはB翼棟の五号室にいるの」

「あなたがホームズを見かけた日、ホームズはメイトランドの部屋を訪ねてましたか？」

「訪ねたに決まってる。じつは新聞に出てない、あることを知ってるの――もしヒースが死なずに裁判にかけられたとしたら、その場で大きな意味をもったはずのこと」

「どういうことですか？　お願いです、どういうことかを教えてください、キャンディ」

「姉妹が殺されたあとでヒースがハイスマン記憶機能ユニットに姿をあらわしていたと知ると、警察はB翼棟のすべての居室を捜索したの。なかでも重点を置いて調べたのがメイトランドの部屋よ。っていうのも、キャム・メリンスキーがメイトランドの部屋から出てくるヒースを見たと証言したから。キャムは清掃スタッフ。ヒースのことを特に覚えていたのは、そのときキャムが廊下の床をモップで掃除中で、ヒースが足を滑らせて尻もちをついたから」

「それは確かなこと？」

「ええ。で、ここからが肝心なところ。ナースたちのなかで、わたしがいちばん親しくしてるのはペニー・プリュドム。このペニーが、B五号室の捜索をおえたばかりの警官が電話で話しているのを立ち聞きしたの。警官は、部屋から毛髪が見つかった、見つかったのはブロンドだ、と話してたんですって。どう思う？」

「警察は見つけた髪の毛をDNA鑑定にまわしたはずですね――それがハワード姉妹のどちらかの髪の毛かどうかを確かめるために」

「鑑定したのはまちがいない。〈CSI：科学捜査班〉そのものね」

「鑑定結果が公表されることはなかった」ホリーはいった。「そうですね？」

「ええ。でも、ミセス・ホームズの家の地下室から警官がなにを見つけたかは知ってるでしょう？」

ホリーはうなずいた。その点については詳細が公表されていた——そんな記事を読むのは、姉妹の両親にとっては心臓に矢を突き立てられるようなものだったはずだ。だれかが情報を明かし、紙面に掲載された。テレビでも報道されたことだろう。

「記念品を手もとに保管しておく性的殺人犯《セックス・キラー》は珍しくない」キャンディはさも権威であるかのような口調でいった。「テレビの〈フォレンジック・ファイルズ〉や〈デイトライン〉あたりでよく見たもの。あの手の変態連中にはよく見られる行動パターンだって」

「ただし、それ以前にヒース・ホームズが変態だと感じられたことは一度もなかったんですね？」

「ほら、あいつらは本性を隠すもの」キャンディはおどろおどろしい声でいった。

「それにしては、ヒース・ホームズは自分の犯行を本気で隠そうとはしていませんね？人々に姿を目撃されているばかりか、防犯カメラにも映像が残っているくらいです」

「だからなに？ヒースは頭がぶっ飛んだ。頭がぶっ飛んだ連中はなんにもかまわなくなるものよ」

《断言してもいい、ラルフ・アンダースン刑事とフリント郡の地区首席検事も、テリー・メイトランドについて、その科白《せりふ》とまったくおなじことをいったはず》ホリーは思った。《そうはいっても、連続殺人犯——キャンディ・ウィルスンの用語を借りれば〝性的殺人《セックス・キ》

犯《ラー》〟――のなかには何年も世をあざむきつづけた者もいた。テッド・バンディしかり、ジョン・ウェイン・ゲイシーしかり》

ホリーは立ちあがった。「お時間をとってくださり、ありがとうございました」

「お礼だったら、わたしがこうしてあなたと話したことがミセス・ケリーにぜったいバレないようにしてくれればいいから」

「承知しました」

ホリーが玄関先に足を踏みだしたところで、キャンディ・ウィルスンがいった。「ヒースのお母さんのことは知ってる？　ヒースが拘置所で自殺したあと、お母さんがどうしたかを……」

ホリーは車のキーを手にしたまま足をとめた。「いえ、知りません」

「一カ月後くらいだったかな。あなたもそこまでは深く調べてなかったみたいね。お母さんも首をくくって死んだのよ。息子とおなじ死に方。ただし拘置所の独房じゃなく、自宅の地下室だったけど」

「そんなことって！　遺書はあったんですか？」

「それは知らない」ウィルスンは答えた。「でも地下室は、ほら、警察が血まみれになったショーツを見つけたところ。熊のプーさんとティガーとルーの絵をあしらったショーツ。ひとり息子が大それたことをしでかしたら、遺書なんか残す必要もないと思うけど」

9

　次になにをするかに迷ったときには、ホリーはいつも決まって〈ＩＨＯＰ《アイホップ》〉――〈インターナショナル・ハウス・オブ・パンケーキズ〉という長い店名の略称――か〈デニーズ〉をさがした。どちらのチェーン店も、朝食メニューを終日提供しているからだ。心なごむ料理を、ワインリストだの押しの強いウェイターだのに邪魔されずに、ゆっくりと楽しめる。さいわい、ホテルの近くに〈ＩＨＯＰ〉が見つかった。

　店の隅のふたりがけテーブルに席をとると、パンケーキ（三枚重ねの〝ショートスタック〟）と卵一個のスクランブルエッグとハッシュブラウンを注文した（〈ＩＨＯＰ〉のハッシュブラウンはいつでもどこでも美味保証つきだ）。料理を待ちがてらノートパソコンの電源を入れて、ラルフ・アンダースンの自宅電話番号を検索した。ネット上には番号が見つからなかったが、さほど驚かなかった。警察関係者はほぼ例外なく自宅の電話番号を非公開にしている。それでもホリーには番号を入手できる自信があった――ビルから、ありとあらゆるテクニックを教わっていたからだ。それにラルフと話したい気持ちになっていた。自分とラルフのどちらも、それぞれ相手が所持していない情報の断片を所持しているはずだ、と考えられたからだ。

「だってあの人はメイシーズで、わたしはギンベルズ」ホリーはいった。

「あら、それはどういう意味？」そう声をかけてきたのは、ホリーの夕食を運んできたウエイトレスだった。

「そのくらいお腹が空いている、っていう意味よ」ホリーは答えた。

「そう、お腹がぺこぺこでちょうどいいくらい。このメニューは量がたっぷりだもの」いいながらウェイトレスは皿をテーブルにならべた。「でも、こんな言い方が気にさわったらわるいけど、もうちょっとたくさん食べたほうがいいよ。お客さんは痩せすぎみたいだから」

「いまのあなたとおなじことを、いつもわたしにいってよこす友だちがいたの」ホリーはいい、唐突に泣きたい気持ちになった。理由はいま自分が口にした言葉だった——友だちがいた。時は流れた。時はあらゆる傷を癒す。しかし……ああ、神さま、治るのにとてつもなく長い時間がかかる傷もあるのです。そして〝友だちがいる〟と〝友だちがいた〟を隔てるのは、そのような深淵だ。

　ホリーはゆっくりと、そしてパンケーキにたっぷりとシロップをかけて食べていった。本物のメープルシロップではなかったが、それでもおいしいことに変わりなく、そもそも腰をおろして時間を気にせず、のんびり食事できるのはありがたかった。

　食べおわるころには、あまり気乗りのしない結論に達していた。アレック・ペリーに断わりなくラルフ・アンダースン刑事に電話をかければ、事件を追いかけたい（これはビル愛用のフレーズ）気持ちにもかかわらず、調査から外されてしまう公算が高い。それ以上に重要なのは、そんな電話が職業倫理に反することだ。

ウェイトレスがまた近づいてきて、コーヒーのお代わりをすすめてきた。ホリーはうなずいた。〈スターバックス〉ではコーヒーのお代わりは無料サービスではない。〈IHOP〉のコーヒーはグルメレベルではないが、充分おいしい。シロップとおなじだ。《ついでにわたしともおなじ》ホリーは思った。かかりつけのセラピストがいうには、日々のこうした自己認識の瞬間はきわめて重要な意味をもっているらしい。《わたしはたぶんシャーロック・ホームズじゃないし――それをいうならトミーとタペンスでもない――だけど、探偵としてはそれなりに優秀だし、自分がなにをすべきかもわきまえてる。ミスター・ペリーはわたしに反対するかもしれない。議論は気が進まないけど、でも必要なら議論に応じよう。そうなったら、わが裡《うち》なるビル・ホッジズとつながればいい》

ホリーはその思いにしがみつきつつ電話をかけた。アレック・ペリーが電話に出るなり、ホリーはいった。「テリー・メイトランドはピーターースン少年を殺してはいませんでした」

「なに？　いや、おれの聞きまちがいでなければ――」

「まちがいではありません。デイトンでかなり興味深い事実がいくつも判明しました、ミスター・ペリー。しかし、そのことを報告書としてまとめる前に、アンダースン刑事から話をきく必要があります。わたしが刑事と話すことに、あなたから異議がありますか？」

ペリーの口からは、ホリーが恐れていた異議は出てこなかった。「それについてはハウイー・ゴールドに話す必要があるし、ハウイーからマーシーの了解をとる必要もある。しかし、両者ともに異存はないんじゃないかな」

ホリーは肩の力を抜いて、コーヒーのカップに口をつけた。「よかった。だったら、できるだけ早くふたりの了解をとってください。お願いです。アンダースン刑事の電話番号も教えてください。今夜にでも刑事の話をききたいので」

「しかし、どうして？　きみはなにを見つけた？」

「ひとつ質問させてください。テリー・メイトランドが最後にお父さんを訪ねたあの日、ハイスマン記憶機能ユニットでなにか妙な出来事があったかどうか、あなたはご存じですか？」

「妙な出来事というと……たとえば？」

今回ホリーは証人を誘導しなかった。「どんなことでも。あなたは知らないかもしれないし、でも知ってるかもしれない。たとえば……お父さんと会ったあとでホテルにもどったテリーが、奥さんになにか話したとか。ほんと、どんなことでもかまいません」

「わからないな……ただ、お父さんの居室から出たときに、テリーはうっかり介護スタッフとぶつかってしまったらしい。床が濡れていたので、介護スタッフは足を滑らせて転んだ。ただ、これはほんとに偶然の出来事だ。それに、ふたりのどちらも怪我だのなんだのはいっさいなかったんだし」

ホリーは関節が軋《きし》むほどの力をこめて携帯電話を握りしめた。「これまで、その話はひとこともきかせてもらってません……」

「重要な話だとは思えなかったんでね」

「それこそ、わたしがぜひアンダースン刑事と話したいと思ってる理由です。まだ見つかっていないパズルのピースがあります。いまあなたは、そのひとつをわたしに教えてくれました。アンダースン刑事なら、もっと多くのピースをもっているかもしれません。それにあの刑事は、わたしに見つけられないものを見つけられます」

「おいおい、テリーが部屋から出た拍子にたまたま人とぶつかったのが事件に関連しているというつもりか？　もしそうなら、いったいどう関連してるんだ？」

「とにかく、まずわたしにアンダースン刑事と話をさせてください。お願いです、お願いです」

長い沈黙ののちにアレックはいった。「とりあえず、当たるだけ当たってみよう」

ホリーが携帯をポケットにおさめると同時に、ウェイトレスが勘定書をテーブルに置いた。「なんだかヤバい感じの電話だったね」

ホリーはウェイトレスに笑顔をむけた。「すてきなサービスをありがとう」

ウェイトレスは下がっていった。勘定書を見ると代金は十八ドル二十セント。ホリーは皿の下にチップとして五ドルをしのばせた。推奨されるチップの額よりはいささか多目だったが、いまホリーは昂奮していた。

10

ホテルの客室にもどるのとほぼ同時に、ホリーの携帯が鳴った。見ると《非通知設定》と表示されている。

「もしもし、こちらホリー・ギブニーの携帯です。どちらさまですか?」

「ラルフ・アンダースンだ。アレック・ペリーから番号を教わって電話をかけている。アレックからは、きみがなにをしているのかも教わったよ、ミズ・ギブニー。わたしからの最初の質問だが……きみは自分がなにをしているのかを知っているのか?」

「ええ」ホリーには幾多の心配事があり、何年もセラピーに通ったいまでも疑い深い性格は残っていたが、この質問への答えについては疑いの余地はなかった。

「なるほど、なるほど。知っているのかもしれないし、本当は知らないのかもしれないね。ただし、それをおれが正確に知る手だてはない——そうだろう?」

「ええ」ホリーは同意した。「少なくとも、いまこの時点では」

「アレックからきいたが、きみはアレックに〝テリー・メイトランドはフランク・ピータースン少年を殺していなかった〟と話したそうだね。しかも、自信たっぷりな口調だったともきいた。おれが好奇心をいだいているのは、いまきみはデイトンにいて、ピータースン少年の殺害事件はここフリントシティで発生したのに、どうしてそんなふうに断言できるのかが疑問だったからだ」

「なぜかといえば、テリー・メイトランドがここデイトンにいたあいだに、きわめてよく似た事件がこっちでも発生していたからです。殺されたのは少年ではなく、ふたりの少女でした。基本的な犯行手口はおなじです――レイプと死体損壊。警察が逮捕した男性は、事件当時自分は約五十キロ離れた母親の家にいたと主張、母親もその主張を裏づけました。しかし男性の姿は姉妹が拉致された郊外の街、トロットウッドでも目撃されていました。男性の姿をとらえた防犯カメラの映像もありました。どうです、どこかで似たような話をきいたことがある気がしませんか？」

「きいたような気はするが、驚きはないな。逮捕されたあとで、なんらかのアリバイをでっちあげる殺人犯は珍しくない。保釈中逃亡者をつかまえる仕事をしていると――きみの探偵社の主たる仕事はそれだとアレックからきいた――そういうことを知る機会はないかもしれないが、テレビを見ていれば知っているはずだね」

「この男性はハイスマン記憶機能ユニットの介護スタッフでした。さらに、ミスター・メイトランドがその施設に入居している父親を訪問したのとおなじ週のあいだに、本来なら休暇旅行に出ているはずでありながら出勤していました。そしてミスター・メイトランドが最後に施設を訪ねた日――四月二十六日です――ともに殺人犯とされているふたりの男性は、この施設の廊下で鉢合わせしています。いえ、比喩的な意味ではなく文字どおり体がぶつかりあったという意味です」

「おい、なにかの冗談のつもりか？」アンダースンは声を張りあげた。

「いいえ。〈ファインダーズ・キーパーズ探偵社〉での昔のパートナーが生きていたら、純正の〝冗談抜き〟シチュエーションと呼んだはずです。いかがですか、興味が湧いてきたのでは？」

「介護スタッフが転んだとき、テリー・メイトランドをひっかいた話はアレックからきいたか？　とっさにテリーの腕をつかんで傷をつけた話は？」

ホリーは黙っていた。キャリーバッグに詰めこんで出張にもってきた映画のことを考えていたのだ。もとより自画自賛の習慣はないが――むしろその対極――いまは自分のその行為が第六感の天才のあらわれに思えた。とはいえ自分は、このメイトランド事件に日常を越えて遠くまでつながる要素があることを疑っていただろうか？　疑ってはいなかった。疑わなかったのは、怪物のようなブレイディ・ウィルスン・ハーツフィールドとかかわった経験があったからだろう。ああいった経験をすると、人はいやでも視野をかなり広げられるものだ。

「いっておけば、傷はそのひとつだけじゃない」ラルフ・アンダースンは、ひとりごとめいた口調でいった。「もうひとつ傷がある。ただし、それはこっちの街でのことだ。フランク・ピーターースンが殺されたあとの話だよ」

これもまた、これまで見つからなかったパズルのピースだ。

「教えてください、刑事さん。教えて・教えて・教えてください！」

「どうしよう……電話ではまずい気がするな。こっちへ飛行機で来られるか？ 顔をあわせて話しあいをするべきだ。きみとおれ、アレック・ペリー、ハウイー・ゴールド、それに州警察の刑事で、やはりこの事件の捜査にたずさわっていた男。マーシーも来るかも。来てもらおう」

「名案だと思いますが、返事に先立って、依頼人のミスター・ペリーと話しあう必要があります」

「どうせならハウイー・ゴールドと話しあえ。おれが番号を教える」

「でも、正規の職務手順では――」

「ハウイーはアレックの雇い主だ。だから職務手順は問題にならない」

ホリーはこの言葉に考えをめぐらせた。「あなたならデイトン警察署やモンゴメリー郡の地区首席検事に連絡をとれますよね？ ハワード姉妹殺害事件とヒース・ホームズ――というのが介護スタッフの名前ですが――のことで、知っておきたいのに調べきれないことが残っています。でも、あなたなら調べられるでしょう」

「その男の公判審理はまだつづいてるのか？ 公判継続中だと、向こうも情報を出ししぶるだろうし――」

「ミスター・ホームズは死にました」ホリーはいったん言葉を切った。「テリー・メイトランドとおなじです」

「まいったな」ラルフ・アンダースンはぼそりといった。「この事件はどこまで不気味になるんだ？」

「もっともっと不気味になります」ホリーはいった。これもまた、ホリーが疑いの余地なく確信していることだった。

「もっともっと不気味か」アンダースンはくりかえした。「マスクメロンのなかの蛆虫だな」

「ええと、いまのはどういう意味でしょう？」

「なんでもない。ゴールド弁護士に電話をかけるんだ。いいね？」

「やはり、その前にまず電話でミスター・ペリーに話しておくべきだと思います。念には念を入れるためだけにでも」

「ああ、きみの好きにすればいい。それから、ミズ・ギブニー……どうやらきみは、本当にその稼業のこつがわかっているみたいだね」

この言葉にホリーは笑みを誘われた。

11

アレック・ペリーから正式な許可を得たあと、ホリーはすぐに弁護士のハウイー・ゴールドに電話をかけた。そのあいだホテルの安物のカーペットには、ホリーが行きつもどりつ歩いた〝不安の軌跡〟の足跡がくっきり刻まれ、本人はとり憑かれたように〈フィットビット〉を叩いては脈搏数を確かめていた。ハウイーは、当地まで飛行機で来るのが名案だと思う、といってくれた――ただし、エコノミークラスで来る必要はない。

「ビジネスクラスを予約したまえ」ハウイーはいった。「そのほうが足を伸ばせる」

「わかりました」ホリーはくすくす笑いたくなった。「そうします」

「ところで、きみは本当にテリーはピータースン少年を殺していないと信じてるんだね？」

「同時に、ヒース・ホームズはふたりの少女を殺していないとも考えています」ホリーはいった。「犯人はほかにいると思われます。ええ、わたしが思うに犯人はまったくの〝部外者《アウトサイダー》〟です」

訪問　七月二十五日

1

フリントシティ市警察のジャック・ホスキンズ刑事は水曜日の未明の午前二時に目を覚ましたが、この覚醒には三つの謎があった。ひとつはふつか酔いだったこと、ふたつめは体が日焼けしていたこと、三つめはクソをひりたくなっていたことである。

《こいつは〈ロス・トレ・モリノス〉で食事をした報いだな》ジャックは思った……しかし、自分は本当にあの店で食事をしたのか？　食べたはずだとは思う——豚肉とスパイスのきいたチーズを詰めたエンチラーダだ——しかし、断言はできなかった。ひょっとしたら店は〈ハシエンダ〉かもしれない。ゆうべの記憶は曖昧だった。《こりゃウォッカを減らすしかないな。休暇もおわったことだし》

そのとおり。しかも、期間を短くされた。シケた小さな警察署には、動ける刑事が目下ひとりしかいなかったからだ。ときには人生がクソな御難つづきになる。いや、しょっちゅうか。

ジャックはベッドから起きあがった。足が床にあたったとたん、頭にずきんと一回だけ響いた痛みに思わず顔をしかめ、うなじの火傷を手でさすった。トランクスを引き剝がすように脱ぐと、ナイトスタンドから新聞をひったくって手にとり、用を足すために足を引きずってトイレに行く。便器に腰をすえ、メキシコ料理を食べてからほぼ六時間後に襲ってくる半流動体の奔流を待つあいだ、フリントシティ・コール紙をひらいて、がさがさページをめくり、コミックス欄をさがしあてた——この地方紙でジャックが多少なりとも興味をもっているのはここだけだった。

　コミックス〈ゲット・ファジー〉のふきだし内の小さな文字を読むのに、ジャックが目を細めていたそのとき、シャワーカーテンががさがさ音をたてた。顔をあげると、ひなぎくの模様がプリントされたカーテンに黒い影が見えた。心臓がいきなりのどにまで跳びあがってきて、じたばたともがいた。バスタブのなかに何者かが立っていた。侵入者だ。といっても、ドラッグ漬けでハイになっている泥棒がバスルームの小さな窓から体をくねらせて侵入し、唯一の隠れ場所であるバスタブに身を潜めていたところ、ここの寝室の明かりがついたのを見た——というわけでもなかった。ちがう。いまここにいるのは、カニング町のあのクソ廃屋の納屋で、ジャックのうしろに立っていたあいつだ。そのことは、自分の名前なみに確実にわかっていた。あの邂逅《かいこう》のひと幕は（あれを本当に邂逅と呼べるならの話）ジャックの頭を去ろうとしなかったし、ジャックのほうはといえば、まるでこのことを……あいつの再来を予期していたかのようにすら思えた。

《馬鹿な、嘘っぱちだってことはわかってるだろ、自分でも。おまえは納屋で男を見たと思いこんだ。でも男に懐中電灯の光をむけたら、それがぶっ壊れた農場の道具だとわかったじゃないか。そして今度は、バスタブに男が立っていると思いこんでる。でも、おまえが男の頭だと思っているのはただのシャワーヘッドだし、男の腕だと思いこんでいるのは、壁の手すりにはさんである柄《え》の長い背中用のボディブラシだ。さっきの物音は隙間風でも吹いたか、ただの気のせいだろう》

ジャックは目を閉じた。それからふたたび目をひらき、馬鹿馬鹿しい花柄のビニール製のシャワーカーテンを見つめた。こんなカーテンを愛せるのは、別れた妻のような女だけだ。こうして完全に目が覚めてきたいま、現実がしっかり根を張ってきた。ただのシャワーヘッド、ただの手すりに突っこまれている背中用のボディブラシ。おれは馬鹿だ。それも最低最悪なふつか酔いの馬鹿。まったく――

シャワーカーテンがまたがさごそと音をたてた。なぜ音をたてたかといえば、背中用ボディブラシだと思っていたかった物体から影の指が伸びでてきて、ビニールカーテンに触れたからだ。シャワーヘッドがぐるりと向きを変え、半透明のカーテンごしにジャックをにらんでいるように思えた。力をうしなった指から新聞が滑って床に落ち、静かな〝ばさっ〟という音をたてた。頭ががんがん痛んでいた。うなじはひたすら燃えるように熱かった。下腹部から力が抜け、狭いバスルームがゆうべ食べたものの臭気で満たされ――ジャックは突然、それが人生最後の食事だったことを悟った。手はじりじりとカーテンのへりに近づいていた。あと一秒――長くて二秒――もすればカーテンが横へ払われて、自分はこれまでの最悪の悪夢さえ甘美な白日夢に思えてくるようなものを見ることになりそうだ。

「いやだ」ジャックはささやいた。「いやだ」便器から立ちあがろうとしたが、両足が体を支えてくれず、かなりのボリュームがある臀部《でんぶ》がずっぽりと便座にはまりこんだ。「頼む、やめてくれ。よしてくれ」

カーテンのへりから手が出現した。しかし手はカーテンを払ってひらいたりせず、へりを指に握りこんだだけだった。指一本につき一文字のタトゥーがはいっていた――親指以外の四本で《CANT》になる。

「ジャック」

返事できなかった。いまジャックは全裸で便器にすわり、最後に残っていたクソがまだぴちゃぴちゃ音を立てて滴り落ちている状態で、胸のなかでは心臓が暴走しっぱなしのエンジンになっていた。心臓はいまにも胸を突き破って飛びだしそうだった。このぶんだと生涯最後に目にするのは、タイルに落ちたわが心臓が断末魔の鼓動にひくひくとうごめきながら、足首やフリントシティ・コール紙のコミックス欄に血しぶきをまき散らしている光景になりそうだ。

「ジャック、それは日焼けじゃないぞ」

いっそ気絶したかった。気をうしなってトイレからばったり床に倒れたかった。タイルで強く頭をうてば脳震盪《のうしんとう》になるかもしれないし、頭蓋骨が割れるかもしれないが、だからどうした？　とりあえずここから逃げられるではないか。しかし、意識はしぶとく残っていた。バスタブのなかの影のような姿も残っていた。カーテンにかかっている指も残っていた。《CANT》は褪《あ》せた青い文字だ。

「うなじに触れてみるがいい、ジャック。おれにこのカーテンを横へ引いて、おれの姿をおまえに見せつけてほしくなければ、いますぐいわれたとおりにしろ」

ジャックは片手をもちあげて、うなじに押しつけた。即座に肉体が反応した——恐るべき激痛の電撃がうなじからこめかみに駆けあがり、両肩へ走りおりた。あわてて自分の手を見る。手のひらは血まみれになっていた。

「おまえは癌《がん》に侵されてる」カーテンの向こう側にひそむ影がそう告げた。「癌はおまえのリンパ腺に、のどに、鼻腔にひそんでいる。おまえの両目にも癌ができているぞ。もうじき見えるようになる。悪性の癌細胞が固まった小さな灰色のこぶが、おまえの視界をふわふわ浮かびまわるようになる。いつ癌になったかはわかるか？」

もちろんわかっていた。カニング町の田舎で、この存在が体に触れてきたあのときだ。この存在がおれを……愛撫したあのときだ。

「おれがおまえに癌をくれてやったんだ。でも、おまえから取り返すこともできる。どうだ、取り返してやろうか？」

「頼む」ジャックはささやいた。泣きはじめていた。「おれから取り返してくれ。お願いだから、取り返してくれよ」

「だったら、おれの頼みごとをきくか？」

「ああ」

「ためらうことなく？」

「もちろん！」

「おまえを信じよう。いっておくが、この先おれがおまえを信じられなくなるような真似を決してするなよ、いいな？」

「ああ、しない！　ぜったいに！」

「よし。では体を清めろ。鼻がひん曲がりそうな悪臭だ」

《ＣＡＮＴ》の手は引っこんだが、シャワーカーテン裏の影はまだそこからホスキンズをにらみつけていた。やはり男ではなかった。人類史上の最低の男でさえ及ばない最低最悪の存在だった。トイレットペーパーに手を伸ばしたが、そのあいだにも自分の体が傾いて、便座から離れつつあることが意識された。同時に周囲の世界もどんどんぼやけ、収縮していた。歓迎すべきことだった。ジャックは床に倒れたが、痛みは感じなかった。体が床にぶつかるよりも先に意識をうしなっていたからだ。

2

その日の朝ジャネット・アンダースンは四時に目を覚ました――いつもどおり、膀胱《ぼうこう》がいっぱいになって夜明け前に目覚める現象だった。いつもなら夫婦の寝室のバスルームをつかうが、テリー・メイトランドが銃殺されて以来、夫のラルフは不眠に苦しめられていたばかりか、今夜はとりわけ寝苦しそうだった。そこでジャネットはベッドから出ると、息子デレクの部屋の前を通って、廊下の突きあたりにあるバスルームまで足を運んだ。用をすませたあとトイレの水を流そうかと考え、その程度の音でも夫を起こしてしまいそうだと思ってやめた。水を流すのは朝になってからでも間にあう。

《お願いです、神さま、あと二時間だけ》バスルームから出ながらジャネットは思った。《せめてあと二時間、ぐっすり眠らせてください、お願いはそれだけ――》

ジャネットは廊下の途中でいきなり足をとめた。寝室から出てきたときには、一階はどこも暗かったのではなかったか。確かにあのときは、起きてはいても頭は眠っているも同然だった。しかし、明かりがついていればさすがに気づいたはずだ。

《でも、それって断言できる？》

いや、とても断言はできない。しかし、いま下の階の明かりがついていることはまぎれもない事実だ。白い光。柔らかな光。ガスレンジの上の照明だ。

ジャネットは階段まで歩いていって足をとめ、ひたいに皺を寄せながら光を見おろして、深く考えをめぐらせた。ベッドにつく前に防犯アラームをセットしただろうか？　まちがいない。就眠前に備えを固めるのは、この家のルールだ。ジャネットがセットし、それをラルフが再確認してから、ふたりで寝室へあがった。以前からアラームは夫婦のどちらかがセットすることになっていたが、ふたりでのダブルチェックは――ラルフの睡眠障害とおなじように――テリー・メイトランドの死をきっかけにはじまった新しい習慣だった。

ラルフを起こそうかとも思ったが、考えなおしてやめにした。ラルフには睡眠が必要だ。寝室に引き返して、クロゼットの高い棚に置いてある箱からラルフの官給品のリボルバーをとってこようかとも思ったが、クロゼットの扉は開閉のたびに軋《きし》むし、あんな音がすればラルフが目を覚ますに決まっている。それに、そもそも疑心暗鬼に過ぎるのではないか？　最初にバスルームに行ったときには照明がついていたのに、気づかなかっただけか。あるいは、なんらかの故障で照明がひとりでについたのか。ジャネットは音をたてないように階段を降りはじめた——あえて考えることもなく三段めで左に、九段めでは右に寄って、階段が軋まないようにしながら。

ついでキッチンのドアに近づき、ドアフレームに体を寄せて——自分が愚かな真似をしていると感じると同時に、愚かには感じないまま——キッチン内をのぞきこんだ。それからため息をつき、その吐息で顔から髪を払う。キッチンは無人だった。レンジ上の明かりを消そうとキッチンを横切りかけたところで、ジャネットは足をとめた。キッチンテーブルには椅子が四脚そろっているはずだった。三脚は家族用で、残る一脚は〝来客用〟と呼びならわされていた。ところがいま、テーブルの前には椅子が三脚しかなかった。

「動くな」何者かの声がした。「動けば殺す。悲鳴をあげれば殺すぞ」

ジャネットは凍りついた。動悸《どうき》が激しくなり、うなじの毛がちりちりと逆立った。一階へ降りてくる前に用をすませていたからよかったが、そうでなかったら失禁してしまい、足をつたって流れ落ちた尿が床に水たまりをつくったところだ。家宅侵入者の男は居間にキッチンの椅子をもちこんで、そこにすわっていた。ただし居間とキッチンをつなぐ戸口から離れていたせいで、ジャネットに見えたのは男の膝から下だけだった。色落ちしたジーンズ、裸足でモカシンを履いていた。足首を赤い斑点がぐるりと取り巻いているのは乾癬《かんせん》だろうか。上半身はぼんやりとしたシルエットでしかない。ジャネットにわかるのは肩幅がかなりあり、両肩ともわずかに撫で肩のようになっていることだけ——といっても、疲れて肩を落としているのではなく、トレーニングで筋肉がみっしりついて、肩をいからせることができなくなったらしい。こんな場合にもかかわらず、ほんの一瞬でこれだけを見てとれたのが奇妙だった。脳内で物事を整理する能力が恐怖で凍りついた結果、あらゆる事物が先入観なく流れこんできたせいだった。ここにいるのはフランク・ピータースン少年を殺した男。ここにいるのは野獣も同然にフランク少年の体を嚙み裂き、木の枝で蹂躙《じゅうりん》した男。その男がいまこの家にいる。そして自分は、半袖半ズボンのパジャマ姿でここに立っている……しかも、左右の乳首がヘッドライトみたいに突きだしていることは疑いない。

「おれの話をきけ」男がいった。「きいているのか?」

「ええ」ジャネットはささやいたが、体がふらつきはじめ、いまにも気絶しそうになっていた。このぶんだと、男がいちばん肝心な話を口にする前に気をうしなってしまうのではないかという恐怖があった。そんなことになれば、男はわたしを殺す。そのあと男は家を出ていくかもしれず、二階へあがってラルフを殺すかもしれない。しかもラルフがまだ完全に目覚めず、なにがどうなっているのかも把握できずにいるあいだに殺してしまうかも。

《そんなことになったら、キャンプから帰ってきたデレクが親なし子になってしまう……》

だめ。だめだ。ぜったいに。

「な、なにをさせたいの？」

「亭主にいえ——ここフリントシティでの仕事は全部おわっている、と。手を引けと伝えろ。きっちり手を引けば、ふだんの日常がもどってくると伝えろ。もし手を引かなければ、おれに殺されることになると亭主に伝えろ。おれがあいつらを皆殺しにする、と」

男の手が、暗いままの居間から一本きりの蛍光灯が投げかける薄暗い光のなかにじわじわ出てきた。大きな手だった。男が手を握って拳をつくった。

「おれの指になんて書いてある？　読みあげてくれ」

ジャネットは色褪せた青い文字に目を凝らした。話そうとしたが声が出なかった。いま舌は、口の天井に貼りついた肉の塊にすぎなかった。

男が身を乗りだしてきた。ジャネットにも、大きく張りだしたひたいの下の目が見えた。黒髪は直立するほど短く刈りこまれていた。黒い両目はただジャネットを見ているだけではなかった——ジャネットのなかにまで侵入して心と頭の両方をさぐりまわっていた。

「ここには《MUST《やるべき》》とあるんだよ」男はジャネットにいった。「おまえにも見えているんだろう？」

「そしておまえがやるべきなのは、亭主に手を引けと伝えることだ」黒い口ひげのなかで赤い唇が動いていた。「亭主でも、その一味のだれでもいい、おれを見つけようなんて真似をしたら、そいつらをまとめてぶち殺し、はらわたを砂漠に捨てて禿鷹の餌にしてやる。話はわかったな？」

「み、み、見えて——」

《わかった》と、そう男にいいたかった。しかし舌はいっこうに動いてくれず、膝はへなへなと力をなくしていき、ジャネットは床に倒れまいとして両腕を前に突きだした。しかし、それに成功したかどうかはわからずじまいだった。体が床にぶつかるよりも先に闇に吸いこまれていたからだ。

3

朝の七時、窓から射しこんでベッドにかかっているまぶしい夏の日ざしに、ジャック・ホスキンズは目を覚ました。外では鳥たちが囀《さえず》っていた。ジャックはすかさず上体を起こし、あわてて周囲を見まわしながら、ゆうべ飲んだウォッカの影響で頭がずきずき痛んでいることをうっすらと意識していた。

急いでベッドから降り立つと、ベッドサイドテーブルの抽斗《ひきだし》をあけ、自宅での護身用に置いてある三八口径のパスファインダーをとりだした。拳銃をぴたりと右頰に寄せて短い銃身を天井にむけ、足を高くあげて寝室を横切る。落ちていたトランクスを足で蹴ってどかし、あいたままのドアまでたどりつくと、壁を背にして足をとめる。ドアの先からただよってくる臭気は、もう薄れかけてはいたが、よく知っているものだった——ゆうべ食べたエンチラーダの名残だ。してみると、用を足したくなって起きたのはまちがいない。その部分にかぎっては、夢ではなかった。

「そこにだれかいるのか？　いるなら答えろ。こっちの手には銃がある——いつでも撃てるんだぞ」

反応はゼロ。ジャックは深呼吸をひとつしてから、体を落としたままドアフレームを軸に身をひるがえして突入し、同時に三八口径の銃身をバスルーム全体にさっと走らせた。便器のふたがあいていて、便座がおろしてあった。コミックス欄をひらいた新聞が床に落ちていた。バスタブに目をむけると、花柄の半透明のシャワーカーテンが引いてある背カーテンの向こうに影が見えたが、シャワーヘッドと手すり、手すりに突っこんである背中用のボディブラシの影だった。

《まちがいないのか？》

まだ気力が残っているうちにジャックは前へ歩を進めたが、バスマットに足をとられて転びかけ、あわててシャワーカーテンをつかんで、どすんと尻もちをつくのを免《まぬか》れた。カーテンがリングからはずれて、ジャックの顔にかぶさった。思わず悲鳴をあげ、しゃにむにカーテンを顔から払いのけながら三八口径をバスタブへむけたが……そこにはなにもなかった。だれもいない。ブギーマンはいなかった。バスタブの底をのぞきこむ。とりたててバスタブの清潔を常に心がけていたわけではなかったが、だれかがここに立てば足跡のひとつも残っているはずだ。しかし乾燥した石鹸やシャンプーの滓《かす》が足跡で乱されていることはなかった。つまり、あれはすべて夢だった。群を抜いて真に迫った悪夢だったのだ。それでもジャックは、バスルームの窓や外に通じている三カ所のドアのすべてを点検した。いずれもきっちりと閉まっていた。

これでよし、と。肩の力を抜く頃合いだ。いや、あと一歩というところか。ジャックは念のためにバスルームへ引き返すと、今回はタオル類のキャビネットも調べ（異常なし）、床に落ちているシャワーカーテンをこわごわと爪先で探りもした。この忌ま忌ましいしろものは、どうせ交換の潮時だった。きょうにでも〈ホームデポ〉に立ち寄ろう。

ジャックはなんの気なしに手をうなじに押しつけた。そのとたん激しい痛みに襲われて、上ずった悲鳴を洩らした。シンクに近づいて体の向きを変える。しかし、顔をうしろへめぐらせて鏡で自分のうなじを見ようとするのは無益そのものの愚行だ。シンク下の最上段の抽斗をあけてみたが、ひげ剃り道具と櫛、ほどけたままの〈エース〉の繃帯《ほうたい》、女性用抗真菌薬のモニスタットの世界最古らしきチューブのほかはなにもなかった。ちなみに最後の品は、グレタがまだここにいた日々のちょっとした記念品だった。馬鹿げた柄のシャワーカーテンと同様に。

目当ての品はいちばん下の抽斗のなかにあった。把手が壊れている手鏡。鏡を曇らせていた埃を拭きとってから、背にしたシンクのへりが尻に食いこむ姿勢をとって手鏡をかかげた。うなじが燃えるように真っ赤になり、そこに極小の真珠めいた水疱《すいほう》がたくさん出来ていることもわかった。どうしてこんなことになったのか？　当たり前だが日焼け止めはたっぷり塗っていたし、そもそも体のほかの部分はまったく日焼けしていないというのに。

《ジャック、それは日焼けじゃないぞ》

ジャック・ホスキンズは情けない小さな鼻声をあげた。きょうの未明に何者かがこのバスタブに立っていたことがなかったのは確実だし、手の指に《ＣＡＮＴ》というタトゥーをほどこした不気味な男もいなかった――いなかったにちがいない――が、ひとつ確実にいえることもあった。ジャックが皮膚癌の家系だということだ。母親とおじのひとりが皮膚癌で命を落としていた。《赤毛といっしょに遺伝するんだ》父はそう話していた。そう口にする前に父は、左腕から良性皮膚ポリープを切除し、ふくらはぎから前癌性のほくろを除去し、うなじから基底細胞癌を切除していた。

またジャックは、おじのジムの頰にできた（ひたすら成長をつづけていた）巨大な黒いほくろを覚えていた。母親の胸骨の上から左腕まで食らいつつあった、見るも痛々しい皮膚の糜爛《びらん》のことも覚えていた。皮膚は人間の肉体でも最大の器官だ。それゆえ皮膚に不具合が起これば、その結果が見目うるわしいものになることはない。

《どうだ、取り返してやろうか？》カーテンに隠れていた男はそうジャックにたずねた。

「あれは夢だった」ホスキンズは声に出していった。「まずカニング町でひどくおっかない思いをさせられ、そのあとは安物のメキシコ料理を馬鹿食いした。そのせいで悪夢を見た。ああ、それだけ、一件落着だ」

それでもジャックは手を休めず、腋《わき》の下やあごの下や鼻の穴をさぐってしこりの有無を確かめた。なにも見つからなかった。うなじにいささか直射日光を浴びすぎた日焼けがあるだけだ。ただし、体のほかの部分には日焼けはひとつもなかった。痛みに疼く一本の筋だけだ。出血はしていない――これは未明の邂逅がただの夢だったことを、ある意味で立証しているようなものだ。しかし、問題の箇所に粒状の水疱が出はじめている。医者に診てもらうべきなのかもしれない。そのつもりもあった……が、それは二、三日ようすを見て、快方へむかうかどうかを確かめてからだ。

《おれの頼みごとをきくか？　ためらうことなく？》

《ためらう者などいるものか》ジャックは鏡で自分のうなじを見つめた。ためらえば体を外側から――生きたまま――貪り喰われるしかないとなったら、ためらう者はひとりもいない。

4

目を覚ますと、ジャネットは寝室の天井を見あげていた。最初は、どうして口のなかがパニック特有の銅っぽい味に満たされているのかがわからず――最悪の転倒を間一髪でかわしたあとのようだった――なぜ自分が両手を上へ突きだして、なにかを避けるように手のひらを広げているのかもわからなかった。ついでベッドの自分の左側が無人であり、ラルフがシャワーを浴びている水音が耳をつくにおよんで、ジャネットは思った。
《あれは夢だった。これまでに見た悪夢のなかではだんとつに真に迫った悪夢だったけど、でもしょせんは夢だったのね》
そう考えても安堵はおぼえなかったし、そもそもそんなことを信じてはいなかった。ふつう夢は――たとえ最悪の夢でも――目が覚めるなり中身が薄れて消えていくのに、この夢は消えていなかった。夢のすべてを覚えていた――一階の明かりがついていることに気づいたことにはじまり、キッチンと居間の戸口のすぐ先に椅子を置いて、そこにすわっていた男のことまでも。薄暗い光のなかに片手がじわじわ出てきたことも、その手が拳をつくり、拳の関節のあいだに薄れかけた青いタトゥーの文字で《MUST《やるべき》》と書いてあったことも覚えていた。
《そしておまえがやるべきなのは、亭主に手を引けと伝えることだ》
ジャネットは上がけをはねのけ、走っているとはいえない足どりで寝室をあとにした。キッチンへ行くと、ガスレンジの上の照明は消えており、家族がほぼ毎回食事をするキッチンテーブルのまわりには、見慣れた位置に四脚の椅子がならんでいた。椅子はいつもと配置が異なっているはずだった。

しかし、異なってはいなかった。

5

片手でシャツの裾をジーンズにたくしこみ、片手にスニーカーをぶらさげて一階へ降りてきたラルフが見たのは、キッチンテーブルを前にしてすわっている妻のジャネットの姿だった。妻の前には、朝のコーヒーのカップもジュースもシリアルもなかった。ラルフは妻に大丈夫かとたずねた。

「大丈夫じゃない。ゆうべ、ここに男がひとりいたの」

ラルフはその場で足をぴたりととめた――シャツの裾の半分はきっちりたくしこまれ、残り半分は垂れ下がったままだった。その手からスニーカーが床に落ちた。「いまなんといったんだ？」

「ひとりの男。フランク・ピーターースンを殺した男」

ラルフはいきなり完全に目を覚まし、あたりを見まわした。「いつ？　いったいなんの話をしてる？」

「ゆうべよ。いまはもういない。でも、あなたにメッセージを残していった。すわって、ラルフ」

ラルフはいわれたとおりにすわった。ジャネットはゆうべの出来事を語った。ラルフはじっと妻の目を見つめ、言葉をはさまずに話をきいた。妻の目には絶対の確信以外にはなにも見あたらなかった。ジャネットの話がおわると、ラルフは立ちあがり、裏口の横にある防犯アラームの操作パネルを確かめにいった。

「アラームはセットされたままだ。ドアには鍵がかかっている。少なくとも裏口は」

「アラームがセットされてるのは知ってる。全部のドアに鍵がかかっていることも。わたしも調べたから。どこの窓にも鍵がかかってる」

「だったら、どうやって――」

「わからない。でも、男はここにいたの」

「そこにすわっていたんだな」ラルフはそういって、居間とキッチンをつなぐ戸口を指さした。

「ええ。明るいところにはあまり踏みこみたくないみたいだった」

「大男だといったな？」

「ええ。あなたほど大きくなかったかもしれない――ずっとすわっていたから、身長を目で見る機会がなかったの――でも肩幅は広かったし、筋肉がたっぷりついてた。一日に三時間はジムでトレーニングしている男みたいだった。あるいは刑務所の庭でウェイトリフティングをしていた男ね」

ラルフはテーブルを離れると、キッチンのフローリングの床と居間のカーペットが接しているところに膝をついた。ジャネットには夫がなにをさがしているかがわかっていたし、それを見つけられないこともわかっていた。正気をうしなっていない人間なら、夢と現実の区別はつけられる――たとえ、現実が日常生活の範囲からどれほど遠くまで逸脱していようとも。以前なら疑ったかもしれない(し、いまラルフが疑っていることもわかっていた)が、いまのジャネットはもう疑わなかった。いまでは知識がずいぶん増えていたからだ。

ラルフが立ちあがった。「これは新しいカーペットだぞ、ハニー。男がここに椅子を置いてすわっていたのなら、短時間でも椅子の足の跡がここに残っていて当然なんだ。でも、そんな跡はないな」

ジャネットはうなずいた。「わかってる。でも男はそこにいたの」

「いったいなにをいってる? 男は幽霊だったとでも?」

「正体なんて知らない。でも、あの男の言葉が正しいのはわかる。あなたは手を引くべきよ。手を引かなければ、いずれよくないことが起こる」ジャネットはラルフに近づくと顔を上へむけ、夫の顔をまっすぐ見つめた。「なにか恐ろしいことが」

ラルフはジャネットの手をとった。「このところストレスの多い日々だったからね、ジャニー。おれだけじゃなく、きみにとっても――」

ジャネットは体を引いた。「話をそっちにもっていかないで、ラルフ。だめよ。ほんとに男がここにいたの」

「では、話の都合上、男がいたとしておこう。いいか、以前にも脅迫されたことはあった。給料に見あう働きをしている警官なら、だれだって脅迫されたことくらいあるもんだ」

「脅迫されているのは、あなただけじゃないのよ！」金切り声にならないように自制しなくてはならなかった。あの手の馬鹿馬鹿しいホラー映画の世界につかまって逃げられなくなった気分だった――ヒロインが、ジェイソンなりフレディなりマイケル・マイヤーズなりがまた姿をあらわしたと周囲に訴えても、だれからも信じてもらえない映画の世界に。

「あの男は、わたしたちの家のなかにいたの！」

ラルフは、もう一度最初から説得することも考えた――すべてのドアは施錠され、すべての窓も施錠されていたうえに、防犯アラームもセットしてあったこと。しかし、なにもいわなかった。きょうの朝、ジャネットが自分のベッドでなにごともなく目を覚ましたことも指摘しておこうと思った。しかしジャネットの表情から、どんな話も効果がないことが見てとれた。いまのような状態の妻との口論は、ラルフがもっとも避けたいことだった。

「男に火傷はあったかい？　おれが裁判所前で見かけた男みたいに？」

ジャネットはかぶりをふった。

「まちがいないか？　いや、問題の男は影のなかにいたときみが話していたからね」

「男は途中で一度だけ身を乗りだして、そのとき姿がちらりと見えた。それだけで充分だったわ」ジャネットは身を震わせた。「おでこは広くて、目の上に突きでていた。瞳は暗い色——黒かもしれないし茶色かもしれず、もしかしたら濃紺だったかもしれないけど、わたしにはわからない。髪の毛は短くて突っ立ってた。ひげを生やしてた。唇は真っ赤だったわ」

この人相の描写が、ラルフの頭のなかのチャイムを鳴らした——しかし、ラルフはこの勘を信用しなかった。ジャネットの真剣さに影響されて、偽の確証をいだいてしまっただけかもしれない。もちろん妻を信じたいのは山々だった。あとはひとつでもいい、実証性をそなえた証拠があれば、それだけで……。

「ちょっと待って……あの男の足！　あの男はソックスなしの裸足のままモカシンを履いてて……そこからのぞいている足首が赤いできもので覆われてた。そのときは乾癬だろうと思ったけど、火傷だったとしてもおかしくないわ」

ラルフはコーヒーメーカーのスイッチを入れた。「きみにどう話せばいいかがわからないんだが……きみはベッドで目覚めた。それに、家のなかに、何者かが侵入した形跡はなく——」

「昔あなたは、マスクメロンを切ったら、なかにぎっしり蛆虫が詰まっていたと話してた」ジャネットはいった。「それは事実だし、現実にあったことだとあなたは知ってる。だったら、どうしてこっちも現実だと信じられないの？」

「たとえ現実だったと信じても、手を引くわけにはいかない。それくらいわからないのか？」

「わたしにわかっているのは、うちの居間にすわっていた男の言葉には正しいことがひとつはあったということだけ——もうおわったことだ、と。フランク・ピータースンは死んだ。テリーは死んだ。いずれあなたは警察の通常勤務に復帰して……わたしたちは……わたしたちはそこから……」

ジャネットの言葉が途切れた——ラルフの顔つきから、言葉をつづけても無益だということが明らかだったのだろう。ラルフが見せたのは不信の表情ではなかった。失望だった——その気になれば捜査を投げだして次の段階へ進めるはずだと、妻から思われているらしいことへの失望。テリー・メイトランドをエステル・バーガ記念公園の野球グラウンドで逮捕したことが最初のドミノであり、暴力と悲しみの連鎖反応のきっかけになった。そしていまジャネットとラルフは、存在していなかった男をめぐって口論をしている。すべては自分の責任だ——ラルフはそう信じていた。

「もし手を引かないのなら」ジャネットはいった。「あなたはまた拳銃を携行するようにしなくてはだめ。わたしは、あなたから三年前にもらった小型の二二口径をもち歩く。あのときはなんて馬鹿げた贈り物かと思ったけど、あなたが正しかったみたい。ええ、そうよ、あなたは千里眼だったのかもしれない」

「ジャニー——」

「卵を食べたくない？」

「ああ、そうだな、もらうよ」ラルフは空腹ではなかったが、きょうの朝ジャネットのためにしてやれるのは手料理を食べることくらいだ。だったら、そのとおりにしよう。

ジャネットは冷蔵庫から卵をとりだすと、ラルフに背中をむけたまま話した。「夜のあいだだけでも警察に身辺保護をお願いしたい。日没から夜明けまでずっとでなくてもいい。警察の人に定期的に巡回してもらえれば。あなたから頼んでもらえない？」

《警察の身辺保護とはいえ、幽霊相手じゃ役に立たないぞ》ラルフはそう思ったが、結婚生活もそれなりに長くなると口を慎むくらいの知恵はついていた。「なんとかなると思う」

「ハウイー・ゴールドや、ほかの人たちにもひとこと注意しておくべきよ。いくら、いかれた話に思えてもね」

「ハニー――」

そういいかけたラルフをさえぎって、ジャネットはつづけた。「あの男は、あなただけじゃなく仲間のだれであってもおなじだといった。手を引かなければ、あなたのはらわたを砂漠に捨てて、禿鷹に食わせるといってたわ」

たしかに、このあたりでも（とりわけ、ごみ収集日には）禿鷹が空で輪を描いて飛んでいるのをおりおりに見かけはするが、そもそもフリントシティ近郊には砂漠などないことを、ジャネットにいっておくべきだろうか。そんな話が出てくることだけでも、男との邂逅のひと幕がすべて夢だったと示唆しているように思えたが、やはりラルフは黙っていた。話が落ち着きはじめたいま、あえて蒸し返したくはなかった。

「ああ、話しておく」ラルフはいった。この約束は守るつもりだった。いまの自分たちに必要なのは、すべてをテーブルにならべることである。たとえ、いささか常軌を逸した話でも。「おれたちがハウイー・ゴールドの事務所にあつまって話しあいをすることは知ってるな？　アレック・ペリーが雇って、テリーのデイトンへの家族旅行について調べさせたという女性調査員も出席するんだ」

「テリーの無実をはっきり断定したという人ね？」

今回ラルフが頭で考えながらも言葉にしなかったのは（結婚生活も長くなると、口にしなかった会話がいくつもの大海原をつくっているように思える）、《ユリ・ゲラーだって、自分は精神を集中させることでスプーンを自在に曲げられるとはっきり断定したんだぞ》という思いだった。

「ああ、その女性も飛行機でこっちへ来る。結局はたわごとばかりの女だとわかるかもしれない。とはいえその女性調査員は勲章をもらった元刑事といっしょに探偵社をやっていたそうだし、話をきくかぎり調査手順もしっかりしていたな。だから、本当にデイトンで新情報をつかんできたのかもしれない。とにかく、自信たっぷりなようすだったことは確かだ」

ジャネットは卵を割りはじめた。「わたしが一階へ降りてきたら、防犯アラームはエラーで解除されていて、裏口はあきっぱなし、タイルに男の足跡が残っていたとしても、それでもあなたは手を引かずに突き進む。たとえそうなっても突き進むつもりね」

「そのとおり」ジャネットには真実を――飾らない真実を――知る権利がある。

ジャネットはラルフのほうへむきなおり、料理用のへら《スパチュラ》を武器のようにかかげた。「いわせてもらってもいい？　わたしには、そんなあなたが馬鹿に思える」

「ああ、好きなことを好きなように口にすればいい。ただし、次のふたつのことだけは忘れないでくれ。ひとつは──テリーが無実か有罪かには関係なく、テリーが殺された件におれがひと役買っていたことだ」

「あなたは──」

「黙っていてくれ」ラルフはジャネットに指をつきつけながらいった。「いまはおれが話をしているし、きみにもぜひ理解してほしいことだからだ」

ジャネットは口をつぐんだ。

「もしテリーが本当に無実だった場合には、子供殺しの犯人が自由の身のまま、野放しになっていることになる」

「それはわかってる。でもあなたはいま、自分の理解がおよばない世界のドアをあけてるのかもしれない。あるいは、わたしの理解がおよばない世界へのドアを」

「超自然の世界ということか？　いまきみはそういいたいのか？　だったらいっておくが、おれはそんなものを信じちゃいない。この先もぜったいに信じるものか」

「あなたはあなたで好きなものを信じればいいの」ジャネットはまたレンジのほうへむきなおった。「でも、あの男はここにいた。わたしは男の顔を見たし、指に書いてあった文字も見たの。《MUST《やるべき》》の文字を。とにかく……不気味な男だった。思いつく形容はそれだけよ。あなたに信じてもらえないことには、泣きたい気分になる……いえ、この卵を料理してるフライパンをあなたの頭に叩きつけたくなるというか……あるいは……わからない」

ラルフはジャネットのもとに近づいて、腰に両腕をまわした。「きみが信じているということを信じている。そのことに嘘はない。約束しよう。今夜の会議でなにも出てこなかったら、この件から手を引くという選択肢をもっと広い心で検討するよ。ものには限度があることくらい、おれにもわかってる。それでいいかな？」

「現時点ではそれで満足するしかないみたい。あなたが野球グラウンドでミスをおかしたことはわかった。その償いをしたがっていることもわかる。でも、このまま進みつづけることで、これまで以上のミスをおかしたら？」

「フィギス公園で見つかったのがデレクだったらどうした？」ラルフはいいかえした。

「それでもきみはおれに手を引けといったか？」

ジャネットはこの質問に憤慨した。卑怯な攻撃だとも思った。しかし、どう答えればいいかはわからなかった。というのも、被害にあったのが息子のデレクだったら、そんなことをした人間を――あるいは怪物を――ラルフに地の果てまでも追いかけてほしいと思うはずだからだ。そして追いかけるラルフのかたわらに、自分もいるはずだからだ。

「オーケイ。あなたの勝ち。でも、ひとつだけ条件がある。いっておけば、この条件については交渉の余地はいっさいなしよ」

「どんな条件だ？」

「あなたが今夜の会合に行くときには、わたしもいっしょに行く。警察の仕事がどうこうなんておためごかしは無用よ。そうでないことは、とっくにお見通しだから。さあ、卵を食べちゃって」

6

ラルフはジャネットから買物リストをわたされて、〈クローガーズ〉へと送りだされた。というのも、夜中になにものかが——人間、あるいは幽霊、あるいは飛びぬけて真に迫った夢の単なる登場人物が——自宅を訪れていようとも、アンダースン夫妻に食事が必要なことに変わりはないからだ。スーパーマーケットまでの道のりを半分まで来たところで、情報の断片が頭のなかでまとまってきた。劇的なところはひとつもなかった。明白な事実はずっとそこに——文字どおり目の前に——あった。それも警察の取調室のなかに。もしや自分はフランク・ピータースン殺しの真犯人を証人として迎えて事情聴取し、協力に感謝する言葉をかけただけで逃がしてしまったのか？　テリー・メイトランドをあの殺人に結びつける豊富な証拠を思えば、およそありえない話だが、それにしても……。

ラルフは車を道ばたに駐めて、州警察のユネル・サブロに電話をかけた。

「心配するな、今夜はちゃんと行くから」ユネルはいった。「この大混乱事件のオハイオ州サイドからもたらされるニュースを、ひとつでも逃すわけにはいかないからな。それに、介護スタッフのヒース・ホームズについても調べはじめてる。いまはまだ、たいした情報もあつまっていないが、会合で顔をあわせるころには、それなりの量の情報が手にはいってるはずだ」

「ありがたい。ただ、おれが電話をかけた理由はほかにある。クロード・ボルトンの前科記録を取り寄せてもらえないか？〈紳士の社交場《ジェントルメン・ブリーズ》〉の用心棒だよ。前科の大半は違法薬物の所持だと思うが、一、二回は販売目的の所持でも挙げられていて有罪答弁取引をしているかも」

「たしか、用心棒じゃなくて警備スタッフと呼ばれたがっていた男だな？」

「いかにも。われらがクロードはそいつだよ」

「あの男がどうかしたか？」

「もしなにか出てきたら今夜ちゃんと話す。いまいえるのは、ホームズからメイトランド、メイトランドからボルトンに通じている一連の出来事があるように思える、ということだけだ。見当ちがいかもしれないが、まちがっている気はしないんだ」

「おいおい、おれを焦《じ》らすなよ、ラルフ。教えてくれ！」

「いや、まだ話せない。確証を得るまではね。ほかにも調べてほしいことがある。ボルトンのタトゥーだ。あいつが指になにかのタトゥーを入れていたことは確かなんだ。目にとめていて当然だったが、事情聴取のときにはどうなるか、おまえも知ってるだろう？　とりわけ、テーブルの差し向かいにいる相手が前科もちだったりした場合の話だ」

「相手の顔から一時も目を離さなくなる」

「そのとおり。ずっと顔を見ているな。というのもボルトンのような男たちは、嘘をつきはじめたとたん、《おれの話は嘘八百》と書いてあるプラカードをかかげているも同然になるからだ」

「ボルトンはテリー・メイトランドが公衆電話をつかうために店に来たと話していたが、あれが嘘だったというのか？　女性のタクシー運転手の証言は、ボルトンのあの話を裏書きしているようなものじゃないか」

「最初に事情聴取したときには嘘だとは思わなかった。だが、いまはもうちょっといろいろわかってきた。とにかくボルトンの指にどんな文字があったかを調べてくれ。どんなことでもいい」

「ボルトンの指にどんな文字が書いてあったと思うんだ、わが友《エセ》？」

「いまは話したくない。だが、おれの見立てが正しければ前科記録に記載があるはずだ。もうひとつ頼みがある。写真をメールで送れるか？」

「そりゃもう喜んで。数分ばかり時間をくれ」

「ありがとう、ユネル」

「ミスター・ボルトンに接触する予定はあるのか？」

「いまはない。おれがあいつに興味をもっていることを本人に知られたくないんでね」

「それで、今夜にはすべてをすっかり説明してくれるんだろうな？」

「ああ、説明できるかぎりね」

「それが解決の役に立つか？」

「正直に答えていいか？　さっぱりわからない。そういえば、あの納屋にあった衣類や干し草についていた物質については、なにか判明したのか？」

「結果はまだだ。とりあえずボルトンのことでなにかわかるかどうかを調べよう」

「助かる」

「で、いまはなにをしてる？」

「食料品の買い出しだ」

「奥さんのクーポンを忘れずにもってきていることを祈るよ」

ラルフは微笑み、助手席に置いてある輪ゴムでくくった紙片の束に目をむけた。

「まさか、女房がおれに忘れさせるとでも？」

7

食料品の紙袋三つをかかえて〈クローガーズ〉から出てきたラルフ・アンダースンは、

買物を車のトランクに積んでから携帯電話を確かめた。州警察のユネル・サブロから二件のメッセージが届いていた。添付画像があるほうのメールをひらく。逮捕時写真のクロード・ボルトンは、テリー・メイトランド逮捕に先立ってラルフが事情聴取をした男よりもずっと若い顔だちだった。同時に写真のボルトンは、限界までハイになっているように見えた。千メートル先を見ているような目つき、傷だらけの頬、あごの先には卵とも反吐《へど》ともつかないものがへばりついている。ラルフはボルトンが近ごろは〈無名のドラッグ依存症者たち《ナルコティクス・アノニマス》〉に通っていて、五年だか六年だかはきれいな体を守っていると話していたことを思い出した。そのとおりかもしれず、そうではないかもしれないが。

ユネルからの二通めのメッセージに添付されていたのは、逮捕記録だった。逮捕歴はふんだんにあった——おおむねは微罪で、身元確認のための身体的特徴の数は多かった。そこに列挙されていたのは背中の傷痕、左胸郭下の傷痕、右こめかみの傷痕、さらに十カ所を超えるタトゥー。鷲の絵があり、先端から血がしたたるナイフの絵があり、人魚の絵があり、眼窩《がんか》にキャンドルが立っている髑髏《どくろ》の絵があり、それ以外にもラルフにとって興味をかきたてられないタトゥーが多数あった。ラルフが興味をもっていたのは指に入れてあった文字のタトゥーだった。右手には《ＣＡＮＴ》、左手には《ＭＵＳＴ》。

裁判所前にいた火傷の男の手にもタトゥーがあったが、あれは《ＣＡＮＴ》だったか、それとも《ＭＵＳＴ》だろうか。ラルフは目を閉じて思い出そうとしたが、なにも見えてこなかった。ラルフはこれまでの経験から、刑務所暮らしの経験がある者たちのあいだでは指に文字を入れるタトゥーが珍しくないことを知っていた。連中はそういうタトゥーを映画で目にしたのかもしれない。人気があるのは愛と憎しみをあらわす《ＬＯＶＥ》と《ＨＡＴＥ》。同様に善と悪の《ＧＯＯＤ》と《ＥＶＩＬ》も人気があった。そういえば以前ジャック・ホスキンズからきいたが、鼠そっくりの顔のこそ泥が左右の手の指に《ＦＵＣＫ》と《ＳＵＣＫ》という卑語のタトゥーを入れていたらしい。ジャックは、とてもじゃないがあの男にガールフレンドをもたらすタトゥーとは思えなかった、と話していた。

ラルフにひとつ断定できることがあるとすれば、火傷の男の腕にはいかなるタトゥーもなかったことだ。クロード・ボルトンの腕にはどっさりタトゥーがある。しかし、もちろんあの男の顔に火傷の痕を残した炎が、腕のタトゥーを消してしまったのかもしれない。ただし——。

「ただし、裁判所前にいた男がボルトンだったはずはない」ラルフは声に出していいながら、スーパーマーケットに出入りする人々の姿をながめた。「ありえない。ボルトンには火傷はなかったんだ」

《この事件はどこまで不気味になるんだ？》ゆうべの電話でラルフは、ホリー・ギブニーという女性調査員にそうたずねた。《もっともっと不気味になります》ホリーはそう答えた。あの調査員の言葉がどれほど正しかったことか。

8

ラルフはジャネットといっしょに、買ってきた食料品を片づけた。この仕事を一段落させると、ラルフは妻に携帯電話のなかにあるものを見てほしいと話した。

「どうして？」

「ちょっと見てくれるだけでいいんだ。そうそう、写真の人物はいまではずいぶん年をとったことを頭に入れておいてほしい」

ラルフはジャネットに携帯をわたした。ジャネットは十秒ばかりも逮捕時写真を見つめてから、携帯をラルフに返した。その頰からは血色が残らず失せていた。

「この男よ。髪はいまでは短くなっているし、いまは鼻の下の小さなひげじゃなくて、もじゃもじゃの口ひげになってる。でも、ゆうべうちの居間にいたのはその写真の男。もし手を引かなければ、あなたを殺すと話してた。写真の男の名前は？」

「クロード・ボルトン」

「その男を逮捕する？」

「いや、まだだ。それに逮捕したくても、公務休暇中だから逮捕手続をとれるかどうかは疑わしいね」

「だったらどうするの？」

「いまの時点で？　ボルトンの現在の居場所を確かめるな」

とっさに、折り返しユネル・サブロに電話をかけようかとも思ったが、ユネルはいまデイトンで姉妹を殺害したヒース・ホームズの件を調べている最中だ。次に思いつき、思いつくなり却下したのはジャック・ホスキンズ。あの男は酔いどれだし、余計なことをべらべらしゃべる男でもある。しかし、第三の選択肢があった。

病院に電話をかけたところ、ベッツィ・リギンズ刑事は新しく生まれた小さな喜びを抱いて退院したと知らされたので、あらためて自宅に電話をかけた。新生児のようすはどうかという質問ののち（といってもこの質問では、母乳での育児から〈パンパース〉が家計に響く件まで、ありとあらゆる話が十分にわたって流れてきた）、よかったら警察官としての職務権限をつかって一、二本の電話をかけることで、兄弟のひとりを助けてもらえないだろうかとたずねた。頼みごとの中身も説明した。

「それって、テリー・メイトランドにかかわること？」ベッツィはたずねた。

「それがね、ベッツィ、いまのおれの立場を考えた場合、いまの質問は〝たずねちゃいけない、答えちゃいけない〟の枠にはいると思うんだ」

「もしそのとおりなら、あなたは困った立場になるかもしれない。わたしだって、あなたに協力したことで困ったことになるかもしれないし」

「きみが心配しているのがゲラー署長だったら、おれから署長に話が洩れるはずはないといっておく」

長い間《ま》があった。ラルフは相手が口をひらくまで待った。やがてベッツィは口をひらいた。「テリー・メイトランドの奥さんのこと、気の毒に思う。本当に気の毒に思うの。あの人の姿に、わたしは自爆テロ事件直後のニュースの映像を思い出した——髪の毛を血だらけにして、いまさっきなにが起こったのかもわからず、ただうろうろ歩いていた生存者たちの姿を。これって、あの奥さんの力になれること？」

「力になれるかもしれない」ラルフはいった。「いまは、それ以上話すのを控えたいな」

「できることがあるかどうか、当たってみる。ジョン・ゼルマンはとことんクソ野郎でもないし、市の境界線近くにあるあのストリップバーの営業許可は、年一回かならず更新しなくちゃいけない。そういう事情だから、あの人も協力してくれるかも。わたしが失敗したら連絡する。でも、わたしの見立てどおりにことが進めば、ジョン・ゼルマンがあなたに電話をかけると思う」

「恩に着るよ、ベッツィ」

「この件はわたしたちだけの秘密よ、ラルフ。産休明けには、ちゃんと職場復帰できることをあてにしてるんだから。いまの話、ちゃんと耳に入れたといって」

「ああ、しっかり耳に入れたとも」

9

ジョン・ゼルマン――〈紳士の社交場《ジエントルメン・プリーズ》〉のオーナーにして店長――は十五分後にラルフに電話をかけてきた。苛立《いらだ》っているかと思ったのだが、口調には好奇心が感じられ、喜んで協力したがっているようだった。ああ、あのかわいそうな男の子がさらわれたあげく殺されたとき、クロード・ボルトンがクラブにいたのは確かだよ。

「どうしてそこまで断言できるのかな、ミスター・ゼルマン？　あの日、クロード・ボルトンの勤務は午後四時からだったんじゃないか？」

「ああ。ただ、あの日は早めに出勤してきたよ。二時ごろだな。ストリッパー同伴でキャップシティへ行きたいんで仕事を休みたい、といってね。そのストリッパーが個人的な問題で困っているとかいっていたよ」ゼルマンは鼻で笑った。「個人的問題とやらを抱えてるのはやつのほうさ。ズボンのチャックのすぐ下にね」

「ストリッパーの名前はカーラ・ジェップセン？」ラルフは手もとのｉＰａｄで、クロード・ボルトンの供述書をスクロールしながらたずねた。「仕事に出ているときの別名はピクシー・ドリームボート？」

「ああ、その女だ」ゼルマンは笑った。「みんなが貧乳大好きなら、カーラもこの先ずっと安泰で長く稼げるんだがな。ま、世の中にはぺちゃぱいが好きって男もいる。理由はきくな。とにかくカーラとクロードはうまがあった――ただ、あのふたりの関係ももう長くはないな。カーラのご亭主はいまマカリスターの刑務所にいる――小切手の不渡りだかの罪だ――でも、クリスマスまでには出てくる予定でね。カーラはそれまでの暇つぶしにクロードとつきあってるだけさ。おれもクロードにいってやったよ。ところが、まあ、世間でよくいわれるとおりでね。穴があれば潜りこみたがるのがあれの性《さが》だ」

「ボルトンが早めに店へやってきたのがその日だというのは確かか？　七月十日だったんだね？」

「ああ、まちがいない。メモをとったんだ。というのも、クロードは二週間もしないうちに休暇が――それも有給休暇が――控えていてね、それなのにキャップシティへ行くので二日休みたいといわれても、その分の給料をあいつが受けとるようなことはありえないからね」

「不届きもはなはだしい。では、クロードを馘にすることも考えた？」

「いいや。少なくともクロードはその点については正直だったし。いっておくが、クロードはまっとうな連中のひとりだ。だいたいあの連中は、少しも怖くなんかないんだよ。警備スタッフになる男たちというのは、ステージのすぐ前でいきなり喧嘩騒ぎが起こっても――げんにままあることでね――かかわりあうのを避けるようなやつか、そうでなかったら、客から軽口を叩かれるたびに超人ハルクそのままになる連中だ。クロードは、必要に迫られたらどんな腕っぷしの強い客でも投げ飛ばせるんだが、たいていの場合そんなことはしない。客をおとなしくさせるのが巧みなんだ。こつを心得てる。たぶん、何度も会合に出ていたせいで身についたんじゃないかな」

「〈無名のドラッグ依存症者たち《ナルコティクス・アノニマス》〉の会合だね。本人から話をきいたよ」

「ああ、あれに出てることを隠してない。むしろ自慢してるみたいだが、あいつなら自慢する権利もあるさ。いったんドラッグ中毒って猿を背負いこむと、たいていのやつはふり払えずにおわる。しぶとい猿なんだよ。長い爪でしがみつきやがる」

「じゃ、クロードはドラッグ断ちをつづけてる？」

「またやりだしていれば、おれにはわかる。おれはヤク中を見分ける目をもってるんだよ、アンダースン刑事。本当だ。〈紳士の社交場《ジェントルメン・プリーズ》〉は、その意味じゃクリーンな店だよ」

その点は怪しいものだと思ったが、ラルフは黙っていた。「うっかり足を滑らせたりもしていない？」

ゼルマンは笑った。「連中はみんな足を滑らせるさ。断とうと思った最初のころはね。だけどクロードなら、おれの店で働きだしてからは一回もクスリをやってない。ついでにいえば酒も飲まない。前にきいてみたんだよ。ドラッグが問題なら、たまには一杯くらいいいんじゃないかと。そしたらクロードのやつ、そのふたつはおんなじものだと答えた。もし一杯でも飲んだら——たとえノンアルコールビールの〈オドゥール〉であっても——がつんと来る一杯や、もっと強烈な一杯をさがしに外へ出ることになる、ってね」ゼルマンはいったん言葉を切って、先をつづけた。「ドラッグをやっていたころのクロードはろくでなしだったかもしれん、でも、いまはちがう。真人間《まにんげん》だ。マルガリータのあてにパイパンのプッシーをながめたいっていう客相手の業界には、そのたぐいの人間は珍しいんだよ」

「ご意見ありがとう。で、いまクロード・ボルトンは休暇中か？」

「ああ。日曜日からね。十日間だ」

「休暇を自宅や近所で過ごすステイケーションというやつか？」

「クロードがここ、フリントシティにいるかって意味かい？　いいや。あいつはテキサスへ行ってる。オースティンのそばだ。やつの生まれ故郷だよ。ちょっと待ってくれよ――あんたに電話をかける前にクロードの人事ファイルを出してきたんだ」書類をめくっている紙の音がひとしきりつづいたのち、ゼルマンがまた電話に出てきた。「メアリーズヴィル。それが町の名前だ。ほんとに小さな町らしいな、やつの話からすると。住所を知ってるのは、一週間おきにやつの週給小切手をそっちへ送ってるからだ。おふくろさん宛てにね。もう年寄りで体も弱ってるそうだ。肺気腫もわずらってるとか。クロードが向こうへ行ったのも、おふくろさんを説得して介護施設入りを納得させられるかどうかを確かめるためだよ。ただし、やつはあんまり楽観的じゃなかった。おふくろさんっていうのが、なかなか頑固なばあさんらしくてね。どっちにしても、あいつのこっちでの稼ぎじゃ、どうやって施設の金を出すんだか見当もつかないが。高齢者介護の話になったら、政府はなによりクロードみたいな普通の男を助けるべきじゃないのか？　それを嘘っぱちばかりいいやがって」

《ドナルド・トランプに投票したような男が、どの口でいうんだ》ラルフは思った。「いろいろありがとう、ミスター・ゼルマン」

「どうしてクロードと話をしたいのか、理由を教えてもらえるかな？」

「ちょっと追加で質問したいことがあってね」ラルフは答えた。「いや、ほんの些細なことなんだが」

「こまかい点もおろそかにせずに気をくばる……っていうわけか」

「そんなところだ。じゃ、向こうの住所もわかるんだね？」

「ああ、小切手を送るのにね。鉛筆をもってるかい？」

もっていたのは信頼のおけるｉＰａｄだった。ラルフはアプリの〈クイックノート〉をひらいて答えた。「ああ、頼む」

「テキサス州メアリーズヴィルの地方郵便配達路《ルーラル・スター・ルート》二号線、郵便箱三九七番だ」

「お母さんの名前は？」

ゼルマンは明るく笑った。「ラヴィ。すてきな名前じゃないか。ラヴィ・アン・ボルトンなんて」

ラルフは礼をいって電話を切った。

「どうだったの？」ジャネットがたずねた。

「ちょっと待った」ラルフは答えた。「おれがいま〝考え中〟の顔になってるのに気がつかなかったかい？」

「あら、ほんと。考えるあいだアイスティーでもいかが？」見るとジャネットは微笑んでいた。妻が笑みをのぞかせているのはいいことだった。笑顔は正しい方向への第一歩に思えた。

「うれしいね」

ラルフはまたｉＰａｄに目をもどし（いまとなっては、この忌ま忌ましいしろものなしでどうやって仕事をしていたのか見当もつかなかった）、オースティンから西に約百十キロほどの地点にメアリーズヴィルを見つけた。地図上で町はほんの小さな点にすぎず、唯一の名声のよすがは〝メアリーズヴィル洞窟〟とかいうものらしい。

ラルフはアイスティーを飲みながら次の動きを考え、テキサス州ハイウェイパトロールのホレス・キニーに電話をかけた。ホレスはいまは警部で、もっぱらデスクで仕事を進めているが、以前にまだ一巡査だった時代のホレスとは州間高速道路がらみの事件で数回いっしょに捜査を進めたことがある。当時のホレスは、テキサス州北部と西部を年に一万五千キロも車で走りまわっていた。

「ホレス」ひととおりの挨拶をすませると、「頼みがある」

「大小どっち？」

「中くらいだ。少しばかりデリカシーが必要な仕事だよ」

ホレスは笑った。「おいおい、デリカシーが欲しければニューヨークかコネティカットに行け。ここはテキサスだぜ。で、なにをすればいい？」

ラルフは頼みごとを話した。ホレスは、それなら自分がうってつけの男だし、たまたまいまその地区にいるんだ、と答えた。

10

その日の午後三時ごろ、フリントシティ市警察で通信指令係をつとめるサンディ・マッギルがふっと顔をあげると、すぐ目の前に刑事のジャック・ホスキンズが背中をむけて立っていた。

「ジャック？　なにか用？」

「ちょっくらおれのうなじを見て、どんなようすかを教えてくれ」

困惑はしたが協力するのはやぶさかではなかったので、サンディは立ちあがって刑事のうなじに目をむけた。「もうちょっとだけ光のほうをむいてくれる？」その言葉にジャックが従うと――「ああ、ちょっとひどい日焼けね、これ。ドラッグストアの〈ウォルグリーン〉に行って、アロエベラのクリームでも買ってきたほうがいいみたい」

「それで治るかな？」

「火傷を治すのは時間だけ。でもクリームで痛みを軽くすることはできる」

「だけど、とにかくただの日焼けにまちがいないな？」

サンディは眉を曇らせた。「ええ。でも、ぽつぽつ水ぶくれができるくらいには重い火傷ね。釣りに出るときに日焼け止めを塗っておく知恵はなかったの？　皮膚癌になりたかったわけ？」

サンディのそんな言葉をきくだけでも、ジャックのうなじはますます熱く火照《ほて》ってきた。

「うっかり塗り忘れたらしいな」

「腕の日焼けはどんな感じ？」

「そんなにひどくはないよ」と答えたが、現実には腕はまったく日焼けしていなかった。日焼けしていたのはうなじだけだった。廃屋になっていた納屋へ出かけたとき、なにものかに触れられた箇所だけだ。例のなにものかが指先だけで愛撫した箇所だけだ。「ありがとう、サンディ」

「ブロンドと赤毛の人が、いちばん重い日焼けになるの。ようすを見て、よくならないようならお医者に診てもらったほうがいいわ」

ジャックはなにも答えないままその場をあとにし、歩きながら夢で見た男のことを考えていた。シャワーカーテンの裏に潜んでいたあの男のことを。

《おれがおまえに癌をくれてやったんだ。でも、おまえから取り返すこともできる。どうだ、取り返してやろうか？》

ジャックは思った。《なに、これだって普通の日焼けとおんなじで、いつのまにか自然に治るに決まってる》

そうかもしれないし、そうではないかもしれない。おまけに、いまはまた一段と痛みが増していた。触れるのも耐えられないくらいだったし、考えまいとしても母親のぱっくりとひらいた傷が肉体をしだいに奥へ食い進んでいったさまを思い出してしまった。最初のうち、癌は這うようなペースでしか進んでいなかった。しかし、ひとたび地歩を固めると早駆けしはじめた。最終段階にいたると癌は母ののどと声帯を餌食にし、母の悲鳴をうなり声に変えてしまった。しかし、たとえ病室の閉ざされたドアごしに洩れきいているだけでも、十一歳のジャック・ホスキンズは母が父になにを訴えているのかをききとっていた。

《犬にはしてあげてたじゃない？》母はしゃがれ声でそういっていた。《なんで、あたしにはおなじことをしてくれないの？》

「ただの日焼けさ」ジャックはいいながら車をスタートさせた。「それだけのこと。くそったれな日焼けだよ」

一杯やらずにいられなかった。

11

その日の午後五時、テキサス州ハイウェイパトロールの車が地方郵便配達路《ルーラル・スター・ルート》二号線を走ってきて、郵便箱三九七番の家のドライブウェイへ乗り入れた。ラヴィ・ボルトンは片手にタバコをもち、酸素ボンベが載ったゴム製キャスターつきカートを揺り椅子の隣に置いていた。

「クロード！」ラヴィはしゃがれた声を張りあげた。「お客さんだよ！　ハイウェイパトロールだ！　ちょっくら出てきて、なんの用かを確かめたほうがいいよ！」

クロードはこの小さなうなぎの寝床《ショットガンハウス》の雑草だらけの裏庭にいた——干してあった洗濯物をとりこみ、丁寧に畳んでは籐《とう》のバスケットにしまっていたのだ。母親の洗濯機は動作に問題はなかったが、乾燥機のほうはクロードがこの家にやってきた直後に壊れてしまった。それに近ごろの母親はすぐに息切れするようになっていて、ひとりでは洗濯物を干せなくなっている。だからフリントシティへ帰る前に、母親に新しい乾燥機を買ってやるつもりだったが、買物に出るのは先延ばしにしていた。そこへもってきてテキサス・ハイウェイパトロールが来たという。母がまちがっていなければの話だが、たぶんまちがってはいないだろう。母にはいろいろ悩みの種があるが、視力には問題ない。

家をぐるっとまわって表へ出ていくと、ちょうど長身の警官が黒と白に塗り分けられたSUVから降りてくるところだった。運転席側のドアにテキサス州の黄金のロゴを見てとったとたん、胃がぎゅっと縮んだ。逮捕されるようなことはもう何年もいっさいやっていないが、胃がぎゅっと縮むのは条件反射になっていた。クロードはポケットに手を入れ、六年間〈無名のドラッグ依存症者たち《ナルコティクス・アノニマス》〉に通ったあかしとして手にいれたメダルを握りしめた。これはストレスを感じたときの癖になっていて、いまではほとんど意識することもなかった。

クロードの母親が苦労しながら揺り椅子から立ちあがろうとし、警官はサングラスを畳んで胸ポケットにしまっていた。

「いや、すわったままでいてください」警官はいった。「そこまでしてもらうような人間じゃないんで」

ラヴィはかすれた笑い声をあげて、また腰をおろした。「偉ぶらないんだね、あんたは。なんて名前だい、おまわりさん？」

「サイプです、マーム。オーウェン・サイプ巡査部長。よろしくお願いします」サイプと名乗った男はラヴィの手の関節が腫れているのを目にとめながら、タバコをもっていないほうの手と握手をかわした。

「こっちこそよろしく。ここにいるのは息子のクロード。フリントシティからこっちに来てくれてる。あたしの手伝いのためにね」

　サイプはクロードにむきなおった。クロードはポケットのなかでメダルを離して、その手を差しだした。サイプは、「よろしくお見知りおきを、ミスター・ボルトン」といいながら手をとり、そのあともしばし握ったまま相手の手に目を落としていた。「指にちょっとした文字を入れているんですね」

「メッセージを全部知るには両手を見てもらわないとな」クロードはそういって反対の手も差しだした。「自分で入れたんだよ、刑務所にいるときに。でも、あんたがおれに会いにきたのなら、もうとうに知ってるんだろう？」

「《CANT》と《MUST》か」サイプ巡査部長はクロードの質問を無視して、そういった。「指のタトゥーはいろいろ見てきたけど、これは初めてです」

「これには、いわくがあってね」クロードはいった。「機会があれば、話すことにしてる。それがおれなりの償いだ。ここしばらくおれはきれいな体だよ。でも、こうなるまでがひと苦労でね。牢屋にいるあいだ、〈無名のアルコール依存症者たち《アルコホーリクス・アノニマス》〉と〈無名のドラッグ《ナルコティクス・》依存症者たち《アノニマス》〉の会合に何度も何度も出た。最初のうちは、会合で出される〈クリスピー・クリーム〉のドーナツ目当てだったよ。でもだんだん、会の参加者の話が胸にしみてきた。そこで学んだのは、依存症者ならだれでもふたつのことを知っている、ということだった。〃やってはいけない《キャント》〃と〃やらずにいられない《マスト》〃。わかるかな、こいつは頭のなかの結び目だ。ばっさり切ることはできず、解くこともできない。だから結び目を克服するすべを身につける必要がある。克服も無理じゃない――でもそのためには基本のシチュエーションを頭に叩きこむ必要がある。〝やらずにいられない《マスト》〟けれど、〝やってはいけない《キャント》〟とね」

「なるほど」サイプは答えた。「寓話《ぐうわ》みたいなものですね」

「ここんとこずっと、うちの子は酒もドラッグもやってないよ」ラヴィは揺り椅子にすわったまま声をかけた。「こんなちんけなものもやってない」そういって、ラヴィはタバコの吸殻を地面に投げ捨てた。「まっとうな子さ」

「いえいえ、息子さんがなにかしたと思われてるから、おれがここへ来たんじゃありません」サイプが穏やかにいうと、クロードは肩の力を抜いた。といっても、少しだけだ。ハイウェイパトロールの警官が抜きうちで訪ねてきたら、肩の力を抜きすぎてはいけない。「フリントシティから電話がかかってきたんです。事件の捜査をしめくくるためじゃないかと思うんですが、テリー・メイトランドという男のことについて、ちょっとあなたに確かめてほしいといわれましてね」

　サイプは携帯をとりだし、ひとしきり操作してから、クロードに一枚の写真を見せた。

「あなたがメイトランドを目撃した夜、その男が締めていたベルトにはこのバックルがついていましたか？　ああ、この質問にどんな意味があるかはきかないでください。おれもよく知らないんで。とにかくここへ来て、いまの質問をしろといわれただけです」

　サイプがここへ送りこまれた理由は、それではなかった。ホレス・キニー警部を経由してラルフ・アンダースンから送られてきたメッセージは、ひたすら友好的な雰囲気をたもって、決して疑いの念をかきたててはいけない、というものだった。

クロードはひとしきり写真を見つめてから、携帯をサイプに返した。「はっきり断定はできない――しばらく前のことだしな。でも、似ているのは確かだ」

「そうか、ありがとう。お母さんもありがとうございました」サイプは携帯をポケットにおさめ、体の向きを変えて帰ろうとした。

「それだけ？」クロードはたずねた。「たったひとつ質問をするために、わざわざこんな遠くまで車を転がしてきたのか？」

「ま、話をまとめればそうなります。いまの答えを切実に知りたがってる人がいたんでしょうね。時間をとらせてしまってすみません。オースティンへ帰る道々で、いまの話を向こうへ伝えます」

「そりゃまた遠くまでのドライブだ」ラヴィがいった。「だったらその前にうちへはいって、甘いアイスティーのひとつも飲んでいきな。インスタントだけど、わるくないよ」

「いえいえ、お邪魔して腰をすえるわけにはいきません。できれば明るいうちに向こうへ帰りつきたいのでね。でも、そちらさえよければ、ここでアイスティーをいただけませんか？」

「あら、いいに決まってるでしょ。クロード、ちょっとあっちへ行って、このすてきな紳士にアイスティーをもってきてあげて」

「小さなグラスでお願いします」サイプは手をかかげ、親指と人さし指でわずかな隙間をつくった。「ふた口飲んだら引きあげますから」

　クロードは家のなかへはいった。サイプはポーチの側面に片方の肩を押しつけて寄りかかり、ラヴィ・ボルトンを見あげた。いかにも気立てのよさそうなその顔は、皺がつくる川のようだった。

「息子さんがずいぶんよくしてくれているようですね？」

「あの子がいなかったら、あたしはどうしていいかわからないよ」ラヴィはいった。「一週おきに給金の小切手を送ってくれるし、時間を見つけちゃ来てくれる。でね、あの子はあたしをオースティンの老人ホームに入れたがってる。そのうち、あの子にお金の余裕ができたら、あたしもホームへ行くんだろうね。でも、いまのところそんな余裕はない。あの子は最高のせがれだよ、おまわりさん。若いころは騒いで暴れて人さまに迷惑もかけたけど、いまは頼りになる息子になったのさ」

「ええ、きいてます」サイプはいった。「そうだ、息子さんにこの道の先にある〈ビッグ7〉に連れていってもらってます？　あそこの朝食はちょっとしたもんですよ」

「あたしゃ、街道筋のカフェがどうにも信じられなくてね」ラヴィは部屋着のポケットからタバコの箱をとりだすと、一本を上下の歯茎のあいだにはさみこんだ。「昔々の七四年、アビリーンのレストランでプトマイン中毒をもらっちまって、死ぬかと思ったよ。せがれはね、こっちへ来たときには料理もこしらえてくれるのさ。そりゃ、シェフのエメリル・ラガスなみってわけじゃないが、そこそこの腕だ。フライパンあつかいに勘があるんだね。

ベーコンを焦がさないんだよ」ラヴィはタバコに火をつけながら、サイプにウィンクした。サイプは微笑みを返しながら、酸素ボンベがきっちりと密封されていることを祈った――そうでなければタバコの火に引火して、ふたりまとめて吹き飛ばされてしまう。

「じゃ、きょうの朝も息子さんが朝食をつくってくれたんですね？」サイプはいった。

「ああ、そうだとも。コーヒー、レーズントースト、それにあたしの好みどおり、たあっぷりバターを入れたスクランブルエッグをね」

「お母さんは早起きなんですか？　いえ、いえ、酸素だのなんだのがあるんで、ちょっときいただけです――」

「あの子もあたしも早起きさ」ラヴィはいった。「日の出とともに目を覚ますね」

クロードが三つのアイスティーのグラスを載せたトレイを手にして外へ引き返してきた。ふたつは大きなグラス、残るひとつは小ぶりのグラス。オーウェン・サイプはアイスティーを本当にふた口で飲み干すと、もう行かなくてはならないといった。ボルトン親子は引きあげていくサイプを見おくった――ラヴィは揺り椅子にすわったまま、クロードは玄関前の階段の最上段に腰かけて、表通りへ引き返していく警官の車の進み具合を示している雄鶏のしっぽめいた形の土埃を渋面《じゅうめん》で見つめていた。

「わかっただろ？　こっちがなんにもわるいことをしてなけりゃ、警官だって愛想よくしてくれるんだよ」ラヴィはいった。

「まあね」クロードは答えた。

「たかがベルトのバックルのことを質問したくて、遠くからはるばる車でやってきたとはね。あきれたもんだ！」

「やつが来た理由はそれじゃないよ、母さん」

「おや、そうかい？　じゃほんとの理由は？」

「わからない。でも、バックルのことじゃないな」クロードは自分のグラスを階段に置き、指に目を落とした。指の《CANT》と《MUST》に、つまりはとうとう克服した結び目に。それから立ちあがって、「残りの洗濯物をとりこんだほうがいいみたいだ。それをすませたら、ジョージのところへ顔を出して、あしたおれの手伝いが入り用かどうかをきいてくるよ。あいつ、屋根の張りかえをしてるんだ」

「あんたはいい子だよ、クロード」ラヴィはいった。そんな母親の目に涙がこみあげているのを目にして、クロードは胸が熱くなった。「さあ、こっちへ来て、母さんを力いっぱいハグしておくれよ」

「イエス、マーム」クロードはそういって、いわれたとおりにした。

12

ラルフとジャネットのアンダースン夫妻が弁護士のハウイー・ゴールドの事務所でひら

かれる会合へ出るために支度をととのえていたとき、ラルフの携帯が鳴った。かけてきたのはホレス・キニーだった。ジャネットがイヤリングをつけて靴を履くあいだ、ラルフはテキサス州ハイウェイパトロールの警部と電話で話をした。

「世話になったな、ホレス。ひとつ借りができたよ」ラルフはそういって通話をおわらせた。

ジャネットが期待をみなぎらせてラルフを見ていた。「で、どうだったの？」

「ホレスがハイウェイパトロールの警官をひとり、メアリーズヴィルのボルトン家まで派遣してくれた。訪問の口実を用意してはいたが、本当の目的は――」

「警官の本当の目的なら、もう知ってるって」

「ああ、なるほど。ミセス・ボルトンによれば、クロード・ボルトンはけさの六時前後に母親と自分の朝食をつくったということだ。きみが午前四時に、うちの一階でクロードを見たとすれば――」

「トイレに行きたくて起きたときに時計を見たの」ジャネットはいった。「四時六分だった」

「マップクエストで調べたところ、フリントシティとメアリーズヴィルの距離は約七百キロだ。朝の六時までにここから向こうへ帰りついて朝食をつくるなんて、どう考えても不可能だな」

「お母さんが嘘をついたとも考えられるでしょう？」ジャネットはいったが、確信がある口調ではなかった。

「サイプ——というのはホレスが派遣した警官だけど——は、自分のレーダーにはひっかからなかった、嘘をついていれば探知できたはずだ、と話していたそうだ」

「つまり、またテリーとおなじというわけね」ジャネットはいった。「ひとりの男が同時に二カ所に存在していた。だって、あの男はここにいたのよ、ラルフ。ここにいたの」

　ラルフが答えるよりも先にドアベルが鳴った。ラルフは肩をそびやかしてスポーツジャケットを羽織り、ベルトのグロックを隠して一階へむかった。地区首席検事のビル・サミュエルズが玄関ポーチに立っていた——ジーンズと無地の青いＴシャツという服装のせいで、妙にこの男らしくなく見えた。

「ハワードから電話をもらった。これから自分のオフィスで会合があるから——本人の表現を借りれば〝メイトランドの件での関係者による非公式の顔合わせ〟だ——よかったら来ないかという誘いだよ。それで、きみさえかまわなければ、いっしょに行こうと思ったんだ」

「ああ、かまわないよ」ラルフは答えた。「でも、ちょっと教えてくれ。この件をほかのだれかに話したか？　ゲラー署長には？　郡警察のドゥーリン署長には？」

「だれにも話してない。わたしは決して天才じゃないが、馬鹿の木から落ちて頭を打ったわけでもない」

　ジャネットがハンドバッグの中身を確かめながら玄関のラルフのもとに合流した。「あら、ビル。あなたの顔をここで見るなんて驚きね」

サミュエルズの笑みにはユーモアのかけらもなかった。「嘘でもなんでもないが、わたしだって、自分がここにいることが驚きだよ。この事件は、いってみれば死んでも死なないゾンビだな」

「別れた奥さんはこの件をどう考えてる？」ラルフはそうたずねたが、この質問にジャネットが渋面を見せたのに気づいて、こうつづけた。「いや、おれが一線を越えたら教えてくれ」

「まあ、あいつと事件のことを話しあいはしたよ」サミュエルズはいった。「いや、その言い方は正しくないな。あいつが事件について話すのを、わたしが拝聴していたというべきか。あいつは、わたしもテリー・メイトランドを死なせた人間のひとりだと考えていてね。まあ、まるっきり見当はずれでもないよ」サミュエルズは微笑もうとしたが、あまり成功してはいなかった。「しかし、わたしたちにわかっていた道理があるか？ 教えてくれ。あれは証拠が完璧にそろったスラムダンクだった——そうだよな？ いまの時点でふりかえって……自分たちのやってきたことをすべて把握したうえで……それでも嘘いつわりなく、ちがうやり方をとれた可能性もあったと思うか？」

「あったよ」ラルフは答えた。「街じゅうの人間が見ているなかでテリーを逮捕しない道もあったし、その気になればテリーを裏口から裁判所に入れるよう手配することもできたはずだ。さあ、もう行くぞ。このままだと遅刻しそうだ」

メイシーズがギンベルズに話す

七月二十五日

1

結局、ホリーはビジネスクラスには搭乗しなかった。十時十五分発のデルタ航空のフライトを予約すればビジネスに乗れたし、キャップシティには十二時三十分に到着できたはずだ。しかし、あと少しだけオハイオ州で過ごしていたかったこともあり、七月の不安定な大気のせいで道中ずっと揺れに悩まされそうな小型飛行機をつかう乗継便を予約した。乗客がぎゅう詰めで、ことさら快適とはいえない空の旅になるが、耐えられないことはない。それよりも耐えられないのは、フリントシティ到着が午後六時になってしまうことだった。しかもそれは、すべてのフライトが定刻どおりだった場合である。ゴールド弁護士のオフィスでの会合は午後七時からの予定だ。そしてホリーがなによりきらっていたのは、決まっている約束に遅刻することだった。遅刻するのは、幸先のいいスタートを切れずに最初からつまずくようなものだ。

ホリーは荷物をまとめてホテルをチェックアウトすると、車を五十キロ弱走らせてレジスに行った。最初に訪ねたのは、ヒース・ホームズが休暇のあいだに母親と過ごしていた家だ。家は閉ざされ、全部の窓に板が打ちつけてあった——暴徒どもが家を的に射撃練習をしたせいらしい。伸び放題で切実に手入れが必要な芝生には、こんな立て看板があった

――《売家　連絡先：ファースト・ナショナル・バンク・オブ・デイトン》。

ホリーは家を見つめた――いずれは地元の子供たちが（もしまだそんな噂をしていなければ）ここには幽霊が出ると噂をするようになるはずだ、と思いながら。ついでホリーは悲劇がそなえる性質について考えをめぐらせた。はしかやおたふく風邪や風疹とおなじように、悲劇にも伝染力がある。そういった感染症とちがうのはワクチンが存在しないことだ。フリントシティではフランク・ピータースンの死が少年の不幸な一家に感染し、さらには街全体に感染が拡大した。この郊外住宅地では、事情はまったくおなじではなかったかもしれない――長期にわたる関係をそなえていた人が前者よりは少ないからだ――が、ホームズ家はすっかり消えた。ひとり残らずいなくなり、残ったのはこの空家だけだ。

ホリーは、手前に《売家》の立て看板を入れる構図で窓が板張りされた家の写真を撮ろうかと思ったが――そんなものが存在すればの話だが〝悲嘆と喪失の写真〟になるだろう――考えなおした。これから会う人のなかには理解してくれたり、おなじように感じたりしてくれる人もいるかもしれないが、大半の人にはわかってもらえないだろう。彼らにとっては、しょせんただの写真としか見えまい。

ホリーはホームズ家の前を離れて、街の郊外にある安らかな眠りの墓地《ピースフル・レスト・セメタリー》を目指した。ここでホリーは家族の再会を目にした――父親、母親、そしてひと粒種の息子。供花は見あたらず、ここがヒース・ホームズの永眠の場であることを示す石は押し倒されていた。テリー・メイトランドの墓石もおなじ目にあっているのではないだろうか、とホリーは思った。悲しみが追いついてきた――そして怒りもまた。ヒースの墓石は小さかった――そこにあったのは名前と日付、それに乾燥した汚れが少々。最後のものは投げつけられた卵の名残かもしれない。ホリーは力を奮い起こして、墓石を立て直した。この墓石が立て直したままでいられるという幻想はいだかなかったが、人は自分にできることをするだけだ。

「あなたはだれひとり殺していませんね、ミスター・ホームズ。あなたはまちがったタイミングで、いてはならない場所にいただけでしょう」ホリーは近くの墓に供えてあった花を見つけ、数本を拝借してヒースの墓の上にそなえた。摘んだ花は供養としては貧弱だが――しょせんは死んだ花だ――なにもしないよりはましだ。「でも、あなたは主張しつづけている。こっちの街には、真実を信じる人はこの先ひとりも出ないかもしれない。今夜これから会うはずの人たちにも、信じてもらえるとは思えません」

それでもホリーは、彼らの説得に努めるつもりだった。人は自分にできることをするだけだ――それが墓石をまっすぐに直すことであれ、世界には怪物が存在していることや、怪物の存在を理性的な人々が頑固に認めないことこそ怪物の最大の武器であることを、二十一世紀の男女に納得させようとすることであれ。

周囲を見まわすと、近くの低い丘（オハイオ州のこの近辺では低い丘しかない）に地下納骨堂があるのが目にとまった。ホリーは地下納骨堂に近づいて、入口の上にあるまぐさ石に刻まれている名前を見あげ――出来すぎといえば出来すぎだが、墓を意味するグレイヴズという苗字だった――石の階段を三段くだった。そこから内側をのぞくと、石のベンチが見えた。人がそこにすわり、昨年ここに葬られたグレイヴズを偲んで瞑想するためのベンチだろう。くだんのアウトサイダーは、その忌むべき仕事をおえたのち、ここに身を隠していたのだろうか？　いや、そんなことはなかっただろう、とホリーは思った。なぜならここは、だれかが——ヒース・ホームズの墓石を押し倒したような暴徒でもおかしくない——ふらりと近づいてきて、なかをのぞきこんでいくかもしれない場所だからだ。それに午後になると一、二時間だけ日光が射しこみ、この瞑想の場につかのまのぬくもりをもたらす。もしアウトサイダーがホリーの推理どおりの存在なら、むしろ暗闇を好むはずだ。そう、いつもとはかぎらないにしても、ある一定の期間は闇を好む。一定の、そして重要な期間にかぎっては。調査はまだ完了していなかったが、ホリーはこの点に確信をいだいていた。それ以外にも確証をもっていることがあった——殺人はアウトサイダーの一生の仕事かもしれないが、主食は悲嘆だ。悲嘆と怒りとが。

　ホリーはバッグをヒップにぶつけながら、墓地の外にある小さな駐車場へゆっくりと歩いていった。駐車場のうだるような夏の熱気のなかに、ホリーのプリウスだけがぽつんと駐めてあった。ホリーはプリウスの横を通りすぎ、ゆっくりと体を三百六十度めぐらして周囲の景色のすべてを目におさめていった。農業地帯にほど近いとはいえ——肥料のにおいが鼻に嗅ぎとれた——ここは荒廃したかつての工業地帯の手前に帯状に伸びている中間地帯であり、醜悪な荒れ地だ。商工会議所の宣伝パンフレットに、ここの写真が掲載されていることはないだろう（レジスの街に商工会議所があればだが）。ここには人が興味をもつスポットはない。人の目を引くものもない。それどころか、ここは人に嫌悪をいだかせる――まるで大地そのものが《立ち去れ、ここはおまえの来るところじゃない、あばよ、二度と顔を見せるな》といっているかのようだ。たしかに墓地はある。しかし、ひとたび冬になればピースフル・レスト墓地を訪れる人もわずかになるだろうし、そのわずかな人たちが死者への儀礼のためにごく短時間だけ過ごしたのちは、北風が彼らを凍えさせるのだろう。

墓地の北側には鉄道の線路が延びていた。しかしレールは錆びていて、枕木のあいだには雑草が生えていた。見捨てられて久しい駅の廃屋もあった。窓はホームズ家とおなじく板張りされていた。短い行きどまりの分岐線に二両の貨物列車がぽつんと取り残されていた。車輪が蔓草に埋もれていた。見た目からは、ヴェトナム戦争当時からあったとしてもおかしくないと思えた。駅の廃屋のそばには、つかわれなくなって久しい倉庫群と、かつては車輛検修所だったらしい建物が見えた。さらにその先には腰ほどの高さのひまわりと灌木のなかに倒れそうな工場が見えた。ぼろぼろに崩れかけたピンクの煉瓦――ずっと昔には赤かったようだ――にスプレーペイントで鉤十字《スワスチカ》が描かれていた。ホリーが街へ帰るときにつかう幹線道路の片側では、**《中絶は心臓の鼓動を止める！　命を大事に！》**と訴えている意見広告看板がかたむきかけていた。道路の反対側には、途中の文字が抜け落ちている**《スピ　ディ・ロボ　カーウォッシュ》**という看板が屋根に出ている細長い平屋の建物があった。一台の車もない駐車場には、きょうすでに別の場所でホリーが目にした

あった。

《売家　連絡先：ファースト・ナショナル・バンク・オブ・デイトン》という立て看板があった。

《あんたはここへ来たんでしょう？　あの地下納骨堂には来なかったにしても、この近くには来ていた。風向きが正しければ涙のにおいを嗅げるところに。大人だかガキだかわからないが、ヒース・ホームズの墓石を押し倒し、おそらくそのあと小便をひっかけたはずの男たちの笑い声をきける場所にね》

昼の炎暑のなかにいるにもかかわらず、ホリーは寒気を感じた。もっと時間があれば、いま見えている廃屋を調べてまわったかもしれない。危険はないはずだ。アウトサイダーはもうずっと前にオハイオ州をあとにしている。フリントシティからも立ち去っていると見て、まずまちがいないだろう。

ホリーは写真を四枚撮影した。駅舎、貨物列車、車輛検修所、そして洗車場の廃屋。撮影した写真をざっと調べ、これで役に立つと判断した。これで満足しておかなくては。このあと飛行機に乗らなくてはならないのだ。

《そう。そのあと何人もの人を説得しなくちゃならないし》

説得できればいいのだが。いまホリーは、自分がちっぽけで孤独な存在に思えてならなかった。笑いと嘲りの言葉がたやすく想像できた――生来、そのたぐいのことを想像しやすい人間だった。しかし、努力するつもりだった。しなくてはならなかった。殺された子供たちのために――そう、フランク・ピータースンとハワード姉妹、そしてさらに先んじて殺された子供たちみんなのために。しかし、同時にテリー・メイトランドとヒース・ホームズのためでもある。人は自分にできることをするだけだ。

立ち寄るべき場所があとひとつ残っていた。好都合にも、それは目的地へむかう途中にあった。

2

トロットウッド・コミュニティ公園のベンチにすわっていた老人は、ホリーの質問にこころよく応じ、〝あのかわいそうな女の子たち〟の死体が発見された場所を教えてくれた。なに、そんなに遠くじゃない――老人はいった――行けば、ここがその場所だとわかるはずさ。

そのとおりになった。

ホリーは車を道ばたへ寄せると、外へ降り立ち、弔問者たち――および、おそらくは弔問者を装った怖いもの見たさの野次馬たち――が一種の聖地につくりかえた小さな谷を見つめた。《悲しみ》や《天国》という単語が目立つ文句が書かれた派手なカードが供えられていた。いくつもの風船も供えられていた――萎《しぼ》んでしまったものもあったが、アンバーとジョリーンのハワード姉妹の死体がここで発見されて三カ月たったいまもなお、供えられたばかりの風船もあった。聖母マリア像もあったが、どこかのおどけ者が口ひげで顔を飾っていた。テディベアもあったが、ひと目見るなり全身に震えが走った。ころころとした茶色い体は黴《かび》で覆われていた。

ホリーはiPadをかかげて写真を撮った。

墓地で嗅ぎつけた（あるいは嗅ぎつけたと思いこんでいる）あの臭気はここでは感じとれなかったが、アンバーとジョリーンが死体で発見されたあとのいつかの時点でアウトサイダーがここを訪れたことに疑いはなかった。おそらくアウトサイダーはこの間に合わせの聖地を訪れた巡礼者たちの悲しみを、年代物の上等なブルゴーニュ・ワインのように味わったのではあるまいか。そして、決して多くはないが、かならずいる少数の面々が感じた昂奮もまた味わったにちがいない――ここを訪れては、ハワード姉妹がされたような仕打ちをするのがどんな気分のものかと想像をたくましくし、少女たちの悲鳴をききとっては昂奮する手合いだ。

《まちがいない。おまえはここへ来た。でも、すぐ来たわけじゃない。ここを訪ねても、人から要らぬ注目を浴びずにすむようになってから来た……おまえが要らぬ注目をあつめたのは、フランク・ピータースンの兄がテリー・メイトランドを射殺した現場でのこと》

「でも、あのときおまえは我慢できなかったんじゃない？」ホリーは小声でつぶやいた。「飢えきった男が、つけあわせまでずらりとそろった感謝祭のディナーを前にして我慢するようなものだから」

ホリーのプリウスの前にミニヴァンがやってきて駐まった。バンパーの片側には《ママのタクシー》というステッカーが貼ってあった。反対側に貼ってあったステッカーには**《憲法修正第二条断固支持　だからわたしは投票する》**とある。ミニヴァンから降り立ったのは、ふっくらした体を上等な服に包んだ三十代の愛らしい女性だった。女性は花束をかかえていた。女性は膝をついてしゃがみ、木の十字架のかたわらに花束を手向けた。十字架の横木の片側には**《いたいけな少女たち》**とあり、反対側には**《イエスとともに》**と書いてあった。ついで女性は立ちあがった。

「ほんとに痛ましいことだと思わない？」女性はホリーにいった。

「ええ」

「わたしはクリスチャンなの。こんなことをした男が死んでよかった。ほんとに、よかった。あいつがいま地獄にいてよかったとも思ってる。そんなふうに思うわたしは恐ろしい人間かしら？」

「あいつは地獄にはいません」ホリーはいった。

女は横っ面をいきなりひっぱたかれたように、ぎくりと身を引いた。

「あいつは地獄を運んでくるんです」

ホリーはデイトン空港まで車を走らせた。予定よりも若干遅れていたが、制限以上のスピードを出したい気持ちにブレーキをかけた。法律の定めには、それなりの理由があるものだ。

3

小型旅客機で飛ぶ近距離定期便《シャトル》を利用することには（そういえばビル・ホッジズはこの手の航空会社を、おどけて〝ブリキ缶航空〟と呼んでいた）それなりに利点がある。そのひとつは、乗り継ぎの最後のフライトがホリーをフリント郡のカイオワ飛行場まで運んでくれたことだ。これでキャップシティから百十キロ以上も車を走らせる必要がなくなった。何度も飛行機を乗り継ぐ旅のおかげで、調査をさらに進めることもできた。フライトのあいだの短い待ち時間には各空港のＷｉ－Ｆｉを利用し、できるだけ迅速に最大限の情報をダウンロードすることを心がけた。フライトの最中は、すばやく画面をスクロールさせつつ、ダウンロードした資料に目を通した――資料読みに没頭するあまり、ふたつめに搭乗した定員三十名のターボプロップ機がエアポケットに落ちてエレベーターなみに急降下したときにも、周囲の乗客があげた恐怖の悲鳴にさえろくに気づかなかった。

目的地にはわずか五分の遅れで到着できた。一気に全力疾走したおかげで、ホリーは荷物の多すぎるセールスマン風の男を出し抜き、タッチの差で〈ハーツ〉のカウンターに一番乗りできた。街へむかって車を走らせているあいだ、このままだと遅刻しそうだとわかり、ホリーはあえて誘惑に身をゆだねてスピード違反をおかした。しかし、時速十キロ以上は超過しないことを心がけた。

4

「ああ、あそこに来た。あの人にちがいない」

ハウイー・ゴールドとアレック・ペリーは、ハウイーの事務所がある建物の外に立っていた。ハウイーが指で示しているのは、グレイのビジネススーツと白いブラウスという服装で歩道を小走りに近づいてくるほっそりした女性だった。肩にかけた大きなトートバッグが細い腰の片側にくりかえし当たっていた。髪の毛は小さな顔を囲むように短くカットされ、白髪混じりの前髪は眉のすぐ上で刈りそろえてあった。唇にこそ薄れかけた口紅の名残があったが、化粧といえるものはそれだけだった。太陽が沈みかけていてもまだ明るい街はあいかわらず暑く、女性の片頰をひと筋の汗が伝い落ちていた。

「ミズ・ギブニーかな？」ハウイーが前に進みでて声をかけた。

「ええ」ホリー・ギブニーは息を切らせていた。「遅刻ですか？」

「いや。それどころか二分早い到着だよ」アレック・ペリーがいった。「バッグをもとうか？　見るからに重そうだ」

「いいえ、大丈夫です」ホリーはそういうと、がっしりした体格で頭が禿げかかった弁護士から、自分を雇った調査員のアレックに目を移した。アレックは雇い主の弁護士より少なくとも二十センチは背が高く、白髪まじりの髪をオールバックにして、今夜は褐色のスラックスと襟元を広くあけた白いシャツという服装だった。「ほかの人たちはもうそろっていますか？」

「ほとんどね」アレックはいった。「ただアンダースン刑事がまだ——おっと、噂をすればなんとやらだ」

ホリーがふりかえると、歩いて近づいてくる三人の姿が目に飛びこんできた。ひとりは女性で、中年になったいまも若いころのルックスの一部を良好に保持しつづけている。とはいえファンデーションとわずかなパウダーでは隠しきれていない目の下の隈は、この女性が近ごろあまり眠っていないことを示していた。女性の左を歩いているのは痩せた体形で神経質な顔つきを見せている男で、髪はきっちり整えられているにもかかわらず、後頭部でひと筋の癖毛だけが突っ立っていた。そして女性の右を歩いていたのは……。

ラルフ・アンダースン刑事は背が高くて猫背、いますぐエクササイズを増やして食事に気をつけないかぎり太鼓腹になるのが目に見えている腹部のもちぬしだった。頭をわずかに前方へ突きだし、まばゆいブルーの瞳の目でホリーの頭のてっぺんから爪先まで、なにものをも見逃さない気合いで見つめていた。もちろん、ここにいるのはビルではない。ビルは二年前に死んでいて、よみがえるはずもない。そもそもこの刑事は、ホリーが初めて会ったときのビルよりもまだ若かった。両者に共通しているのは、顔にのぞいている好奇心だった。アンダースン刑事は女性の手を握っていた。そこから、この女性がアンダースン夫人であることが察せられた。夫人もこの場に来るとは興味深い。

ひととおりの紹介がなされた。癖毛をもった痩身の男は、フリント郡の地区首席検事をつとめるウィリアム・サミュエルズだった（「わたしのことはビルと呼んでくれ」とは本人の言）。

「とにかく、暑さから逃げるためにも上のフロアへ行こうじゃないか」ハウイーがいった。

アンダースン夫人のジャネットがホリーに、空の旅は快適だったかとたずね、ホリーはこの場にふさわしい返答をした。ついでホリーはハウイーにむきなおり、これから自分たちがつかう部屋にはマイクやプロジェクターなどのAV設備があるかと質問した。ハウイーは、そのたぐいの設備はととのっているし、プレゼンのための資料がそろっているのなら自由につかってほしい、と答えた。一同とともにエレベーターを降りながら、ホリーは女性用洗面所の場所をたずねた。「一、二分の時間をください。空港からまっすぐこちらへ来たもので」

「ああ、どうぞ。廊下の突きあたりを左に曲がったところだ。鍵はかかっていないはずだ」

ホリーはジャネット・アンダースンが同行を申し出てくるのではないかと恐れていたが、そのような申し出はなかった。安心した。小用（母親がいつも〝一ペニーをつかう〟と遠回しに表現した行為）を足したかったのは事実だが、念頭にあったのはもっと大事な用事だった。その行為は、余人をまじえず完全にひとりでおこなうことが必要だった。

個室にはいってスカートをあげ、地味なローファーのあいだにバッグを置くと、ホリーは目を閉じた。ここのようなタイル張りの小部屋が自然のアンプとなって音を増幅させることに留意し、ホリーは声を出さずに祈りを捧げた。

《こんにちは、またしてもホリー・ギブニーです。いまのわたしには、あなたのお力が必要です。もうご存じでしょうが、わたしは知らない人と話すのがたとえ一対一でも苦手です。それなのに今夜これから六人もの人を相手にしなくてはなりません。いえ、故テリー・メイトランドの妻が来れば七人です。震えあがっているわけではありませんが、怖気づいてないといえば嘘になります。ビルならこなせたはずですが、わたしはビルじゃありません。でもビルとおなじようにやり遂げたいので、ぜひお力をお貸しください。人々から信じてもらえないのも当然だと理解し、信じてもらえないことを恐れないようになりたいわたしに、どうかお力をお貸しください》

そして最後の部分だけは——ほんのささやきだったが——声に出して祈りをしめくくった。「神さま、頭がいかれないようにお力をお貸しください」いったん言葉を切ってから、ホリーはこういい添えた。「わたし、タバコは吸ってません」

5

会合がひらかれたのはハウイーことハワード・ゴールド弁護士の事務所の会議室だった。〈グッド・ワイフ〉の会議室よりは手狭だったが（ホリーは第七シーズンまでの全エピソードを見ていたばかりか、いまではスピンオフ・ドラマまで見ていた）、すばらしい部屋だった。趣味のいい絵画、磨きあげられたマホガニーの会議テーブル、革張りの椅子。テリーの妻のマーシー・メイトランドもやってきて、ハウイーの隣席にすわった。ハウイーがテーブルの上座につきながら、きょうはだれが娘さんたちの面倒を見ているのかとマーシーにたずねた。

マーシーは疲れた笑みをハウイーにむけた。「ルケシュとチャンドラのパテル夫妻が世話を申しでてくれたの。息子さんのバイビルがテリーのチームにいたから。というか、バイビルは三塁にいたのよ、あのとき……」いいながら、ラルフ・アンダースン刑事をちらりと見やる。「ええ、あなたの部下がテリーを逮捕したとき。バイビルはすっかり落胆してしまった。あの子には事情がわからなかったから」

ラルフ・アンダースンは腕を組んだまま無言だった。妻がその肩に手をかけ、ほかの人にきかせるつもりのない言葉を夫の耳にささやきかけた。ラルフがうなずいた。

「さて、それでは会議の開会を宣言しようと思う」ハウイーがいった。「この会議で話しあうべき協議事項の一覧はつくってはいないが、ここへ迎えた客人がまず話をしたがってると思う。こちらがホリー・ギブニー――アレックが今回の件をデイトン方面から調べるために仕事を依頼した私立探偵だ。調査にあたっては、ふたつの事件が本当に関連しているという前提に立った。まあ、そのあたりも、できればこの会議の席で見定められればいいな」

「お言葉ですが、わたしは私立探偵ではありません」ホリーはハウイーの言葉を否定した。「私立探偵の免許をもっているのは、パートナーのピーター・ハントリーです。うちの会社はもっぱら、ローンの返済不履行による車の回収や姿をくらました債務者の追跡といった仕事を手がけています。たまには刑事事件の調査も引き受けますが、警察に叱られない範囲の仕事だけです。たとえば……迷子になったペットの捜索では、運よく成果もあげています」

いかにも頼りなく響く言葉だった。ホリーは顔がかっと火照るのを感じた。

「ミズ・ギブニーはいささか謙遜が過ぎるみたいだな」アレックはいった。「たしかきみは、モリス・ベラミーという逃亡犯をとことん追いつめることになったあの事件にかかわってもいたな？」

「あれはパートナーの担当事件です」ホリーはいった。「わたしの最初のパートナー、ビル・ホッジズの。でも、ミスター・ペリー――アレック――あなたなら知ってるとおりです」

「ああ、知ってる」アレックは答えた。「あんなことになって気の毒だったね」

ラルフ・アンダースン刑事が州警察のユネル・サブロと紹介したラテン系の男が咳払いをした。「たしかきみとミスター・ホッジズは、自動車による大量殺人とテロ未遂事件にもかかわっていたのではなかったか。ハーツフィールドという若い男の事件だ。さらにいえば、満員のスタジアムで爆弾を爆発させようとした犯人を間一髪で阻止したのはきみではなかったか。爆発すれば数千人の若者を殺すはずだった爆弾だったね」

小声での会話がテーブルの周囲をめぐった。ホリーは顔がさらに熱くなるのを感じた。できることなら、自分は失敗した、あのときはブレイディ・ハーツフィールドの大量殺人への野心を食いとめただけだった、と話したかった。さらにブレイディがふたたび舞いもどり、さらなる死をもたらしたあげく、ようやく永遠に息の根を止められた件も話したかったが、いまはその話にふさわしいタイミングでも場所でもなかった。

サブロ警部補の話はまだおわっていなかった。「その功績を認められて、市当局から感謝状を贈られたんだろう?」

「表彰状をもらったのは、わたしをふくめて三人です。でも贈られたのは、金色の鍵と十年間有効の市バスのフリーパスだけでした」ホリーはテーブルを見わたし、自分がまだ十六歳の少女のように顔を赤らめていることを痛切に意識した。「それもずいぶん昔の話です。この事件については、わたしからの報告は最後にさせてください。わたしの結論も」

「つまり、イギリスの探偵小説で関係者全員が客間にあつまる最終章みたいにしたいわけだね」ハウイー・ゴールドが微笑みながらいった。「わたしたちみんなが、それぞれの知っていることを披露したあとで、きみが立ちあがり、だれが犯人で、その犯行方法はどういうものだったかを説明、わたしたち全員を驚かせるわけだ」

「そうなってくれればどんなにいいか」ビル・サミュエルズがいった。「ピータースン少年の事件について考えるだけでも頭痛がしてくるよ」

「情報の断片は、すべてわたしたちのもとにそろっていると思います」ホリーはいった。「それなのにいまになっても、まだすべての断片がテーブルの上にならんでいるとはいえません。わたしの頭に繰り返し浮かんでくるのは――みなさんに話しても馬鹿らしいと思われるでしょうけど――メイシーズはギンベルズに話さない、という昔からある文句です。でも、いまここにはメイシーズもギンベルズもそろってて――」

「それをいうならサックスもノードストロームも、おまけにニードレス・マークアップもそろってる」そんなふうにデパートの名前を列挙したところで、ハウイーはホリーの顔つきに気がついた。「いや、きみをからかってるわけじゃないよ、ミズ・ギブニー。むしろ、きみに同意してるんだ。すべてをテーブルにならべよう。さあ、最初はだれから？」

「ユネルがいい」ラルフ・アンダースンがいった。「おれは公務休暇中だしな」

ユネルはブリーフケースをテーブルにあげて、ノートパソコンをとりだした。「ミスター・ゴールド、プロジェクターのつかい方を教えてもらえるかな？」

ハウイーがその言葉に応じると、ホリーはそのようすを真剣に見まもった。自分の順番になったときに、ひとりでも操作できるようにだった。ケーブル類を適切に接続しおえると、ハウイーは会議室の照明をわずかに落とした。

「オーケイ」ユネルはいった。「ミズ・ギブニー、最初に謝っておこう――もしかしたら、きみがデイトンで見つけてきたものを、おれが先に発表してしまうかもしれないんでね」

「まったく問題ありません」ホリーは答えた。

「デイトン警察署のビル・ダーウィン警部とトロットウッド警察署のジョージ・ハイスミス巡査部長と話をしたよ。こっちと向こうで似たような事件があり、向こうの犯罪現場にもこっちの現場にも盗難車のヴァンがあって、そのことで両者の事件がつながっている可能性もあると話すと、ふたりとも喜んで協力してくれた。IT技術の霊験あらたか、すべてがもうここにそろってるはずだ。このコンピューターがちゃんと動いてくれていたらね」

ユネルのデスクトップの画面がスクリーンに映しだされた。ユネルは《ホームズ》という名前のファイルをクリックした。最初に出てきたのは郡拘置所が収監者に着せるオレンジ色のジャンプスーツ姿の男だった。赤褐色の髪を短く刈りこみ、おなじ色の無精ひげが頬に浮いていた。写真の男はわずかに目を細めていた――そのせいで陰険な顔つきとも、あるいは自分の人生の急変ぶりに茫然としているとも受けとれる表情になっている。ホリーはこの逮捕手続時の写真を、デイトン・デイリーニューズ紙の四月三十日号の第一面ですでに目にしていた。

「この男はヒース・ジェイムズ・ホームズ」ユネルはいった。「三十四歳。アンバーとジョリーンのハワード姉妹を殺害した容疑で逮捕された。手もとにはふたりの少女の殺害現場の写真もあるが、みなさんにお見せするのは控えよう。見たら眠れなくなる。あれほど非道な死体損壊は見たこともない」

スクリーンを見つめる七人の面々は無言だった。ジャネットは夫ラルフ・アンダースンの腕をきつくつかんでいた。マーシー・メイトランドは片手で口を覆って、魅せられたようにホームズの顔写真を見つめていた。

「未成年のときに盗難車を遊び半分で乗りまわしたことと、スピード違反で二、三回チケットを切られたこと以外、ホームズの記録はきれいなものだ。年二回の勤務評定――最初はキンドレッド総合病院、次はハイスマン記憶機能ユニット――はどれも文句なしに優秀なもの。同僚や患者たちも口をそろえて褒めていた。〝いつもにこやか〟とか〝本物の心くばり〟とか〝プラス・アルファの働きぶり〟という評価の文句がならんでいた」

「テリーについても、みんなおなじような感想を述べてたわ」マーシーがつぶやいた。

「なんの意味もないさ」サミュエルズが異をとなえた。「人々はテッド・バンディみたいな殺人鬼にも、おなじ評価をくだしていたんだから」

ユネルがつづけた。「ホームズは同僚たちに、一週間の休暇をレジスにある母親の家で過ごすと話していた――レジスというのは、デイトンとトロットウッドから北へ約五十キロのところにある小さな町だよ。ホームズが休暇をとった一週間のほぼ中間にあたるころ、ひとりの郵便配達夫が巡回の途中でハワード姉妹の死体を発見した。ハワード家から一キロ半ほど離れた小さな谷の上空に半端ない数の鴉《からす》の群れが飛んでいるのを見て、足をとめて調べにいったそうだ。そこでなにを目にしたかを思えば、その男は調べにいくのではなかったと悔やんだだろうね」

ユネルがクリックすると、目を細めて無精ひげが浮いたヒース・ホームズに代わって、幼いふたりのブロンドの少女の写真が表示された。巡回カーニバルか遊園地で撮影された写真だった——斜めになって回転する円形の乗り物が背景に見えることに、ホリーは気づいた。アンバーとジョリーンは、綿菓子が盛りつけられたコーンをトロフィーのように高くかかげて微笑んでいた。

「被害者を責めるつもりは毛頭ないが、ハワード姉妹がいささかの問題児だったことは事実だ。母親はアルコール依存症で父親は姿を消したまま、治安のよろしくない地域に住む困窮家庭だった。学校では姉妹を〝要保護児童〟の枠に入れていた。しかも姉妹はおりおりに授業をサボって学校を抜けだしてもいた。問題の四月二十三日の月曜日にも、ふたりは午前十時ごろ学校から抜けだしている。アンバーのクラスは自習時間で、ジョリーンのほうは授業中にトイレへ行きたいと申しでていたので、姉妹が前もって示しあわせていたとも考えられるな」

「アルカトラズからの脱出か」ビル・サミュエルズがいった。

だれひとり笑わなかった。

ユネルがつづけた。「ふたりの姿はそのあと、正午少し前に学校から五ブロック離れたところにあり、ビールも売っている小さな食料品店で目撃されている。これが、その店の防犯カメラ映像からとった静止画像だ」

モノクロの画像はくっきりと鮮明だった――昔のフィルムノワールの一シーンみたいだ、とホリーは思い、髪の毛が乱れているふたりの少女の姿に目を凝らした。ひとりは二本の炭酸飲料を手にし、もうひとりは二本のキャンディバーをもっていた。ふたりともジーンズとTシャツという服装。どちらも、おもしろくなさそうな顔つきだった。キャンディバーをもっている女の子は指を突き立て、大きく口をあけ、ひたいに皺を寄せていた。

「店員は、ふたりの少女が本来なら学校にいるべき時間だと知っていて、商品を売ろうとしなかった」ユネルはいった。

「そのようだな」ハウイーがいった。「姉のほうが店員を罵っている声がきこえてきそうだ」

「いかにも」ユネルはいった。「しかし、関心をむけるべき箇所はそこじゃない。写真の右上の隅にご注目あれ。歩道に立って店内をのぞいている人物がいる。いま、そこの部分をもうちょっと拡大しよう」

マーシーがかなりの小声でなにかをつぶやいた。《驚いた《クライスト》》というひとことだったかもしれない。

「あの男じゃないか？」サミュエルズがいった。「ホームズだ。ふたりの女の子を見ていやがる」

ユネルはうなずいた。「アンバーとジョリーンを最後に目撃したのはここの店員だが、そのあと少なくとも一台の防犯カメラがふたりの姿をとらえていた」

ユネルがクリックすると、会議室の正面のスクリーンにまた別の防犯カメラ映像が表示された。こちらのカメラはその電子の目を、ガソリンスタンドの給油機にむけていた。隅のタイムコードによれば、四月二十三日の十二時十九分の映像だ。ホリーは、これこそハイスマン記憶機能ユニットのナースが話していた写真だろうと思った。キャンディ・ウィルスンというそのナースは、写真にとらえられているのはホームズのトラック——〝きれいに飾りたてた〟シボレー・タホのトラック——だろうと話していた。しかし、その推測はまちがっていた。写真に写っていたのは、車体側面に《デイトン造園&プール社》という社名のあるパネルトラックへむかって大股で引き返していくホームズだった。おそらくガソリン代を払いおえたあと、両手に炭酸飲料を一本ずつもってトラックへ帰っていく途中だろう。運転席の窓から身を乗りだして炭酸飲料を受けとろうとしているのは、ハワード姉妹の姉のほうのアンバーだった。

「このトラックが盗まれたのはいつだ？」ラルフがたずねた。

「四月十四日」ユネルが答えた。

「いざ準備がととのうまでトラックを隠していたわけか。つまり計画性のある犯行だった、ということだな」

「ああ、そのように思えるね」

ジャネットが口をひらいた。「それでふたりの女の子たちは……その……あっさりこの男についていったの？」

「これにも被害者を責める意図はまったくない──こんなに幼い女の子たちだ、選択をまちがったからといって責められるものではないよ。しかし、この画像からはふたりが──少なくとも最初のうちは──みずからの意思でホームズについていったことを示している。母親のミセス・ハワードは警察のハイスミス巡査部長に、姉のほうはどこかへ行きたくなるとヒッチハイクで車を〝ひっかける〟悪癖があって、危ないからやめろと何度も注意されてもやめなかったそうだ」

ホリーには、二枚の静止画像が単純なストーリーを語っているように思えた。アウトサイダーは食料品店でふたりの少女が買物を拒否されたのを目にして、もう少し先へ行ったところのガソリンスタンドで給油がてら炭酸飲料とキャンディを買ってやる、という話をもちかけた。そのあとふたりを自宅まで、あるいはふたりが行きたい場所へと連れていってやる、と話したのかもしれない。学校をサボっている女の子ふたりに助けの手をさしのべる、気だてのいい男というだけ──ああ、おれだってちょっと前まではきみたち同様に若かったんだぞ。

「次にホームズが目撃されたのは、午後六時を若干まわったころだ」ユネルは話を再開した。「場所はデイトン郊外にある〈ワッフルハウス〉の支店。そのときには顔と手とシャツが血で汚れていた。店にいたウェイトレスと簡単な料理専門のコックに鼻血が出たと話し、そのあと洗面所で血を洗い流していた。洗面所から出てくると、ホームズは料理を注文した。店をあとにするホームズを見て、コックとウェイトレスはシャツの背中とスラックスの尻にも血が点々とついているのを目撃し、最初の釈明の言葉を疑わしく思いはじめた。というのも大多数の人間の鼻は体の前面についているからね。そこでウェイトレスは男のトラックのナンバーを書きとめて、警察に通報した。のちにウェイトレスもコックも、六枚セットの写真からホームズの写真をなんなく選びだした。赤褐色の髪は見まちがいようもなかったからね」

「〈ワッフルハウス〉に立ち寄ったときも、まだパネルトラックを走らせていたのか？」ラルフがたずねた。

「ああ、そうだ。少女たちが発見された直後に、レジスの公営駐車場で乗り捨てられていたトラックが見つかってる。後部の荷台は血まみれで、ホームズとふたりの少女の指紋がいたるところに残されていた。血の指紋もあったよ。これもまたフランク・ピータースン事件ときわめてよく似た点だ。衝撃的なほど似ているといってもいい」

「発見されたパネルトラックとレジスにあるホームズの実家は、どのくらい近かったんですか？」ホリーはたずねた。

「八百メートルと離れていなかった。警察はホームズがトラックを乗り捨てて徒歩で自宅へもどり、血で汚れた服を着替え、母親においしい夕食をつくったものと推理した。警察はほぼ即座に一致する指紋をデータベースから見つけたが、面倒なあれこれの手続を省いて名前を割りだすまでに二日かかっている」

「ホームズの前科が盗難車を乗りまわした件だけで、おまけにまだ未成年者のときの犯罪だったからだね」ラルフがいった。

「ご明察《シ・シニョール》。そして四月二十六日、ホームズはハイスマン記憶機能ユニットに出勤している。同所の責任者——ミセス・ジューン・ケリー——が、休暇中なのに職場でなにをしているのかとたずねたところ、ホームズはロッカー内の忘れ物をとりにきた、ついでに二、三人の〝患者〟のようすを確かめたい、と答えた。ミセス・ケリーはこの返答を少し奇妙だと感じた。まずナースには専用ロッカーが与えられるのに引き換え、ホームズのような介護スタッフには休憩室に置くプラスティックの箱のような物入れが与えられるだけだったからだ。それからもうひとつ、介護スタッフは勤務初日から、金を払って施設に暮らしている人たちを正しく〝居住者〟と呼べと教えられるし、ホームズがふだんは担当入居者を〝おれの男子たち、おれの女子たち〟と呼んでいたからだ。ともあれ、その日ホームズがようすを確かめた居住者のひとりがテリー・メイトランドの父親だった。警察の調べでテリーの父親が住む居室のトイレからブロンドの髪の毛が見つかった。これはのちに鑑定でジョリーン・ハワードの毛髪だと判明した」

「まったくもって好都合な話だな」ラルフがいった。「何者かが仕込んだ偽の証拠だという可能性は、だれも示唆しなかった？」

「証拠がひとつまたひとつと積み重なっていくなかで、捜査関係者はあっさり、ホームズが不注意だったか、そうでなければ内心では逮捕を望んでいたのだろうと片づけてしまったようだね」ユネルがいった。「パネルトラック、指紋、防犯カメラの映像……そして、地下室で発見された少女たちの下着……ケーキのアイシングのような仕上げのひと筆がDNAの一致だ。勾留時に頰の内側から採取した検体のDNAが、現場に残っていた精液と一致したんだ」

「驚きだ」ビル・サミュエルズがいった。「たしかに事件のどこを見ても既視感《デジャ・ヴュ》に襲われそうだ」

「ただし、一点だけ大きなちがいがある」ユネルがいった。「ハワード姉妹が拉致されて殺害された時刻には、たまたま講演会が開催されていて、その会場でホームズが姿を撮影されていた、などという幸運には恵まれなかったことだ。ホームズの母親は息子がずっとレジスにとどまっていたと誓い、休暇中は一度もハイスマン記憶機能ユニットには行かなかったと証言し、トロットウッドには行っていないと話していた。『そもそも行く道理がありゃしない』母親はそう語った。『クソみたいな人間だらけのクソみたいな街じゃないか』」

「母親が裁判で証言しても、陪審にはなんの影響もなかっただろうね」サミュエルズがいった。「母親が子供のために嘘をつかなかったら、それ以外にだれが嘘をつくというんだ、とね」

「休暇をとっていた一週間のあいだには、近所の人たちもホームズの姿を目にしていたよ」ユネルはつづけた。「ホームズは母親の家で庭の芝刈りをし、家の雨樋を修理し、玄関ポーチにペンキを塗りなおし、お向かいに住むご婦人が花の苗を植えるのを手伝っていた。しかもこれはハワード姉妹が拉致されていったのとおなじ日のことだ。それにホームズの愛車である飾りたてられたトラックは、本人が雑用で乗りまわしていれば、そうあっさり見逃されるしろものじゃなかった」

　ハウイーがたずねた。「そのお向かいの女性は、姉妹が殺害された時刻にホームズが自分といっしょにいたという証言はできなかった？」

「女性の話だと、これが午前十時ごろのことだったらしい。アリバイに近いとはいえても、決定的ではないね。フリントシティとキャップシティのあいだの距離にくらべたら、レジスとトロットウッドのあいだはずっと近い。だから警察は、ホームズが女性を手伝ってペチュニアだかなんだかを植えたあと、すぐにタホのトラックを市営駐車場まで飛ばしてパネルトラックに乗り換え、少女狩りにむかった、という説を採用した」

「ミスター・ホームズにくらべたら、テリーはほんとに幸運だったのね」マーシーがまずラルフを、次にビル・サミュエルズを見つめながらいった。ラルフは視線を受けとめなかった。サミュエルズは視線を受けとめられないか、あるいはその気がないかのようだった。

「それでもまだ幸運が足りなかったけど」

ユネルがいった。「あとひとつ、把握した情報がある――ミズ・ギブニーならパズルのピースといいそうだ。しかしその情報は、ラルフがメイトランド捜査の要約を――賛否両論をふくめて――語りおわってから披露したい」

ラルフは法廷で証言をしているかのように簡潔なセンテンスをつかい、手短に要約を語っていった。また、クロード・ボルトンからきいた話も一同に忘れずに伝えた――握手をかわしたときにテリーの爪で手に傷をつけられたという話だ。カニング町で衣類――スラックス、アンダーウェア、靴下、スニーカーはあったが、シャツはなかった――が発見された件を話してから、いったん時間をさかのぼり、裁判所の階段で見かけた男について話した。確証はないものの、その男は傷だらけで頭髪をうしなったであろう頭部を隠すため、テリーがダブロウの駅で着ていたシャツを頭にかぶっていた可能性がある、と。

「裁判所前の出来事は、テレビ局のカメラが記録していたはずです」ホリーは口をひらいた。「ニュース映像は調べましたか？」

ラルフとユネル・サブロ警部補は目を見交わした。

「ああ、調べた」ラルフが答えた。「しかし、問題の男は見つからなかった。どこの局の映像にもだ」

一同がざわついた。ジャネットはまた夫ラルフの腕に手をかけていた――いや、腕をつかんでいたというべきだった。ラルフは安心させるように妻の手をそっと叩いていたが、目をむけていたのはデイトンから飛行機でこの会議へやってきた女性の顔だった。ホリーは困惑顔を見せてはいなかった。得心した顔を見せていたのだ。

6

「ハワード姉妹を殺害した人物はパネルトラックを走らせていた」ユネルはいった。「そしてトラックが用ずみになると、たやすく発見される場所に放置した。フランク・ピータースンを殺した人物も、少年を拉致するのにつかったヴァンを同様に処理していた。いや、むしろ〈ショーティーズ・パブ〉裏の駐車場に駐め、ふたりの目撃者に話しかけることでヴァンに注目をあつめたといえる——ホームズが〈ワッフルハウス〉のウェイトレスとコックに話しかけたように。オハイオ州の警官たちは、パネルトラックから殺害犯人と被害者たち両方の指紋を大量に発見した。おれたちはおれたちで、ヴァンから多くの指紋を採取した。しかしヴァンから採取した指紋のなかには、何者の指紋ともわからないものが少なくとも一セット分あった。しかし、それもきょう遅くなってから謎が解けた」

ラルフは真剣な顔で身を乗りだした。

「これを見てもらいたい」ユネルはノートパソコンを操作した。スクリーンにふたつの指紋が表示された。「これはニューヨーク州北部でヴァンを盗んだ少年の指紋だ。片方はヴァンから採取したものであり、もうひとつはエルパソで少年が逮捕されたときに記録された指紋だ。さあ、見ていてくれ」

ユネルがさらにコンピューターを操作すると、ふたつの指紋は重なりあって完全に一致した。

「これでマーリン・キャシディ少年は除外できる。さて、これはフランク・ピータースンの指紋だ——片方は司法解剖をした監察医が採取したもので、もうひとつはヴァンの車内から採取されたものだ」

両者を重ねあわせると、今回も両者は完全に一致した。

「次はテリー・メイトランド。片方はヴァンから採取した指紋——おびただしい数の指紋のひとつ、といってもいい。もうひとつは、フリントシティ市警察での逮捕手続にあたって採取されたものだ」

ユネルはふたつを重ねあわせた——今回もふたつの指紋は完璧に一致した。マーシーの口からため息めいた声が洩れた。

「オーケイ。さて、頭をこんがらがせる事態への心がまえをしたまえよ。左はヴァン車内から採取した正体不明の指紋。右はヒース・ホームズの指紋だ——オハイオ州モンゴメリー郡における逮捕手続でホームズ本人から採取されたものだ」

ユネルはふたつの指紋を重ねあわせた。今回は完全な一致ではなかったが、それに近かった。陪審に見せても一致しているという結論を出すはずだ、とホリーは信じた。その点には確信があった。

「見比べれば、若干の些細な差異に気づくことと思う」ユネルはいった。「それはヴァンから採取されたホームズの指紋が、おそらく時間経過でわずかに劣化したからだろうな。しかし、両者のあいだには、おれを満足させるだけの一致点が存在する。ゆえに、ヒース・ホームズがいつかの時点であのヴァンに乗っていたことはまちがいない。これが新しい情報だ」

会議室は静まりかえっていた。

ユネルはさらにふたつの指紋を表示させた。左の指紋はくっきりと明瞭なもの。すでに自分たちも見た指紋だということはホリーにもわかった。ラルフにもわかる。

「テリーの指紋だな」ラルフはいった。「ヴァンから採取されたものだ」

「そのとおり。そして右側のものは、納屋に残されていたバックルについていた指紋だよ」

渦巻は同一だったが、奇妙にもところどころぼやけていた。ユネルがふたつを重ねあわせると、ヴァン車内の指紋がバックルの指紋のぼやけた部分という穴を埋めた。

「これで、このふたつが一致することに疑いはなくなったね」ユネルはいった。「これはどちらもテリー・メイトランドの指紋だ。ただしバックルから採取されたほうの指紋は、ずっと高齢の人物の指が残したもののように見える」

「どうすればそんなことがありうるの？」ジャネットがたずねた。

「ありえない」サミュエルズがいった。「わたしは逮捕手続時のカードに記録されていたテリー・メイトランドの指紋セットを見た……テリーが最後にバックルを触ってから数日後に採取されたものだ。どの指の指紋も、くっきり鮮明だった。損なわれた筋や渦巻はひとつもなかった」

「例のバックルからは、だれのものかわからない指紋も採取されていてね」ユネルがいった。「これだ」

どこの陪審も受け入れないような指紋だった――数本の筋といくつかの渦巻こそあるが、いずれも薄れていて、存在しないも同然だった。指紋の大部分は曖昧にぼやけてしまっていた。

ユネルがいった。「指紋画質が貧弱な点を考えると断定はできないが、おれにはテリー・メイトランドの指紋には思えない。もちろんホームズの指紋であるはずがない――このバックルが駅の防犯カメラ映像のなかで初登場した時点では、ホームズはとっくに死んでいたんだから。それなのに……ヒース・ホームズは、ピーターースン少年の拉致に用いられたヴァンの車内にも確実にいた。それがいつなのか、どうしてそんなことになったのか、その理由はなんなのか……おれにはひとつも説明できない。それでも――これは誇張でもなんでもないが――ベルトのバックルにぼやけた指紋を残したのはだれなのかを教えてもらえるなら千ドル出してもいいし、バックルに残されていたメイトランドの指紋が古いもののように見える理由を教えてもらえるなら、最低五百ドルは出していい気分だ」

ユネルはノートパソコンとプロジェクターの接続を切って椅子にすわった。

「テーブルにずいぶんたくさんのピースがならんだな」ハウイーがいった。「しかし、わたしにはさっぱり全体の構図が見えてこない。これ以外にもピースをもっている者はいるかな？」

ラルフが妻のジャネットにむきなおった。「あの話をするといい。夢で見た男、家のなかにはいりこんでいた男の話を」

「あれは夢じゃない」ジャネットはいった。「夢ならだんだん薄れていく。でも現実の出来事は薄れないもの」

ジャネットは最初のうちこそ物静かな口調だったが、だんだん話のスピードをあげながら、階下の明かりがついているのを見つけてキッチンへ降りていくと、テーブル前にあった椅子が戸口のすぐ先の居間に動かされ、そこにひとりの男がすわっていたことを物語っていった。最後に話したのは、男が指の薄れかけた青いタトゥーで強調しながら伝えてきた《そしておまえがやるべきなのは、亭主に手を引けと伝えることだ》という警告メッセージのことだった。

「それっきり、わたしは気絶してしまって。気絶なんて生まれて初めてよ」

「妻はベッドで目を覚ました。家には侵入者の形跡はいっさいなかった。防犯アラームはセットしてあった」

「夢を見たんだね」サミュエルズは平板な口調でいった。

ジャネットは髪の毛がぶんぶん揺れるほど激しくかぶりをふった。「男は本当にあそこ、にいたの」

「なにかが起こったことはまちがいない」ラルフはいった。「それだけは確かだ。顔に火傷の痕のあった男は指にタトゥーがあって——」

「ニュース映像に映っていなかった男のことだね」ハウイーがいった。

「どう思われるかはわかっている——いかれた話だよ。ただし、この事件の関係者でもうひとり、指にタトゥーを入れていた者がいた。ユネルにその人物の写真を送ってもらい、ジャネットがその写真で確認した。ジャネットが夢で見た男——うちの自宅にはいりこんでいた男——はクロード・ボルトン、〈紳士の社交場《ジェントルメン・プリーズ》〉の用心棒だ。テリー・メイトランドと握手をしたとき、手に切り傷をつくられた男だ」

「お義父さんの面会に行ったテリーが、うっかり介護スタッフと鉢合わせして傷をつくったのとおなじね」マーシーがいった。「その介護スタッフがヒース・ホームズだったのでは？」

「ええ、そうです」ホリーは心ここにあらずのような口調でいった。その目は壁にかかった絵の一枚をじっと見つめている。「ほかにだれがいたんだろう……？」

アレック・ペリーが口をひらいた。「どっちでもいいが、クロード・ボルトンの居場所はもう確かめたのか？」

「おれが確かめた」ラルフはそういって説明した。「ここから六百四十キロ以上離れたテキサス州のメアリーズヴィルという小さな町にいた。プライベートジェットをどこかに隠しているのならともかく、ジャネットがうちで姿を目撃した時間には、クロードはテキサスにいた」

「クロードの母親が嘘をついていなければの話だ」サミュエルズはいった。「これまでにも話に出たが、息子に疑いの目がかけられたとなると、母親族が息子をかばおうとして進んで嘘をつくのは珍しくないからね」

「ジャネットもおなじように考えたが、今回のケースにはあてはまらない。適当な口実でメアリーズヴィルの家を訪ねた警官によれば、ふたりともリラックスしていて、あけっぴろげな態度だったという。犯人ならではの脂汗などかいていなかった、とね」

サミュエルズは胸の前で腕組みをした。「わたしはまだ納得できないね」

「マーシー？」ハウイーがいった。「次はきみがパズルのピースを追加する番のようだ」

「わたしは……話したくない。アンダースン刑事に話してもらえばいい。あの刑事はグレイスから話をきいたのだから」

ハウイーはマーシーの手をとった。「テリーのためなんだぞ」

マーシーはため息をついた。「わかった。下の娘のグレイスがある男を見かけたの。二回も。二回めは家のなかで。わたしはあの子が悪夢を見たものとばかり思った。父親の死にすっかり動揺したことが理由で……どこの子供でも、父親が死ねばそうなるでしょうし……」マーシーはそこで黙りこみ、下唇を噛んだ。

「お願いです」ホリーはいった。「とても重要なことなのです、ミセス・メイトランド」

「そうだよ」ラルフがいった。「本当だ」

「あれが現実のわけないでしょう！　そんなはずがないの！」

「娘さんはその男の人相を話してた？」ジャネットがたずねた。

「ええ、まあね。最初は一週間くらい前。グレイスは姉のセーラといっしょに、セーラの部屋で寝ていたの。それでグレイスが、窓の外に男の人が浮かんでたっていいはじめた。顔は〈プレイ・ドー〉の粘土の塊みたいで、目の代わりに藁がついていたと話してた。そんな話をきかされたら、だれだって悪夢を見ただけだと思うでしょう？」

だれもなにもいわなかった。

「二回めは日曜日。昼寝から目を覚ましたら、男がベッドに腰かけていたと話してた。そのときにはもう藁の目ではなく父親の目だったけれど、それでも男のことが恐ろしかったとグレイスは話してた。両方の腕にタトゥーがあったとも話してた。両手にもね」

ラルフが口をひらいた。「娘さんのグレイスは、そのときは〈プレイ・ドー〉の顔じゃなくなっていたと話していたよ。短く刈りこんだ黒髪がつんつん突っ立っていた、とね。口のまわりに小さなひげがあった、とも」

「山羊ひげ」ジャネットはいった。顔色がわるかった。「おんなじ男だ。最初のときは夢を見ていただけかもしれないけど、二回めは……娘さんが見たのはクロード・ボルトンよ。そうにちがいないわ」

マーシーは頭痛に悩まされているかのように、両手をこめかみにあてがった。「そういう話にきこえることはわかってる――でも、あれは夢にちがいない。だってグレイスは、男が自分に話しかけているあいだに男のシャツの色が変わったと話してた。それって、まさしく夢のなかで起こりそうなことでしょう？　アンダースン刑事、残りはあなたが話す？」

　ラルフはかぶりをふった。「いや、きみが話すほうがいい」

　マーシーは目もとを拭った。「グレイスは、男にからかわれたと話してた。グレイスのことを赤ん坊呼ばわりし、あの子が泣きだすと、おまえが悲しむのはいいことだと話してたらしい。それから男はグレイスに、アンダースン刑事に届けてほしい伝言があるといいだした。すぐに手を引け、でないとわるいことが起こるぞ、とね」

「グレイスによれば」ラルフがいった。「最初に姿を見せたときの男は、まだ出来あがっていないように見えたそうだ。未完成のようだった、とね。二回めに姿をあらわしたときには、男は――グレイスの説明によれば――たしかにクロード・ボルトンに似ていたようだね。ただし、そのときクロードはテキサスにいた。あとはめいめい、好きなように考えてくれ」

「クロードが向こうにいたのなら、こっちにいたはずがない」ビル・サミュエルズが憤懣《ふんまん》やるかたない声でいった。「わかりきった話だろうが」

「テリー・メイトランドについてもわかりきった話だったぞ」ハウイーがいった。「そして今度は、ヒース・ホームズについてもおなじことがいえるとわかった」そういって、ホリーにむきなおる。「今夜はここにミス・マープルを迎えられなかったが、ミズ・ギブニーならここにいる。どうかな、これまでのピースをひとつにまとめることができそうか?」

ホリーにはハウイーの言葉が耳にはいっているようすはなかった。あいかわらず壁の絵をじっと見つめたまま、「目の代わりに藁がついていた……ええ、まちがいない。藁……」といったその言葉が尻すぼみになって途切れた。

「ミズ・ギブニー?」ハウイーはいった。「わたしたちに披露してくれる話があるのかね? それともなにもない?」

ホリーがそれまで心を飛ばしていたところから帰還してきた。「ええ、わたしならなにが起こっているのかを説明できます。わたしからみなさんへのお願いは、先入観をすべて捨て去ってくださいということだけです。まず、わたしが持参してきた映画の一部を見ていただければ、それだけ早く説明できそうです。映画はバッグにはいっています——DVDの形で」

ホリーは力を貸してほしいという短い祈りの文句を(くわえて、聴衆から不信の声が——加えておそらくは激怒の声も——あがったときには、ビル・ホッジズに通じるチャンネルをひらいてほしいという祈りもあわせて)となえてから立ちあがり、先ほどまでユネル・サブロがすわっていたテーブルの端の席に自分のノートパソコンを置いた。つづいて外づけのDVDドライブもバッグから出して、パソコンに接続した。

7

ジャック・ホスキンズは日焼けを理由に――皮膚癌になりやすい家系であることを強調しつつ――病欠を申請しようと考えたが、あまりいい考えではないと却下した。それどころか、ぞっとする考えだった。そんな話をしたところで、ゲラー署長はとっとと部屋から出ていけというだけだろうし、話がどんどん広まれば（ロドニー・ゲラー署長は口の固いタイプではない）ジャック・ホスキンズ刑事は全署の笑いものになること必定《ひつじょう》だ。そもそもありそうもない話だとはいえ、万が一ゲラー署長が承認すれば医者へ行けと命じられそうだが、そこまでの覚悟はついていなかった。

しかし、旅行先から三日も早く署に呼びもどされたのは事実だ――休暇の件は、五月からずっと勤務予定表に書きこまれていたというのに。その三日をラルフ・アンダースンなら〝ステイケーション〟と呼ぶような過ごし方に振り替えるのは自分の権利（それも完全無欠な権利）だと感じたので、水曜日の午後はバーをはしごして過ごした。三軒めのバーでは、カニング町で体験した不気味なひと幕をおおむね忘れることに成功した。四軒めではは日焼けのことも、そもそも日焼けをしたのが夜の出来事だったという奇怪な事実も、それほど心配には思えなくなってきた。

五軒めに足を踏み入れたのは〈ショーティーズ・パブ〉だった。ここの店でジャックはバーテンダー――ちなみにかなりの美女で、名前はもう記憶からすり抜けてしまったが、ラングラーのタイトなジーンズに包まれた魂を奪うがごとき美脚は覚えていた――に声をかけ、おれのうなじを見てどうなっているかを教えてくれと頼んだ。バーテンダーは頼みをききいれた。

「日焼けね」というのが答えだった。

「ただの日焼けってことだな？」

「そう、ただの日焼け」といったあと一拍の間をはさんで――「でも、ずいぶん重症みたい。小さな水ぶくれがぽつぽつ出来てるし。できれば、なにか塗ったほうが――」

「ああ、アロエだろ。そう教わったよ」

ウォッカトニックを五杯（いや、六杯だったかもしれない）飲んでから、ジャックは車を走らせて自宅へ帰った――背すじをまっすぐ伸ばし、ハンドルごしに外の光景に目を光らせ、制限速度ぴったりで。ここで警察に停車を命じられるわけにはいかない。州法で定められている呼気アルコール濃度の基準値は〇・〇八パーセントだ。

ハウイーことハワード・ゴールドの会議室でホリー・ギブニーがプレゼンテーションをはじめていたころ、ジャックは古い農場屋敷スタイルの自宅に帰った。服を脱いでパンツ一丁になり、忘れずにすべてのドアを施錠してからバスルームへ行き、切実に排水を必要としていた腎臓の栓をひらいた。小用を足しおえると、ふたたび手鏡をつかって、うなじのようすを調べた。いまごろはもう日焼けが治りつつあるのは確かだろうし、そろそろかさぶたができていてもおかしくないと思った。ところが、そんなことはなかった、火傷はどす黒くなっていた。多くの深い切り傷がうなじに格子模様をつくっていた。そのうちふたつの傷から、乳白色の膿汁があふれて筋をつくっていた。ジャックはうめき声をあげ、いったん目を閉じてから、またひらいて安堵のため息をついた。黒く変色した皮膚はなかった。切り傷もなかった。膿もなかった。しかし、うなじが鮮やかな赤い色になっていたのはまちがいなかったし、たしかに水疱も出来ていた。指先で触れても前ほど激しい痛みはなかったが、それも当然ではないか。いまの自分はロシア秘伝の麻酔薬をたっぷりきこしめしているのだから。

《こんな大酒はもうやめないとな》ジャックは思った。《ありもしないクソなものが見えてしまうのは明白な兆候だぞ。いやいや、警告のシグナルといってもいい》

アロエ成分配合の軟膏は手もとになかったので、アルニカジェルを火傷にたっぷりと塗りたくった。直後は刺すような痛みに襲われたが、痛みはじきに消えていった（というか、鈍い疼きにまで軽減したというべきか）。これはいいことではないだろうか？　ジャックは枕がジェルで汚れないようにハンドタオルを出してきて広げ、横になって明かりを消した。しかし、暗闇はいい方向に作用しなかった。あたりが暗いと痛みがさらに激しくなるように思えたし、部屋に自分以外のなにかがいるとあっさり思いこんでしまいがちだ。田舎の納屋の廃屋で、ジャックに背後から近づいてきたあのなにものかが。

《あそこにはなにもいなかった、おれの想像力が暴走しただけだ。そう、皮膚が黒く変色していたように見えたのも想像力のせい。ひび割れみたいな切り傷も。あの膿汁も》

そうとも、そのとおり。しかし、ベッドサイドのスタンドを点灯させると気分が明るくなったのも事実だった。眠りこむ前に頭を最後によぎったのは、ひと晩ぐっすり眠れば、あらゆる問題が自然に解決するはずだ……という思いだった。

8

「もう少し部屋を暗くしたほうがいいかな?」ハウイーがホリーにたずねた。

「いいえ」ホリーは答えた。「娯楽のためではなくて情報のためですので。それに映画の上映時間は八十七分ですが、全部見る必要はありません——いえ、大半は見る必要がないのです」当初恐れていたほど神経質にはなっていなかった。少なくともいまのところは。「ただし、みなさんに映画をお見せする前にはっきりさせておきたいことがあります。もうみなさんはご存じでしょう。ただ、それぞれの意識の部分で真実を受け入れる準備がととのっていないだけかもしれません」

一同は無言のままホリーを見つめた。全員の目が。ホリーは自分が人前に立って話していることが信じられなかった——あのホリー・ギブニー、どこの教室でも最後列にすわり、決して手をあげることなく、体育のある日はスカートとブラウスの下にあらかじめ体操服を着こんでいたホリー・ギブニーが。二十代になってもまだ母親に反論のひとつさえできなかったホリー・ギブニーが。少なくとも二度にわたって、精神が崩壊しきった経験をもつホリー・ギブニーが。

《でも、それはみんなビルと出会う前のこと。ビルはわたしがもっとすぐれた人間だと信じてくれて、ビルのためにわたしはそうなった。そしていまここで、わたしはこの人たちのために、もっとすぐれた人間になる》

「テリー・メイトランドはフランク・ピータースンを殺してはいませんし、ヒース・ホームズはハワード姉妹を殺してはいません。ふたつの殺人事件は、どちらもアウトサイダーによってなされたのです。アウトサイダーは、わたしたちの現代科学を——現代の法科学を——わたしたちへの武器として利用します。しかし、その真の武器はわたしたち自身の〝信じたくない〟という姿勢です。わたしたちは事実を追うように訓練されています。事実が矛盾している場合、においでアウトサイダーを追いかけることもできなくはない。しかし、わたしたちはにおいを追いかけることを拒んでしまう。アウトサイダーはそのことを知っている。知っていて、利用しているのです」

「ミズ・ギブニー」ジャネット・アンダースンが口をひらいた。「もしかしてあなたは、二件の殺人事件が超自然的な存在によって引き起こされたといっているわけ？　ヴァンパイアとかのたぐいがやったと？」

ホリーは唇を噛みながら、いまの質問の答えをさがした。しばらくしてホリーは口をひらいた。「その質問への答えは控えさせてもらいます。いまのところは。とりあえず、もってきた映画の一部をみなさんにごらんいただきたい。英語字幕のついたメキシコ映画です。もともとは五十年前、この国のドライブインシアターでの二本立て上映で封切られました。英語版のタイトルは〈メキシコ女レスラーたち、怪物と出会う《メキシカン・レスリング・ウィメン・ミート・ザ・モンスター》〉ですが、スペイン語のタイトルは——」

「もういい、やめろ」ラルフがいった。「馬鹿馬鹿しい」

「黙って」ジャネットがいった。声は小さかったが、全員がその声に怒りをききとっていた。「あの人にチャンスを与えてあげて」

「しかし——」

「あなたはゆうべ、あの場にいなかった。わたしはいた。だから、あなたには、この場でチャンスを与える義務があるの」

ラルフは胸の前で腕を組んだ——サミュエルズもまったくおなじだった。ホリーがよく知っているしぐさだった。すべてを撥《は》ねのける拒絶の姿勢。《おまえの話をきく気はないぞ》の姿勢。ホリーは先をつづけた。

「メキシコでのタイトルは〈女プロレスラーのロジータと友人たちはエル・クーコを知っている《ロシータ・チャンドラ・エ・アミーガス・コノセン・エル・クーコ》〉というスペイン語で——」

「それだ！」ユネルがいきなり大声をあげ、一同は驚きにびくっとした。「土曜日にあのレストランでいっしょに食事をしたとき、おれが思い出せなかった映画の題名だ！　おれのあの話を覚えてるかい、ラルフ？　妻がまだ子供《ペケーニャ》のころに祖母《アブエラ》からきかされた話を？」

「忘れるわけがない」ラルフはいった。「黒い袋をもち歩く男……子供を殺しては、その脂を体に擦りこんで……」ラルフは――意に反して――フランク・ピータースンとハワード姉妹のことを思い、口をつぐんだ。

「その男はなにをするの？」マーシー・メイトランドがたずねた。

「殺した子供たちの血を飲み、子供たちの脂をみずからの体に擦りこむんだ」ユネルが答えた。「それによって若さをたもっていると考えられているよ。エル・クーコはね」

「ええ」ホリーはいった。「その男はスペインでは〝袋をもった男《エル・オンブレ・コン・サコ》〟って呼ばれています。ポルトガルでは〝かぼちゃ頭《パンプキンヘッド》〟。ハロウィーンにアメリカの子供たちはかぼちゃに顔を彫るけれど、そんな子供たちはエル・クーコの同類を彫っているのです。数百年前のイベリア半島の子供たちとおなじように」

「エル・クーコのことを歌った子守歌もあるぞ」ユネルがいった。「夜になると祖母《アブエラ》が歌ってくれることもあったよ。ドゥエルメテ・ニーノ・ドゥエルメテ・ヤ……ああ、その先は思い出せないな」

「訳せば……〝眠れ、子供よ、眠れ〟」ホリーはいった。「〝エル・クーコがひそんでる、天井裏にひそんでる……やつはおまえを食べにきた〟」

「ベッドタイムにうってつけの子守歌だな」アレックがコメントした。「歌ってもらった子供たちは、さぞやすてきな夢を見たことだろうよ」

「なんてこと」マーシーが小さな声でいった。「じゃ、そのたぐいの化け物が……わたしたちのうちに来ていたと考えてるわけ？　うちの娘のベッドにすわっていたと考えてるの？」

「答えはイエスでありノーでもあります」ホリーはいった。「映画を再生させてください。冒頭の十分をごらんいただくだけでも充分です」

9

ジャック・ホスキンズは人も車もいない幹線道路に車を走らせている夢を見ていた。道路の両側にはなにもなかったし、見あげれば何千キロも青空が広がっているばかり。鼻をつくガソリン臭から察するに、走らせているのは大型トラックかタンクローリーらしい。隣の助手席には、短く刈りこんだ黒髪で山羊ひげをたくわえた男がすわっていた。両腕はびっしりとタトゥーで覆われていた。ジャックも知っている男だった。というのもジャックは〈紳士の社交場《ジェントルメン・プリーズ》〉にちょくちょく足を運んでいて（といっても、警官の給料ではそうたびたびではなかった）、そのおりにこのクロード・ボルトンと楽しい会話を何度もかわしていたからだ。クロードは前科もちだが、犯罪からきっぱり足を洗ってからこっち、そうわるい男でもなくなっていた。ただし、ここにいるクロードはとびっきりの悪党だった。シャワーカーテンをわずかに引いて、指に入れた《CANT》のタトゥーをジャックに見せつけてきたのは、いま隣にすわっているほうのクロードだった。

トラックは《**メアリーズヴィル　人口一二八〇人**》という標識の前を走りすぎた。

「癌は急速に拡大しているな」クロードはいった。まちがいなくカーテンの裏からきこえてきた声だった。「自分の手を見るといい、ジャック」

ジャックは目を下へむけた。ハンドルにかかっている両手が黒く変色していた。見ているうちにも両手がぽろりと落ちた。タンクローリーは道路をはずれて暴走しはじめた。車体が傾いて横転しそうになった。このままでは爆発が避けられない——そう観念したジャックは、爆発が起こる前に自分を夢の世界から引っぱりだした。ぜいぜい息を切らし、天井を見あげながら。

「まいったな」ジャックはささやき、まだ手がついているかどうかを目で確かめた。手は落ちていなかったし、腕時計もまだあった。眠っていたのは一時間にも満たなかった。

「いや、ほんとにまいった——」

ジャックの左側で、だれかが身じろぎした。つかのま、あの足の長い美人バーテンダーを家まで連れ帰ったのだろうかと思ったが、帰宅はひとりだった。いずれにしても、あんなに若い美女が、おれなんかにかかわろうとするわけがない。あの美女にとって、おれは四十代で太りすぎ、頭が寂しくなりかけたでぶのおっさんというだけで——。

ジャックはまわりを見まわした。いっしょのベッドに横たわっていたのは実の母親だった。それが母親だとわかったのは、わずかに残った髪に鼈甲《べっこう》のヘアクリップがぶらさがっていたからだ。母親が自分の葬式にあたって髪につけていたクリップだった。葬儀屋が死化粧をほどこしていたせいで、顔はどことなく蠟人形めいた質感だったが、全体としてはわるくなかった。いまここにいる母親の顔は、肉が腐って剝がれ落ちたために、あらかた消え失せていた。ナイトガウンが体にへばりついているのは、膿で布地がねっとりと濡れていたからだ。腐肉の臭気が立ちこめていた。ジャックは悲鳴をあげようとしたが、声が出てこなかった。

「この癌はおまえを待っているんだよ、ジャック」母親はいった。唇がなくなっていたので、歯があわさって音をたてるところが丸見えだ。「癌はおまえを食らってる。いまならまだ、あの男に取り返してもらえる。でも、もうすぐあの男にさえ手遅れになるね。あの男の望みどおりのことをするかい？」

「ああ」ジャックはささやいた。「ああ、なんだってやる」

「じゃ、よくおきき」

ジャック・ホスキンズは話に耳をかたむけた。

10

ホリーがもってきた映画には、よく本篇前に挿入される著作権がらみのＦＢＩの警告がなかった。ラルフには意外ではなかった。そもそも箸にも棒にもかからない駄作であるうえに、こんな大昔の映画の著作権をだれがわざわざ主張するというのか。音楽は震えるようなヴァイオリンと、メキシコからテキサスにかけてのノルテーニャという民族音楽を思わせる神経を逆なでするほど陽気なアコーディオンのリフを突きあわせたものだった。画面は傷だらけだった——大昔に死んだ映写技師たちがフィルムの扱いにろくに頓着しないまま、数えきれないほど何度も上映してきたかのように。

《こんなところにすわっているなんて、我ながら信じられないな》ラルフは思った。《まるで頭のおかしな患者があつまる病院みたいだ》

しかし妻のジャネットもマーシー・メイトランドも学年末試験にのぞむ生徒なみの集中力でスクリーンを見ていたし、ほかの面々も——そこまで集中していないのは明らかながら——真剣な顔で映画を追っていた。ユネル・サブロは口もとに淡い笑みをたたえていた。いま見ているものを馬鹿馬鹿しいと思っている人物の笑みではないな、とラルフは思った。むしろ、過去のひとコマをちらりとのぞいた者、子供のころに親しんでいた伝説が甦ってきたのを目にした笑みだ。

映画の開幕は夜の街路のシーンだった——ならんでいるのは酒場か売春宿、あるいは酒場兼売春宿だけのようだった。カメラは、襟ぐりが深くあいたワンピース姿の愛らしい女が四歳くらいの娘と手をつないで歩いていく姿を追いかけていた。こんな夜遅くに、本来ならベッドで寝ているのがふさわしい子供を連れて女が散歩をしている理由は、この映画のもっとあとのほうで説明されるのかもしれないが、ラルフをはじめとする一同が見た部分には説明はなかった。

ひとりの酔漢がふらふらと女に近づいた。男の口はなにか話していたが、酔漢の吹き替えを担当した声優は、アニメ〈ルーニー・テューンズ〉のキャラクターのスピーディー・ゴンザレスを思わせるメキシコ訛で「よお、姉《ねえ》ちゃん、ちょいとつきあってくれるか?」という科白をあてていた。女は男の誘いをふり払って、先へ進んだ。すると二本の街灯にはさまれた暗がりから、ドラキュラ映画そのままの長い黒マントをまとった男が路地へ飛びだしてきた。男の片手には黒い袋があった。男は反対の手で幼い子供をつかみあげた。母親が悲鳴をあげて追いかけ、次の街灯の前で男に追いつき、男がもっている袋につかみかかった。男が身をひるがえすと、近くの街灯の光がひたいに傷のある中年男の顔を浮きあがらせた。

ミスター黒マントは口のなかにずらりとならんだ偽の牙を剝きだして、うなり声をあげた。女は両手をかかげてあとずさった——恐怖に駆られた母親というよりも、歌劇〈カルメン〉のアリアを歌わんとしているオペラ歌手のように見えた。子盗《こと》り男はマントをひらりとふって子供にかぶせ、走って逃げていった。しかしそれよりも先に、通りにならぶ多くの酒場のひとつから男が出てきて、おなじくおぞましいスピーディー・ゴンザレス風の訛で男に呼びかけた。「やあ、こりゃエスピノーザ教授！　どこへ行くんだ？　おれにいいいっぱいおごらせてくんな！」

その次のシーンでは先ほどの母親が死体安置所へ案内されていった（ドアの曇りガラスには死体安置所を意味する《エル・デポシート・デ・カダベレス》というスペイン語が書いてあった）。つづいて、シーツがもちあげられて損壊された子供の遺体があらわになったのだろう、女は予想どおりのわざとらしい悲鳴をあげた。そのあとは顔に傷のある男の逮捕シーンだ。やがて男は、近くの大学に所属する、大いに尊敬をあつめている教授だと判明した。

これにつづいたのは、短めの法廷シーンだった。母親が証言した。さらに、おなじようなスピーディー・ゴンザレス風の訛をもつ男ふたりの証言。そのうちひとりは教授に〝いいいっぱいおごらせてくんな〟と誘った男だった。陪審が評決の討議のため、一列になって退廷していった。そのままなら予想どおりのこの展開に超現実的なタッチを付加していたのは、廷内最後列にならんだ五人の女たちの姿だった。五人はスーパーヒーローのコスチュームめいたいでたちで、珍妙なマスクまでかぶっていた。しかし、女たちを場ちがいだと思っている者は、判事をふくめて廷内にはひとりもいないかのようだった。

陪審が列をつくって廷内にもどってきた。エスピノーザ教授は、もっとも忌むべき殺人について有罪とされた。がっくりうなだれた教授はいかにも有罪に見えた。マスクをつけた女のひとりが弾かれたように立ちあがり、メキシコ訛のある大声でいった。「これは誤審だよ！　エスピノーザ教授が子供を傷つけるわけないし！」

「でも、あたしはあいつを見たの！」母親が叫んだ。「あんたは三倍まちがってるよ、ロジータ！」

スーパーヒーローのコスチューム姿でマスクをつけ、クールなブーツを履いた女たちは、法廷から出ていった。画面はクロスフェードで変化し、絞首刑用の輪縄のアップに切り替わった。カメラが引いていくと、絞首刑台とそれをとりかこんでいる見物人の集団が画面に出てきた。エスピノーザ教授が引き立てられて階段をあがっていく。そして首に輪縄をかけられているその瞬間、教授の視線が見物人の群れの最後部にいる男、修道士のような頭巾つきのローブをまとっている男をとらえた。修道士はサンダル履きの足のあいだに黒い袋を置いていた。

馬鹿馬鹿しくお粗末な出来の映画だったが、それでもラルフはちくちくした痛みが腕を駆け降りていくのを感じ、ジャネットが手を伸ばしてきたときには自分の手で妻の手を覆っていた。映画が次にどんな展開を迎えるかがラルフには予見できていた。修道士が頭巾を押しあげると、その下からよく目につくひたいの傷をはじめ、すべてがそろったエスピノーザ教授の顔が出てきた。教授はにやりと笑って、お粗末なプラスティック製の牙をあらわにすると……足もとの黒い袋を指さして……哄笑しはじめた。

「あそこだ！」絞首台から教授は叫んだ。「あそこにやつがいる、あそこに！」

群集はいっせいにふりかえったが、そのときにはもう黒い袋の男は消えていた。エスピノーザに専用の黒い袋が与えられた——死刑囚用の黒い頭巾をすっぽりとかぶせられたのだ。頭巾の下から教授はなおも叫んでいた。「あの化け物、あの化け物、化け——」

そこで落とし戸がひらき、教授の体は真下へすとんと落ちていった。

それにつづいたのは、マスクをかぶったスーパーヒーロー姿の女たちが屋根の上をひた走り、修道士を装った男を追いかけていく一連のシーンだった。ここでホリーは一時停止ボタンを押した。

「二十五年前、わたしはこの映画を吹き替えではなく字幕版で見ました」ホリーはいった。「吹き替え版で処刑寸前に教授が叫んだ〝化け物〟は、原語では〝エル・クーコ、エル・クーコ〟でした」

「ほかにはなにが？」ユネルが低い声でいった。「いやはや、この手の〝ルチャンドラ映画〟なんて子供時分に見たっきりだったよ。このたぐいの映画は十数本はあったにちがいないな」ここでユネルは、いま夢から覚めたかのように一同の顔を見わたした。「ラス・ルチャンドラス——訳せば女プロレスラーたちだ。この映画のスターのロジータは有名なレスラーだった。マスクをとった素顔のロジータを見るべきだ——びっくり仰天《アイ・カランバ》だぞ」そういってユネルは、うっかり熱いものを触ったときのように片手をふった。

「この手の映画は十数本にとどまらず、少なくとも五十本は製作されました」ホリーは静かにいった。「メキシコに住む人たちは、みんな女プロレスラー《ラス・ルチャンドラス》たちの大ファンでした。いまでいうスーパーヒーロー映画のようなものです。ただし、もちろんずっと低予算でつくられていました」

本音ではこのまま、映画史のなかでも（少なくともホリーにとっては）魅惑的な部分にまつわる講義をひとくさりおこなってもいいくらいの気分だったが、いまはそんな場合ではない。ラルフ・アンダースン刑事が、苦虫をたっぷりと嚙みつぶしたばかりといった顔を見せているとあってはなおさらだ。それに、自分も〝ルチャンドラ映画〟を愛好していたことを一同の前で明かすつもりもなかった。オハイオ州クリーヴランドの地方テレビ局で毎週土曜日の夜に放映されていた〈超B級映画シアター〉という番組では、お笑い目的でこの種の映画が放映されていた。当時、地元の大学生たちは酔っ払ってテレビを見て、お粗末な吹き替えや彼らには嘘くさく思えるはずのコスチュームなどを思いきり笑いものにしたのだろうが、ハイスクール時代にはいつもびくびくして暗い気分だったホリーには、女プロレスラー《ラス・ルチャンドラス》たちに笑える点はひとつもなかった。カーロッタとマリアとロジータはいずれも強くて勇敢、いつでも貧しい人々や踏みつけにされた人たちの味方だった。なかでもいちばん人気のあったロジータ・ムニョスは、みずから堂々と〝あいのこ《チョリータ》〟と称し、先住民の血を引いていることを公言していた。この言葉はまた、暗い気持ちで毎日を過ごすハイスクールの生徒だったホリーが、ほぼずっと自分について感じていたことでもあった。

どっちつかずの半端者だ、と。

「メキシコで製作された女プロレスラー映画の大半が、古くから伝わる伝説を現代に語りなおしたものです。この映画も例外ではありません。映画の内容が、わたしたちの知っている複数の殺人事件とどのくらい合致しているかも、いまはもうおわかりになったと思います」

「完璧だね」ビル・サミュエルズはいった。「それだけはいえる。ただし問題がひとつ――いかれているということだ。常軌を逸している。ミズ・ギブニー、本気でエル・クーコの存在を信じているのなら、きみはうつけ者《エル・クックー》だ」

《おいおい、ふっつり消えた足跡の話をおれに披露した男がなにをいうか》ラルフは思った。ラルフ自身はエル・クーコなど信じてはいなかった。しかし、反応が予測できるなかであえてこの映画を一同に見せたことで、ホリーという女性調査員がかなりの気骨を見せたことは認めてもいい。そしてラルフは、〈ファインダーズ・キーパーズ探偵社〉のホリー・ギブニーがどんな反応を見せるかに興味があった。

「エル・クーコは子供たちの生血と脂身を食って生きているといわれています」ホリーはいった。「しかし、この世界では――わたしたちが住む現実世界では――エル・クーコはそういったものを糧として生き延びるだけでは足りず、あなたのような考え方をする人々を利用して生き延びているのです、サミュエルズ検事。ここにいるみなさんが、おなじように考えていることでしょう。もうひとつ、みなさんにごらんいただきたいものがあります。ほんの短時間ですみますので」

ホリーはDVDのチャプター9――最後からふたつめのチャプター――まで飛ばした。女プロレスラー《ラス・ルチャンドラス》たちのひとり――カーロッタ――が頭巾をかぶった修道士を無人の倉庫に追いつめるシーンからアクションがはじまった。修道士は、都合よく手近にあった梯子をつかって逃げようとした。カーロッタは、修道士の背に波打っているローブをつかんで、その体を自分の肩ごしに投げ飛ばした。修道士は宙返りをして、背中側から着地した。頭巾が後方へはねあげられて顔があらわになった――といっても顔は顔ではなく、のっぺりした塊にすぎなかった。本来なら目がある場所から細長く光っている枝めいたものが飛びだしてくるにおよび、カーロッタが悲鳴をあげた。その枝のようなものには相手を威圧する力があったにちがいない。というのもカーロッタがよろよろとあとじさって壁にぶつかり、女プロレスラー《ルチャンドラ》のマスクの前に片手をかかげて自身を守ろうとしたからだ。

「とめて」マーシーがいった。「お願いだから、もうここでとめて」

ホリーがノートパソコンを操作するとスクリーンの映像が消えた。しかしラルフの目には、まだ映像が見えていた。昨今のシネコンで見られる映画のCGIにくらべれば先史時代のものとしか思えない特撮だったが、事前にひとりの少女の口から寝室への侵入者の話をきいていれば効果は充分だった。

「娘さんがごらんになった男というのは、いまの映画のような姿ではありませんか？」ホリーはたずねた。「正確におなじものだとはいっていません。しかし――」

「ええ、そう。まちがいない。目の代わりに藁がついていた。娘はそう話してたの。目の代わりに藁がついていた、と」

11

ラルフは立ちあがった。その声は冷静で落ち着いていた。

「お言葉を返すようだがね、ミズ・ギブニー……きみの経歴を思えば……きみの業績を思えば……きみの言葉にも敬意を払うべきだが、子供たちの血をすって生きるエル・クーコなんていう超自然の怪物など存在するものか。たしかに、この事件にとびきり奇妙な部分があるということなら、だれよりも先に認めるのもやぶさかではない——いや、両者の事件が関連しているのなら〝ふたつの事件〟というべきだし、実際ふたつの事件はどんどん関連しているような様相を呈してはいる。ただし、きみがおれたちを連れていこうとしているのは、無に通じているだけの道だ」

「あの人に最後まで話をさせて」ジャネットがいった。「あなたが完全に心を閉ざしてしまう前に、お願いだから、あの人に最後まで話をさせてあげて」

ラルフには妻の怒りが激怒レベルに近づいていることが見てとれた。怒りの理由はわかっていたし、共感さえしている部分があった。エル・クーコにまつわる笑止千万なホリー・ギブニーの話を受け入れるのを拒むラルフの姿勢が、ジャネットには〝きみがキッチンで見たという未明の光景だって信じられないね〟といっているようにも思えているのだ。ラルフとしても妻を信じたいのは山々だった。妻を愛して尊敬していたからだけではない。ジャネットが見たという男の人相風体がクロード・ボルトンに一致していながら、その説明がつけられないからでもある。それでも残りの部分を口にしたのは、この場の全員にきかせるためであり、なかでもジャネットにきかせるためだった。口にせずにはいられなかった。これこそラルフの全生活がよって立つ岩盤ともいうべき真実だ。たしかにマスクメロンには蛆虫が詰まっていた。しかし、その蛆虫はなんらかの自然の作用で果物にはいりこんだのだ。どんな作用なのかが不明でも、蛆虫がはいった事実は変わらず、その事実を消せるものでもない。

ラルフはいった。「化け物の存在を信じて、超自然の実在を信じたら、そもそもどうすればなにかを信じられる？」

ラルフは椅子に腰をおろして、ジャネットの手をとろうとした。ジャネットは手を引っこめた。

「みなさんがどう感じたかはわかります」ホリーはいった。「わかりますよ。ほんとです、信じてください。でも、わたしはいろいろなものを見聞きしてきました、アンダースン刑事。その経験から今回の件を信じられるようになったんです。いいえ、映画のことではありませんし、映画のうしろにある伝説でもありません。しかし、どんな伝説にも、その裏には一抹の真実が潜んでいるものです。でも、そのことはとりあえず脇へ置いておきましょう。これからみなさんに、わたしがデイトンを出発する前に作成した時系列一覧《タイムライン》をごらんいただこうと思います。かまいませんか？　それほど時間はかかりません」

「いまはきみが発言する時間だよ」ハウイーがいった。愉快に思っている口調だった。

ホリーはひとつのファイルをひらいて壁のスクリーンに表示させた。手書きの文字は小さかったが明瞭だった。ホリーの作成したこの表なら、どこの法廷でも充分に通用することだろう。その点はホリーに認めてもいいと、ラルフは思った。

「まずは四月十九日の木曜日。マーリン・キャシディ少年がヴァンをデイトンの駐車場に乗り捨てました。このあとヴァンは同日中に盗まれたと考えられます。盗んだ犯人をここではエル・クーコとは呼ばず、アウトサイダーと呼びましょう。そのほうがアンダースン刑事の感じる違和感も減らせると思いますし」

ラルフはなにもいわずにいた。ふたたびジャネットの手をとろうとする。今回ジャネットは手を引っこめなかったが、指をからめて夫の手を握ることはなかった。

「そいつはヴァンをどこに隠した？」アレックがたずねた。「見当はついている？」

「その点もあとで触れます。ただし、いまのところはデイトンでの出来事を時系列順に追ってもいいでしょうか？」

アレックは片手をあげて、ホリーに話をつづけるよう合図した。

「四月二十一日、土曜日。メイトランド家の四人が飛行機でデイトンに到着、ホテルにチエックイン。一方、ヒース・ホームズ――本物のホームズ――は、レジスで母親といっしょでした。

四月二十三日、月曜日。アンバーとジョリーンのハワード姉妹が殺害される。アウトサイダーが姉妹の肉を食べて血を飲む」そういってから、ホリーはラルフに目をむけた。「いえ、事実として知っているわけではありませんし、確証はありません。しかし新聞記事の行間を読んだ結果、遺体の一部が欠損していて、体が真っ白く見えるほど大量の血液が抜きとられていたことを察しました。フランク・ピータースン少年の遺体も同様の状態だったのではありませんか？」

この質問に答えたのはビル・サミュエルズだった。「メイトランド事件の捜査はおわり、この話しあいはあくまでも非公式な議論なのだから、その点をきみに明かしても問題はなさそうだ。フランク・ピータースンの遺体からは頸部と右肩、右臀部、および左太腿の組織が欠損していたよ」

マーシーが首を絞められたかのような声を洩らした。ジャネットが近づこうとしたが、マーシーは手をふって近づけまいとした。「わたしなら大丈夫。つまり……いえ、大丈夫なんかじゃない。でも吐くとか気絶するとか、その手のことにならないから」

しかし血色をなくして灰色になったマーシーの顔を見るかぎり、ラルフにはそこまでいいきれなかった。

ホリーはつづけた。「アウトサイダーは姉妹を拉致するのにもちいたパネルトラックを、ホームズの自宅近くに乗り捨てました——」いいながら笑みをのぞかせる。「——そこに捨てればかならず発見され、自分が生贄《スケープゴート》にした人物に不利な証拠をまたひとつ積みあげられるとわかっていたからです。またアウトサイダーは、ホームズ家の地下室に姉妹の下着を残しました——これも、壁をつくるために積みあげた煉瓦のひとつです。

　四月二十五日、水曜日。ハワード姉妹の遺体が、デイトンとレジスのあいだにあるトロットウッドで発見されました。

　四月二十六日、木曜日。ヒース・ホームズがまだレジスで母親のいる実家まわりの手伝いをしたり用足しに走りまわったりしているあいだ、アウトサイダーがハイスマン記憶機能ユニットに姿をあらわしました。アウトサイダーがテリー・メイトランドに狙いを定めていたのか、あるいはだれでもよかったのか、そのあたりはわたしにはわかりません。しかし、アウトサイダーがミスター・メイトランドに目をとめたことは明らかです。というのも、氏がほかの州、つまり遠方から来たことがわかったからです。みなさんがアウトサイダーを自然の存在と呼ぼうと、非自然の存在、あるいは超自然の存在と呼ぼうとかまいませんが、ある意味においてアウトサイダーは多くの連続殺人犯と似ています。移動することを好むのです。ミセス・メイトランド、ご主人がお父さまのお見舞いにいかれる予定だということを、ヒース・ホームズが知っていた可能性はありますか？」

「あったと思う」マーシーは答えた。「ハイスマンでは親戚がこの国の遠方から見舞いに訪問する場合、できれば前もって知らせてくれといっているから。スタッフがそういった場合にそなえて、特別なケアを入居者にほどこすためにね——髪を切ったりパーマをかけたり、可能であれば施設外での面会の段取りをととのえたり。ただし、テリーのお父さんの場合、それは必要なかった。認知機能の問題が進みすぎていたから」それからマーシーはホリーにひたと目をすえたまま身を乗りだした。「でも、いくらホームズそっくりとはいっても、アウトサイダーがしょせんホームズ本人でないのなら、そんなことを知っていたはずがある？」

「いや、基本前提さえ受けいれれば答えは簡単だよ」ラルフがいった。「もしアウトサイダーがホームズを……いわば複製しているのなら、ホームズの記憶にアクセスできたとしても不思議はない。そういう理解で正しいだろうか、ミズ・ギブニー？　きみの話からすると、そういうことになるんじゃないか？」

「ある程度まで、そのとおりということにしておきましょう。でも、その話に深入りするのはやめておきます。みなさんもお疲れでしょうし、ミセス・メイトランドはご自宅で待つお子さんたちのところへもどりたいでしょうから」

《できればマーシーが気絶してしまう前がいいだろうな》ラルフは思った。

ホリーはつづけた。「アウトサイダーは、ハイスマン記憶機能ユニットで自分の姿が人々の目にとまって存在に気づかれることを知っていました。それこそが狙いだったのです。そのうえアウトサイダーはミスター・ホームズの有罪をさらに確実にするために、追加の証拠を残しもしました——殺害した少女のひとりの髪の毛です。しかしわたしは、四月二十六日にアウトサイダーがあの施設へ行ったいちばん大きな目的は、テリー・メイトランドの血を流させることにあったと信じています——のちに、ミスター・クロード・ボルトンの血を流させたのもおなじ流儀でした。このパターンはつねに変わらずにくりかえされます。最初に殺人。そののち、次の犠牲者に狙いを定める。次の〝自分〟といってもいいでしょう。それをすませると、アウトサイダーは身を隠す。といっても、実質的には冬眠といったほうがいい。熊とおなじく冬眠中にも動きまわることはありますが、おおむねあらかじめ選んだねぐらに一定期間とどまっています——変身が完了するまで休息をとりながら」

「伝説では、その変身に数年かかることになってる」ユネルがいった。「それこそ数世代かかるかもしれないとね。しかし、それはあくまでも伝説だ。きみはそこまで長い時間が必要だとは思ってないのだろう、ミズ・ギブニー？」

「せいぜい数週間、長くても数カ月ではないかと思っています」ホリーはいった。「テリー・メイトランドからクロード・ボルトンへと変身しているあいだ、その顔は〈プレイ・ドー〉の粘土を捏ねた塊のように見えていたかもしれません」そういって顔をまっすぐラルフにむける。この先の言葉が口に出しにくいのはわかっていたが、それでもいわなくてはならなかった。「あるいは……かなりひどい火傷を負ったあとのようにも」

「そんな話を信じちゃいけない」ラルフはいった。「これだって控えめにいってるんだ」

「だったら、どうして火傷の男はどのテレビ局の映像にも映っていなかったの？」ジャネットがたずねた。

ラルフはため息をついた。「わからないね」

ホリーがいった。「たいていの伝説にはひとかけらの真実が含まれています。だからといって、おわかりでしょうが、伝説だけが唯一の真実ではありません。エル・クーコは吸血鬼のように人間の血と肉を食らって生き延びますが、わたしの見たところ、この怪物は人間の負の感情をも食らっているようです。精神が流す血といってもいいでしょう」ここでマーシーにむきなおり、「アウトサイダーはあなたの娘さんに、おまえが暗い気分で悲しんでいるのがうれしい、と話したそうですね。その言葉は真実でしょう。そのときアウトサイダーは、娘さんの悲しみを食らっていたにちがいありません」

「わたしの悲しみも」マーシーはいった。「そしてセーラの悲しみも」

ハウイーが口をひらいた。「いまの話のどこかしらが真実だというわけではないし、そんなことをいうつもりは毛頭ないが……ピータースン家はいまのシナリオにぴったりとあてはまるぞ。父親以外の全員が抹殺されたうえ、その父親も一生寝たきりで意識をとりもどす見込みはない。人の不幸を食らって生き延びる化け物なら――人の罪を食らうものではなく、悲しみを食らうものなら――ピータースン家に首ったけになったことだろうね」

「だったら裁判所前でのあの悲惨な見世物はどうだ？」ユネルがいった。「人間の負の感情を食らう化け物が本当にいるのなら、あそこは感謝祭のディナーみたいなものだっただろうよ」

「みんな、自分がなにを話しているのかわかってるか？」ラルフがたずねた。「これは本気だ――どうなんだ？」

「目を覚ませ」ユネルが一喝し、ラルフは顔をひっぱたかれたかのように目をぱちくりさせた。「これがどれほど突拍子もない話かはおれもわかってる。おれだけじゃなく、みんながわかってるんだから、おまえがくりかえしいう必要はない――まったく、いかれ者が詰めこまれた病院で、ひとりだけ正気の男でございって顔をしやがって。しかし、この件にはおれたちの実体験では推しはかれない要素があるのも事実だ。裁判所前にいた男、どのニュース映像にも映っていなかった男の件はそのひとつにすぎないね」

ラルフは顔がかっと熱くなるのを感じたが、ひたすら無言で侮辱に耐えていた。

「おまえもそろそろ、一段階ごとに抵抗するのをあきらめたらどうだ、わが友《エセ》。おまえがこのパズルを気にいってないのはわかる。おれだって気に食わない――だが、少なくともこれまでのピースがきれいに組み合わさっているのはわかる。それにここには、ひとつらなりの鎖がある。ヒース・ホームズからテリー・メイトランドにつながり、さらにクロード・ボルトンにつながる鎖だ」

「クロード・ボルトンのいまの所在はわかってる」アレックがいった。「理屈で考えれば次なる一手は、テキサスへ行ってクロードから事情をきくことだろうね」

「どうしてそんなことを？」ジャネットがたずねた。「きょうの夜明け前、わたしがこの街で、クロードそっくりの男を見たのに！」

「その点は話しあう必要がありますね」ホリーはいった。「でも、その前にミセス・メイトランドにおうかがいしたいことがあります。ご主人はどちらに埋葬されましたか？」

マーシーはあっけにとられた顔になった。「どこって……？　ええ、ここよ。この街。メモリアルパーク霊苑。わたしたちは、なにも……まだなにも……そんなこと……用意もしていなかったから。でも当然でしょう？　テリーは、十二月にようやく四十歳になるところだった……ふたりともまだ何年もの時間があると思ってて……自分たちにはそれだけの歳月が残っていて当然だと……まっとうに生きているほかの人たちとおなじように……」

ジャネットはハンドバッグからハンカチを出して、マーシーに手わたした。マーシーは夢うつつの状態にあるかのように緩慢な手つきで、涙を拭いはじめた。

「どうすればいいのかもわからなかった……わたしはただ……ショックで茫然としていて……あの人が死んだことを受けとめようと努力してた。メモリアルパーク霊苑をすすめてくれたのは、葬儀進行担当のミスター・ドネリ。ヒルヴュー墓地は空《あ》きがほとんどなかったし、メモリアルは街の反対側で……だから……」

《マーシーに話をやめさせろ》ラルフはそうハウイーにいいたかった。《マーシーを苦しめるばかりで意味がないぞ。テリーがどこに埋葬されたかなんて、マーシーとふたりの娘さんたち以外には関係ないじゃないか》

しかしこのときもラルフは黙って耐えていた。というのも、これも形を変えてはいるが侮辱ではないだろうか？　たとえマーシー・メイトランドにその意図がなかったとしてもだ。いずれにしても、これはもうじきおわる。そうなればおれは、クソったれなテリー・メイトランドの一件を越え、その先の人生を再発見できる。その先にも人生があると信じるほかはないが。

「わたしはほかの墓地も知ってた」マーシーはつづけた。「ええ、もちろん知ってたけど、それをミスター・ドネリに話そうとは思わなかった。テリーに一度だけ連れてってもらったところだけど……街からあまりにも遠く離れていて……とっても寂しいところで……」

「ほかの墓地というのはどこですか？」ホリーがたずねた。

ラルフの脳裡に一枚の写真がひとりでに浮かびあがってきた——板づくりの柩をうら寂しい墓地へ運んでいく六人のカウボーイたちの写真だ。このときもラルフは、〝共時現象《コンフルエンス》〟が近づいてくるのを感じた。

「カニング町にある古い墓地よ」マーシーはいった。「テリーに一度だけ連れていってもらったけど、そのときにはもう長いあいだ、だれひとり埋葬されてないみたいで……それどころか、墓参りに来た人もいないみたいだった。どこにも花ひとつ供えられておらず、追悼の旗も見あたらなかった。風化して崩れかけた墓標があるだけ。しかも大半の墓石では、名前も読みとれなくなってた」

ラルフは驚いてユネルに視線をむけた。ユネルが小さくうなずいた。

「そういう背景があったから、テリーはホテルのニューススタンドにあった例の本に興味を示したんだな」ビル・サミュエルズが低い声でいった。「『図説・フリント郡とダワリー郡とカニング町の歴史』だよ」

マーシーはあいかわらずジャネットのハンカチで目を拭っていた。「ええ、あの人ならそういった種類の本に興味をかきたてられるのも当然よ。一八八九年、オクラホマ州への入植が解禁されて白人の入植者が殺到したとき以来、あの地域にはメイトランド一族が住んでいたんだから。そして、テリーの曾々祖父母が――いいえ、〝曾〟がもうひとつ多い世代だったかもしれないけど、はっきりとは知らない――いまのカニング町のあたりに入植したわけ」

「フリントシティではなく？」アレックがたずねた。

「当時はまだフリントシティはなかった。フリントという名前の小さな村があっただけ――それも、街道の幅が多少広くなっている程度の場所でしかなかった。二十世紀初頭に州制度が確立される以前は、カニングがあの地方でいちばん大きな町だった。もちろん、これは最大の地主にちなんだ町名よ。所有している土地の広さでいえばメイトランド家は二番めか三番め。ただしカニングが重要な町だったのは、二〇年代と三〇年代に大規模な砂塵嵐《ダストストーム》に襲われるまで。嵐のせいで、土地の表面にあった肥えた土が吹き飛ばされてしまった。だから、このごろじゃカニングのあのあたりには商店が一軒ぽつんとあるけれど、あとはろくに通う人もいない教会があるだけよ」

「それから墓場だ」アレックがいった。「町が枯れはてるまで人々が死者を埋葬していた墓地。もちろん、そのなかにはテリーの祖先もいたわけだね」

マーシーが疲れた笑みをのぞかせた。「あの墓場が……わたしには恐ろしい場所に思えたの。だれも手入れをしなくなったままの空家みたいに思えて」

ユネルがいった。「変身プロセスのあいだに、このアウトサイダーなる存在がテリーの思考と記憶を吸収していたのなら、墓場のことを知ったとしても不思議はないな」そう話しながらユネルは壁にかかった写真の一枚をじっと見つめていたが、ラルフにはこの州警察の警部補がいまなにを考えているかが読みとれた。自身の頭にもおなじ考えが浮かんでいたからだ。納屋。捨てられていた衣類。

「伝説によれば――ちなみにネットではエル・クーコがらみの伝説が数十も読めます――この種の怪物は死にまつわる土地が好きだということです」ホリーはいった。「そういう場所がいちばん落ち着くのでしょうね」

「人の悲しみを食べる怪物が存在するのなら――」ジャネットが思いをめぐらせる口調でいった。「――墓場はすてきなカフェテリアになるんじゃない？」

ラルフは妻がこの場に来なければよかったのに、と強く思った。妻が同席していなかったら、十分も前に会議室から外へ出ていたところだ。たしかにあの納屋は、うら寂しい昔の墓場に近いところにあった。納屋の干し草を黒く変色させた粘液の正体は謎のままだし、ひょっとしたらアウトサイダーなる存在がいたのかもしれない。ラルフとしても、さしあたりその仮説を受け入れたい気持ちだった。この仮説なら多くのことに説明がつく。アウトサイダーが意図してメキシコの伝説を再生していると仮定すれば、さらに多くの説明もつけられる……しかし、裁判所前にいたのに姿を消した男の謎はそのままだし、テリー・メイトランドが同時に二カ所にいた謎を解いてもくれない。そういった謎がくりかえしラルフの頭によみがえった――まるで、のどに詰まったままとれない小石のように。

ホリーがいった。「わたしが別の墓場で撮ってきた写真をお見せします。もしかしたら、この写真をきっかけに、もっとまともな捜査がはじまるのかもしれません。アンダースン刑事かサブロ警部補がオハイオ州モンゴメリーの警察関係者に話を通してくれれば――という前提つきの話ですが」

ユネルがいった。「いまの時点でいえば、ローマ教皇にだって話を通してやりたい気分だな――もしそれで、このこんがらがった謎がすっきり解けるのならね」

ホリーは写真を一枚ずつスクリーンに表示していった。駅舎、側面の壁に鉤十字《スワスチカ》がスプレーでいたずら書きされた工場、廃業した洗車場。

「どの写真も、レジスのピースフル・レスト墓地の駐車場から撮影したものです。この墓地には、ヒース・ホームズが両親とともに埋葬されています」

それからホリーは、写真をまた最初から表示させた――駅舎、工場、洗車場。

「アウトサイダーはヴァンをデイトンの駐車場で盗んだあと、こうした場所のひとつに隠したものと思われます。おふたりがモンゴメリー郡警察を説得して捜索させることができれば、ヴァンの痕跡がどこかで見つかるかもしれません。それどころか警察ならアウトサイダーの痕跡だって見つけるかも。向こうで。あるいはここでも」

今回ホリーがスクリーンに表示させたのは、退避線の上にぽつんと放置されている貨物列車の写真だった。「ヴァンはこれまで見た廃屋のどれかに隠していたとも考えられますが、アウトサイダー自身はこの貨物車輛のひとつに隠れていたかもしれません。こちらのほうが、墓場にさらに近いところです」

とうとうラルフがしっかり手でつかめる話が出てきた。実体をそなえた品の話だ。「潜伏場所だな。となれば、痕跡が残っているはずだ。たとえ三カ月たっていようとも」

「タイヤ痕か」ユネルがいった。「そこでも衣類が捨てられているかもな」

「それ以外の品もあるかもしれません」ホリーはいった。「調べてもらえますか？　捜査にあたっては酸性ホスファターゼ試験の準備をしたほうがいいかも」

《精液痕跡の検出か》ラルフは思い、例の納屋で見つかった粘液のことを思い出した。あれについてユネルはどういっていたか？　《もし精液だったら、一夜の放出量としてはギネス記録になってもおかしくないよな？》

ユネルは感に堪えた口調だった。「きみは本当に仕事を心得てるな」

ホリーは頬を赤く染めて目を伏せた。「ビル・ホッジズはとても仕事のできる人でした。ビルはたくさんのことを教えてくれました」

「きみが望むのなら、わたしからモンゴメリー郡の検事に電話をかけてもいいぞ」サミュエルズがいった。「その町——レジスだったか？——を管轄している警察から人員を派遣させ、州警察と協力して捜査を進めさせようか。カニング町の納屋でエルフマン家の若者がなにを発見したかを思えば、いまの話のほうも調べる価値はありそうだ」

「というと？」ホリーは即座に目を輝かせてたずねた。「指紋がついていたベルトのバックル以外に、その若者はなにを見つけたんです？」

「衣類の山だよ」サミュエルズは答えた。「スラックス、下着のパンツとスニーカー。こうした衣類には正体不明の粘液がかかっていた。粘液は干し草にもかかっていたよ。おかげで干し草は黒く変色していた」ここで間を置いてから、「ただしシャツは見つからなかった。いまもシャツは出てきていない」

ユネルがいった。「おれたちは裁判所前で火傷の痕がある男を見かけたが、その男がスカーフの要領で頭に巻いていた布がそのシャツだったのかもしれないんだ」

「その納屋は例の墓場とどのくらい離れていますか？」ホリーはたずねた。

「一キロと離れていないよ」ユネルはいった。「衣類にかかっていた粘液は、見たところは精液に似ていた。きみもおなじことを考えていたのかな、ミズ・ギブニー？　だからオハイオ州の警官に酸性ホスファターゼ試験の準備をさせたいといったんだろう？」

「精液のはずがないぞ」ラルフはいった。「量がべらぼうに多すぎる」

ユネルはこの言葉を無視し、すっかり魅せられたかのようにホリーを見つめていた。

「ひょっとして、納屋に残っていた物質は変身過程で出た滓《かす》のようなものだと考えているのでは？　こちらでもいま採取した検体を分析しているところだが、まだ結果が出てないんだ」

「自分でも、どう考えているのかがわかりません」ホリーは答えた。「エル・クーコについてのわたしの調査は、こちらへの飛行機で読んだ若干の伝説にかぎられますし、その内容は決して信頼のおけるものではありません。伝説はいずれも、法科学が生まれるよりもずっとずっと昔から、口伝えで何世代にもわたって語り継がれてきました。わたしはただ、わたしが撮影してきた場所をオハイオ州の警官たちに調べてほしいだけです。なにも見つからないかもしれません……でも、なにかが見つかる気がします。見つけてほしいと思ってます。アンダースン刑事がいったような痕跡を」

「話はおわりかな、ミズ・ギブニー？」ハウイーがたずねた。

「ええ、おわりです」ホリーはすわった。ラルフはホリーが疲れた顔をしていると思った。疲れているのも無理はない。この数日間は忙しかったのだ。それにくわえて、正気を棚あげしてふるまうことが人を疲弊させるにちがいない。

ハウイーはいった。「では、みなさん。これから先の話しあいをどう進めたらいいか、妙案のある方はいますか？　だれからの提案も大歓迎だよ」

「次にとるべき行動は明らかじゃないか」ラルフはいった。「ここフリントシティには、そのアウトサイダーとやらがいるのかもしれない——妻とグレイス・メイトランドの証言がそう示唆しているみたいだ。だが、だれかがテキサスまで行ってクロード・ボルトンと会い、なにを知っているのかを確かめるべきでもある。とりあえず、おれはテキサス行きを志願する」

アレックがいった。「おれも同行させてくれ」

「そういうことなら、わたしもその旅行にごいっしょしたいね」ハウイーがいった。「サブロ警部補は？」

「行きたい気分だが、あいにく二件の担当事件の公判審理が継続中なんだ」ユネルがいった。「おれが証言しないと、ふたりの札つきの悪党が大手をふって往来にもどってしまいそうだ。いちおうキャップシティの地区副首席検事に電話で審理を延期できそうかと問いあわせるが、望み薄だな。そもそも、姿形《すがたかたち》を変えられるメキシコ由来の怪物を追いかけるのに忙しいと正直に話すわけにもいかないしね」

ハウイーがにっこりと笑った。「ああ、話せないな。きみはどうする、ミズ・ギブニー？　もうちょっと南まで足を伸ばしてみたくないか？　もちろん、報酬はつづいて支払われるよ」

「ええ、わたしも行きます。ミスター・ボルトンなら、わたしたちが知るべきことを明かしてくれるかもしれません。といっても、こちらが適切な質問をした場合にかぎっての話ですが」

ハウイーがいった。「ビル、きみはどうする？　この一件を最後まで見とどけたくはないか？」

サミュエルズはうっすらと微笑んで頭を左右にふると立ちあがった。「いささかいかれた意味では、どれもこれも興味深いものだが、わたしについていえば事件の捜査はもう終了している。これからオハイオの警察関係者に何本か電話をかけるが、わたしの関与はそこまでだ。ミセス・メイトランド、ご主人のことでは胸が痛みます」

「ええ、胸が痛んで当然よ」マーシーは応じた。

サミュエルズはこの答えに思わず顔をしかめたが、それでも言葉をつづけた。「ミズ・ギブニー、あなたの話はじつに興趣のつきないものだった。骨を惜しまぬ仕事ぶりも、たゆまぬ努力も実に立派だ。これは皮肉でもなんでもないが、きみはこの摩訶《まか》不思議な事件を前にして説得力のある仮説を打ち立ててくれた。しかし、わたしはそろそろ失礼して自宅へもどり、冷蔵庫から冷えたビールの一本も出して、この件の一切合財を忘れるという仕事にかかるよ」

一同に見守られながら、ビル・サミュエルズはブリーフケースに荷物をまとめて、部屋を出ていった——出ていくときには、後頭部の癖毛がお説教をしている人の指のように揺れ動いていた。

サミュエルズが出ていくと、ハウイーはこれから旅の手配にかかると一同に告げた。「たまにつかうキングエア機をチャーターしよう。パイロットが最寄りの飛行場を知っているはずだ。車も手配しておく。われわれ四人だけなら、セダンか小さめのＳＵＶで用が足りるな」

「おれの席も用意してくれ」ユネルがいった。「万が一、うまいことおれが法廷を抜けだせた場合にそなえてね」

「ああ、喜んで」

アレック・ペリーがいった。「だれかが今夜のうちにクロード・ボルトンに連絡して、客人が訪ねることを前もって知らせておいたほうがいいね」

ユネルが手をあげた。「それくらいなら、おれがやっておこう」

「そのときには、なんらかの違法行為を理由に追われているわけではないということをクロードにはっきりわからせてやってくれ」ハウイーはいった。「いまいちばん歓迎できないのは、クロードが怖気づいてどこかへ高飛びすることなんだから」

「じゃ、クロードと話したあとでおれに連絡してくれ」ラルフはユネルにいった。「夜遅くなっても、クロードがどう反応したかを知っておきたい」

「ええ、わたしも知りたい」ジャネットがいった。

「ほかにも、ミスター・ボルトンに伝えておいてほしいことがあります」ホリーはいった。「ぜひ、身辺に気をつけるよう伝えてください。わたしの見立てが正しければ、次に狙われるのはその人ですから」

12

ラルフ・アンダースンをはじめとする一同がハウイー・ゴールドの事務所のあるビルから外へ出たときには、あたりはすっかり暗くなっていた。ハウイーその人はまだ上の階の事務所で旅行の手配に忙しく、専属調査員のアレック・ペリーもハウイーに同席していた。周囲にだれもいないとき、あのふたりはなにを話すのだろうか、とラルフは思った。

「ミズ・ギブニー、あなたは今夜どこに泊まるの？」ジャネットがたずねた。

「〈フリント・ラグジュアリー・モーテル〉です。きのう予約しました」

「わるいことはいわないから、やめたほうがいい。あのモーテルで豪華《ラグジュアリー》なのは、表に出てる看板のその単語だけ。あなぐら同然の安宿よ」

ホリーは当惑顔になった。「だったら、ホリデイ・インがあったはずで――」

「うちに泊まればいい」ラルフがジャネットに先んじて提案した――これが、あとあと点数を稼ぐことにつながればいいと思ったのだ。稼いだ点をつかえるかどうかは神のみぞ知る。

ホリーはためらっていた。他人の家のなかではうまくふるまえない。それどころか、義務になっている年四回の母親訪問で行く生家でさえうまくふるまえない。この赤の他人の招きに応じれば、ベッドにはいっても長いこと眠れず、寝ても朝は早々に目を覚ましてしまいそうだし、壁や床の耳慣れぬ軋《きし》み音が気になってたまらず、アンダースン夫妻の不明瞭な話し声につい耳をそばだてては、自分のことを話しているのだろうかと考えてしまいそうで……しかも、ふたりはホリーのことを話すに決まっている。もし夜中に〝一ペニーをつかう〝必要に迫られても、どうかふたりに音をきかれませんようにと祈る。いまのホリーには睡眠が必要だった。会合そのものがストレスに満ちた時間であり、ラルフ・アンダースン刑事からの絶え間ない不信による異議申立ては――理解できなくはなかったが――疲れさせられるものに変わりはなかった。

それでも――ビル・ホッジズがいればそういっただろう。それでも――と。

ラルフの不信は〝それでも〟でもある。そして、それこそホリーが刑事夫妻の誘いを受けなくてはならない理由であり、そのとおり、誘いを受けることにした。

「ご親切、本当にありがとうございます。ただ、その前にすませたい用事があります。時間はあまりかかりません。ご自宅の住所を教えていただければ、iPadで調べて、現地から直行できます」

「その用事がらみで、おれでも力になれることがあるかな？」ラルフはたずねた。「なにかあれば喜んで――」

「いえ、大丈夫。本当に。わたしだけで平気です」そういってからホリーは、ユネルと握手をした。「来られるようなら、いっしょに来てください。行きたいお気持ちだとお察ししています」

ユネルは微笑んだ。「いかにも、そのとおり。嘘じゃない。いみじくもフロストの例の詩のとおりだ――しかし、わたしには守るべき約束があるがゆえに」

マーシー・メイトランドは、ひとりだけ離れて立っていた――ハンドバッグを腹に押しつけてたたずむその姿は、砲弾ショックで茫然としているようにも見えた。ジャネットは一瞬もためらわず、マーシーに歩み寄った。興味を引かれたラルフが見ていると、最初マーシーは警戒するかのように反射的に身を引いていたが、すぐジャネットのハグに身をゆだねた。一拍の間をはさんで、マーシーはジャネット・アンダースンの肩に顔を埋め、ハグを返しはじめた。まるで疲れきった子供だった。ハグをほどいてそれぞれが身を離したときには、ふたりとも涙を流していた。

「ご主人のことは本当にお気の毒ね」ジャネットはいった。

「ありがとう」

「あなたや娘さんたちのことで、なにかわたしでも力になれることがあったら、本当になんでもいいから――」

「あなたには無理。でも、あの人なら力になってくれる」マーシーは注意をラルフにむけた。その目はまだ涙に濡れていたが、冷たい光をはなっていた。値踏みしている目だった。「アウトサイダー――あなたにはこいつをつかまえてほしい。そんな化け物の存在を信じていないからといって、アウトサイダーを野放しのままにしてほしくない。つかまえられる？」

「はっきりとはわからない」ラルフは答えた。「ただ努力はする」

マーシーはそれ以上なにもいわず、ユネル・サブロが差しだした腕に無言で手をかけ、導かれるまま車にむかって歩きはじめた。

13

ジャック・ホスキンズは、半ブロック離れたところにある廃業して久しい〈ウールワース〉の前に駐めたトラックの車内にすわり、携帯瓶《フラスク》からちびちび酒を飲みながら、歩道にいるグループに目をむけていた。ジャックが顔と名前を一致させられない人物がひとりだけいた——ビジネスウーマンが出張にあたって着そうなスーツ姿の細身の女だ。髪は短めで、切りそろえられたはずの前髪が若干不ぞろいなのは、自分で切ったからだろうか。女は短波ラジオがすっぽりはいりそうな大きさのショルダーバッグを肩にかけていた。女は、メキシコ野郎のサブロとかいう州警察の警官がミセス・メイトランドをエスコートして離れていくのを見送っていた。そのあと見知らぬ女は自分の車に歩み寄った——といっても、あまりにも没個性な車は空港レンタカー以外のなにものにも見えなかった。最初はちらりと女を尾行しようかと思ったが、やはりラルフとジャネットのアンダースン夫妻に貼りついていることにした。自分をこんな立場にしたのは結局のところラルフなのだし、女の子をダンスに連れだしたら、ちゃんと家まで送るべしとかいう有名な文句のひそみにならって、ラルフに責任をとらせよう。

それにラルフのことは見張っておいたほうがいい。ジャックはもとからラルフが好きではなかったし、一年前、人事考課書に横柄きわまる評価を書きこまれてからというもの（あいつはそっけなく《意見なし》とだけ書いた——ご自分のクソはにおわないような言いぐさだ）、ジャックはラルフを憎むようになっていた。だからテリー・メイトランドの逮捕の件でラルフが赤《あか》っ恥《ぱじ》をかかされたのを見て胸のすく思いだったし、今度はあの傲慢なクソ刑事が手を出すべきでないことに手を出したのを見ても驚きはなかった。この場合には、捜査終了になった事件の再捜査に。

ジャックはうっかりうなじに手をやって痛みに顔をしかめ、おもむろにトラックを発進させた。アンダースン夫妻が家にはいるのを見とどけたら自宅に帰ってもいいが、道の反対側にトラックを駐めてあの刑事の家に目を光らせるのもわるくない。小便をしたくなればゲータレードの空きボトルがあるし、こやみなく疼くうなじの痛みが許してくれれば、少しは仮眠できるかもしれない。だいたいトラックで寝るのは初めてではない。古女房が家を出てからこっち、何度かトラックで夜を明かしたものだ。

ジャックには次にどんな展開になるものかがわからなかったが、基本的な義務についてははっきりした考えをいだいていた——余計な手出しをやめさせることだ。余計な手出しなるものがなんなのかは正確にわからずとも、ピータースン少年の事件に関係していることだけはわかった。それからカニング町の納屋。いまの自分が関心をむける対象としては——日焼けを別とすれば、皮膚癌かもしれないものを別とすれば——充分すぎるほどだ。

それに次の段階へ進むべきときに至れば、なにをするべきかを教える声がきこえるはずだとも感じられた。

14

カーナビ・アプリの助けもあって、ホリーは苦もなく短時間で〈ウォルマート〉のフリントシティ店にたどりついた。ホリーは〈ウォルマート〉を愛していた——その広大なところも、自分が匿名でいられることも。ここならほかの商店とは異なり、買物客がほかの買物客をじろじろ見ることもない。それぞれの客が専用カプセルで隔絶されたまま、衣類やビデオゲームやトイレットペーパーをまとめ買いしているかのようだ。セルフレジで精算すれば、レジ係と話をする必要さえないし、ホリーはいつもそうすると決めている。きょうも買物は手早くすませる。なにを買うかはすでに決まっていた。真っ先にむかったのは**《文具・オフィス用品》**のコーナー。次が**《紳士・男児衣料品》**。最後が**《カー用品》**。ショッピングバスケットをセルフレジに通し、レシートを財布に押しこめる。これは業務上の必要経費の立替え払いであり、いずれ精算されてほしかった。もちろん、命を落とさなければの話。ホリーには、この先もっといろいろなことが起こりそうに思えた（《それこそ有名なるホリーの第六感のひとつだね》と話すビル・ホッジズの声がきこえた）——それもこれも、ラルフ・アンダースンが本人の頭のなかの隔壁を突破できればの話だが。

ホリーは車に引き返し、アンダースン家にむかった。しかし駐車場をあとにする前に、短い祈りをとなえた。関係者全員の無事を願う祈りを。

15

ラルフがジャネットといっしょに自宅キッチンに足を踏み入れると同時に、ラルフの携帯が鳴りはじめた。ユネル・サブロだった。それによれば〈紳士の社交場《ジェントルメン・プリーズ》〉の店長のジョン・ゼルマンからメアリーズヴィルのラヴィ・ボルトン宅の電話番号をききだし、クロード・ボルトンにあっさり連絡がついたという。

「で、なにを話した？」ラルフはたずねた。

「ハウイーのオフィスで話しあって決めたこととほとんどおなじだよ。テリー・メイトランドの有罪に疑義が生じてきたので、あらためて事情をうかがいたい、とね。もちろんクロードには、だれもきみをなんらかの有罪だと疑ってはいないと強調しておいたし、クロードのもとをこれから訪ねる面々はみな純粋に私人として行動しているだけだと念を押した。クロードからは、おまえも来るのかときかれた。だから、行くと答えたよ、ラルフ。そう答えて問題はなかったね？　そのほうがクロードの意に沿うように思えたのでね」

「ああ、かまわない」ラルフは答えた。ジャネットはひと足先に二階へあがっており、ふたりが共有しているコンピューターが起動したことを示すサウンドロゴがラルフにもきこえてきた。「ほかにはなにが？」

「テリー・メイトランドが本当に冤罪《えんざい》だったとすれば、クロードもおなじ策にはめられた可能性があるかもしれないと話した――なんといっても、クロードは前科のある男だからね、と」

「その話にクロードはどんな反応を？」

「どうということはなかった。むきになって自己弁護をすることもなかったね。しかし、ちょっとおもしろい話をはじめたよ。ピータースン少年が殺された夜、自分が店で目撃したテリー・メイトランドは、まちがいなくテリー本人だったと思うか、とおれにたずねてきたんだ」

「クロードがそんなことを？　どうして？」

「その晩のテリーは、クロードのことを知らないようなふるまいだったからだ、といってた。それにクロードが野球チームの調子はどうかとたずねても、テリーはごく一般的な答えではぐらかしてた、とも話してた。チームがプレーオフのさなかだったというのに、具体的な話はいっさい出てこなかった、と。クロードはまた、その夜のテリーがしゃれたスニーカーを履いていたとも話してた。『若いのがギャングスタっぽく見せたいとき用にしまっておくようなスニーカーだった』とね。クロードによれば、テリーがそんなスニーカーを履いているのを見たのは、そのときが初めてだったらしい」

「あの納屋で発見されたスニーカーだな」

「証明する手だてはないものの、その見立てどおりだと思う」

二階からは、ヒューレット・パッカード製の古いプリンターが動きはじめるときのうめき声めいた音や、なにかを擂《す》り潰すような音がきこえてきた。いったいジャネットはなにをしているのだろう？

ユネルがいった。「テリーの父親が暮らしている介護施設の部屋から見つかった毛髪について、あのギブニーという女が話していたことを覚えてるだろう？　ほら、殺された姉妹の片割れの毛髪だよ」

「もちろん」

「テリーのクレジットカードの利用履歴にスニーカーの購買記録が見つかるという予想に、いくらまでなら賭ける？　テリーの署名とぴったり一致する署名が書き込まれた売上票が見つかる可能性には？」

「アウトサイダーなる架空の存在なら、それも不可能ではないだろうな」ラルフはいった。

「そんな必要さえなかったんじゃないかな」ユネルがいった。「忘れたのか、メイトランド一家はそれこそ永遠の昔からフリントシティに住んでいる。だったらダウンタウンには、メイトランド家の者がつけで買える商店が五、六軒はありそうだ。やつとしてはスポーツ用品店にふらりと立ち寄って、しゃれたスニーカーをひとつ選び、あとはサインを残すだけで用が足りたはずだ。だれがその場で疑問を呈する？　あの男の顔は街じゅうで知られている。例の髪の毛や女の子たちの下着の件だっておなじことだよ、わからないか？　やつは他人の顔を拝借して、おのれの忌まわしい行為を実行する。しかし、それだけじゃ満足しない。やつはほかの連中の首を吊るための縄をつくる。人の悲しみがやつの食い物だからだ。やつは悲しみを食らうんだよ！」

ラルフは口を閉ざして片手で目もとを覆い、親指で片方のこめかみを、残りの四本指で反対のこめかみを揉みはじめた。

「ラルフ？　まだきいているのか？」ユネルがいった。

「ああ。しかし、ユネル……おまえはいくつもの大きな飛躍をしているが、おれにはまだその心がまえができてない」

「その気持ちもわかる。おれだって、まだ百パーセントそっちの考え方に立ってるわけじゃない。ただ、それでも可能性だけは念頭に置いておくべきじゃないかな」

《おまえはそういうが、可能性じゃないんだよ》ラルフは思った。《こいつは不可能性だ》

ラルフはユネルに、クロードに気をつけろと忘れずに警告したか、とたずねた。

ユネルは笑った。「したとも。あいつは笑いやがった。いまいる家には銃が三挺ある——ライフルが二挺に拳銃が一挺あって、母親は肺気腫をわずらっちゃいるが、自分もかなわない銃のつかい手だ、とね。いやはや、おれもおまえといっしょに現地へ行きたいよ」

「だったら、それを実現させるべく努めるんだな」

「そのつもりさ」

ラルフが電話をおわらせていると、ジャネットが数枚の紙の束を手にして一階まで降りてきた。「ホリー・ギブニーについて調べてたの。ちょっときいて。穏やかな話しぶりで、ファッションセンスはゼロだけど、それにしてはちょっとした人物よ」

ラルフが数枚の用紙を受けとると同時に、家のドライブウェイをヘッドライトが近づいてきた。ラルフは一枚めのプリントアウトの最上段にあった新聞の見出しにようやく目を通しただけだったが、ジャネットがすかさずプリントアウトの束をとりあげた。見出しは**《退職刑事と二名の協力者、ミンゴ・ホールでのコンサート聴衆数千人を救う》**というもの。〝二名の協力者〟の片方がホリー・ギブニーなのだろう、とラルフは思った。

「外へ出て、あの人が荷物を運ぶのを手伝ってあげて」ジャネットはラルフにいった。「これはベッドにはいってからでも読めるし」

16

ホリーの荷物はノートパソコンをおさめたショルダーバッグと、旅客機の頭上荷物入れにおさまる大きさのトラベルバッグ、それに〈ウォルマート〉のレジ袋の三つだった。ホリーはトラベルバッグこそラルフに預けたが、ショルダーバッグと〈ウォルマート〉で買った品物の袋は自分が運ぶといってきかなかった。

「ご親切に泊めてくださって、ありがとうございます」ホリーはそうジャネットにいった。

「いいの、気にしない。ね、ホリーと呼んでもいい？」

「ええ、どうぞ。そのほうがいいと思います」

「予備の寝室は二階の廊下の突きあたりよ。シーツは換えたばかりで、部屋には専用のバスルームがある。夜中にバスルームをつかいたくなったときには、わたしのミシン台につまずかないよう、それだけは注意してね」

これをきくと、ホリーの顔を見まちがえようのない安堵の表情がよぎっていき、ジャネットは微笑んだ。「つまずかないように気をつけます」

「ココアでもいかが？　すぐに用意できるわ。それとも、もうちょっと強い飲み物がいい？」

「いえ、ベッドだけでけっこうです。失礼をするつもりはありませんが、きょうはとても長い一日だったので」

「ええ、それもそうね。いまから部屋に案内するわ」

しかしホリーはなおしばらくその場にとどまり、戸口からアンダースン家の居間をのぞきこんでいた。「あなたが二階から降りてきたとき、侵入者はあそこにすわっていたんですね？」

「ええ。うちのキッチンチェアのひとつにね」ジャネットはその場所を指さしてから腕を組み、左右の手で反対の肘を包みこんだ。「最初は男の膝から下しか見えなかった。そのうち、男の指に書いてある文字が見えてきた。《MUST》という文字。そのあと男が上体を前に傾けると、それで顔が見えるようになったの」

「クロードの顔ですね」

「ええ」

ホリーは少し考えこみ、ふっと輝くような笑みをのぞかせた。その笑みにラルフと妻は驚かされた。微笑むと、それだけでホリーが何歳も若返ったように見えたからだ。「もしかまわなければ、わたしはそろそろ夢の国へ旅立とうと思います」

ジャネットはおしゃべりをしながら、ホリーを二階まで案内していった。

《おれには及びもつかないやり方で、あの女を安心させてるんだ》ラルフは妻を見ながら思った。《才能だな。あんなかなりの変わり者の女にも効果があるんだから》

たしかにあの女は変わり者だが、奇妙にも人好きのする女でもある。いくら、テリー・メイトランドとヒース・ホームズについて突飛な考えをいだいていても。

《その突飛な考えが、たまたまいろいろな事実にぴったり適合するんだ……》

それでも、そんなことはありえない。

《手袋みたいにぴったり事実とあうんだがな》

「でも、やっぱりありえないぞ」

二階ではふたりの女が笑い声をあげていた。その笑い声にラルフは笑みを誘われた。その場にとどまって待っているうちに、ジャネットが夫婦の寝室に引き返す足音がきこえた。それでラルフも二階へあがった。廊下の突きあたりにある来客用の部屋のドアはしっかりと閉まっていた。用紙の束――ジャネットが急いで調べた結果――がラルフの枕の上に置いてあった。ラルフは服を脱いでベッドに横たわり、行方不明になった債務者の捜索を専門とする〈ファインダーズ・キーパーズ探偵社〉のミズ・ホリー・ギブニーの記事を読みはじめた。

17

ジャック・ホスキンズはそのブロックの先で、スーツ姿の女の車がラルフ・アンダースンの自宅ドライブウェイにはいっていくのを目にしていた。ラルフが外に出てきて、女が荷物を運ぶのを手伝った。女は身軽な旅行を心がけているらしく、荷物は少なかった。荷物のひとつは〈ウォルマート〉のショッピングバッグだった。スーパーマーケットに寄っていたらしい。ネグリジェだか歯ブラシだかを買いにいったのだろう。あのご面相からするとネグリジェは目もあてられない代物で、歯ブラシは歯茎から血が出るほど剛毛の品にちがいない。

携帯瓶《フラスク》の中身をひと口飲んでキャップを閉めながら、そろそろ家に帰ろうかと考えたそのとき（帰ってもかまうまい、いい子は全員おうちへ帰っているんだから）、ジャックはもうトラックの車内にいるのが自分だけではないことに気づかされた。だれかが助手席にすわっていた。男はいましがた、いきなりジャックの目の隅に姿をあらわした。もちろん、そんなはずはない。しかし、この男がずっと最初から助手席にすわっていたはずはない。ちがうか？

ジャックはまっすぐ前を見つめた。しばらくは比較的おとなしくしていたうなじの日焼けが、ここへ来てまた疼きはじめた——それも猛烈な痛みをともなって。

手がひとつ、浮かびただようように視界のへりに侵入してきた。その手を透かして、向こうにある車のシートが見えるようにも思えた。指には薄れかけた青いタトゥーで《MUST》とあった。ジャックは目を閉じると、どうかこの訪問者が自分に触れませんようにと祈った。

「おまえは車を走らせる必要がある」訪問者はいった。「だが、母親とおなじような死に方をしたければ話は別だ。母親がどんな悲鳴をふりしぼったかは覚えてるだろう？」

そう、ジャックは覚えていた。それこそ、悲鳴もあげられなくなるまであげつづけていた悲鳴を。

「ああ、あげくのはてに、悲鳴もあげられなくなったな」訪問者はいい、あの不気味な手がごく軽くジャックの太腿に触れた。その部分の肌がうなじと同様に、もうじき焼けるように熱くなるはずだ。スラックスを穿《は》いてはいても、こんな布地では防ぐことができない。

毒が通り抜けてしまうだけだ。「そう、おまえは覚えているはずだ。どうすれば忘れられる？」

「おれはどこへ行けばいい？」

助手席の男は答えを告げ、それっきり、あの不気味な手の感触はかき消えた。ジャックは目をひらいて車内を見まわした。ベンチシートの反対側の助手席は無人だった。アンダースン家の明かりは消えていた。腕時計を確かめると、時刻は十一時十五分前。いつのまにか眠りこんでしまったのだ。自分は夢を見ただけだと信じることもできそうだった。とびきり恐ろしい悪夢を。しかし、そう信じられない理由がひとつあった。

ジャックはトラックを発進させ、ギアを入れ替えた。市街地を出たら一七号線ぞいにある〈ハイ〉のガソリンスタンドで給油しよう。あそこがうってつけのスタンドだ。夜間シフトで働いている男――名前はコーディ――は、いつも例の白い錠剤をたっぷりと用意している。コーディはその錠剤を、ノンストップの全速力で北のシカゴや南のテキサスを目指すトラック運転手たちに売っていた。フリントシティ市警察署所属のジャック・ホスキンズがその薬を欲しがれば、コーディは無料《ただ》でわけてくれるだろう。

トラックのダッシュボードには埃が積もっていた。最初の赤信号でジャックは右に身を乗りだしてダッシュボードを拭き、先ほど同乗者が指で書きつけた文字を消した。

《MUST》を。

大宇宙には果てがない　七月二十六日

1

寝つけたとはいえ、ラルフの眠りは浅く、悪夢で途切れ途切れにされていた。悪夢のひとつでは、死にゆくテリー・メイトランドを抱きかかえていた。テリーはいまわのきわにこういった。「おまえはおれから子供たちを奪ったんだ」

四時半に目を覚ましたラルフは、二度寝はできないと観念した。これまで存在を考えたこともなかった新たな世界に足を踏み入れた気分だったが、こんな夜明け前の時間には、だれでもそんなふうに感じるものだと自分にいいきかせた。それだけで、ベッドから起きあがってバスルームへ行く理由として充分だった。バスルームでは歯を磨いた。

ジャネットはいつもの寝相で眠っていた。上がけをすっぽり頭の上まで引きあげているせいで、体がつくるこんもりした山と端からのぞく頭頂部のふわふわした髪の毛だけの姿になっている。その髪には、ラルフとおなじく白いものが混じりはじめていた。量はわずかだが、この先増えてくるのだろう。それはかまわない。流れつづける時間は謎だが、これは正常な謎だ。

エアコンの風のせいで、ジャネットの調査結果のプリントアウトの一部が床に散らばっていた。拾いあつめてナイトテーブルにもどし、ジーンズを手にとって、これならあと一日は（とりわけ埃っぽいテキサス州南部でなら）穿けるだろうと判断すると、ジーンズを手にしたまま窓辺に近づいた。夜明けを告げる灰色の光が空に忍びこみつつあった。この街でも暑い一日になりそうだったが、これから一同が向かう先ではもっと暑い日になりそうだった。

窓から下へ目をむけたラルフは、ホリー・ギブニーがジーンズを穿いてローンチェアに腰かけているのを目にしたが、これっぽっちも驚かなかった——ただし驚かなかった理由は、われながら判然としなかった。この前ラルフがそのローンチェアにすわってから、一週間ほどしかたっていない。あれはビル・サミュエルズが訪ねてきたときのことだ。あの晩サミュエルズはラルフに途中で消えた足跡の話をきかせ、ラルフは腐ったマスクメロンの話を検事にきかせたのだった。

ラルフはジーンズを穿き、バスケットボールのオクラホマシティ・サンダーのTシャツを着ると、いま一度ジャネットのようすを確かめ、寝室用スリッパにしている古いくたびれたモカシンを左手の二本の指にひっかけてぶらさげて、寝室をあとにした。

2

その五分後、ラルフは裏口から外へ足を踏みだした。近づくラルフの気配にホリーがふりむいた。小さな顔に用心と警戒の表情がのぞいたが、決して敵意はなかった（と思いたかった）。ついで古いコカ・コーラのトレイに載ったマグカップを目にするなり、ホリーは顔を笑みに輝かせた。「それ、わたしが願っているとおりの飲み物でしょうか？」

「きみがコーヒーを願っているのなら大当たり。おれはストレートで飲むが、きみがなにか入れたい場合にそなえて用意してきた。妻は〝白くて甘い〟コーヒーが好きでね。おれそっくりだから、といってる」ラルフは微笑んだ。

「ブラックでけっこうです。お気づかいありがとうございます」

ラルフはトレイをピクニックテーブルに置いた。差し向かいにすわっているホリーはマグカップの片方を手にとり、ひと口飲んだ。「ああ、おいしい。深みがあって濃くて。朝に飲む濃いコーヒーにまさるものなし。あ、もちろんこれはわたしの個人的な意見というだけですけど」

「いつから起きてるんだ？」

「もとからあまり眠らないんです」ホリーはさらりと質問をかわした。「ここはすごく気持ちいいですね。空気が新鮮だし」

「そうはいっても西風のときは、そう新鮮な空気でもなくなるよ。キャップシティの精製工場の悪臭が鼻をつくんだ。頭痛がしてくるよ」

ラルフは口をつぐんでホリーに目をむけた。ホリーは目をそむけ、カップを顔のすぐ前にもちあげていた——カップで顔を守るかのように。ラルフは昨夜のことを思い返した。

だれかと握手するたびに、ホリーは自分に無理を強いているかのようだった。ラルフはそんなホリーを見て、この女性は世間で当たり前に思われているジェスチャーや人とのやりとりをまったく異なったものとしてとらえているのだろうと思った。それでいて、この女性は驚くような業績をあげた。

「ゆうべ、きみについての記事を読んだよ。アレック・ペリーのいうとおりだった。きみはすごい経歴のもちぬしだな」

ホリーはなんとも答えなかった。

「ハーツフィールドという男が若者たちを爆弾の犠牲者にするのを防いだばかりか、きみとパートナーのミスター・ホッジズは――」

「ホッジズ刑事」ホリーは訂正した。「元刑事でした」

ラルフはうなずいた。「――ホッジズ刑事はモリス・ベラミーという異常者に誘拐された女の子を救いだした。その救出劇のさなか、犯人のベラミーは死んだ。ほかにもきみは、正気をなくして妻を殺害した医者との銃撃戦にもかかわり、去年は珍しい種類の犬を専門に盗んでいた窃盗グループをつかまえもした――グループの連中は飼い主に身代金を要求し、支払いを拒まれると犬を転売した。きみは迷子のペットをさがすのも仕事だと話していたけれど、それは冗談じゃなかったんだな」

ホリーはまた顔を赤らめていた――それも喉元からひたいまで全部。こうやって過去の業績を列挙されることが、ホリーには居心地わるいどころでないのは明らかだった――むしろ、積極的なまでに苦痛を感じさせられるようだ。

「そういった事件の解決に力をつくしたのは、もっぱらビル・ホッジズでした」

「犬の誘拐犯グループ事件はちがうんじゃないか。あの事件はホッジズ刑事の死の翌年のことだ」

「ええ。そのときにはピート・ハントリーがいました、ハントリー元刑事が」そういってホリーはまっすぐラルフを見つめた。自分に無理を強いて。ホリーの目は澄みきったブルーだった。「ピートは立派な人。あの人がいなければ、わたしひとりでは会社を動かしていけません。でも、ビルのほうがよかった。いまのわたしがどういう人物であっても、こうなれたのはビルのおかげです。すべてはビルのおかげ。いま生きていられるのもビルのおかげ。いまも、ビルがいっしょならよかったと思ってます」

「おれの代わりに——という意味かな？」

ホリーは答えなかった。いうまでもなく、沈黙がすなわち答えだった。

「ビルだったら、エル・クーコというメキシコの姿形を変える妖怪《シェイプシフター》の実在も信じたかな？」

「ええ、信じたはずです」ホリーの返答にためらいはなかった。「というのもビルは……ビルとわたし……それからいっしょに行動していた友人のジェローム・ロビンスン……この三人は、みなさんが決して経験していないような経験をしたからです。ただし、これからの数日間の展開いかんでは、みなさんも同様の経験をするかもしれません。それこそ、きょう太陽が没するまでのあいだにも」

「ごいっしょしてもいい？」

そう声をかけてきたのはジャネットだった。自分のコーヒーのカップを手にしていた。

ラルフは妻にすわるよう手ぶりで示した。

「わたしがおふたりを起こしてしまったのなら謝ります」ホリーはいった。「せっかく、ご親切に泊めてくださったのに」

「目が覚めたのはラルフのせいよ――この人ったら、象がぬき足さし足しているみたいな足どりで部屋を出ていくんですもの」ジャネットはいった。「そのまま二度寝できそうって思ったとき、コーヒーの香りがしてきたの。もう抵抗できなくて。ああ、よかった――ハーフ＆ハーフをもってきてくれてたのね」

ホリーがいった。「医者ではなかったんです」

ラルフは思わず眉をぴくんと吊りあげた。「失礼――どういう意味かな？」

「医者の名前はバビノー。たしかに正気をなくしていたのは事実ですが、それは他人に無理強いされた結果です。バビノーは奥さんを殺してはいません。殺したのはブレイディ・ハーツフィールドです」

「妻がネットで見つけてくれて、おれが目を通した記事によれば、きみとホッジズがバビノーを追いつめるよりも先に、ハーツフィールドは病院で死んでいたそうじゃないか」

「ええ、どんな報道がなされたかは知っています。どれも事実とは異なっています。真実をお話ししたほうがいいでしょうか？　話したい話題ではありませんし、あのときのことは思い出すのも避けたいくらいですが、おふたりのお耳に入れておいたほうがいいかもしれません。というのも、わたしたちはこれから危険に直面するからですし、追うべき相手をただの人間だと――いくら邪悪な変態で、殺人衝動をかかえていても、それでもなお人間だと――思いこんでいるかぎり、みなさんがさらに大きな危険にみずからを追い立てることにもなりかねないからです」

「危険はもうここにあるのよ」ジャネットが異議をとなえた。「そのアウトサイダー……クロード・ボルトンにそっくりな妖怪……そいつをここで見たの。ゆうべもそう話したでしょう、あの会議の席で！」

ホリーはうなずいた。「ええ、わたしもアウトサイダーがここへ来たと考えていますし、あなたにそれを証明することも不可能ではないかもしれません。しかし同時に、アウトサイダーが完璧な姿でここへ来たとは考えていません。また、いまもここにいるとも考えていません。アウトサイダーはいま向こうに、テキサスにいます。クロード・ボルトンがテキサスにいるので、その近くにいる必要があるのです。どうしてかといえば……」ホリーはいったん言葉を切り、唇を噛んだ。「おそらくアウトサイダーは疲弊してしまったのでしょう。そもそも人間に追われることに慣れていないからです。それも正体を見抜いている人間に」

「よく話がわからないわ」ジャネットがいった。

「ブレイディ・ハーツフィールドのことをお話ししましょうか？　それが理解の助けになるかもしれません」ホリーはこのときも努力をして、ラルフと目をあわせていた。「話をきいても、おふたりが信じるかどうかはわかりません。けれども、わたしが信じている理由をおふたりが理解する一助にはなりそうです」

「きかせてもらおう」ラルフはいった。

ホリーは話しはじめた。すっかり話しおわるころには、太陽が東の空を赤く染めていた。

3

「わお」ラルフはいった。それ以外の反応は思いつけなかった。

「それって本当にあったこと？」ジャネットがたずねた。「ブレイディ・ハーツフィールドが……なんといえばいいの？　意識だけの存在になって、主治医の頭のなかに飛びこんだというのは？」

「ええ。バビノーがハーツフィールドに服用させていた実験段階の新薬の作用だったのかもしれませんが、あんなことができるようになった理由はそれだけではないと考えています。最初からハーツフィールドのなかにはなにかがあって、わたしが頭に与えた一撃がそれを引きだしたのかもしれません。わたしはそう信じています」ホリーはそういってからラルフにむきなおった。「でも、あなたは信じていませんね？　ジェロームを電話で呼びだすこともできるかもしれません。そうすれば、わたしとおなじ話をしてくれることでしょう……でも、あなたには信じてもらえそうもありません」

「おれはなにを信じればいいのか、わからないだけだ」ラルフはいった。「ビデオゲームにサブリミナル効果を狙ったメッセージが埋めこまれていて、それが自殺の洪水を引き起こした……そんな話は新聞に出ていたかな？」

「新聞でも、それからテレビやインターネットにも出ました。あらゆるところで報道されましたよ」

ホリーはそこで言葉を切って、自分の両手を見おろした。爪は磨かれてはいなかったものの、きれいにととのった形をしていた。タバコをやめただけではなく、爪を嚙む悪癖からも脱したからだ。悪癖から自分を断ち切った。ときには精神の安定状態――いや、本物の安定状態とまではいかずとも、少なくとも安定状態らしきもの――にむかって歩む巡礼の旅は、いくつもの悪癖をひとつずつ捨てる儀式で段階づけられているのではないか、と思うこともあった。悪癖を捨てるのは容易ではなかった。どれもが友人だったからだ。

いまホリーはアンダースン夫妻には目をむけず、遠くの一点を見つめたまま話をつづけていた。「ちょうどバビノーとハーツフィールドがらみの事件が起こったころ、ビルは膵臓癌だと診断されました。事件解決後、ビルはしばらく入院しましたが、やがて退院して自宅へもどりました。そのころには、まわりのみんなは最期がどのように訪れるかを知っていました……ビル本人も知っていたはずですが、本人はひとこともいいませんでしたし、それこそ最期の瞬間まで、忌ま忌ましい癌と戦っていました。わたしは毎晩のようにビルを自宅へ訪ねていました。ビルがちゃんと食事をしているかどうかを確かめるためでしたし、ただいっしょにすわっているためでもありました。ビルの話し相手をするため……でも、それだけではなかった……どういえばいいのでしょう……」

「その人を少しでもたくさん吸収しておきたかったから？」ジャネットはいった。「その人がまだそこにいるうちに、ね」

ふたたび笑みが浮かんだ──一瞬で顔を若返らせるあの輝くような笑み。「ええ、そうです。そのとおり。ある晩のこと──それからほどなくして、また入院することになったんですが──ビルの住んでいるあたりが停電しました。木が倒れて送電線が切れたかどうかしたんですね。自宅を訪ねると、ビルは正面階段に腰かけて星空を見あげていました。『ほら、『街灯がついていたら、こんな星空はぜったいに見られないぞ』ビルはいいました。『ほら、星があんなにたくさん、おまけにあんなにきらきら光って見えるなんて』

あの夜は、それこそ天の川がすっかり見えるくらいでした。ならんですわったまま、黙ってただ空を見あげていて、しばらくたったころ──五分くらいだったと思いますが──ビルがこんな話をはじめました。『科学者たちは、大宇宙には果てがないと考えはじめているそうだね。先週ニューヨーク・タイムズ紙で読んだよ。つまり、こうして目に見えるかぎりの星を目におさめられれば、その先に広がっている宇宙にはさらに多くの星々があることもたやすく信じられるようになるな』と。病状が本当に深刻になってから、わたしたちはブレイディ・ハーツフィールドのことも、ハーツフィールドがバビノー医師にどんなことをしたかも話しませんでした。でもあのときのビルは、その話をしていたのだと思っています」

「この天と地のあいだには、われらが人智の思いも及ばぬことがあまたある……」ジャネットがいった。

ホリーはにっこりと笑った。「シェイクスピアのその言葉はいちばん巧みな表現でしょうね。それどころかシェイクスピアは、多くのことで最上の名文句を残しています」

「その人が話していたのは、ハーツフィールドとバビノーのことじゃなかったのかもしれないぞ」ラルフがいった。「もしかしたらその人は……折りあいをつけようとしていたのかもしれないね……その……自分の状態と」

「ええ、それは当然だと思います」ホリーは答えた。「くわえて、ありとあらゆる謎についても。それこそ、いまのわたしたちに必要――」

ホリーの携帯が鳴った。携帯を尻ポケットから抜きだしてスクリーンに目を落とし、送られてきたメッセージに目を通す。

「アレック・ペリーからです」ホリーはいった。「ゴールド弁護士が手配したチャーター機が九時半に離陸予定だとのことです。アンダースン刑事、いまも旅に同行したいお気持ちに変わりはないですか？」

「もちろん。それに、おれたちはこの件では——まあ、この件というのが正確になんなのかはともかく——仲間だ。だから、おれのことは気さくにラルフと呼んでくれ」ラルフはふた口でコーヒーを飲みおえると立ちあがり、ジャネットにたずねた。「おれが留守のあいだ、制服警官がこの家に目を光らせているよう手配しておきたいな。なにか不都合でもあるかな？」

ジャネットはわざとらしくぱちぱちと目をしばたたかせた。「あらやだ、イケメン警官が来てくれるなら文句はなくってよ」

「トロイ・ラメイジとトム・イエイツが来られるかどうか当たってみるよ。ふたりとも映画スターとは似ても似つかぬルックスだが、テリー・メイトランドを野球のグラウンドで逮捕した当事者だ。この件でひと肌脱げれば、ふたりの気分も楽になるかもしれないし」

ホリーがいった。「調べたいことがあります。それも、まだあたりがすっかり明るくならないうちに、いますぐ調べたいのです。三人で家のなかにもどりませんか？」

4

ホリーに頼まれてラルフはキッチンのブラインドを降ろし、ジャネットは居間のカーテンを閉めた。ホリーは、〈ウォルマート〉の文房具コーナーで購入してきたマーカーペンと〈スコッチ〉のメンディングテープを用意して、キッチンテーブルを前にすわっていた。テープを短めに二枚切ると、iPhoneの内蔵フラッシュにかぶせるように貼りつけ、どちらもマーカーで青く塗る。さらにテープを切って三枚めをつくり、青のテープに重ねて貼りつけると、こちらは紫色に塗った。

ホリーは立ちあがると、キッチンから居間への戸口にいちばん近い椅子を指さした。

「男がすわっていたのはあの椅子ですか？」

「ええ」

ホリーはフラッシュ撮影で椅子の座面の写真を二枚撮り、居間に通じる戸口に近づくと、また指さした。「男がすわっていたのはあそこですね？」

「ええ。すぐそこ。でも朝になって確かめたときには、カーペットには椅子の脚の跡がなかった。ラルフも確かめたの」

ホリーは床に膝をついてカーペットの写真を四枚撮影してから立ちあがった。「オーケイ。これでもう充分です」

「ラルフ？」ジャネットがたずねた。「あの人がなにをしていたのかわかる？」

「携帯のフラッシュを間に合わせのブラックライトに改造したんだ」ラルフはそう答えてからこう思った。《もしジャネットの言葉を本気で信じていれば、おれにもできたはずのテクニックだ——知識だけなら、もう五年も前から頭にはいっていたんだから》それからホリーに、「染みをさがしているのか？　納屋に残っていた残留物質のようなものを？」

「ええ。でも、たとえ残っていても量はごくわずかでしょうね——多ければ、おふたりの肉眼でも見つけられたはずですから。この種の検査ができるキットはネットでも買えますが——その名も〈チェックメイト〉——でも、いまはこれで用が足りるはず。このテクニックはビルに教えてもらいました。さて、収穫を見てみましょう。収穫があるのなら——ですが」

ふたりはホリーを左右から囲んだ。他人と肉体的に接近していることも、いまのホリーには気にならなかった。それどころではないほど調査に夢中になり、それどころではないほど希望をいだいていた。《いだいているのはホリーの希望《ホープ》》そんなことを思う。

染みは残っていた。ジャネットのもとにあらわれた侵入者がすわった椅子の座面に、かすかながら黄色い飛沫痕がひとつあり、さらに数個の痕跡が——ペンキの雫が垂れたあとのような感じで——戸口近くのカーペットに残されていた。

「なんてこった」ラルフが低く毒づいた。

「これを見てください」ホリーはそういって画面上で二本の指を広げ、カーペットの染みを拡大した。「ここが直角になっているのがわかりますか？　これは椅子の脚を伝い落ちてできた染みです」

ホリーはまた先ほどの椅子に近づいて、フラッシュをたいて写真を撮影した——ただし今回は椅子の下部だった。ふたたび一同がｉＰｈｏｎｅのまわりにあつまり、ホリーが画面上で二本の指を広げると、椅子の脚が大きく拡大された。

「例の物質は、あの脚をつたって落ちたようです。お望みならもうブラインドをあげ、カーテンをあけてもかまいません」

キッチンがふたたび朝の光で満たされると、ラルフはホリーの携帯を借り、先ほどの数枚の写真を指先でスワイプしながらひとつひとつ見なおし、さらに最後の一枚から逆順で目を通した。頭のなかにあった不信の壁が崩れていくのが感じられた。結局、その壁を崩すのに必要だったのは、iPhoneの小さな画面に表示された数枚の写真だけだったのだ。

「それはどういう意味？」ジャネットがたずねた。「つまり、その……文字どおりの意味で。あの男はここに来てたの？　それとも実際にはいなかった？」

「前にも話しましたが――自分なりに確信のある答えはありますが、その答えに必要な裏づけ調査がまだ充分とはいえません。ただ、それでも答えを強いられるとすれば、答えは……その両方といえます」

ジャネットは頭をすっきりさせたいかのように、かぶりをふった。「わたしにはわからない」

ラルフはきっちり施錠されていたドアや起動しなかった防犯アラームのことを考えていた。「もしやきみがいっているのは、問題の男の正体が……」そのあとにつづく言葉として真っ先に思いついたのは〝幽霊〟だったが、それは求めていた単語ではなかった。

「わたしはなにもいってません」ホリーはいい、それをきいてラルフは思った。《ああ、たしかになにもいってない。でも、きみはおれに答えをいわせたがってる》

「ジャネットが見たのは投影像だったというのか？　あるいは、うちの息子が遊んでいるビデオゲームの言い方にならうなら、アバターのようなものだったと？」

「興味深い考えですね」ホリーはいった。その目がきらきら輝いていた。この女は笑みを押し殺しているのではあるまいか――ラルフはふとそんな（ある意味では腹立たしくもある）思いをいだいた。

「残留物はあるのに、椅子の脚はカーペットに跡を残してない」ジャネットがいった。「もしもあの男がなんらかの〝実体〟としてここへ来ていたのなら、体がものすごく軽かったことになる。それこそ羽毛の枕なみの軽さ。しかもあなたは……そんなことをすれば……自分をここに投影すれば、男は体力を消耗すると話してるのね？」

「それが筋の通った考えに思えます――少なくともわたしには」ホリーはいった。「ここでわたしたちに断言できるのは、きのうの未明にあなたが一階へ降りてきたとき、なにものかがここにいたということだけです。その点は同意してもらえますね、アンダースン刑事？」

「ああ。ついでにいっておけば、今後おれのことをラルフと呼ばなかったら逮捕するぞ」

「それにしてもわたし、どうやって二階へもどったんだろう？」ジャネットが疑問を口にした。「まさかあの男が……お願い、あの男が気絶したわたしを抱きかかえて二階まで運びあげたなんて、ぜったいにいわないで」

「それはないと思います」ホリーはいった。

ラルフがいった。「いま思いついただけだが……ある種の……催眠術下の暗示のような手をつかったとか？」

「わかりません」ホリーは答えた。「これについては、わからずじまいになりそうなことが多すぎます。おふたりがかまわなければ、手早くシャワーを浴びたいのですが」

「ええ、どうぞ」ジャネットはいった。「わたしはスクランブルエッグをつくってるから」

そのあと、ホリーがこの場を立ち去りかけたそのとき——「すっかり忘れてた」

ホリーはふりかえった。

「レンジ台の上の明かり。あれがついてたの。ガスレンジの上にある照明。スイッチはボタン式よ」先ほど写真を見ていたときには昂奮したようすだったジャネットが、いまは怯えた顔を見せていた。「明かりをつけるにはボタンを押す必要がある。つまりあの男は、ボタンを押せる程度の〝実体〟として、ここへ来ていたということね」

ホリーはなにも答えなかった。ラルフもまた無言だった。

5

朝食をすませると、ホリーは来客用の寝室へ引き返していった。荷物をまとめるためだろう。しかしラルフは、自分と妻をふたりきりにして、さよならの言葉をかけるための時間をつくるホリーの気づかいではないかと察していた。たしかに奇矯《ききょう》なところのある女だ。しかし、ホリー・ギブニーは決して愚かではない。

「トロイ・ラメイジとトム・イエイツのふたりが、この家に目を光らせてくれることになったぞ」ラルフはジャネットにいった。「ふたりとも仕事を休んでくれたよ」

「あなたのためにそこまで？」

「テリーのためでもあるんだろうな。事件があんな顛末を迎えたことでは、ふたりともおれに負けず劣らず気がとがめているようだし」

「拳銃は用意した？」

「いまはキャリーケースに入れてある。現地に着陸したら、ベルトのホルスターにおさめるつもりだ。アレックも自分の銃をもってくる。きみも専用金庫から自分の銃をとりだして、手近なところへ置いておくといい」

「まさか、あなたは本気で――」

「本気で、どう考えたらいいのかわからない。その点ではホリーとおんなじだ。とにかく戸締まりはしっかりしておくこと。あとは、くれぐれも郵便配達を撃たないように気をつけること」

「ね、わたしもいっしょに行ったほうがよくない？」

「いや、それはまずい」

きょうは、夫婦でおなじ場所に身を置いていたくはなかった。しかし、その理由を説明して、ジャネットをさらに不安にさせるのは本意ではない。ふたりは息子のことを考えなくてはいけない立場だ。息子はいま野球の試合に出ているか、干し草の梱《こり》の前に置かれた的を狙って矢を射ているか、あるいはビーズ飾りのついたベルトをつくっていることだろう。デレク……殺されたフランク・ピータースンとあまり年の変わらない少年だ。ほかの大多数の子供たちと変わらず、両親は永遠に生きつづけるはずだと無邪気に信じこんでいるデレク。

「それもそうね」ジャネットはいった。「あの子が家に電話をかけてくることがあったら、だれかがこの家にいなくちゃ——そういいたかったんでしょう?」

ラルフはうなずいて妻にキスをした。「ああ、おれが考えていたのもそのことさ」

「くれぐれも気をつけて」ジャネットは大きくひらいた目でラルフを見あげていた。それを見てラルフは唐突に、おなじ妻の目がやはり愛情と希望と不安をたたえて自分を見あげていたときの記憶に胸を刺し貫かれた。あれはふたりの結婚式だ——友人や親戚の前に立って、誓いの言葉をかわしていたあのときだった。

「ああ、気をつけるよ。いつもと変わらずに」

ラルフはジャネットから離れかけたが、ジャネットに引きもどされた。前腕をつかむ妻の手には強い力がこもっていた。

「ええ。でも、これはあなたがこれまで手がけた事件とはまるっきりちがう。あなたもわたしも、そのことはもうわかってる。もしできることなら、あいつを仕留めて。もし……

もし……太刀打ちできない相手と出会ってしまったら、逃げて。逃げ帰って、家にいるわたしのもとへもどってきて。わかった？」

「話はきいた」

「〝話はきいた〟なんていわないで。かならず帰ってくるといって」

「帰るとも」このときもラルフは結婚式での誓いを思い出していた。

「その言葉を守ってちょうだい」あいかわらず、愛情と不安をいっぱいにたたえた刺すような視線でラルフを見ている。その視線は、《わたしはあなたと運命をともにすると決めたの。そのことで、わたしを後悔させないで》と語っていた。「あなたにいっておきたいことがある。とっても大事なこと。ちゃんときいてる？」

「もちろん」

「あなたは善人よ。それも、手ひどいまちがいをしでかした善人。まちがいをしたのは、あなたが初めてではないし、あなたで最後にもならない。あなたはそのことを一生背負うしかない。わたしがあなたを助ける。できることなら、いい方向に変えて。でも、お願いだから、いま以上にわるい状態にしないでちょうだい。お願い」

　ホリーがわざとらしく物音をたてて階段を降りてきた。階下のふたりに、自分が下へむかっていることを知らせたかったのだろう。ラルフはさらにひととき、おなじ場所に立ったまま妻の大きく見ひらいた目を見おろしていた――その目は、いまはもう何年も昔のあのときと変わらず美しかった。ついでラルフはジャネットにキスをし、あとずさって離れた。ジャネットはラルフの手を一回だけ、ぎゅっと——強い力をこめて——握り、その手を離した。

6

ラルフとホリーは、ラルフの車で空港へとむかった。ホリーはショルダーバッグを膝に置いて背すじをまっすぐ伸ばし、お上品に両膝をあわせてすわっていた。

「奥さまは銃をおもちですか?」ホリーはたずねた。

「もってる。警察署主催の射撃練習に参加した経験もある。ここでは警察官の妻や娘たちにも参加が許可されているんだ。で、きみはどうなんだ、ホリー?」

「もちろん銃はもってません。この街へは飛行機で来たんです。チャーター機ではなく、普通の旅客機で」

「現地で、きみにもなにか調達できるだろうな。なんといっても、これから行くのはニューヨークじゃなくてテキサスなんだし」

ホリーは頭を左右にふった。「ビルが亡くなってからは、一度も銃をつかってません。最後に撃ったのは、ふたりで調査していたある事件のときです。そのときだって、狙ったところに当たりませんでした」

ラルフはそのあと黙りこみ、次に口をひらいたのは、空港とキャップシティへむかう多くの車で混雑しているターンパイクへの合流を果たしたあとだった。この危険きわまる任務を首尾よく達成してから、ラルフは口をひらいた。「納屋で採取された物質のサンプルは、いま州警察の法科学研究所に行ってる。技官たちが研究所にある最先端のマシンを駆使して徹底的に分析したら、いったいどんな結果が出てくると思う？　見当はつくかな？」

「椅子とカーペットから見つかったものから考えると、物質の大半は水分でしょうね。でも、pH値は高いと思う。さらに推測するなら、おそらくは人の尿道球腺で生成されるような粘液の痕跡が見つかるのではないでしょうか。尿道球腺は別名カウパー腺ともいって、この名前はウィリアム・カウパーの名前に由来し――」

「簡単にいえば、きみはあれが精液だと考えているわけだ」

「むしろ射精に先立って分泌される、俗にいう〝我慢汁〟ではないかと」ホリーの両頰がいつしか血色ゆたかになっていた。

「きみにはその方面の心得もあるんだな」

「ビルが亡くなったあとで、法病理学の講座を受講しました。いえ、ほかにもいくつかの講座を受講したんです。講座で学ぶことは……いい時間つぶしになりました」

「フランク・ピータースン少年の太腿の裏側からは精液が見つかった。それなりの量はあったが、異常なほど大量ではなかったな。ＤＮＡはテリー・メイトランドのものと一致したよ」

「納屋にあった残留物質や、あなたのご自宅にあった残留物質は精液ではありませんし、よく似ているとはいえカウパー腺液でもありません。カニング町の納屋で見つかった物質の鑑定をしても、結局は未知の物質だということになり、サンプルがなにかに汚染された結果と片づけられてしまうでしょう。法廷に提出する必要がないとわかって、ほっと安堵するだけでしょうね。スタッフたちは、自分たちが相手にしているのがまったくの未知の物質だという可能性は考えもしないと思います。アウトサイダーが変身するさいに体から滲《し》みでる——というか分泌される——物質だとはね。ピーターソン少年の遺体から見つかった精液については……アウトサイダーはハワード姉妹を殺害したときにも、おなじく精液を現場に残しているのではないですか。ふたりの衣類か、あるいは遺体そのものに。そういった精液は、いってみれば自分の来訪を告げる名刺のようなもの——介護施設のミスター・メイトランドの居室のトイレで見つかった毛髪の房や、あなたがたがあちこちで見つけた指紋とおなじです」

「目撃証人たちのことも忘れるなよ」

「ええ」ホリーはうなずいた。「アウトサイダーは目撃者をつくりたがっています。それも当然でしょう——思いのままに他人の顔を装えるんですから」

ラルフはハウイー・ゴールド弁護士がつかっているチャーター機会社の案内看板にしたがって、車を進めた。「では、きみはどちらの殺人事件も性犯罪ではないと考えているんだね？　むしろ、性犯罪に見えるように細工されただけだと？」

「そのような推測は控えたいと思います。けれども……」ホリーはラルフに顔をむけた。「少年の太腿の裏側に精液がついていたというお話でしたが、少年の……なんというか……体内にはいっさい残されていなかった？」

「なかった。被害者は木の枝を突き立てられてレイプされていたんだ」

「なんてこと……」ホリーは痛そうに顔をしかめた。「姉妹の場合にも、検屍解剖では体内から精液が発見されることはなかったのではないでしょうか。つまり犯人の殺害行為には性的要素が介在していたかもしれないが、犯人自身にはじっさいに交接行為におよぶ能力がなかった……」

「それは大多数の正常な連続殺人者にあてはまる形容だね」ラルフは自分の言葉に思わず笑った――〝正常な連続殺人者〟は〝大きな小海老《シュリンプ》〟にも負けない形容矛盾だ。しかし、あえて撤回はしなかった。代替表現として思いついた候補が〝人間の連続殺人者〟だけだったからだ。

「アウトサイダーが人の悲しみを食らう妖怪なら、同時にいままさに死にゆく被害者の苦痛も食らうはずです」ホリーの頬からは血色が失せて、いまやその顔は蒼白になっていた。「死の苦痛は芳醇そのものの美味なのでしょう――グルメフードや年代物の高級スコッチのように。それから、ええ……殺害行為に性的な昂奮をおぼえたかもしれません。できればそんなことは考えたくもありませんが、その一方でわたしは〝敵を知る〟ことが重要だという信念のもちぬしでもあります。わたしたち……いえ、わたしは思うのですが、あそこで左折するべきではないでしょうか、アンダースン刑事」

「ラルフだ」

「そうでした。左折してください、ラルフ。あれがリーガル航空のターミナルに通じる道です」

7

ハウイーとアレックは、ひと足先に到着していた。ハウイーは微笑んでいた。「離陸が少し遅れるな。ユネル・サブロはいまこっちにむかってる」

「ユネルはどうやって抜けだした？」ラルフはたずねた。

「やつが抜けだしたわけじゃない。わたしがやった。いや、わたしの尽力は半分ほどだな。マルチネス判事は潰瘍が穿孔《せんこう》を起こして入院を余儀なくされてね。これ自体はだれのせいでもなく、神のみわざだ。あるいは、激辛ソースの量が多すぎたのかもしれないな。わたしだって〈テキサスピート〉の大ファンだが、判事があのソースを料理にかけるのを見ると、その量に思わずぞっとするくらいだ。サブロ警部補が証言するはずだった別の裁判については、担当地区検事はわたしに借りをひとつつくったことになる」

「理由をきいておいたほうがいいかな？」ラルフはたずねた。

「いや」ハウイーはいった。いまでは奥歯が見えそうなほど大きく口をひらいて微笑んでいた。

時間を潰さざるをえない関係で、四人は狭い待合室に腰をおろし――〝出発ラウンジ〟と形容できるほど豪華なものではない――離着陸する飛行機をながめてすごした。

ハウイーが口をひらいた。「ゆうべ自宅にもどってからインターネットでドッペルゲンガーについて調べて、いろいろと資料を読んでみた。アウトサイダーは、つまりドッペルゲンガーだからで……そうもいえるな？」

ホリーは肩をすくめた。「ええ、どのような言葉で呼んでもおなじです」

「小説に登場するドッペルゲンガーのうちでも、いちばん有名なものはエドガー・アラン・ポーの短篇に登場するものだな。『ウィリアム・ウィルソン』という作品だ」

「その作品のことはジャネットも知っていたよ」ラルフはいった。「夫婦で話しあったんだ」

「しかし、現実世界でも多くの例が存在している。数百例はあるようにさえ思える。たとえばイギリス汽船のルシタニア号にいたドッペルゲンガーだな。その汽船の一等船室の乗客にレイチェル・ウィザーズという女性がいた。この女性と瓜ふたつの女性――髪の毛に混じった白髪の具合にいたるまで、まったく同一の女性――の姿を、複数の人が見かけたというんだ。生き写しの女性が三等船室の乗客だと話した者もいる。スタッフの一員だったという者もいた。そこでミス・ウィザーズとその男性の友人はドッペルゲンガーをさがしはじめた。そして目ざす相手を見つけたらしいんだが、その直後——というのは一九一五年の五月七日のことだが——ドイツ軍のUボートが発射した魚雷が右舷に命中した。汽船は沈没してミス・ウィザーズは死んだが、男性の友人は命拾いをした。この男性はミス・ウィザーズのドッペルゲンガーを〝死の前兆〟と呼んだ。またフランス人作家のギイ・ド・モーパッサンは、ある日パリの街を散歩していた途中に、みずからのドッペルゲンガーと行きあわせた——身長も同一、ヘアスタイルもおなじ、口ひげもおなじなら、言葉のアクセントも同一だった」

「なるほど、フランス人ね」アレックはそういって肩をすくめた。「どう考えればいいんだ？　モーパッサンは、たぶんドッペルゲンガーにワインの一杯もおごったんだろうよ」

「いちばん有名な例は一八四五年、ラトヴィアの女学校での事例だな。ひとりの女性教師が教壇に立って板書をしていたところ、教師と瓜ふたつの女性が教室にやってきて隣に立ち、手にチョークこそもっていなかったものの、一挙手一投足のすべてを物真似した。ついで、この瓜ふたつの女は外へ出ていった。十九人の生徒がこれを目撃した。驚異的だとは思わないか？」

だれも答えなかった。ラルフは腐ったマスクメロンや途中で消えた足跡のことを考え、すでに世を去ったホリーの友人がいったという《大宇宙には果てがない》という言葉のことを考えていた。なかには、そういった考え方に胸を躍らせる者もいるだろうし、そこに美を見る者もいるだろう。一方、働きはじめてからは一貫して〝事実のみ〟をモットーとしてきたラルフにとっては、そら恐ろしくなる考え方だった。

「いやまあ、わたしには驚異的に思えるというだけさ」ハウイーがいささか気分を害した声でいった。

アレックがいった。「ひとつ教えてくれ、ホリー。アウトサイダーとかいうこの野郎が他人の顔を盗むとき、同時に餌食にした相手の思考や記憶も吸収するのなら——たぶん、謎《ツクス》めいた血液の移動だかを通じておこなうのだろうが——どうしてやつは近場の応急診療所《ドク・イン・ザ・ボ》のありかも知らなかった？　それにタクシー運転手のウィロウ・レインウォーターの一件もある。テリー・メイトランドはＹＭＣＡの青少年バスケットボール・プログラムを通じて、ウィロウの顔も名前も知っていた。それなのにウィロウがダブロウまでタクシーに乗せた男は、ウィロウをまったく知らないようだった。運転手を呼ぶときにもウィロウと名前で呼ぶでもなく、ミズ・レインウォーターと苗字で呼ぶでもなく、ただ〝マーム〟と呼んでいたんだ」

「わたしにはわかりかねます」ホリーは切り口上だった。「急いで資料を〝飛ばし読み〟した範囲のことしか把握してません。〝飛ばし読み〟といっても、まったくの比喩ではないですね——飛行機で空を飛びながら資料を読んでいたんですから。わたしにできるのは、そこから推測をめぐらせることだけですが、それにもうんざりです」

「速読術みたいなものかもしれないな」ラルフがいった。「速読術の達人を自称する人たちはよく、一冊の厚い本を途中で休まずに短時間で一気に読みきると自慢するが、そういった人が読みとっているのは、ごくおおまかな骨子だけだね。詳細な部分について質問しても、なにも答えられないことがほとんどだよ」ここで間を置いてから、「とにかく、妻はそういってる。自分が参加している読書会にひとり、やたらに自分の読書スキルを自慢する女性がいるそうだ。ジャネットはその女性に頭がおかしくなるような思いをさせられていてね」

一同は地上整備員がキングエア機に燃料を補給し、ふたりのパイロットが機体のまわりを歩いて飛行前点検を進めているようすをながめた。ホリーはiPadを引っぱりだして、なにかを読みはじめた（ずいぶん早いペースで読み進んでいるようだ、とラルフは思った）。十時十五分前に一台のスバル・フォレスターがリーガル航空の狭い駐車場にはいってきて、ユネル・サブロが降り立った。片方の肩に迷彩柄のナップザックをかけ、携帯電話でだれかと話をしていたが、待合室にはいってくると同時に電話を切った。

「友人諸君《アミーゴス》！　元気かね《コモエスタン》？」

「ああ、元気だ」ラルフが立ちあがっていった。「よし、行動開始といこう」

「いまクロード・ボルトンと電話で話をしていたんだ」ユネルがいった。「クロードはプレインヴィル空港でおれたち一行を待つそうだ。空港は、クロードの住むメアリーズヴィルから百キロ弱離れてる」

アレックがいぶかしげに眉を吊りあげた。「なんでわざわざ？」

「心配になっているそうだ。なんでもゆうべは五回も六回も目が覚めてしまって、まともに寝られなかったらしい。だれかが家を見張っているように感じられたからだ、とね。本人がいうには刑務所時代を思い出すらしい——それも、ムショのだれもがもうじきなにかが起こると知っていながら、具体的なことはだれも知らず、それでも災難にはちがいないことが起こるとわかっていたときみたいだった、と。ついでに母親も、わけもなくびくついた気分になっているそうだ。おれに、いったいなにがどうなっているのかとたずねてきたよ。だから、向こうに着いたらおれたちがすっかり話してきかせる、と答えておいた」

ラルフはホリーにむきなおった。「アウトサイダーなる化け物が実在するとして、その化け物がクロードのそばにいるとして……クロードがそいつの存在を感じたりするだろうか？」

また推測をうながされてもホリーは抗議の言葉を口にせず、穏やかだが決然とした声でこう答えた。「ええ、まちがいなく」

ようこそテキサス《ビエンベンドーサ・テハス》へ

七月二十六日

1

ジャック・ホスキンズは七月二十六日の午前二時ごろに州境を越えてテキサス州にはいり、東の空が夜明けの最初の光で白みはじめると同時に〈インディアン・モーテル〉にチェックインした。眠たげな目をしたフロント係にマスターカードで一週間分の宿泊代を先払いし——限度額に達していないクレジットカードはこの一枚だけだった——貧相な建物のなかでもいちばん奥の部屋をつかいたいと頼んだ。

客室には饐《す》えた酒の悪臭と昔のタバコの臭気が立ちこめていた。ベッドカバーは擦れて糸が見え、中央がへこんだベッドの上の枕カバーは月日のせいか汗のせいか、はたまたその両方かで黄ばんでいた。ジャックは客室にひとつきりの椅子に腰をおろして携帯をとりだし、さしたる興味もないまま溜まったテキストメッセージと留守電メッセージを手早く確かめた(ちなみに後者は午前四時ごろ、メッセージボックスの容量上限に達していた)。どれもが警察署からで、大多数はゲラー署長その人からのものだった。ウエストサイドで二重殺人事件が起こっていた。ラルフ・アンダースンとベッツィ・リギンズが出勤していないのだから、いま勤務中の刑事はおまえひとりだ、いまどこにいる、いますぐ現場に行ってもらわないと困る、うんぬんかんぬん。

ジャックはそれからベッドに横になった。最初は仰向けになったが、日焼けが痛みすぎた。それで寝返りを打って横向きになる——ジャックのかなりの体重というプレッシャーにベッドのスプリングが金切り声で抗議した。

《癌がしっかり根をおろしたら、体重だって減るだろうし》ジャックは思った。《最後の日々の母さんときたら、骨と皮ばかりに痩せこけていたっけ。悲鳴をあげる骸骨だった》

「そんなことになるものか」ジャックはほかにだれもいない客室にむかっていった。「いまのおれは睡眠を必要としてるだけだ。そのうち治るに決まってる」

四時間で充分だ。運がむいてくれたら五時間。しかしジャックの頭脳は、あっさりスイッチを切ってくれなかった——ニュートラルで動きつづけているエンジンのようなものだ。〈ハイ〉のガソリンスタンド店員で、けちなドラッグ売人のコーディはたしかに白い錠剤をもっていたし、本人が純粋だと主張するコカインの在庫もふんだんにあった。ベッドとは名ばかりのお粗末なものの上に横たわっているときの気分からすると（なにが這いまわっているともわからないシーツのあいだに身をもぐりこませる気にはならなかった）、コーディの主張もあながち嘘ではなかったようだ。このまま永遠に車を走らせる羽目になりそうに思えた真夜中すぎに、ほんの数回ばかり浅く鼻から吸っただけなのに、いまは二度と寝つけそうになかった——はっきりいえば、いまなら一軒分の屋根を葺《ふ》いて、そのあと八キロばかり走れそうな気分だった。それでも、やがて眠りが訪れてくれた。といっても途切れがちで、母親の出てくる夢に悩まされるばかりの眠りだった。

目を覚ましたのは正午すぎで、名ばかりのエアコンが動いていても、客室は悪臭のうえに、うだるような暑さだった。ジャックはバスルームで小便をすませてから、ずきずき疼くうなじを目で確かめようとしたが、うまく見えなかった。だが、それでよかったのかもしれない。客室に引き返し、ベッドに腰かけて靴を履こうとしたが、片方しか見つからなかった。残る片方を手探りでさがしていると……その片方の靴が手に押しつけられた。

「ジャック」

全身が凍った。両腕はさあっと鳥肌に覆われて、うなじの短い毛がちりちりと逆立った。フリントシティでは自宅のシャワースペースにあらわれたあの怪物が、ここではベッドの下に潜んでいた。幼い少年だったころのジャックの恐怖そのままに。

「おれの話をきけ、ジャック。おまえがなにをすればいいのかを、これからおまえにきっちり話してやる」

そしてこの声がようやく指示をすべて語りおえたとき、ジャックは首の痛みがすっかり消えていることに気がついた(ある意味では笑える話だが、ジャックは別れた古女房のことを〝首の痛み《やっかいもの》〟と呼んでいた)。いやまあ、ほとんど消えたというべきか。それに、課せられたのは——劇的ではあれ——単純明快な仕事だった。その点に問題はない。というのも、仕事をおえたあとで逃げきれる自信もあったからだ。ラルフ・アンダースンの時計をとめるのは、このうえない喜びになるだろう。あいつは癪《しゃく》にさわる世話焼き男だ。だからこれは、〝ミスター・意見なし〟の自業自得だ。ほかの連中にとっては災難だが、それだっておれのせいじゃない、ほかの連中を引きずりこんだのはアンダースンだ。

「お気の毒さま、ご愁傷《しゆうしよう》さまだ」ジャックは節をつけてつぶやいた。

左右の靴を履きおえると、ジャックは床に膝をついてベッドの下をのぞいた。ベッド下の床にはどっさり埃が積もり、一部には乱された痕があったが、ほかにはなにも見あたらなかった。これはいいことだった。安心もできた。あの訪問者は本当にここに来ていた、ということだ。そこに疑いの余地はなかった。片方の靴を手に押しつけてきたあの手の指にどんな文字のタトゥーがあったかについても、疑いはなかった——《CANT》だ。

日焼けの痛みが低いつぶやきにまでおさまり、頭が比較的澄んできたいまなら食事もとれるような気がした。卵料理を添えたステーキあたりか。このあとやるべき仕事が控えている身なら、体力をたくわえておく必要がある。人はコカインと覚醒剤のみにて生きるにあらず。食べ物を胃に入れなくては、暑い日ざしのなかで倒れてしまうだろうし、倒れればそのまま体が燃えてしまうだろう。

太陽といえば、ジャックが外へ足を踏みだすなり、日ざしが殴るように照りつけてきた。それで日焼け止めが切れていて、アロエクリームをもってくるのも忘れていたことにも気がついた。モーテル併設のカフェに行けば、その手のものも売っているかもしれない——あの手の店では、決まってレジの近くに種々のがらくたがならんでいるではないか。Tシャツや野球のキャップ、カントリー・ミュージックのCD、それにカンボジアでつくられたナヴァホ族民芸品風の土産物。だから、あの手のケア用品も売っているはずだ。なんといっても、最寄りの街はここから――

そして片手をカフェのドアに伸ばし、埃にまみれたガラスから店内のようすをのぞきこむなり、ジャックは足をとめた。やつらが店内にいた。ラルフ・アンダースンと陽気なクソ仲間たち。白髪まじりの前髪を切りそろえている例の女もいる。さらに車椅子にすわった老いぼればあさんに、短く黒い髪と山羊ひげのもちぬしの筋骨逞しい男もいる。老いぼればあさんがなにかに声をあげて笑いだし、つづいて咳きこみはじめた。外にいても咳がきこえた。低速ギアで動いているバックホーのような音だった。山羊ひげの男が老いぼればあさんの背中をぽんぽんと叩き、一同は声をそろえて笑いはじめた。

《笑ってられるのもいまのうち、おれがおまえたちを始末したら笑ってられなくなるぞ》ジャックは思った。しかし現実には、アンダースン一同が笑っていたのはいいことだった。笑っていなければ、彼らのほうもジャックを見つけていたかもしれなかった。

ついでジャックは体の向きを変えて、いま目にした光景の意味について考えをめぐらせた。連中が馬鹿笑いをしている点を考えたのではない。そんなことはどうでもよかった。しかし先ほど山羊ひげ男が車椅子女の背を叩いた拍子に、男の指に入れてあるタトゥーが目にはいったのだ。ガラスは埃だらけでタトゥーの青インクは色褪せていたが、タトゥーの文字は読みとれた――《CANT》だ。あの男が客室のベッド下から、どうやってこれほどすばやくこのダイナーまで来たのかは謎だったが、ジャック・ホスキンズはそんなことを考えたくはなかった。いまはやるべき仕事がある、それだけで充分だ。仕事をすませれば皮膚で増殖しつつある癌を始末できるが、それは見返りの半分にすぎない。残り半分の見返りはラルフ・アンダースンを始末できることで、これは大いなる喜びになるはずだ。

老いぼれ〝ミスター・意見なし〟野郎を。

2

プレインヴィル飛行場は、疲弊した小さな街の郊外に広がる灌木だらけの土地のなかにあった。一本きりの滑走路が、ラルフには恐ろしいほど短く思えた。着陸脚の車輪が着地するなり、パイロットはフルブレーキをかけた。固定されていない品物が吹き飛んだ。一同を乗せたプライベートジェット機は、細い滑走路の終端を示す黄色いラインぎりぎりで停止した。雑草と淀《よど》んで腐った水と〈シャイナー〉ビールの空き缶だらけの溝まで約十メートルというきわどさだった。

「どこでもない辺鄙な土地へようこそ」アレックがそう口にするなか、キングエア機は重たげな動きでプレハブづくりのターミナルへむかっていた——あと一回でも強風が襲ってきたら、吹き飛ばされてしまいそうな建物だった。土埃にまみれたダッジのヴァンが一同を待っていた。車体の障害者マークが目にとまる前から、ラルフはそのヴァンが車椅子ユーザー仕様のコンパニオン・モデルであることを見てとっていた。ヴァンの横にクロード・ボルトンが立っていた――筋肉質な長身で、色落ちしたジーンズと青いワークシャツ、くたびれたカウボーイブーツとテキサス・レンジャーズのノベルティである野球帽という服装だ。

最初にジェット機から降り立ったラルフは握手の手を差しだした。クロードは一秒ほどためらったのちに、その手をとった。気がつけばラルフは、クロードの手の指にはいっている《CANT》というタトゥーから目が離せなくなっていた。

「手間を省いてくれて感謝しているよ」ラルフはいった。「ここまでしてくれなくてもよかったのにな。ありがたい」それからラルフはほかの面々をクロードに紹介した。

最後に握手をかわしたホリーはこういった。「あなたの指のタトゥーですが……もしかして飲酒に関係する言葉ですか？」

《そのとおり》ラルフは思った。《それもパズルのピースのひとつ、おれが箱から出すのを忘れたピースのひとつだ》

「ああ、そのとおりさ」と答えたクロードの口調は、よく研究を重ねており、心から愛してもいる分野について教えている者そのままだった。「すごい皮肉なのは、その文句がこっちの〈無名のアルコール依存症者たち《アルコーホリクス・アノニマス》〉でもつかわれていることでね。最初にこの文句をきいたのは刑務所にいたときだ。〝飲まずにいられない《マスト》〟けれど、〝飲んではいけない《キャント》〟ってね」

「わたしはタバコについて、おなじように感じています」ホリーはいった。そのようすを見てラルフは、自分たちの少人数グループのなかでももっとも社交が不得手な人物であるホリーが、こうしてクロードをくつろいだ気分にさせたとはなんと妙なことか、と思っていた。とはいえクロードにはことさら心配している雰囲気はなかった――むしろ、こちらの出方をうかがっている感じだ。

「わかるよ、マーム。タバコは手ごわい相手だ。いまはどんな具合かな？」

「まったく吸わなくなって、そろそろ一年になります」ホリーは答えた。「でも、いまだに一日一日が新しい一歩ですね。〝いけない《キャント》〟と〝いられない《マスト》〟……気にいりました」

もしやホリーはずっと前から、あの指のタトゥーの意味を知っていたのだろうか？　ラルフには見きわめられなかった。

「〝いけない《キャント》〟と〝いられない《マスト》〟――このパラドックスをぶち壊せるとしたら、〝高次の力〟の助けを借りたときだけだ。だから、おれはそんな力に頼った。禁酒継続記念のメダルをいつも手もとに置いてもいる。教わったんだよ――酒を飲みたくてたまらなくなったら、そのメダルを口のなかに突っこめ。もしメダルが溶けたら一杯飲んでもいいぞ、とね」

ホリーは微笑んだ――ラルフがどんどん好感をいだくようになっていた、あの輝くような笑みだった。

ヴァンのサイドドアが滑ってひらき、錆びついた金属製のスロープがやかましい音をたてながら伸びてきた。ついで、白髪を巨大な光輪のようにふくらませた大柄な女性が車椅子でスロープを降りてきた。膝に載せた小さな緑色の酸素ボンベにつながれたチューブが、鼻孔に入れてある套管《カニューレ》につながれていた。

「クロード！　なんでまた、みなさんといっしょに炎天下にぼうっと突っ立ってるんだい？　どこかへ行くのなら、とっとと出発しようじゃないか。もうじきお昼になっちまうよ」

「おれの母親だよ」クロードはいった。「母さん、こちらがアンダースン刑事。前に話した件で、おれに質問した刑事さんだ。ほかの面々はおれもきょうが初対面でね」

ハウイー、アレック、それにユネルがそれぞれボルトンの母親に自己紹介をした。ホリーが最後だった。「お会いできて光栄です、ミセス・ボルトン」

母親のラヴィ・ボルトンは笑い声をあげた。「まあ、これからあたしの人となりがわかったあとで、あんたがどんな感想をもつかは見ものだよ」

「わたしはレンタカーを確かめにいったほうがいいみたいだな」ハウイーがいった。「たぶん、あのドアのそばに駐めてある車がそうじゃないかと思うんだが」そういって、中程度のサイズで車体がダークブルーのSUVを指さした。

「おれがヴァンを走らせて、先に道案内をするよ」クロードがいった。「あんたたちは苦もなくあとをついてこられるはずさ――メアリーズヴィルの道を走っている車がどれだけ少ないかを思えばね」

「あんたも、あたしらのヴァンに乗らないかい？」ラヴィ・ボルトンがホリーを誘った。

「どうか、おばあさんの話し相手をしておくれ」

ラルフはホリーが誘いを断わるものとばかり思ったが、ホリーは即座に受け入れた。

「ほんの少しだけ待ってください」

ホリーはラルフを目で招いた。ラルフはホリーを追ってキングエア機のほうへむかった。クロードは、母親が車椅子を方向転換させ、スロープをあがって車内へ引き返していくさまを見守っていた。小型飛行機がちょうど離陸したせいで、ラルフにはホリーがなにをたずねていたのかがきこえず、さらに顔をホリーの顔に近づけた。

「あの人たちになにをどう話せばいいんでしょうか？」ホリーはそうたずねていた。「あの人たちのことですから、こっちでわたしたちがなにをしているのかと質問してくるはずです」

ラルフは考えをめぐらせてから答えた。「いっそ、いちばんの勘所《かんどころ》をストレートに話してやったらどうだ？」

「どうせ信じてくれないに決まってます！」

ホリーの言葉にラルフはにやりと笑った。「ホリー、きみは話を信じない連中のあしらいが上手じゃなかったかい？」

3

多くの前科者の（というか、少なくとも塀の内側へ逆もどりするリスクを避けたい前科者たちの）例に洩れず、クロード・ボルトンも制限速度を十キロ近く下まわるスピードでダッジ・コンパニオンのヴァンを走らせていた。三十分ほど車を走らせたのち、クロードは〈インディアン・モーテル&カフェ〉に車を乗り入れた。ヴァンを降りたクロードは詫びるような口調で、レンタカーの運転席にすわっているハウイーにこう話した。

「あんたらさえかまわなければ、軽く腹に入れたいんだ」クロードはいった。「規則正しく食事をとらないと、母さんが体調を崩すことがあってね。なのに母さんには、きょうサンドイッチをつくる時間がなかった——ほら、あんたらの出迎えに遅れるんじゃないかと思ってね」それからクロードは、恥ずかしい秘密を打ち明けるかのように声を低くした。

「血糖値なんだよ。血糖値が低くなると気をうしないそうになるんだ」

「いや、われわれも全員ちょっとなにかを腹に入れてもいいというはずさ」ハウイーは答えた。

「あの女の人がおれたち親子にきかせてくれた話、あれは——」

「それについては、おれたちがきみのご実家に着いたあとで話しあうことにしないか？」

ラルフはいった。

クロードはうなずいた。「ああ、そのほうがいいかもな」

カフェは油と豆料理と炒めた肉のにおい——決して不愉快ではない香り——に満ちていた。ジュークボックスでは、ニール・ダイアモンドが〈アイ・アム…アイ・セッド〉をスペイン語で歌っていた。本日の特別料理（といっても、それほど特別でもなかった）のメニューが、カウンター奥に掲示されていた。厨房との出入口の上には、色褪せたドナルド・トランプの写真が貼りつけてあった。トランプのブロンドの髪が黒く変色していた。おまけに垂れた前髪と口ひげが追加されていた。写真の下にだれかがスペイン語のスローガンを書き添えていた——《ヤンキー・ゴー・ホーム《ヤンキー・ヴェーデ・カーサ》》。最初ラルフは驚いていた。というのもテキサスは、赤をイメージカラーにする共和党がこれ以上はないほど強い州だからだ。しかし、すぐに思い出した。国境に近いこのあたりでは、白人が完全な少数派ではないにしても、少数派に似た存在だというのは確かだった。

一同はカフェの奥まったところに席をとった。アレックとハウイーがふたりがけのテーブルに席をとり、残る面々は近くのもっと大きなテーブルを囲んだ。ラルフはハンバーガーを、ホリーはサラダを注文した——いざ運ばれてきてわかったが、あらかたは萎《しお》れたレタスだった。ユネルとボルトン母子はメキシコ料理のフルセット——タコスとブリトーとエンパナダのセットだった。ウェイトレスは、頼みもしていない甘い味つけをほどこされたアイスティーのピッチャーを、どすんとテーブルの中央に置いた。

ラヴィ・ボルトンは鳥のように目をきらきらさせて、ユネルをじっと見つめていた。

「たしか、サブロって苗字だっていってたね？　ずいぶん珍しい苗字だ」

「ええ、おなじ苗字の人はあんまりいませんね」ユネルは答えた。

「あんたは向こう岸の生まれかい？　それとも、こっちの土地生まれ？」

「こっちの土地生まれですよ、マーム」ユネルは折り目正しく答えた。中身のたっぷり詰まったユネルのタコスは、わずかひと口で半分が消えた。「二世ですよ」

「そりゃよかった！　メイド・イン・ザ・USA！　あたしは結婚前はずっと南に住んでて、そのころオーガスティン・サブロって男を知ってたよ。パンの移動販売車をリオグランデ川のこっちにあるラレードと対岸のヌエボラレードの両方の街に走らせてた。家の近所にその車が来ると、姉妹みんなが大声でチューロエクレアが欲しいといったもんだ。まさか、あの男の親戚じゃないだろうね？」

ユネルのオリーブ色の肌が――頰を赤らめたというのではなく――わずかに翳《かげ》った。しかしラルフにむけた目つきには、愉快に思っている内心がうかがえた。「そうですね、マーム。おれの父親《パピ》だったかもしれません」

「おやおや、世間は狭いとはよくいったもんだね！」ラヴィがそういって笑いはじめた。笑い声がやがて咳に変わり、咳から息が詰まりはじめた。そんな母親の背をクロードが叩いたが、力がこもりすぎていて鼻から套管《カニューレ》がぽんと飛びだして料理の皿に落ちた。「ちょいと、おまえったら。あれをごらん」呼吸が元にもどると、ラヴィはそう息子にいった。

「ブリトーが鼻水まみれになっちまった」鼻の穴に套管《カニューレ》を詰めなおし、「まあ、気にすることないね。元はといえば、あたしから出たんだから、あたしのなかへもどしてやるだけさ。なんの障りもありゃしない」といって、むしゃむしゃ食べてしまった。

ラルフが笑いはじめ、ほかの面々もくわわった。ハウイーとアレックはここまでのやりとりの大半を見逃していたが、それでもいっしょになって笑った。ラルフはふと、笑いがどれほど人々をひとつにまとめることだろうかと思い、クロードが母親を連れてきたことをありがたく思った。母親ラヴィは人気者だ。

「世間は狭いね」ラヴィはくりかえした。「いや、ほんとにさ」そういってぐっと身を乗りだすと、かなりのボリュームのある胸が料理の皿を前へ押しやった。あいかわらず、あのきらきら輝く鳥の目でユネルを見つめ、「あんたは、あの女が口にした例の話を知ってるのかい？」といい、ちらりとホリーに視線をむけた。ホリーはわずかに眉をひそめて、サラダをつついている。

「ええ、知ってます」ユネルは答えた。

「あの話を信じるかい？」

「わかりません。ただ、おれは……」ユネルは声を落とした。「信じるほうに傾いてます」

ラヴィはうなずき、おなじように低くした声でつづけた。「ヌエボラレードのパレードを見たことはあるかい？　プロセッソ・ドス・パソスを？　あんたがまだ坊やだったころとかに？」

「ええ《シ》、シニョーラ」

ラヴィはさらに声を低めた。「あいつのことは見たかい？　ファルニココを？　あいつを見たのかい？」

「ええ《シ》」ユネルは答えた。ラヴィ・ボルトンはだれがどう見ても白人だったが、話をしているユネルはおそらく自分でも気づかないうちに英語からスペイン語に切り替えていた。

ラヴィはまた一段階、声を低くした。「それで悪夢を見たとか？」

ユネルはいったんためらってから答えた。「ええ《シ》。たくさんの悪夢《ムーチャス・ペサディヤス》を」

ラヴィは体を引いて椅子にもたれた——答えに満足したらしいが、顔つきは深刻だった。ついで息子のクロードに顔をむける。「いいかい、この人たちの話をよくおきき。あたしの見立てだと、あんたはとびきりの厄介を背負いこんでるみたいだ」そういってユネルへむけてウィンクをする。しかし、ジョークのしぐさではなかった。表情はあくまでも深刻だった。「どっさり《ムーチョス》とね」

4

小規模キャラバンがふたたび道路へと進みでていくあいだ、ラルフはユネルに〝プロセッソ・ドス・パソス〟のことをたずねた。

「復活祭前の聖週におこなわれる行進だよ。教会が正式に承認した行事ではなく、お目こぼしされているようなものだな」ユネルは答えた。

「では、〝ファルニココ〟というのは？　ホリーのいうエル・クーコとおなじ怪物か？」

「それ以上に恐ろしい存在だ」ユネルはいった。「恐ろしさでは〝袋をもった男《エル・オンブレ・コン・サコ》〟さえしのぐ。ファルニココは〝頭巾の男〟だ。ミスター・死神だよ」

5

一同がメアリーズヴィルにあるボルトン家に到着したのはそろそろ午後三時になろうかというころで、暑さがハンマーとなって叩きつけてきた。一同は狭い居間に肩を押しつけあうようにしてあつまった。部屋のエアコン——騒がしく震動する窓枠タイプで、ラルフの目には一九三五年成立の社会保障制度なみの年代物に見えた——は、何人もの体が発する熱に対抗しようと精いっぱいの努力をつづけていた。クロードはいったんキッチンへ行き、コーラの缶がいくつもはいっている発泡スチロールのクーラーボックスを運んできた。

「ビールを期待している向きがあったら、おあいにくさま」クロードはいった。「うちには置いてないんだ」

「いや、それでけっこう」ハウイーがいった。「われわれの力のおよぶ範囲で今回の問題にいちおうの解決をもたらすまで、ここにいるだれもアルコールを口にしないと思う。さて、ゆうべのことを話してくれるかな？」

クロードはちらりと母親に目をむけた。母親は腕組みをしてうなずいた。

「そうだな」と話しはじめる。「結局、ゆうべはたいしたことはなにもなかった。ベッドにはいったのは、いつもどおり深夜ニュースがおわってからで、そのときは気分もよかったし――」

「嘘をおいい」ラヴィが割りこんだ。「こっちへ来て以来、あの子はようすがおかしいよ。落ち着きがないし……」いいながらほかの面々を見わたす。「……食は細くなってて……寝言もいうようになったし……それに――」

「母さん、おれに話をさせたいのか？　それとも自分で話す？」

ラヴィは息子にひらりと手をふって〝つづけな〟と合図し、コークの缶に口をつけた。

「まあ、母さんのいうこともまちがいじゃない」クロードは認めた。「ただし、あっちの街の連中には知られたくなくてね。〈紳士の社交場《ジェントルメン・プリーズ》〉みたいな店の警備員なら、そう簡単にはびびったりしないもんだ。ところが、このところおれはずっとびびってる状態だった。ただ、ゆうべはこれまでとまったくちがった。なんだかいやな夢を見て目を覚ましたのが夜中の二時ごろ。それで起きだして戸締まりをした。これまでは、おれがここにいるときドアに鍵をかけたことなんかない――まあ、プレインヴィルから来ている在宅介護支援のヘルパーさんが午後六時に引きあげて、そのあと母さんがひとりになるときには、きっちり戸締まりをしろといっているけどね」

「どんな夢でしたか？」ホリーがたずねた。「覚えています？」

「だれかがベッドの下にいた……ベッドの下に寝転がって、こっちを見あげてた。覚えてるのはそれだけだな」

ホリーはうなずいて、話の先をうながした。

「玄関ドアの鍵をかける前に、いったんポーチへ出て周囲をひととおり見わたしたんだ。そのときだよ、ココーテの遠吠えがぱったりとやんでいるのに気づいた。いつもなら夜空に月があがったら、ココーテどもがいっせいに遠吠えをはじめるっていうのに」

「だれかが近くにいなければ遠吠えをつづける」アレックがいった。「人が近づく気配があると遠吠えをやめる。蟋蟀《こおろぎ》みたいなもんだ」

「いわれて思いかえせば、蟋蟀の声もまったくきこえなかった。母さんが裏につくってる家庭菜園には、いつもなら蟋蟀がうじゃうじゃいるのに。で、そのあとベッドにもどったが、どうにも寝つけなくてね。おまけに窓の鍵をかけわすれたことに気づいて、また起きだして鍵をかけた。鍵の留め金がきしんで、それで母さんが目を覚ました。母さんはおれになにをしているのかとたずね、おれは母さんに寝なおすようにいった。それからおれもベッドにもどって、うとうとしかけたところで――たぶん、そろそろ三時になるころだったと思う――バスルームのバスタブの上の窓の鍵をかけわすれたことに気づいちまった。ひょっとしたら、だれかがあの窓によじのぼって家に侵入してくるかも――そんなふうに思ってベッドから起きあがり、急いで確かめにいったよ。いま話すと愚かしげにきこえるってことは承知してる。しかし……」

クロードはそこで言葉を切って一同を見まわした――しかしにやにや笑っている者も、疑わしげな顔を見せている者もひとりとしていなかった。

「ああ、よかった。本当によかった。まあ、わざわざ遠くから足を運んできたくらいだから、この話をきかせても、あんたたちならたぶん馬鹿げた話だとは思わないだろうと見当はついていたよ。とにかく、おれは母さんのオットマンにつまずいて転び、それでまた母さんが目を覚ました。母さんはおれに、だれかが家に侵入しようとしてるのかとたずね、おれは侵入者はいないが、安全のために母さんは部屋から出るな、といったんだ」

「でもね、あたしはその言いつけには従わなかったよ」ラヴィは自慢げにそういった。「あたしが気にかける男は亭主だけ。その亭主はもうずっと昔にあの世行きさ」

「バスルームにはだれもいなかったし、窓からだれかが侵入しようとしていることもなかった。でも何者かが外にいる、どこかに身を潜めてじっと好機をうかがっているという感覚は消えなかったし、それがどれほど強かったかは、いくら言葉をつらねても伝えられないな」

「きみのベッドの下じゃなかったのか？」ラルフがたずねた。

「いや、そこは真っ先に確かめた。たしかに、いかれた話だ。しかし……」クロードは言葉を切った。「そのあと夜が明けるまで一睡もできなかった。で、気がついたら母さんに起こされていた——あんたらを空港で出迎えるんだから、もう出発しなくちゃならない、とね」

「この子を少しでも長く寝かせてやりたくてね」ラヴィがいった。「だから、サンドイッチをつくれなかったんだ。パンは冷蔵庫の上に置いてあって、無理にとろうとすると、あたしじゃ息があがっちまうし」

「それで、いまはどんなご気分ですか？」ホリーが質問した。

クロードがため息をつき、手で片頬を撫であげた。無精ひげの〝ざらり〟という音が一同の耳に届いた。「快適とはいえないな。おれはサンタクロースの実在を信じなくなるのとおなじころ、ブギーマンの存在も信じなくなった。でもいまは動揺して、疑心暗鬼になってる——コークでハイになったときみたいに。例のあいつがおれを狙ってるのか？　そんなこと、本気で信じてるのか？」

クロードはひとりひとり顔を順ぐりに見つめた。クロードに答えたのはホリーだった。

「ええ、わたしは信じてます」ホリーはいった。

6

一同はしばし黙って考えをめぐらせた。ラヴィが口をひらいた。

「エル・クーコ。あんたはあいつをそう呼んだね」そうホリーにいう。

「ええ」

ラヴィはうなずき、リューマチで関節が腫れている指で酸素ボンベをとんとんと叩いた。

「あたしがちっこい娘だった時分には、メキシコの子供たちは〝ククイ〟と呼び、白人《アングロ》たちは〝クーキー〟や〝チューキー〟、あるいはあっさり〝チューク〟なんて呼んでたっけね。それだけじゃない、うちにはあの化けもんの話が書いてある絵本まであったさ」

「おれがもってたのもおなじ本です」ユネルはいった。「祖母《アブエラ》がくれた絵本でね。片っぽだけの大きくて真っ赤な耳のある化け物でしょう？」

「そうよ《シ》、わが友《アミーゴ》」ラヴィはタバコを抜いて火をつけ、ふうっと音をたてて煙を吹きだして咳きこみ、また話をつづけた。「あの絵本の話には、三人姉妹が出てきてた。長女と次女は怠け者、末娘は煮炊きや掃除や、そんなこんなの家事いっさいを引き受けてた。長女と次女は怠け者、末娘をからかってばかり。そこにエル・ククイが来る。家はしっかり戸締まりしてあったけど、化けもんが父親《パピ》そっくりだったから姉妹は家に通しちまった。化けもんはよこしまな長女と次女を懲らしめるためにつかまえた。でも、男手ひとりで三人姉妹を育てていた父親のために身を粉にして働いていた、いい子の末娘は見逃した。あんたは覚えてる？」

「もちろん」ユネルは答えた。「幼い子供のころにきかされた話ってのは忘れるものじゃない。あの絵本に出てくるエル・ククイは、基本的には善玉ってことになってます。でもおれがいまでも覚えてるのは、エル・ククイがねぐらにしてる山の洞窟にまでふたりの女の子を引き立てていくだりで、おれがどれほど震えあがったかってことですね。《女の《ラス・》子たちは泣きながら、逃がしてくれと怪物に頼みました《ニーニャス・ジョラバン・イ・ル・ロガバン・ケ・レス・ソルタラ》》」

「ああ、そうだ」ラヴィはいった。「本のおわりでエル・ククイは長女と次女を逃がし、いけない女の子だったふたりは行動をあらためる。絵本の話じゃそうなってる。でも本物のエル・ククイは、いくら子供たちが泣こうがわめこうが、決して逃がしたりしない。でも、そんなことはもうあんたら知ってるよね？　あいつのやったことを見たんだから」

「じゃ、あなたも信じてるんですね、あれを」ハウイーがいった。

ラヴィは肩をすくめた。「よくいうじゃないか、〝だれにわかる？《キエン・サベ》〟って。あたしがエル・チュパカブラの存在を信じてたかって？　インディオたちは昔から〝山羊の血を吸う《ゴートサッ》もの《カー》〟をそう呼んでるんだろ？」ふんと鼻を鳴らす。「あんなものを信じてるなら、ビッグフットだって信じてることになる。それでも、世の中には説明できないことがあるんだよ。前に――聖金曜日、ガルヴェストン・ストリートでの聖餐式《せいさんしき》だったけど――聖母マリアさまの像が血の涙を流すのを見たよ。あたしらみんな見た。そのあとホアキン神父が、軒から錆まじりの水がマリア像の顔に落ちただけだって話してた。でもね、みんな知ってたよ。神父さまだって知ってた。あのときの神父さまの目を見ればわかったよ」ラヴィはさっと視線をホリーにもどした。「あんたも、その目で妙なもんを見てきたって話してたね？」

「ええ」ホリーは静かにいった。「なにかが存在することは信じてます。昔ながらのエル・クーコではないかもしれませんが、そのなにかこそ伝説がつくられる材料になったのではないでしょうか？　わたしはそう考えます」

「あんたが話してた男の子とあの姉妹だけどさ、やつはその子たちの血を飲んで肉を食ってなかったかい？　そのアウトサイダーとやらは？」

「かもしれないな」アレックはいった。「犯罪現場の状態からすれば、そうだったとしてもおかしくない」

「で、いまアウトサイダーってやつは、おれの姿形になってる」クロードは答えた。「あんたたちはそう考えてる。おまけにおれそっくりになるには、おれの血がちょっとあればよかった、と。アウトサイダーはおれの血を飲んだのか？」

だれも答えなかったが、ラルフの脳裡にはテリー・メイトランドそっくりな怪物がまさにそうしている場面が浮かんできた。忌まわしいくらい明瞭に。この狂気はいまやそんな図を見せてくるほど、ラルフの頭に深くしっかりと根をおろしていた。

「ゆうべ来てたのも、ここそこうろついていたのも、そのアウトサイダーだったのか？」

「実体として来ていたのではないかもしれません」ホリーはいった。「それに、まだあなたになりきっていないかもしれない。いまはまだ、あなたになりつつあるところかもしれません」

「この家を下調べしていたのかも」ユネルはいった。

《おれたちのことを探っていたのかもしれないな》ラルフは思った。《もしそうなら、探

りだしたはずだ。クロードは、おれたちがこっちへ来ると知っていたんだから》

「それで、これからどうなるんだい？」ラヴィがたずねた。「そいつはプレインヴィルだかオースティンだかでまた子供をひとりふたり殺し、その罪をうちのせいがれに着せようとするのかい？」

「そうは思えません」ホリーがいった。「まだそこまでの力を蓄えてはいないと思います。ヒース・ホームズがテリー・メイトランドになるまでには数カ月を要しています。しかもこのところアウトサイダーは……活発でした」

「それ以外の要素もある」ユネルがいった。「現実的な側面だ。この近辺一帯は、やつにとって危険になっている。もしやつが切れ者なら——これほど長いあいだ生き延びてきたことを思えば切れ者に決まっているが——どこかへの移動をたくらんでいるだろうな」

理にかなった話に思えた。ラルフには、ホリーのいうアウトサイダーがクロード・ボルトンの顔とクロード・ボルトンの筋骨たくましい肉体をまとってオースティンからバスか列車に乗り、黄金の西部を目指していく光景がなんなく想像できた。行先はラスヴェガスあたりか。あるいはロサンジェルス。その地でアウトサイダーは別の男（あるいは女でもおかしくない——だれにわかる？）と偶然のように触れあって、ふたたびわずかな血を流させるのかもしれない。こうして、鎖をつくる輪がまたひとつ形成される。

ユネルの胸ポケットから、セレーナのヒット曲〈バイラ・エスタ・クンビア〉の最初の数音が流れだした。ユネルが驚いた顔を見せた。

クロードがにやりとした。「ああ、そうとも。ここにも携帯の電波が届く。二十一世紀だからね」

ユネルは携帯をとりだし、画面を確かめてからいった。「モンゴメリー郡警察からだ。受けたほうがいいな。失敬」

ユネルが通話を開始し、「やあ、こちらはサブロ警部補だ」という言葉をあとになびかせながら外に出ていくのを、ホリーは驚いた顔で——それどころか不安そうな顔で——見つめていた。それからホリーは自分も席をはずさせてもらうと断わり、ユネルを追って出ていった。

ハウイーがいった。「もしかするといまの電話は——」

ラルフはとっさに頭を左右にふったが、その理由は自分でもわからなかった。少なくとも、意識の表層レベルでは。

「モンゴメリー郡ってのはどこにある？」クロードがたずねた。

「アリゾナ州だよ」ハウイーもアレックも答えないうちから、ラルフは答えた。「これとは別件だな。こっちの件とは無関係だ」

「それじゃ、こっちの件じゃ、あたしらはこれからなにをするんだい？」ラヴィはいった。「あんたたちには、この悪党をとっつかまえる方法のあてでもあるとか？　いいかい、あたしにはもうせがれしかいないんだ」

ホリーが居間に引き返してきた。ラヴィに近づいて体をかがめ、なにか耳打ちする。クロードが盗みぎきしようと身を乗りだすと、ラヴィは手で息子をなだめるしぐさを見せた。「おまえはキッチンへ行きな。この暑さで溶けてなかったら、チョコレートの渦巻きクッキーをもってきておくれ」

母親のいいつけには素直に従うようにしつけられているらしく、クロードはキッチンへむかった。ホリーがなおも耳打ちをするあいだ、ラヴィは目を大きく見ひらいてから、ひとつうなずいた。クロードがクッキーの袋を手にしてもどってきたのと同時に、ユネルが携帯をポケットにおさめながらポーチから引き返してきた。

「いまの電話は――」いいかけたユネルはすぐに黙った。わずかに体をひねってクロードに背をむけていたホリーが、立てた指を唇に押し当てつつ頭を左右にふってよこしたからだった。

「――どうということのない用件だったよ」ユネルはつづけた。「むこうの警察がひとり逮捕したが、目当ての男じゃなかった」

クロードはテーブルにクッキーを置くと、怪しむようなまなざしで一同を見まわした。「あんたがいいかけていたのは、そんな言葉じゃなさそうだ。いまここでなにが起こってる？」

ラルフにはもっともな疑問に思えた。家の外を通っている田舎道を一台のピックアップトラックが通りかかって、荷台に置いてある金庫に反射した日光がまぶしい槍になって、ラルフは思わず顔をしかめた。

「用事を頼まれておくれ」ラヴィが息子にいった。「車に乗ってティピットまで行き、〈ハイウェイ・ヘヴン〉でチキンディナーを買ってくるんだ。あそこはいい店だよ。お客らにごちそうしたくてね。みなさん食べおわったら、また来た道を逆もどりして〈インディアンズ〉に泊まればいいさ。たいした宿じゃないが、屋根だけはついてる」

「ティピットまでは六十五キロもあるぞ！」クロードは抗議した。「七人分の夕食といったらひと財産だし、うちに帰りつくころには冷えきってるに決まってる」

「あたしが全部レンジであったためなおしてやるとも」ラヴィは落ち着いた声でいった。「そうすれば、つくりたて同様のおいしさになる。さあ、早くお行き」

クロードは両手を腰にあてがってユーモアと怒りを同時にたたえながら母親を見つめ、そんなクロードのたたずまいにラルフは好意をいだいた。「あんたたちはおれを厄介払いする肚だな！」

「そのとおり」ラヴィはそう答えると、すでに吸殻が死屍累々と積まれている灰皿にタバコを押しつけた。「だってね、ここにいるミス・ホリーのいうとおりだからさ――いい、あんたがなにかを知れば、あいつもそれを知ることになる。いまさら騒ぐことじゃないかもしれない。秘密という秘密はもうすっかり洩れちまっているのかも。でも、気にかけたほうがいいかもしれないよ。だから、あんたは自慢の息子になって、チキンディナーを買ってきておくれ」

ハウイーが財布をとりだした。「ここはわたしに払わせてくれ」

「いいんだよ」クロードはわずかに拗《す》ねた声でいった。「おれにも払える。破産したわけじゃない」

ハウイーは弁護士らしく盛大に顔をほころばせた。「いやいや、それでもわたしに出させてほしいんだ！」

クロードは金をうけとって、ベルトに鎖でつないである財布におさめた。それから、あいかわらず不機嫌そうな顔をつくろいつつ一同を見わたしたが、すぐに笑いはじめた。

「な、母さんはいつだって自分の思いどおりにするんだよ」クロードはいった。「ま、もうあんたたちにもわかってると思うけど」

7

ボルトン家の前を通っているのは過疎地帯に見られる地方郵便配達路《ルーラル・スター・ルート》の二号線で、この道はやがて本物の幹線道路につながる——オースティンからこちらへ伸びている国道一九〇号線だ。ただしそこまで行く前に、未舗装の二号線——計四車線の道路だが、補修もされないまま崩れかけている道路——から右に一本の道路が枝分かれしていた。分岐点には大型看板が立っているが、これまた補修もされないまま倒れかけている。看板に描かれているのは、螺旋《らせん》階段を楽しそうな顔で下へ降りていく一家のイラスト。一家の面々はガスランタンを手にしており、その光が彼らの驚嘆の表情を浮かびあがらせていた——一家が見あげているのは、頭上高いところから垂れ下がっている鍾乳石《しょうにゅうせき》だ。一家のイラストの下には**《来たれメアリーズヴィル洞窟《ホール》へ——大自然の屈指の驚異》**という宣伝文句が書かれていた。そう書いてあったことをクロードが知っていたのは、まだメアリーズヴィルに縛りつけられていた不満だらけのティーンエイジャーだったころに見ていたからだが、昨今では読みとれる文字が**《来たれメアリーズヴ》**と**《指の驚異》**という部分だけになっていた。それ以外の文字の上には、**《当面のあいだ閉鎖します》**という（これ自体の文字も色褪せている）掲示が貼りつけてあった。

地元の子供たちが（わけ知りな含み笑いを洩らしつつ）いうところの〝穴《ホール》への道〟への分岐点にさしかかると、頭がくらくらする感覚に見舞われた。しかしエアコンを一目盛りばかり強くすると、その感覚は消えた。クロードは口では抵抗したが、母親の家から出られて内心ほっとしていた。なにものかに観察されているという感覚が薄れて消えた。ラジオのスイッチを入れて〈アウトロー・カントリー〉局にあわせると、ウェイロン・ジェニングス（最高！）が流れてきた。クロードは声をあわせて歌いはじめた。

考えれば、〈ハイウェイ・ヘヴン〉でチキンディナーをテイクアウトするというのもわるい考えではなかったかもしれない。なんなら自分用にオニオンリングも注文し、帰りの道中でまだ熱くてかりかりしているのを食べるのもいいかもしれない。

8

ジャック・ホスキンズは〈インディアン・モーテル〉の客室に身を潜め、閉じたカーテンの隙間から外のようすをうかがっていた。やがて、障害者マークをつけたヴァンが外の道路に乗りだしていった。あの老いぼれ女を乗せた車にちがいない。そのあとを青いＳＵＶが追った。こちらは、フリントシティからやってきたお節介屋どもを満載しているのだろう。

二台とも見えなくなると、ジャックはカフェに足を運んで食事をすませ、売店になにがあるかを調べていった。アロエクリームは見当たらず、日焼け止めもなかった。そこで水のボトルを二本と、法外な高値がつけられたバンダナを二枚買った。テキサスの炎暑の太陽が相手ではたいした防御にもなるまいが、なにもないよりはましだ。ジャックは自分のトラックに乗ると南西の方角へ——すなわち、お節介屋連中がむかったほうへ車を走らせた。やがてトラックは広告看板とメアリーズヴィル洞窟へ通じる道路の入口にさしかかり、ジャックはそちらへハンドルを切った。

六キロ半ばかり進んだところの道のまんなかに、風雪にさらされて古びた小さな小屋が建っていた。メアリーズヴィル洞窟がまだ営業中だったころには、この小屋がチケットブースだったのだろう。かつては鮮やかな赤だった塗装がいまは褪せてしまい、血を落として薄めた水のような淡いピンクになっていた。小屋の前側には《**施設閉鎖中。お帰りください**》という掲示が出されていた。このチケットブースの先で、道路に鎖がわたされていた。ジャックは鎖を迂回し、泥が凸凹《でこぼこ》に固まったままの道なき道を車体をバウンドさせながら進んで回転草をタイヤで踏みしだき、蓬《よもぎ》などの雑草の茂みをかわしていった。トラックは最後にもう一度バウンドして、道路にもどった――ここを道路と呼べるのなら。鎖がわたされていた地点から進んできたこのあたりでは、道といっても雑草に覆いつくされた穴と、補修されずに放置された土砂崩れだらけになっていた。ジャックが走らせているダッジ・ラム――スプリングが強く、四輪駆動式だ――は、巨大なタイヤの下から土と砂利を撥ね飛ばしながら、土砂崩れ箇所をなんなく突き抜けていった。

三キロばかりの道のりをのろのろ進みながら、十分後にはがらんとした四千平方メートルばかりの駐車場に出た。駐車スペースを区切っていた黄色いラインは薄れて幽霊になり、アスファルトはひび割れて、あちこちで板状に浮きあがっていた。左を見ると、灌木の茂みに覆われた山の急斜面の手前に、廃屋になったかつての土産物屋があった。看板が地面に落ちていた。看板は逆さまになり、頭を傾けなくては読みとれなかった――《**旅の記念品&本物の先住民工芸品**》とあった。まっすぐ前方には幅のあるコンクリートの遊歩道が伸びていて、その先は山の斜面にある地中への入口に通じていた。いや、かつての入口というべきか。いまでは入口は板で封鎖され、そこに《**立入禁止　無断侵入厳禁**》と《**郡警察官パトロール地点》という掲示が釘で打ちつけられていた。
《こりゃいい》ジャックは思った。《このぶんだと警官連中は二月二十九日に——つまり四年にいっぺん——ここをおざなりに見ていくだけだろうな》
駐車場からはもう一本、崩れかけた道が伸びていて、土産物屋の横を通っていた。道は山の斜面をあがっていき、反対側へ降りていった。この道をたどったジャックは、まずかつての観光客向けバンガロー群にたどりつき——いまはどれもやはり板張りがなされ、いまにも倒壊しそうになっていた——さらにその先へ進んで、施設管理用の物置だったとおぼしき建物に行き着いた。おそらく昔は社用車や維持管理用の用具類がしまってあったのだろう。ここにも《**立入禁止**》という掲示があったほか、《**ガラガラ蛇に注意**》という楽しげな掲示もあわせて出されていた。
ジャックはこの建物が落とすわずかな影のなかにトラックを駐めた。外へ降り立つ前に、買ったバンダナの片方を頭に巻いて縛った（そのせいで、テリー・メイトランドが撃たれて死んだ日に、裁判所前でラルフ・アンダースンが目撃した男と不気味なほど似通った姿になっていた）。もう一枚は、爛《ただ》れにさわる火傷をいま以上に悪化させないため首に巻いた。ついでトラックの荷台に積んだ錠前つき金属ボックスを解錠し、うやうやしい手つきで銃砲ケースをとりだした。このケースにはジャックの誇りと喜びが保管されていた——三〇〇ウィンチェスター・マグナム弾を使用するボルトアクション式のライフル。アメリカでは伝説の狙撃手といわれるクリス・カイルが多くのターバン頭を撃ちぬいたのとおなじライフルだった（ジャックはカイルの伝記映画〈アメリカン・スナイパー〉を八回見ていた）。これにリューポルド社製のＶＸ－１型ライフルスコープを組みあわせれば、約二千メートル先の標的をも仕留めることができた。いや、調子のいい無風の日なら六本のタイヤのうち四本に命中させられる程度の腕だが、いずれその時が来ても、そこまで離れたところから撃つことはまずあるまいと思われた。いずれその時が来ればの話。

雑草のなかにぽつぽつと忘れられた工具類が落ちているのが目につくなかから、ジャックは万一のガラガラ蛇対策として干し草用の錆びたピッチフォークを拾いあげた。この建物の裏側に、洞窟への入口がある山を裏の斜面からあがっていく道があった。裏の斜面は岩がちで、山というよりは浸食が進んだ崖も同然だった。道ぞいにはビールの空き缶がちらほらと転がっていたほか、《スパンキー11》とか《ドゥーダッドここに来たれり》などと悪戯《いたずら》書きされた岩があった。

この道を半分ほど進むと、また別の道が分岐していた。そちらへ進むと、廃業した土産物屋と駐車場に山をぐるっとめぐって引き返していくように見うけられた。この分岐点に、風雨にさらされたうえに弾痕だらけにもなった木の看板が立っていた。看板には正装用の羽飾りを頭につけた先住民の族長が描かれていた。族長の下に矢印があり、読めなくなる寸前にまで色褪せた文字で、《**最高の写真撮影スポットはこちら**》というメッセージが添えてあった。さらにもっと最近、ひとりの剽軽者《ひょうきんもの》がマジックマーカーで大族長の口の横に漫画のような吹きだしを描きこんでいた。吹きだしのなかには、先住民の蔑称を織りこんだ《**キャロリン・アレンは吾輩の赤肌《レッドスキン》チンポをフェラしたぞ**》という科白が書きこんであった。

この道のほうが幅があったが、ジャックがここまで足を運んだのは先住民たちの芸術を鑑賞するためではないので、さらに山の上をめざしていった。山道はとりたてて危険ではなかったが、過去数年のジャックのトレーニングといえば、もっぱらあちこちのバーで肘を曲げ伸ばしする程度だった。そのため山道を終点までの四分の三までのぼったあたりで息が切れた。シャツもバンダナも汗に濡れて黒っぽくなっていた。銃砲ケースとピッチフォークを地面におろして両手で膝をつかんでいると、目のすぐ前で跳ね躍っていた黒い斑点が消えていき、心搏数がまあまあ正常といえる範囲内に復してきた。ここへやってきたのは母親の命を奪った癌——人の皮膚を喰らう貪欲なあの癌——による恐るべき死を避けるためだ。癌による死を避けようとしているさなかに心筋梗塞でくたばったのでは洒落にもならない。

ジャックは背中を伸ばしかけたが、そこで動きをとめ、目を細めて一点を見すえた。迫《せ》りだしている岩棚の下、最悪の風雨から守られているところにも落書きがあった。しかし、この落書きを残したのが子供たちなら、彼らはとうの昔に——それこそ数百年前に——死んでいることになる。ひとつは棒で描かれた槍を手にした棒人間たちが羚羊《れいよう》——かどうかはともかく、角のある動物——をとりかこんでいる絵だった。ティピーと呼ばれる円錐形のテントの前に立っている棒人間たちの絵もあった。三つめの絵に描かれていたのは——

ほとんど見えないくらい薄れていたが――力なく横たわる棒人間のそばに立ちはだかり、槍を高々と掲げて勝ち誇る棒人間だった。

《先史時代の岩壁画《ピクトグラフ》か》ジャックは思った。《しかも、さっき見かけた偉大なる族長によれば、最良の作品というわけでもない。幼稚園児だって、もっとましな絵が描けそうだ。それでもあの岩壁の絵は、おれが死んだあとも長く残るだろう。おれが癌に喰われればなおさらだ》

そう考えると無性に腹が立った。ジャックは鋭く尖った岩をつかみあげ、壁画が判別不可能になるまで岩をくりかえし叩きつけた。

《さあ、どうだ》ジャックは思った。《これでどうだ、くたばったクソ野郎ども。これでおまえらは消え、勝ったのはおれだ》

このままだと正気をなくすかもしれない――そんなふうに思うそばから、もう正気をなくしているのかもしれないとも思った。その思いを頭から押しのけて、また山道をのぼりはじめる。崖のてっぺんにたどりつくと、そこは駐車場と土産物屋、それに板を打ちつけられて閉鎖されているメアリーズヴィル洞窟入口などのすばらしい景色を一望できる場所だとわかった。指にタトゥーがあるあの訪問者は、お節介屋連中がここまで来るかどうかを知らなかったが、あいつらが来ればおれが始末することになる。ウィンチェスターをつかえば始末できるし、それには自信もあった。お節介屋連中が来なければ――こっちへやってきた目的の男から話をききだして、まっすぐフリントシティに引き返したら――それで仕事はおわりだ。どちらへ転んでも、おれは新しく生まれ変わったようになれる——そう訪問者は保証してくれた。癌のない体になれる、と。

《もしあいつが嘘をついていたら？　他人に癌を与えることはできても、取り去ることはできなかったら？　あるいは、こういうことすべてが存在しなかったら？　あの男が存在していなかったら？　おれが正気をなくしているだけだったら？》

こういった思考も頭から押しだした。ジャックは銃砲ケースをひらいてウィンチェスターをとりだし、スコープを装着した。スコープをのぞくと、駐車場や洞窟の入口がすぐ目と鼻の先にまで引き寄せられた。もし連中がここへ来たら、その姿は先ほどジャックが迂回してきたチケットブースにも匹敵する大きさで見えるはずだ。

ジャックは迫りだした岩棚の下の暗がりに這いこみ（といっても、その前に蛇や蠍《さそり》をはじめとする野生動物の有無を確かめはした）、水を飲んで、その水といっしょに覚醒剤を二錠ばかり服用し、さらにコーディから買った四グラムいりの瓶からコカインをひと吸いした（〝コロンビアン・マーチング・パウダー〟という異名のあるコカインには無料サンプルはない）。そしていまはただの張りこみ任務だ——警官としてのキャリアで何十回もこなしてきた任務と変わるところはない。ジャックはじっと待ち、膝にウィンチェスターのライフルを横にして載せたまま、ときおりは居眠りを誘われたが、それでも警戒を絶やさずに、なにかが動く気配がすれば目を覚ました。やがて太陽が空の低いところにまで降りてくると、ジャックは立ちあがり、こわばった筋肉の痛みに思わず顔をしかめた。

「来ないな」ジャックはいった。「少なくとも今夜は来ない」

《そうだな》指にタトゥーのある男が同意した（あるいは、同意したとジャックが想像しただけかもしれない）。《だが、おまえはあしたもここへ来る——来るだろ？》

実際そのつもりだった。必要なら一週間でも。それをいうなら一カ月でも。

ジャックは足さばきに用心しながら、山道を降りはじめた。何時間も暑い日ざしを浴びたあとでいちばん歓迎できないのは足首を捻挫《ねんざ》することだ。ジャックはライフルを銃砲ケースにおさめ、トラック車内に残していたペットボトルの水を飲んでから（いままでは生ぬるいを通りこして熱くなっていた）トラックを発進させて幹線道路へ引き返し、今回はティピットを目指した。そこなら、必要な品を買いそろえることもできるだろう——日焼け止めは買えるはずだ。ウォッカも。果たさなくてはならない義務を背負った身だから少なくてもいいが、飲めば真ん中が凹んだ安物のベッドに横たわっても、自分の手に靴が押しつけられたときのことを考えずにすむかもしれない。くそっ、どうしておれは、あのときカニング町の忌まわしい納屋なんかに足を運んでしまったのだろうか？

ジャックの走らせるトラックは、途中で反対方向へむかうクロード・ボルトンの車とすれちがった。どちらも相手には気づかなかった。

9

「これでいいね」息子のクロードが車を出して姿が目に見えなくなると、ラヴィ・ボルトンはいった。「それでどういう話かね？　あんたたちがせがれにきかせたくないのはどんな話だい？」

ユネルはひとときラヴィを無視して、ほかの面々にむきなおった。「モンゴメリー郡警察署が巡査をふたりばかり送って、ホリーが写真を撮った建物を調べさせた。外壁にスプレーペンキで鉤十字《スワスチカ》が描かれた工場の廃屋から、血まみれの衣類がひと山見つかった。そのうちひとつが介護スタッフ用のジャケットで、《HMU備品》という縫いとりがあるタグがついていたよ」

「HMU——ハイスマン記憶機能《メモリー》ユニットだな」ハウイーがいった。「衣類についた血液が鑑定でハワード姉妹のどちらか、あるいは両方の血液だと判明するというほうに、さて、みんなはなにを賭けたい？」

「くわえて、警察が見つけた指紋がヒース・ホームズのものだと判明するほうにも賭けるか」アレックがいい添えた。「ただし、その時点で変身がはじまっていれば、指紋はぼやけているかもしれないな」

「ぼやけていないかもしれません」ホリーはいった。「変身にどの程度の時間が必要なのか、毎回おなじプロセスをたどるのか、わたしたちにはわかっていませんし」

「あっちの警察の署長がいろいろ質問をしたがってた」ユネルはいった。「だから、おれが押さえておいたよ。おれたちがなにを相手にしているかを考えるなら、この先も永遠に署長を遠ざけておくことになると思う」

「ちょっとちょっと、内輪のおしゃべりは切りあげて、あたしにちゃんと教えておくれ」ラヴィはいった。「頼むよ。あたしはせがれの身が心配でならなくてね。あの子はほかのふたりの男の人とおなじく無実で……で、そのふたりの男は両方とも死んだんだよね」

「心配なさるお気持ちはわかります」ラルフはいった。「一分だけお待ちを。ホリー、空港からここまでの車のなかでボルトンさん親子に事情を説明したとき、墓場の件もすっかり話したのかい？」

「いいえ。あなたからは要点を話せといわれてました。だから、その言葉に従ったまでです」

「あら、ちょっと待って」ラヴィがいった。「とにかくちょっとだけ待って。ラレードに暮らしてた子供時分にある映画を見たんだ——女レスラーが出てくる映画でね——」

「〈メキシコ女レスラーたち、怪物と出会う《メキシカン・レスリング・ウイメン・ミート・ザ・モンスター》〉」ハウイーがいった。「われわれも見たんだよ。ミズ・ギブニーがディスクをもってきてくれてね。アカデミー賞をとるような映画じゃないが、おもしろい作品だったよ」

「ロジータ・ムニョスが出ていた映画だね」ラヴィはいった。「通称〝混血女プロレスラー《チョリータ・ルチャンドラ》〟。あのころはあたしも友だちも、みんなロジータになりたがってたものよ。ある年のハロウィーンにはロジータの仮装をしたもんだ。母さんがコスチュームをつくってくれてね。さっきのエル・クーコが出てくる映画はおっかなかった。大学の教授……科学者……どっちかは忘れたけどね、エル・クーコがその男の人の顔を盗む。で、女プロレスラー《ルチャンドラ》がついに行方をつきとめたとき、エル・クーコは地元の墓地にあった地下納骨堂だかどこだかに隠れ住んでた。たしか、そんなような筋立てだったね？」

「ええ」ホリーが答えた。「そうなったのは、そもそもの伝承ではそうなっているから——少なくともスペイン版の伝承では、そうなっています。エル・クーコは死者たちとともに眠る。伝説の吸血鬼《ヴァンパイア》とおなじように」

「もしその化け物が実在するのなら」アレックがいった。「そいつも一種のヴァンパイアだといえるんじゃないかな。鎖の次の輪をつくるために血液を必要とするんだから。それも、自分自身を永遠に存続させるために」

このときもラルフは、いまさらながらの思いを噛みしめていた。《みんな、自分がなにを話してるかがわかってるのか？》

ホリー・ギブニーには心からの好意を感じていたが、同時にこの女性と出会うことがなければよかったという気持ちもあった。ホリーのおかげで目下頭のなかでは戦争がつづいていたが、ラルフは心の底から休戦成立を願っていた。

ホリーはラヴィにむきなおった。「オハイオ州の警察が血で汚れた衣類を見つけた廃工場は、ヒース・ホームズとその両親が埋葬された墓地に近いところにありました。また、テリー・メイトランドの祖先たち数名が葬られた墓地から遠くない納屋からも、やはり衣類が見つかっています。さて、そこでおたずねしたいことがあります。ここから近いところに墓地はありますか？」

ラヴィは考えこんだ。一同は待った。やがてラヴィは口をひらいた。「プレインヴィルには墓場があるけど、メアリーズヴィルにはなんにもないよ。それどころか、この町には教会さえない。昔はあったんだよ。赦しの聖母マリア教会っていうのがね。でも二十年前に火事で焼け落ちちまった」

「くそ」ハウイーが小声でいった。

「一族墓所《ファミリープロット》のようなものは？」ホリーはたずねた。「人によっては、自分たちの家屋敷の敷地に墓所をつくるものではありませんか？」

「まあ、ほかの人たちのことは、あたしは知らないよ」ラヴィはいった。「でも、うちにはそんな墓はないね。あたしのママとパパはラレードに葬られてる。もっと昔に遡れば、ご先祖はインディアナ州に眠ってるんだろうね。うちの一族はもともとはそっちにいて、そのあと南北戦争後にこっちへ移ってきたんだ」

「あなたのご主人は？」ハウイーがたずねた。

「ジョージかい？　あの人の一族はみんなオースティン出身で、ジョージもあっちに眠ってる。実の両親のすぐ隣だ。前はバスで墓参りにも行ってたよ――あの人の誕生日に行って、花を手向けたりなんだりしたもんだ。でも、忌ま忌ましいCOPDなんて病気になってからは足が遠のいちまってね」ラヴィは持病の慢性閉塞性肺疾患のことを口にした。

「まあ、だいたい予想どおりだな」ユネルがいった。

ラヴィはこの言葉も耳にはいっていないようすだった。「まだちゃんと息ができていた時分には、これでも歌が歌えたんだよ。ギターも弾けた。ハイスクールを出たあとで、あたしはラレードからオースティンに出たんだ。音楽で身を立てようとしてね。ナッシュヴィル・サウスと呼ばれてた音楽だよ。ブラゾス・ストリートの紙製品の工場で働きながら、〈カルーセル・ラウンジ〉や〈ブロークン・スポーク〉といった有名どころのライブハウスで大ブレークするチャンスを待ってたわけ。工場で封筒をつくりながらね。結局大ブレークなんかには手が届かなかったけど、工場長と結婚することはできた。それがジョージ。悔やんだことはいっぺんもなかったね――あの人が定年退職するまでは」

「どうも話の本筋からズレている気がするんだが」ハウイーがいった。

「この人にこのまま話してもらおう」ラルフはいった。例のちりちりした疼き、なにかが近づきつつある兆しが感じられた。そのなにかはまだ地平線の向こうだが、近づきつつあることはまちがいない。「つづけてください、ミセス・ボルトン」

ラヴィは警戒する目つきでハウイーを見ていたが、ホリーが笑顔でうなずいたのを見て笑みを返し、新しいタバコに火をつけてから話を再開した。

「それでジョージは勤続三十年になって年金がはいってくるようになると、あたしらを連れてここ、辺鄙な片田舎の奥地に引っ越してきた。クロードはまだたった十二歳だった——年をとってから生まれた子供でね。神さまはあたしら夫婦に子供を授ける気がないみたいだと思ってから、ずいぶんあとで生まれた子だ。クロードはメアリーズヴィルがきらいなままでね。きらびやかな街の明かりだの、ろくでもない友だちだのを懐かしんでた——あの子が転落するきっかけは、いつだって悪友たちだったよ。あたしだって最初のうちは、どうにもこうにも町が好きになれなかった……でもだんだん、ここの平和な雰囲気が好きになってきた。年をとると、平和ならそれでいいと思うようになる。あんたたちにはうなずけない話かもしれないけど、なに、そのうちわかるさ。でも、考えてみると一族《ファミリー》墓所《プロット》をつくるのもわるくないね。裏庭の地べたのなかに潜りこむのもわるくない。でも、そうなったって結局はクロードがあたしの肉と骨を掘り起こしてオースティンに運び、生きてたときと変わらず、亭主のジョージの隣に寝かせてくれるんだろうよ。どっちにしたって、そう先のことでもないね」

ラヴィは咳をして、自分のタバコに嫌悪の目をむけ、すでに吸殻がてんこ盛りになっている灰皿に埋めこんだ。タバコはそこでくすぶり、有毒な煙を出していた。

「うちがどうしてメアリーズヴィルに引っ越すことになったかを知ってる？　ジョージがね、アルパカの繁殖事業に乗りだそうなんて思いついたからさ。でも、アルパカが全滅すると——ま、そうなるまでには、あまり時間もかからなかったけど——今度はゴールデンドゥードルの繁殖に手を出した。知らないといけないから教えとくけど、ゴールデンドゥードルはゴールデンレトリーバーとプードルをかけあわせたミックス犬。だいたい、そんなかけあわせで動物がしーんかするなんて思う？　怪しいもんね。ジョージの頭にそのアイデアを吹きこんだのはお兄さんのロジャー。ロジャー・ボルトン以上の馬鹿者は地球のどこをさがしてもいないくらい。でもジョージは、もうひと財産つくった気になってた。それでロジャーも家族といっしょに引っ越してきて、兄弟はパートナーになった。どっちにしてもゴールデンドゥードルの子犬は全滅。アルパカとおんなじ。そのあとジョージとわたしはお金にちょっと苦労させられたけど、まあ、なんとか食べていけるくらいのお金はあった。でもお兄さんのロジャーは、全財産をこの事業に注ぎこんでいてね。それで仕事をさがしていたけど……」

　ラヴィはいきなり口をつぐんだ。その顔に驚きの表情があらわれはじめた。

「ロジャーがどうかしたのかな？」ラルフがたずねた。

「まったく」ラヴィ・ボルトンはいった。「あたしは年寄りだ。でも、それを理由にしちゃいけないね。答えはずっと目の前にあったんだし」

　ラルフは前に身を乗りだしてラヴィの片手をとると、「なんの話をしてるんですか、ラヴィ？」とファーストネームで呼びかけた。取調室でも、相手をいつしかファーストネームで呼びはじめるのがつねだった。

「ロジャー・ボルトンとそのふたりの息子——クロードからすればいとこだ——は、ほかの四人の男たちといっしょに、ここから六キロしか離れてないところに葬られてる。いや、五人だったかな。それから、もちろんあの子たち。あの双子ね」ラヴィはゆっくりと頭を左右にふり動かした。「クロードが盗みで懲役六カ月の刑をいいわたされてゲイツヴィルの刑務所行きになったときには、はらわたが煮えくりかえっちまった。顔から火が出るくらい恥ずかしかった。でもね、あとから刑務所行きは神さまのお慈悲だったと思うようになった。なんでかっていうとね、クロードがあのときここにいたら、みんなと行動をともにしてたはずだからさ。父親のほうは出かけなかった。そのときにはもう二回の心臓発作を起こしてて外出もままならなかった。でもクロードは……あの子は……ここにいれば、いっしょに行ったはずだ」

「どこへですか？」アレックはたずねた。この調査員もいまでは身を乗りだし、ラヴィを食い入るように見つめていた。

「メアリーズヴィル洞窟だよ」ラヴィはいった。「男たちはあの洞窟で死んで、いまもまだあそこにいるんだよ」

10

ラヴィは一同にむかって、あのときの一件は『トム・ソウヤーの冒険』でトムとベッキーが洞窟で迷子になるくだりにそっくりだった、と語った。ただし、トムとベッキーはやがて洞窟から外へ出られた。当時たった十一歳だったジェイミースンの双子は、外へ出ることがなかった。双子の救出にむかった人々も外へ出られずじまいだった。メアリーズヴィル洞窟が全員をとらえてしまったのだ。

「犬の繁殖事業に失敗したあと、義理のお兄さんのロジャーはあの洞窟での仕事についた――そうなんですね？」ラルフはたずねた。

ラヴィはうなずいた。「それまでもロジャーはあの洞窟を探険してた――それも一般公開エリアじゃなくて、〈アヒーガ門〉の側をね――だからロジャーが志願すると、管理会社は待ってましたとばかり、あの人をガイドとして雇いいれたわけ。ロジャーをはじめとするガイドたちは、観光客を十人前後のグループにして洞窟を案内してた。テキサス全域でも最大規模の洞窟だからね。でもいちばん人気があって、観光客のだれもが見たがっていたのは〈大広間《メイン・チェンバー》〉よ。それはもう驚くようなところ。大聖堂みたいでね。〈音の大広間〉と名づけられてた。なんだっけ、ほら、あの……音響効果とやらにちなんでね。地底ガイドのひとりが、広間のいちばん底の部分まで降りる――深さは百二十メートル、いや百五十メートルくらいだね。ガイドは底に立って、ささやき声で〈忠誠の誓い〉をとなえる。それでもいちばん上にいる観光客たちには、声がはっきりきこえるんだよ。あそこじゃ、音が永遠に反響しつづけるみたいだった。壁は先住民が描いた絵で覆われててね。ああいう絵をなんといったかは覚えてないけど――」

「岩壁画《ピクトグラフ》ですね」ユネルはいった。

「そう、それ。洞窟へはいっていくときには、〈コールマン〉のガスランタンをさげていくの。壁の絵をながめたり、天井からぶらさがっている鍾乳石を見物するためにね。底まで降りるために鉄の螺旋階段があった。全部で四百段くらいあったかな。ぐるぐるまわって、ぐるぐるまわって降りていくんだよ。階段はいまもまだあるよ。まちがいなく。でも、このごろじゃもう信用できないね。地の底は湿気がものすごいし、鉄は錆びる。いっぺんだけあの螺旋階段をくだったことがあったけど、そのときはひどく目がまわっちまってさ、ほかの面々とはちがって、鍾乳石を見あげるどころじゃなかった。それから上へあがるのにエレベーターをつかったと思いたいだろ？　階段をつかって降りるのはまだいい。でもね、必要に迫られもしないのに、四百段もある階段をあがるなんてことをするのは、とびつきりの馬鹿者だけだね。

底の部分は、さしわたしが二百、いや、三百メートル弱はあったね。岩のなかを走っている鉱物の筋をよく見せるために色つきの照明が配置されて、スナックの屋台も出てた。そこからさらに、六本から八本の通路を探険することもできた。どの通路にも名前がついていたっけね。とても全部は思い出せない。でも〈ナヴァホ画廊〉という通路があった——そこにも先住民の岩壁画《ピクトグラフ》があったからだ。それから〈悪魔の滑り台〉があって、〈蛇の下腹〉というのもあった。ここは体を低くかがめたり、場所によっては地面を這ったりしなくちゃ通り抜けられなかったっけ。どう、想像できる？」

「ええ」ホリーが答えた。「ぞっとします」

「いま話したのは大きめの主洞。で、この主洞から枝わかれした支洞がもっとたくさんあった。といっても、その大半は板で閉鎖されてたよ。メアリーズヴィル洞窟は、ひとつの穴だけじゃない。何十もの洞穴が組みあわさってて、どんどん地中深くへもぐっていくんだけど、なかには人間がいっぺんも探険してない穴もあるんだ」

「つまり、あっという間に迷子になる、と」アレックがいった。

「そりゃそうだ。じゃ、なにがあったかを話すよ。〈蛇の下腹〉洞窟から枝分かれした支洞のなかには、二、三カ所だけど、板で封鎖されていないところがあったんだ。入口といってもひどく小さいから、わざわざ封鎖する手間をかけるまでもないと思われたんだね」

「とはいえ、さっきの双子にとっては小さすぎる入口ではなかった――そういうことですか？」ラルフは推測を口にした。

「大当たり――それも頭にがつんとくるほど。カールとカルヴィン、双子のジェイミーソン兄弟。トラブルをさがしているような双子のちびっ子――で、お目当てのトラブルを見つけたわけさ。〈蛇の下腹〉にはいっていったとき、ふたりはグループの列のしんがりにいた両親のすぐうしろを歩いてた――ところが出てきたときには、もうふたりはいなくなってた。双子の両親はそれはもう……って、あたしがいちいちいわずとも、ふたりのあわてぶりは想像できようってもんだ。義兄のロジャーは、このグループの案内役をつとめちゃいなかったが、ふたりをさがす捜索チームに参加したよ。先頭に立ったんじゃないかとにらんでるけど、これぱっかりは本当のことはわかんないね」

「ロジャーの息子さんたちも捜索チームにくわわったんですか？」ハウイーがたずねた。

「クロードのいとこたちも？」

「ああ、もちろんさ。ふたりともアルバイトでメアリーズヴィル洞窟の仕事をしていたし、話を耳にするなり駆けつけたんだよ。たくさんの人があつまった。双子の話は野火みたいに広まったからね。最初は、それほど難儀なことになりそうもなかった。双子の声は〈蛇の下腹〉から枝分かれしてる支洞すべての入口から響いてきてたけど、双子がどこの入口からはいったかは、捜索チームには正確にわかってた。ガイドのひとりが懐中電灯の光をあてたら、父親のミスター・ジェイミースンが双子のひとりに土産物屋で買ってやったアヒーガ族長のプラスティック人形が落ちていたからよ。穴に這いこんだときにポケットから落ちたにちがいなかった。さっきもいったけど、双子の叫び声はみんなにもきこえた。でも、その穴は小さすぎて大人のだれひとり這いこめなかった。そこで大人たちは、自分たちの声の方向に引き返せ、方向転換するスペースがなかったら、逆むきに這って帰ってこい、と大声で双子にいった。それから捜索チームの面々は光を穴のなかへむけて、懐中電灯をふり動かした。最初のうち子供たちの声は近づいてくるようにきこえた。でも途中からだんだん小さくなり、それからもっと小さくなって、最後にはまったくきこえなくなった。あたしにいわせれば、最初っから近づいてきたことなんかなかったんだろうね」

「音響効果のいたずらですな」ユネルがいった。

「ああ、シニョール。それでロジャーが〈アヒーガ門〉にまわったらどうかと提案した。前々からの洞窟探険で——〝ケエーヴィング〟とかいうんだっけ——そちら側の地理はよくわかっているからといって。いざそちら側に到着すると、そこでもやっぱり双子の声がきこえた。泣きわめく声が、くっきりはっきりとね。そこで捜索チームの面々は用具小屋からロープや懐中電灯をもってきて、双子救出のために洞窟へはいっていった。そのときは、それが正解に思えた——でも、結果的にはみんなの命とりになったんだよ」

「なにがあったんです？」ユネルはたずねた。「ご存じなんですか？　知っている人はいますか？」

「さっきも話したけど、あの洞窟はとんでもない迷路なんだよ。捜索チームは洞窟の外に、メンバーのひとりを残した——必要とあれば、新しいロープをもってきて結びたすためだった。外に待機していたのはイヴ・ブリンクリー。イヴは事件の直後に、この町を去ったよ。行った先はオースティン。悲嘆にくれていてね……でも、とにかく生きながらえてはいたし、お天道さまの下を歩くことだってできた。でも、チームのほかの面々は——」ラヴィはため息を洩らした。「——二度とお天道さまを拝めなかったよ」

ラルフは話の先に思いをめぐらせ、さらにその恐怖についても考えた。一同の顔を見わたすと、ほかの面々も自分とおなじ思いであることが顔つきからも見てとれた。

「イヴの手もとにあった最後の三十メートルのロープがもうおわるというころ、あの音がきこえてきた——イヴがいうには、蓋を閉めた便器のなかで癇癪玉《かんしゃくだま》を炸裂させたみたいな音だったって。きっと、どこかのうつけ者が洞窟のなかで拳銃を撃ったんだよ——大きな音を出せば双子が捜索チームのもとにやってくると考えたんだろうが、それで落盤事故が引き起こされちまった。ああ、発砲したのはロジャーじゃない。義兄《にい》さんじゃないほうに千ドル賭けてもいい。そりゃ、ロジャーはいろんな面で愚か者だったよ——いちばんは犬の繁殖の件だね。でも、洞窟で銃をぶっぱなすような大たわけじゃなかった——洞窟じゃどこに弾丸が跳ね返って、どこへ飛んでくともわからないんだから」

「それに銃声の影響で、天井の一部が崩落したっておかしくない」アレックがいった。「高山でショットガンをぶっぱなしたら、雪崩《なだれ》が引き起こされたようなものだな」

「つまり捜索チームの面々は圧死したわけか」ラルフはいった。

ラヴィはため息をつき、ずれてしまっていた套管《カニューレ》の位置をなおした。「そうはならなかったんだけど、いっそ押し潰されていたほうがよかったかも。そうなっていれば、あっという間におわったから。でも、洞窟内の広いところ、さっき話した〈大広間〉にいた人たちには、迷子になった双子の声だけじゃなくて、落盤事故にあって助けを求める人たちの声もきこえてた。そのころには、できる範囲で力になりたいという人たちが、男女あわせて六、七十人も洞窟の外にあつまってた。亭主のジョージもあの場にいたはず——実の兄さんと甥っ子たちが閉じこめられたんだもの。しまいにはジョージを家に引き止めるのも無理になって、いっしょに出かけてった。亭主がわき目もふらず洞窟に飛びこんでいくなんて馬鹿な真似をしないように、目を光らせているためさ。そんなことをすれば、ジョージが死ぬに決まってたからね」

「落盤事故が起こったとき――」ラルフはいった。「――クロードは少年院にいたんですね？」

「たしか、ゲイツヴィル職業訓練校って名前だったけどね。でも、あんたのいうとおり、あそこは少年院だ」

ホリーはいつの間にかキャリーバッグから黄色い法律用箋をとりだし、いまは用箋に顔を近づけてメモをとっていた。

「ジョージといっしょにメアリーズヴィル洞窟にたどりついたときには、もうあたりは暗くなってた。駐車場はかなり広かったけど、それが満車寸前にまでなってたよ。電柱に大きな照明がとりつけられて、トラックがいっぱい駐まってて、人々がせわしなく駆けまわってて、それだけならハリウッド映画の撮影中みたいだったさ。電池を十本もつかう懐中電灯を手にして、頭にはヘルメット、おまけに防弾チョッキみたいにかさばるジャケットを身につけた救難チームの面々が〈アヒーガ門〉から洞窟にはいっていった。一行はロープをたどって、崩落現場にたどりついた。そこまではかなりの道のりでね、ところによっては淀んだ水のなかを歩く必要もあった。落盤はかなりの規模だった。岩石をとりのけて通り抜けられるようにするだけでも、その夜いっぱいと次の日の午前中の半分までの時間がかかった。そのころになると、〈大広間〉の人たちには迷った人たちの声がもうきこえなくなってた」

「お義兄《にい》さんたちのグループが反対側の入口近くで救助を待っていたということは？」ユネルがたずねた。

「それはない。義兄《にい》さんたちはいなくなってた。ロジャーかチームのほかのだれかはわからないけれど、〈大広間〉へ引き返す道ならわかるとでも思ったか、そうでなければ、ほかの箇所も崩落するんじゃないかと思ったかしたんだろうね。いまとなっちゃ確かめようもないことさ。でも、捜索チームは足跡を残してた——少なくとも最初のうちはね。壁に刻み目を入れたり、地面にごみやコインや紙切れを落としたりしてね。ある男は、〈ティピット・レーンズ〉のボウリングのポイントカードを目印に落としてたよ。あと一回利用すれば、ゲーム一回分の無料券に引き換えられるところだった。これは新聞に載ってた話だけど」

「行く道々で、目印としてパンくずを落としたヘンゼルとグレーテルみたいだ」アレックが感想を述べた。

「その先でね、すべてがおわっていたんだ」ラヴィはいった。「支洞の中央で。目印とか、地面に置かれたコインや丸めた紙くず。すべてがふっつり途絶えてた」

《ビル・サミュエルズが話していた砂漠の足跡の話そっくりだ》ラルフは思った。

「第二の救難チームはそれからもしばらく先へ進み、進みながら声をあげたり懐中電灯をふったりして合図を送りつづけたけど、返事はまったくなかった。こうした話をオーステインの新聞のために記事にまとめた男は、あとになってから第二の救難チームのメンバーにあらかた会って話をきいたけれど、みんながみんな、おんなじ話をしたというんだよ――とにかく道が多すぎて選ぶに選べないし、そのどれもが次第に地中深くにむかってて、行き止まりになっているところもあれば、井戸みたいに真っ暗な縦穴に通じているところもあった、とね。チームの連中はまた地崩れを招くんじゃないかと恐れて、大声を控えてた。それでも、ひとりがうっかり大声をあげたんだよ。そしたら、確かに天井から岩が剝がれ落ちてきたって。それでチームは、とりあえず急いで外へ出たほうがいいと決めたんだね」

「とはいえ、まさかその一回で捜索をあきらめてはいませんよね？」ハウイーがたずねた。

「ああ、もちろんだ」ラヴィはまたクーラーボックスからコーラを抜きだしてタブをあけ、ひと口で半分ほど飲み干した。「あんまりべらべらしゃべるのに慣れてないんでね、のどがからからになっちまった」そういって酸素タンクに目を走らせる。「こっちも残りがほとんどゼロになってる。だけど、あっちのバスルームに行けば予備タンクがあるし、そのほか予備の医療用具のたぐいもある。ま、だれかがこっちへもってきてくれればね」

アレック・ペリーがその仕事に名乗りをあげた。ラルフが酸素タンクを交換したが、作業中にラヴィがタバコに火をつけなかったことに安堵した。ふたたび酸素が体内に流れこみはじめると、ラヴィは話を再開した。

「事故から何年ものあいだには、何十という救難チームが派遣されてた。でもそうこうするうちに、二〇〇七年の大地震があった。あの地震のあとは、救難チームの派遣があまりにも危険だと考えられるようになった。リヒタースケールではせいぜい3か4程度の地震だったけど、洞窟は崩れやすいだろ？ そうはいっても〈音の大広間〉はよく耐えた——まあ、天井から鍾乳石が何本か下へ落ちたけど。だけど、崩落した支洞もあった。あたしが知ってるところだと、〈ナヴァホ画廊〉は崩落で塞がれたって。あの地震以降、メアリーズヴィル洞窟は閉鎖されたまま。正面側の入口は板で封鎖された。〈アヒーガ門〉も、たしかおんなじだったと思うけど」

つかのま、だれもが黙りこくっていた。ほかの面々はどうかわからないが、ラルフは地中の暗闇に閉じこめられたまま、じわじわと死んでいくのがどんなものかを想像していた。考えたくなかったが、考えずにいられなかった。

ラヴィはいった。「前にロジャーがあたしになんていったと思う？ あれからロジャーが死ぬまでは半年もなかったかな。あの人、メアリーズヴィル洞窟はそれこそ地獄にまでつながってるのかもしれない、っていってた。そういうことなら、あの洞窟こそ、あんたたちのいうアウトサイダーってやつがすんなり落ち着けそうなところだと思わないかい？」

「クロードが帰ってきたら、その手の話はひとことも口に出さないでください」ホリーはいった。

「いや、あの子だって知ってる話だ」ラヴィはいった。「親戚なんだから。いとこ連中のことはあんまり好きじゃなかった——連中のほうがずっと年上で、昔はそりゃもうひどくいじめられたんだよ――それでも、やっぱり親戚は親戚だ」
ホリーは微笑んだが、輝くような笑みとまではいかなかった――目は笑っていなかったのだ。「ええ、クロードは知ってるはずです。でも、わたしたちが知っているということまでは、クロードは知りません。できれば、この状態のままにしておきたいんです」

11

疲れの色をどんどん濃くしていたラヴィは、七人の大人が快適に食事するにはキッチンでは狭すぎるといった。みんながそれぞれの料理をもって裏庭に出ていき、あたしが〝あずまや〟と呼んでるところへ行くのがいい、と。ついでラヴィは（誇らしげな口調で）、〝あずまや〟はクロードが〈ホームデポ〉で資材を調達し、母親である自分のためにひとりで建ててくれたものだ、と説明した。

「最初のうちはちょっと暑く感じるかもしれない。でもね、このくらいの時間になると涼しい風が立ちはじめるし、すっかり網戸で囲ってあるから虫ははいってこないよ」

ホリーは、戸外での食事の準備はまわりの人たちにまかせて、ラヴィは横になって体を休めたほうがいいと提案した。

「でも、あんたたちじゃ、なにがどこにしまってあるかもわからないだろ！」

「その点はご心配なく」ホリーはいった。「わたしはこれでも、いろいろなものを見つけだすことで生計を立ててます。男性陣も力を貸してくれるでしょうし」

これでラヴィも説得されて、車椅子で寝室へ引っこんでいった。寝室からは、なにやら苦労しているようなラヴィのうめき声がきこえ、つづいてベッドのスプリングがきしむ音が響いてきた。

ラルフはこの家の玄関ポーチに出ていき、ジャネットに電話をかけた。妻は最初の呼出音で電話に出てきた。

「E．T．でんわ《フォーン》・おうち《ホーム》」ジャネットは陽気な口調だった。

「そっちは万事穏やかかな？」

「ええ。でも、テレビだけは例外。ラメイジとイエイツの両巡査がNASCARの中継を見てるから。ふたりがあのカーレースで賭けをしているかどうかは推測するしかない。確実にわかってるのは、ふたりがブラウニーをすっかりたいらげたってことだけよ」

「それは大変だ」

「そうそう、あとはベッツィ・リギンズが赤ちゃんのお披露目にやってきた。あの人には口が裂けてもいうつもりはないけれど、赤ちゃんはウィンストン・チャーチルそっくりだった」

「笑えるな。いいか、今夜はトロイかトムに泊まっていってもらったほうがいいと思う」

「わたしはふたりに泊まってもらおうと考えてた。わたしから離れずにね、ひとつベッドで寄り添って寝るのもいいかもしれない。寄り添うだけじゃなく、手足をからめちゃったりして」

「最高の名案だ。忘れずに写真を二、三枚撮っておけよ」そう話すうちにも、一台の車が近づいてきた。クロード・ボルトンがチキンディナーを買いこんでティピットから帰ってきたのだ。「家の戸締まりと防犯アラームの起動を忘れずにな」

「錠前もアラームも、このあいだの夜はなんの役にも立たなかったけど」

「頼むから、おれに免じてやってくれ」夜中に妻ジャネットのもとにあらわれた訪問者に生き写しの男が、いま車から降り立っているところだった。そんなクロードの姿を目にしたことで、ラルフはものが二重に見える複視をわずらったような気分になった。

「ええ、わかった。で、そっちでなにかわかった？」

「なんともいえないな」ラルフは真実を避けてそう答えた。ラルフは自分たちがずいぶん多くのことを明らかにした手ごたえを感じていたが、有用なものはひとつもなかった。

「またあとで電話をかける。だが、いまはもう切らないとならなくてね」

「オーケイ。とにかく気をつけて」

「そうする。愛してるよ」

「わたしも。さっきの言葉は本気よ――とにかく、とにかく気をつけて、気をつけて」

ラルフはポーチの階段を降りると、〈ハイウェイ・ヘヴン〉の料理をおさめた半ダースばかりのレジ袋と格闘しているクロードを手伝った。

「前もいったけど料理はみんな冷めちまった。だけど、おふくろがそんな話をききいれるか？　まさか、ぜったいきかないに決まってる」

「おれたちなら気にしないよ」

「あったためなおすと、チキンは硬くなる。フライドポテトのあったためなおしなんて食べられたものじゃない。だからマッシュポテトを買ってきた」

ふたりは家のほうへ歩きはじめた。ポーチの階段のあがり口のところで、クロードはふと足をとめた。

「あんたたちは母さんとたっぷり話したかい？」

「ああ、話した」ラルフは答えながら、この話題にどう対処すればいいかを考えた。しかし、結局クロード自身がこの件に対処することになった。

「いや、おれに話さないでくれ。例のあいつは、おれの頭の中身を読むかもしれないからね」

「じゃ、例の男の実在を信じているんだ？」ラルフはまぎれもない好奇心からたずねた。

「というか、あの女が実在を信じてるってことを信じてるよ。ホリーという女だ。それに、ゆうべ何者かがうちの近所をうろついていたにちがいないとも信じてる。だから、あんたたちがなにを話しあっていたにせよ、おれは知りたくない」

「それがいちばんいいんだろうな。でもね、クロード。今夜は、少なくともおれたちのだれかひとりが、きみとお母さんのもとにとどまるべきだと思う。ユネル・サブロ警部補が適任じゃないかな」

「トラブルを予想してるのかい？　そんなことをきいたのも、いまこの瞬間のおれは、そんな気配でもなんでもなく、ただ空腹しか感じてないんでね」

「いや、正確にはトラブルじゃない」ラルフはいった。「今夜この近所で忌まわしい事件が起こり、たまたま目撃者がいて、その目撃者が犯人はクロード・ボルトンに生き写しの人物だ、なんて証言するようなケースを心配してるんだ。そういった場合にそなえて、警官が夜のあいだ近くにいれば、あとできみがお母さんの家を一歩も出なかったと証言できるじゃないか」

クロードは考えをめぐらせた。「それほどわるい考えでもなさそうだ。ただ、うちには客用の寝室もないし、つかえる部屋もない。居間のソファはベッドにもなる。だけど母さんは夜中に目を覚ましたあとで寝つけないとなると、起きあがって居間でテレビを見ることがあるんだよ。母さんは、〝愛のほどこし〟がどうこうとごたくをならべてばっかりの、くだらないテレビ説教師に首ったけだ」と、ここでぱっと顔を輝かせる。「そうだ、裏口のそばに予備のマットレスがある。それに今夜は、あったかくて過ごしやすくなりそうだ。警官は外でキャンプをすればいい」

「あずまやで？」

クロードはにやりと笑った。「正解！　あそこはおれがひとりで建てたんだぞ」

12

ホリーがグリルで五分間焼きなおすと、チキンは表面がぱりぱりになった。七人はあずまやで食事をとった。ラヴィが車椅子でも出入りできるようにスロープもそなわっていた。一同の会話はにぎやかで活発だった。クロードはかなりの話の名手だとわかった――〈紳士の社交場《ジェントルメン・ブリーズ》〉の〝保安警備スタッフ〟としての華やかなキャリアで経験したあれこれを披露したのだ。どれもが愉快で笑える話であり、下品な話やいかがわしい話はひとつもなかった。だれよりも盛大に笑い声をあげていたのは、だれあろうラヴィだった。ラヴィはまた、ハウイーが披露した某依頼人の話に大笑いするあまり、また咳の発作を起こしてしまった。ちなみにハウイーが話した依頼人は、自分が精神的に不安定で公判に耐えられない状態だと証明したい一心で、法廷でいきなりズボンを脱ぎ、判事にむかってふりまわしたのだった。

一行がここメアリーズヴィルまでやってきた理由についての話題は出なかった。

夕食前のラヴィの仮眠は短時間だった。そして食事がおわると、ラヴィはふたたびベッドで横になると宣言した。

「テイクアウトだから食器はあんまり多くないしね」ラヴィはいった。「少ない食器は、あたしがあした朝になったら洗うよ。食器洗いなら車椅子のままでもできる。まあ、酸素タンクのあつかいには注意しなくちゃいけないけどさ」そういってユネルにむきなおる。「どうかな、今夜はここで夜明かしできそうかい、警部補？　ゆうべみたいに、だれかがこのあたりをこそこそ動きまわってたらどうする？」

「わたしならきっちり武装してます」ユネルは答えた。「それに、ここはとてもすてきなところですし」

「それならいいけど……夜のあいだはいつでも家へおいで。真夜中をまわると風が強くなるかもしれないね。裏口の錠前はおろしておく。でも、鍵はあの土鍋《オラ・デ・バツロ》の下にあるよ」そういってラヴィは古い陶器の鍋を指さしてから、瞠目せざるをえない堂々たる胸の前で両手を組みあわせて、小さく会釈をした。「あんたたちはみんないい人だね。わざわざやってきて息子のためになることをしてくれて、ほんとうにありがたく思ってるよ」

それだけいうとラヴィは寝室に引っこんでいった。残された六人はそのあともしばらくすわっていた。

クロードが葉巻の〈ティパリロ〉に火をつけた。「警官が味方してくれる、か。まったくの初体験だ。うん、わるくない」

ホリーがいった。「ミスター・ボルトン、プレインヴィルにスーパーの〈ウォルマート〉はありますか？　ちょっと買物をしたいし、〈ウォルマート〉が大好きなので」

「あいにく〈ウォルマート〉はないな。でもいいことだよ。母さんも買物が大好きだ。なにをいっても、買物をあきらめさせることはできそうもないな。まあ、この近辺でいちばん〈ウォルマート〉に近いのは、ティピットにある〈ホームデポ〉だね」

「それで充分」ホリーはそういって立ちあがった。「ラヴィが朝になってから洗わなくてもいいように、わたしたちで食器を洗ってしまいましょう。それがすんだら、この家から引きあげる。あしたもう一度この家に来てサブロ警部補と落ちあったら、家に帰るとしましょう。この町でできることは、もうすべてやりおえたと思います。賛成してもらえますね、ラルフ？」

ホリーはどう答えればいいかを目でラルフに教え、ラルフはその指示に従った。「もちろんだ」

「ミスター・ゴールド？　ミスター・ペリー？」とふたりにも問いかける。

「われらに異存はないとも」ハウイーが答えた。

アレックも調子をあわせた。「ああ、いたって上首尾だったな」

13

一同が母屋に引き返したのは、ラヴィが寝るといってあずまやをあとにした十五分後だったが、寝室からは早くも盛大ないびきがきこえていた。ユネルは泡立った石鹼水でシンクを満たすと、袖をまくりあげて、一同がつかったわずかな食器を洗いはじめた。ラルフが水気を拭きとった。ホリーは片づけ役。夜といってもあたりはまだ明るく、クロードはハウイーとアレックを連れて裏へ出て敷地を案内しながら、三人で前夜の訪問者の痕跡をさがしていた——痕跡が残っていればの話だが。

「万が一、自宅に武器を忘れてきたとしても、この家なら問題なかったな」ユネルがいった。「さっきバスルームに酸素タンクの予備をとりにいったとき、ミセス・ボルトンの寝室を通り抜けるしかなくてね。充実した銃器のコレクションがあったよ。ドレッサーの上には、薬室こみで十一発撃てるルガー・アメリカンの拳銃があって、隣に予備のマガジンが置いてあった。部屋の片隅には、エレクトロラックス社の掃除機とならんでレミントンの十二番径のショットガンが立てかけてあった。クロードがどんな銃を手もとに用意しているかは知らないが、なにももっていないはずはないね」

「クロードは重罪で有罪判決を受けたことがあるのでは？」ホリーがたずねた。

「そのとおり」ラルフが答えた。「ただし、ここはテキサスだ。ついでにいっておけば、おれにはあいつが更生したように見える」

「ええ」ホリーは答えた。「本当に更生しているんですよね？」

「おれにもそう見えるよ」ユネルがいった。「あいつは人生の方向を百八十度変えた。これまでにも、〈無名のアルコール依存症者たち《アルコホーリクス・アノニマス》〉や〈無名のドラッグ依存症者たち《ナルコティクス・アノニマス》〉の会合に参加するようになった連中のなかに、その手の実例を何人も見てきたよ。成功したときには、まるで奇跡みたいに思えるほどさ。それはそれとして、アウトサイダーのやつは本性を隠すのにうってつけの仮面を選んだといえるんじゃないか？〈サタンズセヴン〉のようなギャング組織と関係があった件はいうまでもなく、ドラッグの密売で刑務所にいた前歴もあるときたら、そんなクロードが自分は濡れ衣を着せられたと主張したところで、だれが信じるんだ？」

「テリー・メイトランドの言葉はだれも信じなかった」ラルフが重苦しい声でいった。「いっておけば、テリーは疵《きず》ひとつない名声のもちぬしだったぞ」

14

一同が〈ホームデポ〉にたどりついたのは薄闇のころで、〈インディアン・モーテル〉に帰りついたときにはもう九時をまわっていた（ちなみにそのようすはジャック・ホスキンズによって監視されていた――このときもジャックは憑かれたようにうなじをさすりながら、自分の客室のカーテンの隙間から外をのぞいていた）。

一同は購入した品をラルフの部屋へ運びこんで、ベッドにならべた。ブラックライトを出せる、胴が太くて短い紫外線《UV》懐中電灯が五本（くわえて予備の乾電池）。および五つの黄色いヘルメット。

ハウイーは懐中電灯を手にとり、まばゆい紫色の光に顔をしかめた。「これで本当にやつの痕跡を発見できるのか？　やつの臭跡を？」

「痕跡が残っていれば見つけられます」ホリーはいった。

「なるほどね」ハウイーは懐中電灯をベッドに投げもどすと、ヘルメットをかぶり、ドレッサーの上にある鏡に近づいて自分の姿を検分した。「こりゃ、馬鹿丸出しだな」

　だれも否定しなかった。

「じゃ、本気でこんなことを実行するんだな？　というか、少なくとも実行する方向で努力はするわけだ。いっておけば、これは形だけの修辞的疑問じゃない。というのも、わたしはいまもなお、これを確固たる現実だと理解するべく奮闘中だからなんだが」

「テキサス州ハイウェイパトロールへの援助要請には、ひと苦労させられそうだ」アレックはいった。「だいたい、どんな言葉で援助を頼む？　メアリーズヴィル洞窟内に怪物が潜伏していると思われる、とでも？」

「わたしたちが行動しなければ」ホリーがいった。「アウトサイダーの犠牲になる子供が増えるだけです。子供殺しが、やつの生きるすべですから」

　ハウイーは、まるで責めるような顔つきでホリーにむきなおった。「どうやって洞窟にはいるんだ？　あのばあさんの話だと、どの入口も尼さんの下着なみにボタンがきっちりかけてあるみたいだ。かりに洞窟へはいれたとしても、ロープはどこにある？〈ホームデポ〉にはロープがあったはずだ。もちろん、売っていたにちがいない」

「ロープが必要になることはありません」ホリーは静かにいった。「アウトサイダーが洞窟にいるとすれば——わたし自身はいるはずだと確信していますが——あまり深いところまでは行っていないはずです。洞窟内で迷ってしまうのを恐れているからですし、なにより崩落で生き埋めになることをも恐れているからです。それからもうひとつ、いまのアウトサイダーが非力だという理由もありそうです。本来いまはアウトサイダーの活動サイクルでは冬眠期にあたるにもかかわらず、体力を消耗していたからです」

「自分を投影することでか？」ラルフはいった。「きみはそう信じてるんだな？」

「ええ。テリーの娘のグレイス・メイトランドが見たもの、あなたの奥さんのジャネットが見たもの……わたしはどちらも投影像だと思っています。アウトサイダーの現実の肉体の、ごく小さな一部分だけはその場に存在していたかもしれません。だからこそ、あなたの家の居間に痕跡が残っていたのです。といっても、椅子を動かしてガス台上の照明のスイッチを入れることはできても、新品のカーペットに椅子の脚の跡を残すほどではなかった。そして、その行動がアウトサイダーを疲れさせた。あいつが完全な実体として姿をあらわしたのは、これまで一度だけだと思います——テリー・メイトランドが射殺された日、裁判所前にあらわれたときだけです。あのときは腹をすかせていて、あそこには食べるものがふんだんにあったからでしょう」

「裁判所前に完全な実体で出現したのなら、どうして各局のニュース映像のどれにも映っていなかったんだ？」ハウイーがたずねた。「鏡に姿が映らないヴァンパイアみたいなものだったというのかね？」

ハウイーはいかにも否定して欲しがっている口調だった。しかし、ホリーは否定しなかった。「ええ、そのとおりです」

「ということは、きみはアウトサイダーを超自然のものだと考えているわけだ。超自然的存在だと？」

「アウトサイダーがなんなのか、わたしは知りません」

ハウイーはヘルメットを頭からはずしてベッドに投げ落とした。「当て推量だな。きみにはそれしかないのか」

ホリーはこれに傷ついた顔をのぞかせ、返答の言葉も思いつかないように見えた。そればかりかホリーには、ラルフが見てとり、アレックもまた確実に見てとったはずの事実さえ見えていないようだった——ハウイーこと弁護士ハワード・ゴールドが恐怖に震えあがっているという事実。この意見が想定外の方向へずれても、ハウイーが異議を申し立てる判事はどこにもいない。判事に審理無効を求めることもできない。

ラルフがいった。「おれにはいまもまだ、エル・クーコだか〝姿形を変える妖怪《シェイプシフター》〟だかにまつわるすべての話が信じがたい——しかしアウトサイダーが実在するってことだけは、もう受けいれた。オハイオ州でのあれこれのつながりもあるし、そもそも、テリー・メイトランドが同時に二カ所に存在していたはずはない」

「その点はアウトサイダーの計算ちがいだな」アレックがいった。「やつはテリーがキャップシティの会議に出席するとは知らなかった。やつが生贄《スケープゴート》として選ぶ対象はおおむねヒース・ホームズみたいな人物で、チーズクロスなみに穴だらけで薄っぺらなアリバイしかなかったんだよ」

「それは筋が通らないな」ラルフがいった。

アレックが両眉を吊りあげて無言でたずねた。

「アウトサイダーがテリーの……ええと、どういえばいいのかがわからん。テリーの……そう、テリーの記憶を写しとったのなら、写しとったのが記憶だけではなかったと考えるのはどうかな？　たとえば……」

「テリーの意識がつくる地形図のようなもの……」ホリーが静かにいった。

「オーケイ。とりあえず、そう呼んでおこう」ラルフがいった。「たしかに、アウトサイダーがなにかを読み落とす可能性があるという話は受けいれられる。速読術を会得した人がすばやくページをめくるあいだに、なにかを読み逃すようにね。しかし、あの英語教師の会議は、テリーにとって大事な行事だったはずだ」

「だったら、どうしてエル・クーコはあんな真似を──」アレックがいいかけた。

「そうするしかなかったのではないでしょうか」ホリーは紫外線《UV》懐中電灯のひとつを手にとり、ブラックライトを壁にあてた。以前この部屋に宿泊した客の手形が、亡霊のように浮かびあがった。ラルフは、できれば見ずにすませたかった。「あまりにも空腹が激しくて、適切なタイミングの到来などを待っていられなかったのかもしれません」

「あるいは、そんなことはどうでもよかったのかもな」ラルフはいった。「連続殺人犯はいずれそんな境地に達するんだよ――おおむね逮捕される寸前にね。テッド・バンディ、リチャード・スペック、ジョン・ウェイン・ゲイシー……あの手あいはいつしか、自分は法律などに縛られない存在だと信じこむようになる。神のような存在だと。思いあがった者は、ついやりすぎてしまう。一方このアウトサイダーとやらは、決してやりすぎたわけじゃない。考えてもみろ。おれたちはあれだけいろんな事実をつかんでいながら、それでもテリーを罪状認否の場に引きたて、そのあとはフランク・ピータースン殺害の罪で公判にかけようとしていたじゃないか。やつのアリバイは鉄壁だったが、それでもおれたちは、あのアリバイが捏造にちがいないと思いこんでいたんだぞ」

《しかも、おれのなかには、いまでもそう信じたがっている部分が残ってる。そう信じなければ、自分が住んでいるこの世界への自分なりの理解が一から十までひっくりかえってしまうからだ》

ラルフは熱っぽく感じた。胃も多少むかむかする。二十一世紀に暮らす正常な人間がどうすれば姿形を変えられる怪物の実在を信じられるだろうか。ホリー・ギブニーのいうアウトサイダーを、エル・クーコを信じれば、あとはもうなんでもありだ。大宇宙には果てがない。

「アウトサイダーはもう思いあがってはいません」ホリーは静かにいった。「以前のアウトサイダーは、人殺しをしたあとの変身過程のあいだは一カ所にとどまっていました。動きまわるのは変身が完了したとき、あるいは完了を目前にしたときに限定されていました。ともあれわたしはこれまでに読んだ資料やオハイオ州での調査で判明した事実をもとに、そう推測しています。しかし、今回は通常のパターンが乱された。納屋に潜伏していたことがひとりの少年によって明らかにされた以上、アウトサイダーはフリントシティから逃れるしかなかった。警察が追ってくるとわかっていたのです。そこでアウトサイダーは早々にこちらへ移動してきた。クロード・ボルトンの近くに身を置くためでしたが、ここで完璧な隠れ家を見つけることができたのです」

「メアリーズヴィル洞窟だ」アレックはいった。

ホリーはうなずいた。「でも向こうは、わたしたちが知っているとは知りません。わたしたちにとって有利な点です。クロードは自分のおじやいとこたちが洞窟で生き埋めになったことを知っています。しかしクロードは、アウトサイダーが死者の近くやおなじ場所で冬眠することは知りませんし、その死者がこれから変身する人物、あるいは脱ぎ捨てる人物の血縁であればなお好都合だ、ということも知りません。これが変身の仕組みだとわたしは確信しています。ええ、そうにちがいありません」

《それは、きみがそうあってほしいと願っているからだろうが》ラルフは思った。しかし、ホリーの論理には穴ひとつ見つけられなかった。といっても、超自然の存在を受け入れることが基本の大前提だ――その超自然の存在はある種の規則にしたがって行動しているようであり、その規則は伝統に由来するかもしれず、あるいは人間には未来永劫理解できそうもない未知の規範から導かれたものかもしれなかった。

「ラヴィがクロードに話さないと信じていいと思うか？」アレックがいった。

「信じていいと思う」ラルフは答えた。「息子のためになることなら、あの人は黙っているはずだ」

ハウイーが懐中電灯を手にとって、異音を発しているエアコンにブラックライトの光をむけた。今回は幽霊のようにぼうっと光る指紋が浮かびあがった。ハウイーはスイッチを切ると、こういった。「もし協力者がいたらどうする？　教えてくれ。ドラキュラ伯爵にはレンフィールドという男がいた。フランケンシュタイン博士には、背骨が曲がっている助手のイゴールという男が――」

ホリーが口をはさんだ。「それは広く知られた誤解です。最初につくられた映画の『フランケンシュタイン』ではフリッツという助手がいて、この役を演じたのはドワイト・フライです。のちの映画作品ではベラ・ルゴシがイゴール役――」

「訂正はうけたまわった」ハウイーはいった。「しかし、疑問はそのまま残る。われらが敵のアウトサイダーに協力者がいたらどうする？　だれかに、われわれの挙動を監視しろという命令を出していたら？　われわれがメアリーズヴィル洞窟を割りだしていることまでは知らなくても、われわれがすでに危険なほど迫っていることは知ってるだろうな」

「いいたいことはわかるよ、ハウイー」アレックはいった。「しかし、連続殺人犯はおおむね単独行動をとる。だれよりも長く自由の身でいられる者は、すなわち流れ者さ。もちろん例外はある。しかし、こいつが例外だとは思えないな。こいつはオハイオのデイトンからフリントシティへやってきた。オハイオからの足どりをたどれば、フロリダ州タンパやメイン州ポートランドあたりで子供たちが殺された事件があったと判明するかもしれない。《もっとも速く旅するものはひとりで旅をする者だ》というアフリカの諺《ことわざ》があるくらいだ。それに実際的なところをいうなら、そんな仕事をさせるためにアウトサイダーがだれを雇えるというんだ？」

「頭のおかしな馬鹿者かな」

「オーケイ」ラルフはいった。「でも、どこでその手の人材を見つくろう？〈トイザらス〉ならぬ〈バカザらス〉があって、そこじゃ馬鹿が選りどりみどりか？」

「ああ、わかったよ」ハウイーはいった。「アウトサイダーは単独行動をとっていて、いまはメアリーズヴィル洞窟にこそこそ隠れてて、われわれが襲ってつかまえるのを待っているとしよう。あとは日が当たる場所へ引きずりだすか、心臓に杭を打ちこむか、いっそその両方をしてやるかだな」

「ブラム・ストーカーの原作では──」ホリーがいった。「追っ手はドラキュラをつかまえて首を刎《は》ね、その口ににんにくを詰めこむことになっています」

ハウイーは懐中電灯をベッドへほうり投げ、両手をさっと上へふりあげた。「わかったよ。じゃ、〈ショップウェル〉に寄ってにんにくを買いこもう。肉切り包丁も忘れずにな──せっかく〈ホームデポ〉まで行ったのに弓のこを買ってくるのを忘れたんだから」

ラルフはいった。「頭に弾丸の一発も撃ちこめば、あっさり目的を達成できるんじゃないかな」

一同がしばし無言でこの問題に考えをめぐらせたのち、ハウイーが自分はもう寝るといった。「だが、ベッドにはいる前にあしたの予定をきいておきたいね」

ラルフはホリーがハウイーの求めに応じるのを待っていた。しかし、ホリーは黙ったままラルフに目をむけた。その両目の下が落ちくぼんで左右の口角に皺ができているのを見てとり、ラルフは驚くと同時に心を動かされた。ラルフ自身もくたびれていたし、それはこの場の全員に共通したことだろうとは思ったが、ホリー・ギブニーはすでに疲労困憊《こんぱい》しており、いまはただ神経だけで動いているのだ。そうでなくても精神が張りつめているホリーのこと、いまの状態は茨《いばら》の上を走るような苦しみだろう。あるいは、ガラスの破片の上を。

「九時より前になにかをはじめることはないよ」ラルフはいった。「おれたち全員に必要なのは八時間の睡眠だ——もっと眠れるなら、それに越したことはない。それから荷物をまとめて、このモーテルをチェックアウトし、ボルトン家でユネルと合流する。そのあとはメアリーズヴィル洞窟だ」

「しかし、おれたちがまっすぐ家へ帰るとクロードに思わせたいのなら、車の進行方向が逆だぞ」アレックがいった。「どうしておれたちがプレインヴィルへむかっていないのかと、クロードが首をひねってもおかしくない」

「オーケイ。だったらクロードには、帰途につく前にティピットに立ち寄ることにした、と話そう。なぜかというと……ううむ……いい口実が思いつかないな。追加の買物があるので、〈ホームデポ〉に寄ることにした？」

「じつに嘘くさいな」ハウイーがいった。

アレックがたずねた。「クロードの話をきくためにやってきた州警察の警官がいたが、なんという名前だった？　おまえは覚えてるか？」

ラルフには即答できる準備こそなかったが、事件捜査にかかわるいっさいのメモがｉＰａｄにはいっていた。たとえ追いかける相手がブギーマンでも、仕事の手順はあくまでも変わらない。「警官の名前はオーウェン・サイプ。オーウェン・サイプ巡査部長だ」

「よし。だったらクロードとその母親には、こう話すとしよう――クロードの頭のなかにアウトサイダーが本当にいるなら、ふたりに話すのはアウトサイダーに話すも同然だな。サイプ巡査部長から電話で連絡があった、ティピットで発生した事件……強盗でも自動車泥棒でも家宅侵入でもなんでもいいが……とにかく事件に関連して、人相風体がクロードと似ている男が参考人として手配されている、とかなんとかかね。そこで、ユネルならクロードがひと晩じゅう実家にいたことを証言できるので――」

「ユネルが、あのあずまやでぐっすりお寝んねしていなければの話だ」

「まさかクロードがあの車のエンジンをかけても、ユネルの耳が音をききつけなかったというつもりか？　あの車の消音器《マフラー》は、もう二年も前に交換時期を迎えてるよ」

ラルフはにやりとした。「一本とられたな」

「オーケイ。おれたちはこの件の確認のためにいったんティピットへ行く、この手がかりが途切れていたら、まっすぐ飛行機でフリントシティへもどる——あしたはそう話すとしよう。それでいいかな？」

「いいと思う」ラルフはいった。「あとはクロードに懐中電灯やヘルメットを見つけられないように気をつけてさえいればね」

15

夜の十一時が訪れて過ぎ去っていくころ、ラルフは真ん中がくぼんだベッドに横たわっていた。もう部屋の照明を消さなくてはならないとわかっていながら、その行動がとれずにいた。これに先立ってラルフはジャネットに電話をかけ、小一時間もしゃべっていた。事件にまつわる話もしたし、デレクのことも話したが、大半はとりとめのない無駄話だった。電話をおえると、ラルフはテレビのスイッチをいれた。ラヴィ・ボルトンが好きだという説教師の番組が睡眠薬になってくれるのではないかと——それが無理でも、せめて絶えず脇道にそれていく自身の思考をおとなしくさせてくれるのではないかと——期待してのことだったが、電源を入れても画面に映ったのは《**現在、衛星通信システムの障害によ**

り番組放送を中断しております。ご迷惑をおかけして申しわけございません》というメッセージだけだった。

いよいよナイトスタンドに手を伸ばしたそのとき、客室のドアに控えめなノックの音がした。ラルフは部屋を横切ってドアノブに手を伸ばしたが、いったん考えなおしてドアスコープをのぞいた。しかし埃かなにかが詰まっているらしく、外の光景はまったく見えなかった。

「どなた？」

「わたしです」ホリーだった。ノックとおなじように控えめな声だった。

ラルフはドアをあけた。ホリーはTシャツの裾をたくしこまず、夜も更けてからの寒さにそなえてスーツのジャケットを羽織っていたが、それが片側にずり落ちてユーモラスな雰囲気をつくっていた。白髪まじりの短い髪の毛が、強まりつつある風に吹かれて乱れていた。ラルフはようやく、自分がトランクス一枚だったことに気づいた――しかもボタンのない〝社会の窓〟が、わずかにひらいているにちがいなかった。ふっと、子供のころによくいっていた文句が思い出された――《おいおい、だれに許可をもらってホットドッグを売ってるんだよ？》

「起こしてしまったみたいね」ホリーはいった。

「いや、起きてた。さあ、はいって」

ホリーはいったんためらったのち客室に足を踏み入れ、ラルフがスラックスを穿いているあいだに一脚だけの椅子に腰をおろした。

「少しでも寝ておかなくちゃだめだぞ、ホリー。疲れがずいぶん顔に出ているし」

「わかってます。でも、疲れがかさむと、それだけ寝つけなくなってしまいがちなので。とくに心配ごとがあったり不安だったりすると」

「睡眠導入剤《アンビエン》を試してみたかい？」

「あいにく、抗鬱剤を服用している人は避けたほうがいい薬なので」

「なるほどね」

「眠れないので資料調べをしていました。それで眠れる場合もあるんです。まず手はじめに、クロードのお母さんが話していた悲劇的な事故にまつわる新聞記事をさがしてみました。多くの記事が見つかりましたし、背景事情にふれた記事もたくさんありました。で、その中身をあなたにおきかせしたほうがいいだろうと思ったんです」

「われわれの助けになりそうか？」

「ええ、助けになります」

「だったら、ぜひきかせてもらいたいね」

ラルフはベッドに近づき、ホリーは椅子のへりにちょこんと腰かけて膝をそろえていた。

「わかりました。ラヴィはずっと〈アヒーガ門〉側のことを話してましたし、ジェイミースンの双子の片方がアヒーガ族長のプラスティックの人形をポケットから落としたと話してました」そういってｉＰａｄをひらく。「これは一八八八年に撮影された族長の写真です」

　セピア色の写真に写っていたのは、高貴な顔だちをしたアメリカ先住民の男性の横顔だった。男は、背中の半分にまで届く長い頭飾りをまとっていた。

「アヒーガ族長はしばらくのあいだエルパソ近郊にあったティワ族の居留地で、ナヴァホ族の代表団とともに暮らしていましたが、やがて白人女性と結婚し、最初はオースティンに移り住みました。しかしオースティンでは周囲から冷遇されて、メアリーズヴィルに転居しました。この町で長かった髪を切り、キリスト教を信仰すると公言したのちは、地域社会のメンバーとして受け入れられました。結婚した女性にはささやかな財産があり、ふたりはそれを元手にして〈メアリーズヴィル交易所〉を開業しました。この店が、やがて〈インディアン・モーテル&カフェ〉になりました」

「ホーム・スイート・ホームだな」ラルフはいい、わびしい客室を見まわした。

「ええ。これが一九二六年、死の二年前に撮影されたアヒーガ族長です。そのころには、トマス・ヒギンズと改名していました」ホリーは二枚めの写真をラルフに見せた。

「驚いたな！」ラルフは声を高めた。「てっきり先住民らしさを貫いたのかと思ったのに、これを見ると正反対みたいじゃないか」

　高貴な雰囲気の横顔であることは変わらなかったが、カメラにむけられた頬には深い皺がたくさん刻まれ、頭飾りはもうどこにも見あたらなかった。元ナヴァホ族の族長は、縁なしの眼鏡をかけ、白いシャツにネクタイを締めていた。

ホリーが話をつづけた。「メアリーズヴィルで成功をおさめた一軒きりの商店を経営する一方で、アヒーガ族長——またの名、トマス・ヒギンズ——は洞窟を発見し、最初の観光ツアーを企画、実行したのです。これがたいへんな人気を博しました」

「しかし洞窟そのものにはアヒーガ族長にちなんだ名前ではなく、町の名前がつけられた」ラルフはいった。「これはこれで筋の通った話だな。アヒーガ族長はキリスト教徒であり、成功をおさめた実業家だったかもしれないが、地域社会の人々にとっては先住民でありつづけた。それでも、オースティン在住のキリスト教徒たちよりは、この地域の人たちのほうがアヒーガ族長のことを厚遇したんだね。町民のためにも、その点は認めてやらないと。さあ、話をつづけて」

ホリーはまた別の写真を見せた。写っていたのは頭飾りをつけたアヒーガ族長の絵が描かれた木製の案内看板だった。絵の下には**《最上の岩壁画《ピクトグラフ》はこちら》**という説明文が添えてあった。ホリーが指で画像を拡大すると、ラルフにも岩のあいだを縫って先へと延びている通路が見えてきた。

「たしかに洞窟全体にはメアリーズヴィルの名前がつけられました」ホリーはいった。「しかし、族長もなにも得なかったわけではありません——たしかに〈音の大広間〉ほど堂々とした響きではありませんが、洞窟への入口に〈アヒーガ門〉という名前を残しましたし、この入口は〈音の大広間〉に直接通じているものでもありました。〈アヒーガ門〉はスタッフが必要な消耗品類を洞内に運びこむための入口であり、非常時には避難口としても機能していました」

「では救難チームの面々は、迷子の少年たちのもとへたどりつく別ルートが見つかるかもしれないとの望みをもって、こっちの入口から洞窟にはいったわけだ？」

「ええ、そのとおりです」ホリーは目をきらきらさせながら身を乗りだしてきた。「メインの洞窟入口は、ただ板を張って封鎖されているだけではありません。コンクリートで完全に封鎖されてます。もう二度と迷子になる子供が出てほしくなかったからです。裏口にあたる〈アヒーガ門〉も板を張られましたが、わたしが読んだ範囲では、どの記事にもコンクリートでふさがれたという記述はありませんでした」

「だからといって、コンクリートでふさがれていない保証はないな」

ホリーは頭をさっとふり動かして苛立ちをあらわにした。「わかってます。でも、もしコンクリートでふさがれていなければ……」

「だとしたら、やつはその裏口から侵入したんだろうよ。アウトサイダーは。つまり、きみはそう信じているんだろう？」

「とりあえず最初に、その裏口へ行ってみるべきです。裏口に押し入った形跡があったら……」

「わかった」ラルフはいった。「行動プランができたな。快調な滑りだしだ。きみはじつに優秀な探偵だよ、ホリー」

ホリーは目を伏せたまま、褒め言葉にどう応じればいいかをまったく知らない女性ならではの控えめな口調で礼を述べた。「ご親切にどうも」

「いや、親切でいってるわけじゃない。きみはベッツィ・リギンズよりも頭が切れるし、ジャック・ホスキンズみたいな場所ふさぎ野郎とは比べものにならないほど優秀だ。ジャックはじきに退職する。もしおれが後任を決める役目だったら、きみを指名するね」

ホリーはしきりに頭を左右にふっていたが、その顔はほころんでいた。「わたしには保釈中の逃亡者探しやローン不払いの車の差し押さえ、迷子の犬探しあたりがお似あいです。それに、もう二度と殺人事件の捜査に関係したくありません」

ラルフは立ちあがった。「さあ、きみもそろそろ自分の部屋にもどって目をつぶったほうがいい。もしこの件でのきみの見立てが少しでも正しければ、あしたはジョン・ウェイン映画みたいな一日になりそうだからね」

「ええ、すぐにも。ただ、この部屋に来た理由はもうひとつあります。すわっていただけますか？」

16

かつてのホリー――それもビル・ホッジズと初めて出会うというとびきりの幸運に恵まれた日のホリー――と比べたら、いまのホリーはずっと強靭になってはいたが、それでも他人に行動を変える必要があると告げたり、相手がとことんまちがっていると指摘したりすることには、いまも慣れていなかった。いまよりも若かったあのときのホリーは、ここそ逃げまわる怯えた鼠であり、恐怖や自分が不適応者だという思い、さらには漠然とした恥の感覚などを解決するには自殺するしかないのではないか、とさえ考えることもあった。どうしても葬祭場に足を踏み入れられずに建物の裏にいたホリーの隣にビル・ホッジズがひょいと腰をおろしたあの日、ホリーがいちばん強く感じていたのは、自分が大事なものをなくしたのではないかという思いだった。大事なものといっても、財布やクレジットカードではない。自分がほんの少しでもちがう人間だったら——あるいは神が貴重な成分をホリーの体内に少量でも追加したほうがいいと判断していれば——送れたはずの〝もうひとつの人生〟のことだ。

《きみがなくしたものはこれだね》ビルははっきり言葉にはせず、そういった。《さあ、こいつをポケットにしまいなおしたほうがいい》

そのビルもいまは亡く、ここにいるのはこの男、多くの面でビルに似ている男だ——たとえば知性、おりおりに閃かせる上質なユーモアもさりながら、いちばん大きな共通点は強情なまでの粘り強さだ。ビルがここにいれば、ラルフに好感をいだいたに決まっている。なぜならラルフ・アンダースン刑事も、あくなき捜査こそがなによりも大事という信念のもちぬしだからだ。

しかし、相違点もある。いまのラルフが、死んだときのビルよりも三十歳若いという点だけではなかった。ラルフは――この事件の真の様相を知る前だったとはいえ――テリー・メイトランドを衆人環視のなかで逮捕するという恐ろしい過ちをしでかしたが、これもビルとの相違点のひとつにすぎない。ラルフにとり憑いたこの一件は、しかしもっとも重要な相違点ですらないだろう。

《神さま、この人に話すべきことを話そうとしているわたしにお力をお貸しください。わたしには、いましかチャンスがないのです。どうか、この人が話に耳を貸してくれますように。神さま、お願いですから、この人にわたしの話をきかせてください》

ホリーは口をひらいた。「あなたもほかの人も、アウトサイダーのことを話すときには、いつも決まって条件つきです」

「どういうことか、いまひとつわかりかねるな、ホリー」

「いえ、おわかりだと思います。『もしアウトサイダーが実在するならば。アウトサイダーが実在すると仮定すれば。アウトサイダーが実在するという推定のもとに』という具合です」

ラルフはなにもいわなかった。

「ほかの人たちのことは正直どうでもいい。でも、あなたには信じてもらう必要があるのです、ラルフ。あなたには信じてもらう必要がある。わたしは信じています。しかし、わたしひとりでは充分な力になりません」

「ホリー――」

「いいえ」ホリーは決然とした口調だった。「いいえ、話をきいてください。いかれた話なのは承知しています。しかし、エル・クーコの概念がどんなに不可解でも、この広い世界で起こっている、さまざまな恐るべき出来事よりもなお不可解だということがあるでしょうか。いいえ、わたしが話しているのは自然災害や事故のことではありません。わたしは、ある種の人々がほかの人間におこなう行為について話しています。たとえばテッド・バンディは、エル・クーコの別バージョンだといえないでしょうか？　知りあいに見せる顔と殺した女たちに見せた顔、そのふたつの顔をそなえた〝姿形を変える妖怪《シェイプシフター》〟だったのでは？　犠牲になった女たちが生前最後に目にしたのは、テッド・バンディのもうひとつの顔、内面の顔、エル・クーコとしての顔だった。バンディだけではありません。そういった連中は、わたしたちに混じって歩いている。あなたなら、そのことを知っていますね。彼らは異質なエイリアンです。わたしたちの理解を絶した怪物です。理解できなくても、あなたは彼らの実在を信じています。それどころか、あなたは何人かをその手で捕えて刑務所へ送ったばかりか、ひょっとしたら彼らの処刑も見とどけてきたのではありませんか？」

ラルフはなにもいわずに考えをめぐらせていた。

「ひとつ質問させてください」ホリーはいった。「あの少年を殺害して、その肉を食いちぎり、体内に木の枝を挿入した犯人がテリー・メイトランドその人だったと仮定しましょうか。もしそうだったら、いま洞窟に潜んでいるかもしれない存在よりも理解しやすくなるといえるでしょうか？　もしそうだったら、あなたはこういえるでしょうか？『少年スポーツチームのコーチであり善良な地域社会の住民という仮面に隠されていた闇と悪なら、自分にも理解できる。なにがあの男にあんな真似をさせたのか、自分にはわかっている』といえますか？」

「いえないな。これまでにも恐ろしい所業をしでかした男たちを逮捕してきたし、まだ赤ん坊だった実の娘を自宅バスタブで溺死させた女を逮捕したこともあるが、いっぺんだって理解できたためしはない。それればかりか、たいていのケースでは犯人自身にも理解できていないんだ」

「ブレイディ・ハーツフィールドがなぜコンサート会場で自殺しようと思いたち、なぜ数千人もの若者を道づれにしようとしたのか、わたしにはついぞ理解できませんでしたが、それとおなじことでしょう。わたしのお願いはごく単純です。これを現実だと信じてほしいのです。これからの二十四時間に限定してもかまいません。ききいれてもらえますか？」

「おれが信じると答えれば、きみも安心して少しは寝られそうか？」

ホリーはかたときもラルフの目から視線をはずさずにうなずいた。

「だったら信じよう。少なくともこれから二十四時間にかぎっては、エル・クーコの実在を信じる。エル・クーコがメアリーズヴィル洞窟にいるかどうかは要確認だが、実在することはまちがいない、と」

ホリーはふっと息を吐いて立ちあがった。髪は風に乱されたままで、スーツのジャケットは片側にずり落ち、シャツの裾は出しっぱなし。そんなホリーがラルフの目には惚れ惚れするほど美しく、同時に恐ろしいほど弱々しくも見えていた。「よかった。これでベッドにはいれます」

ラルフは客室のドアまでホリーに付き添い、ドアをあけてやった。ホリーが外へ踏みだすと、ラルフはいった。「大宇宙には果てがないな」

ホリーは真剣な顔でラルフを見つめた。「ええ、そのとおり。カスみたいなことにも果てがありません。おやすみなさい、ラルフ」

メアリーズヴィル洞窟

七月二十七日

1

ジャックは朝の四時に目を覚ました。

戸外では風が、それもかなり激しい風が吹いていた。全身が痛かった。首だけではなく、両腕も両足も腹も、そして尻までも痛かった。日焼けのような痛みだった。ジャックは上がけをはねのけてベッドに腰かける姿勢をとると、ベッドサイドのスタンドの明かりをつけた。スタンドは病的な六十ワットの光を投げた。検分の目をむけても、なにひとつ見あたらなかったが、痛みはたしかに存在していた。それも体の内側に。

「あんたの望みどおりに動くよ」ジャックは訪問者にいった。「あいつらを止める。約束だ」

答えはなかった。訪問者が答えを控えていたか、そもそも存在しないかだろう。少なくとも、いまここにはいない。しかし、前はたしかに存在していた。そしてジャックの体内には毒が満ちていた。癌の毒が。こうして夜明けもまだ遠い時刻に、しけたモーテルの部屋にすわっていると、自分に与えたものを訪問者が取りもどすとは思えなくなった。しかし、あのときはあれこれ選《え》り好みできる立場ではなかったのでは？　だから努力するほかはなかった。もしもうまくいかなかったら……

「……拳銃自殺するか？」そう思うと、多少は気持ちが楽になった。かつての母親には望むべくもなかった選択肢だ。ジャックはおなじ言葉を、今度はもっと決然とした口調でくりかえした。「拳銃自殺するぞ」

そうすればふつか酔いとは無縁になれる。呼気検査を受ければ一パーセント、いや、一・二パーセントという数字が出るとわかっているからこそ、車をきっちり制限速度で走らせ、信号では律儀に停止しながら家に帰るような真似をしなくてよくなる。別れた古女房から電話がかかってきて、今月分の小切手がまだ届かないとせっつかれることもなくなる――まったく、まるでこっちが遅れを知らないかのようないいぐさだ。小切手がもう届かなくなったら、古女房はどうするだろう？　働きに出るしかなくなり、かつての夫がどんな暮らしを送っていたかが身に滲みてわかるはずだ――吠え面かきやがれ。日がな一日うちに腰をすえて、〈エレンの部屋〉だの〈ジュディ判事〉だのといったテレビのバラエティを見ているだけの日々もおわり。なんともお気の毒さまだ。

ジャックは服を着て、外へ出た。風は寒いとまではいえなかったが、ひんやりしていて、体を突き抜けて吹いていくようだった。フリントシティを出てくるときには暑かったので、上着をもってくることを考えもしなかった。着替えの服についても同様。それをいうなら歯ブラシも。

《あんたらしいこと》別れた妻がそう話している声がきこえるようだった。《なにもかも、あんたらしくて笑える。一日遅れだったり、一ドル足りなかったりね》

乗用車やピックアップトラックや数台のキャンピングカーが、母犬にお乳《ちち》をもらう子犬たちみたいにモーテルの建物の前にならんで駐めてあった。ジャックは、お節介屋たちが走らせている青いSUVがまだあるかどうかを確かめようと、屋根つき通路を先へ進んでいった。SUVはまだあった。してみると連中はまだ客室にこもって、痛みとは無縁な楽しい夢を見ているにちがいない。ジャックはつかのま、連中の客室をひとつずつ訪ねて端から撃ち殺す幻想をもてあそんだ。魅力的なアイデアだったが、馬鹿馬鹿しくもあった。まず、あの連中がどの客室にいるかを知らない。それに、いずれだれかが——お節介屋のリーダーだとはかぎらない——撃ち返してくるに決まっている。なんといってもここはテキサス州だ。ここの人々は自分たちがいまなお、牛追い街道と拳銃つかいの時代に暮らしていると信じたがっている。

それよりは、訪問者が話していたお節介屋たちの目的地に先まわりして待ち伏せしていたほうがよさそうだ。あそこなら連中を撃ち殺し、そのあと現場から逃げることもできるはずだ。周囲十キロほどの範囲には、ほかの人間はひとりもいない。ひとたび仕事がおわって、訪問者がおれの体から毒を取り去ってくれたら、すべては丸くおさまる。もしあいつにも毒を取り去れないのなら、官給品のグロックの銃口をくわえて引金を引くだけだ。

古女房がこれから二十年ばかりウェイトレスとして働いたり手袋工場で働いたりする姿を想像すると心が浮き立ったが、これは断じて考えをめぐらせるべき最重要事ではなかった。自分は母親がたどった道筋をたどったりしない——体を動かそうとするたびに皮膚が裂けていた母親とおなじ道を歩んだりしない。考えるべき最重要事はそこだ。

ジャックは震えながらトラックに乗りこむと、メアリーズヴィル洞窟へむかって出発した。地平線近くに腰をすえている月は冷たい石に見えた。体の震えはどんどん激しくなり、道路に引かれたセンターラインの破線からうっかり反対車線にはみだしたことも二、三度あった。といっても、これは問題にならなかった。大型車はどれも国道一九〇号線か州間高速道路をつかっていたからだ。神をも恐れぬこんな時間に地方郵便配達路《ルーラル・スター・ルート》二号線を走っている車はほかに一台もなかった。

ダッジ・ラムのエンジンが温まってくると、ヒーターを〈強〉にセットした。これで気分がよくなった。下半身の痛みがやわらぎはじめた。ただしうなじはあいかわらずクソみたいに激しく痛み、うなじをさすったあとの手のひらは死んだ皮膚の雪片のようなかけらに覆われていた。それを見て、うなじの痛みはただの日焼けにほかならず、それ以外のことはすべて思いすごしの産物ではないか――という思いが頭をかすめた。心身症みたいなものか――別れた妻がしじゅう口にしていた嘘っぱちの偏頭痛とおなじようなもの。心身症で感じる痛みは、深く熟睡していた人間を叩き起こすほど激しくなるのだろうか？　ジャックにはわからなかったが、寝室のバスルームのカーテンに身を隠していた訪問者が現実の存在だったことは知っていたし、そんな相手には妙な手出しをするのは禁物だ。そんな相手にどうふるまえばいいかというと、相手の命令のままに動くだけだ。

さらに、あのクソ男のラルフ・アンダースンがいる。いつもおれの担当事件に首を突っこんでくる男だ。あの〝ミスター・意見なし〟が停職処分を食らったせいで、釣り三昧《ざんまい》のはずの休暇からおれが急遽《きゅうきょ》呼びもどされた……ラルフの野郎ってのはそういう男だ。公務休暇なんておためごかし。だいたいクソ野郎のラルフ・アンダースンのせいで、このおれ――ジャック・ホスキンズさまは、わざわざカニング町の納屋にまで足を伸ばす羽目におちいった。それがなければ、ささやかなわが山小屋《キャビン》にのんびり尻をすえ、ウォッカトニックを飲みながらDVD鑑賞祭りをひらいていたはずなのに。

　大きな立て看板《**当面のあいだ閉鎖します**》のところを曲がった拍子に、突如頭に明察がひらめいて、電撃を食らった気分になった――クソ男のラルフ・アンダースンは、魂胆があっておれをあそこへ送りこんだのだ！　やつは訪問者があそこで待っていることも、訪問者がなにを求めるかもあらかじめ知っていたにちがいない。ラルフの野郎は何年も前からおれを始末したがっていた。そのことを計算に織りこめば、パズルのあらゆるピースがおさまるべき場所におさまる。だれにも否定できない論理だ。ラルフの野郎は計算ミスをした――指にタトゥーのある男の裏切りを予想していなかったのだ。

　このクソな騒ぎがこのあとどんな展開になるかについていえば、三通りのシナリオが考えられた。訪問者なら、いまジャックの体内にめぐっている毒を除去できるかもしれない。それがシナリオ・ナンバー1《ワン》だ。ただの心身症なら、いずれ勝手に消えていく。これがナンバー2《ツー》。あるいはこの症状が現実であり、訪問者をもってしても除去は不可能かもしれない。これがナンバー3《スリー》だ。

このシナリオのどれが現実になろうとも、クソ野郎の〝ミスター・意見なし〟は過去の人間になる。これはジャックが訪問者と交わす約束ではなく、自分と交わす約束だった。ラルフはぶっ倒れることになる。ほかの連中もろともだ。一掃作戦。ジャック・ホスキンズ、アメリカン・スナイパー。

ジャックはチケットブースの廃屋にたどりつくと、鎖を迂回して先へ進んだ。日の出になり、太陽が空にのぼって気温があがれば風もやむだろうが、いまはまだ吹いていて、舞いあがった砂ぼこりが幕状に吹きつけてきたが、これは問題なかった。お節介屋集団に足跡を見つけられる心配をしなくてもよくなるからだ。まあ、それも連中がここまで来ればの話だ。

「もし連中が来なくても、おれを治してくれるか？」ジャックはたずねた。答えを期待してはいなかったが、意外にも答えが届いた。

《ああ、もちろん。あとは自由の身だ》

いまのは本当の声だったのか？　それとも単に自分の声か？

しかし、それが重要だろうか？

2

いずれも倒壊しかかっている観光客向けのキャビン群の前をトラックで走りながら、ジャックは思った——しょせんは地面の穴《ホール》でしかない場所なのに（その意味では〝メアリーズヴィル洞窟《ホール》〟という名前は言い得て妙だった）、どうしてわざわざ大金を払ってその近くに泊まりたがる人間がいたのか？　もっとましな観光地に行こうという者はいなかったのか？　ヨセミテとか？　グランドキャニオンとか？　いや、ギネス記録にもなっているミズーリ州の〝世界最大の一本糸からつくった糸玉〟だって、テキサス州の砂埃だらけの干からびた町にある大きなケツ穴よりはましだろう。

以前ここへ来たときとおなじく用具小屋の横にトラックをとめると、グラブコンパートメントから懐中電灯を手にとり、錠前つき金属ボックスからウィンチェスターのライフルと弾薬をとりだした。弾薬をポケットにおさめて、いったん小道を歩きかけたが、すぐに引き返し、ガレージの巻き上げ式シャッターのような用具小屋の扉の埃にまみれた窓から懐中電灯の光を室内へむけた。なにか利用できる品がないかと思ってのことだった。あいにくそうした品はなかったが、目にしたものに思わず笑みを誘われた——そこにあったのは土埃まみれのコンパクトカーだった。ホンダかトヨタだろう。リアウィンドウにこんなステッカーが貼ってあった――**《うちの息子はフリントシティ・ハイスクールの優等生！》**とある。毒にむしばまれていようといまいと、ジャックの初歩的な捜査テクニックは錆びついてはいなかった。まちがいない、訪問者はここにいる――フリントシティでこの車を盗んで、ここまでやってきたのだ。

気分がよくなってきたので――さらにいえば、タトゥーのある手がシャワーカーテンの反対側から忍びやかに出現したあのとき以来、初めて空腹を覚えてもいたので――ジャックはいったんトラックに引き返して、ふたたびグラブコンパートメントをあさってみた。やがてピーナツバター・クラッカーがひと袋と、半分に減っている制酸剤のタムズが見つかった。どう見ても〝チャンピオンたちの朝食〟ではないが、なにもないよりはましだ。ジャックは〈ナビスコ〉のクラッカーをむしゃむしゃと食べながら、左手でウィンチェスターをつかんで、山道をのぼりはじめた。ライフルにはストラップがついていたが、肩にかければ首をこすられる。ひょっとしたら出血するかもしれない。弾薬を詰めこまれてずっしり重くなったポケットが大きく揺れて、ジャックの足にぶつかってきた。

いきなり頭にある思いが浮かんできて、ジャックは色褪せたアメリカ先住民の絵の看板の前で足をとめた（看板では大族長が、キャロリン・アレンは赤肌《レッドスキン》チンポをフェラチオしたと証言していた）。観光客向けのキャビン群に通じる脇道をたどってきた者は、用具小屋の横に駐めてあるダッジ・ラムを目にするだろうし、どうしてこの車がここにあるのかと訝《いぶか》しむはずだ。そこでいったん引きかえして車を移動させようかとも考えたが、取りこし苦労だと考えなおした。お節介屋集団がここへ来るにしても、彼らは洞窟の正面入口近くに車を駐めるはずだ。あいつらが周囲のようすを確かめるために車から降り立ったら、崖の上という狙撃手の持ち場から射撃を開始しよう。なにが起こっているのかを連中が察しとるまでに、ふたり、ことによったら三人は仕留められるはずだ。残った面々は激しい雷雨に見舞われたにわとりよろしく、あたりを右往左往して走りまわるだろう。しかし、連中が身を隠せる場所にもぐりこむ前に撃ち倒せるはずだ。連中が観光客用キャビン群のところからどんなものを目撃しても関係はない――〝ミスター・意見なし〟とその友人諸君は、駐車場から一歩も先へ進むことはないのだから。

3

崖の上へ通じている道は、あたりが暗いなかでは懐中電灯の助けがあっても危険きわまりなく、ジャックは急がずに時間をかけて歩いていった。転がり落ちたり、どこかの骨を折ったりしなくても、多くの問題をかかえている身だ。監視ポイントにする場所にジャックがたどりついたころ、夜明けの最初の光がおずおずと空に滲みだしてきた。ついで懐中電灯で干し草用のピッチフォークを照らし、そちらへ手を伸ばしかけたところで、ぎょっとしてあとずさった。これが、これからの一日の展開を告げる不吉な予兆でなければいいのだが。しかし、この場の情況には皮肉な一面があり、ジャックはいまの立場にもかかわらず皮肉を楽しむ余裕もそなえていた。

　ここにピッチフォークをもってきたのは、蛇から身を守るためだった。ところがいま見ると、蛇がピッチフォークのすぐ横にいるではないか――そればかりか、体の一部がピッチフォークの上に乗っていた。ガラガラ蛇だった。小さな蛇ではない。本物のモンスターだ。銃で蛇を撃つわけにはいかなかった。弾丸では蛇を殺さずに傷つけるだけにとどまるかもしれず、その場合には逆に襲いかかってくるかもしれない。ところがティピットでブーツを買おうとも思わなかったために、いま履いているのはただのスニーカーだ。そうまでいかずとも弾丸が岩に跳ね返ってしまうかもしれず、その場合は重傷を負うことも考えられる。

　ジャックは銃床の端をつかんでライフルをもちあげると、ゆっくりと限界まで銃身を遠くへ差し伸べた。銃身の先を眠れる蛇の体の下に差し入れると、這いずって逃げる隙を与えず一気に銃身を跳ねあげて、蛇を自分の後方高くまで投げ飛ばした。ガラガラ蛇という醜悪な化け物はジャックの後方六メートルばかりの山道にどさりと落下すると、すぐにとぐろを巻いて音をたてはじめた――乾燥したひょうたんに豆を入れて振ったような音だった。ジャックはすかさずピッチフォークを手にとって一歩前へ進みでると、蛇にむかって軽く振りたてた。ガラガラ蛇は山道に迫《せ》りだしているふたつの大岩の隙間へ這いこんで姿を消した。

「ああ、それでいい」ジャックはいった。「もう二度と出てくるな。ここはおれの縄張りだ」

ジャックは地面に体を横たえると、スコープをのぞいた。黄色いラインが薄れて亡霊のようになっている駐車場が見えた。倒壊しかけた土産物屋の建物が見えた。板張りされて閉鎖された洞窟入口が見えた。入口の上にかかげられている看板の文字は、かなり薄れていたが、まだ読むことができた——《**メアリーズヴィル洞窟へようこそ**》と。

いまは待つこと以外、できることはなにもない。ジャックは待機すべく身を落ち着けた。

4

《九時より前になにかをはじめることはない》ラルフはそういったが、朝の八時十五分過ぎには全員が〈インディアン・モーテル〉のカフェにあつまっていた。ラルフとハウイーとアレックは卵料理を添えたステーキを注文した。ホリーはステーキこそパスしたものの、卵三個でのオムレツと牧場《ランチ》スタイルのシーズニングで味をつけたフライドポテトを注文した。注文した料理をホリーが残らずたいらげたのを見て、ラルフは安心した。きょうもホリーはTシャツとジーンズという服装で、スーツのジャケットを羽織っていた。

「きょうはこれから暑くなるんじゃないかな」ラルフはいった。

「ええ。それにこのジャケットは皺だらけですけど、持ち物を入れておける大きなポケットがあります。ショルダーバッグもっていきますが、山道をハイキングするとなったら車に置いていくかもしれません」そういうとホリーは身を乗りだして声を低くした。「こういったところでは、メイドが盗みをはたらくこともないではないですし」

これをきいて、ハウイーが口もとを手で覆った。げっぷを押さえようとしたのかもしれないし、笑みを隠そうとしたのかもしれなかった。

5

一同はボルトン家まで車を走らせた。ユネルとクロードのふたりが正面ポーチでコーヒーを飲んでいた。ラヴィは車椅子で家の横手にあるささやかな庭に出て、膝に酸素タンクを載せて口にタバコをくわえ、頭に大きな麦わら帽子をかぶった姿で雑草を抜いていた。

「ゆうべはなにごともなかったかい？」ラルフはたずねた。

「ああ、問題なしだ」ユネルは答えた。「裏庭では風が少しうるさかった。それでもいったん寝ついたあとは、赤ん坊みたいにぐっすりと眠ったよ」

「きみはどうだった、クロード？　万事順調だったかい？」

「ゆうべも何者かが家のまわりをうろついているような感覚にとらわれたかという意味の

質問なら、そんな感じはしなかった。母さんもだ」

「ああ、それには理由があったのかもしれないな」アレックはいった。「ゆうべ、ティピットの警察に家宅侵入の通報があった。その家の住人はガラスが割れる音で目を覚ましてショットガンをつかみあげ、侵入者の男を追い払ったとのことでね。住人が警察に話したところによれば、侵入者は黒髪で山羊ひげをたくわえ、体には多くのタトゥーがあったということだ」

クロードは憤りをあらわにした。「おいおい、おれはゆうべ寝室から一歩も外へ出てないぞ！」

「その点はおれたちも疑ってない」ラルフはいった。「ゆうべの侵入者は、おれたちがさがしている相手かもしれないじゃないか。だから、これからティピットに行って事情を確かめてくる。もしこの男が姿を消していれば——おそらく消しているとは思うが——おれたちは飛行機でフリントシティへもどって、次になにをするかを考えようと思う」

「そうはいっても、このうえわれわれに打てる手があるとも思えなくてね」ハウイーがい い添えた。「その男がこのあたりからいなくなって、ティピットにもいないとなったら、あとはもうどこにいてもおかしくない」

「ほかの手がかりはないのか？」クロードがたずねた。

「ひとつもなくてね」アレックが答えた。

ラヴィが車椅子を転がして近づいてきた。「あんたたちみんなが帰るって決めたら、空港へ行く途中にうちへ寄って、顔を見せておくれ。残りもののチキンがあるからサンドイッチをこしらえてあげるよ。まあ、ゆうべにつづいて、きょうもチキンでいやじゃなかったらの話だけどさ」

「ぜひ寄らせてもらいます」ハウイーはいった。「おふたりにはお礼をいわないと」

「いやいや、おれのほうがあんたがたにお礼をいうべきなんだよ」クロードがいった。

それからクロードは一同の全員と順ぐりに握手をかわし、ラヴィは両腕を広げてホリーを迎えてハグした。ホリーは驚いた顔を見せたが、ハグに身をゆだねた。

「無事にもどっておいで、いいね」ラヴィはホリーに耳打ちした。

「もどりますとも」ホリーはささやきかえした――これがきっちり守れる約束ならいいと願いながら。

6

ハウイーが運転席、ラルフが助手席。残る三人は後部座席にすわった。すでに太陽がのぼって、きょうもまた暑い一日になりそうだった。

「ちょっと不思議に思ったんだが、ティピットの警察はどうやってきみたちに連絡してきたんだ？」ユネルがいった。「おれが知るかぎり、こっちの当局関係者はおれたちがここへ来ていることを知らないはずだ」

「連絡をもらったわけじゃない」アレックが答えた。「アウトサイダーが実在すると仮定すれば、ボルトン親子に疑いの念をもたれることを避けなければならず、そのためおれたちは空港とは逆方向に車を走らせることにしたんだ」

ラルフは読心術師ではなかったが、いまこの瞬間にホリーがなにを考えているかは手にとるようにわかった。《あなたもほかの人も、アウトサイダーのことを話すときには、いつも決まって条件つきです》とはゆうべのホリーの言葉だ。

ラルフは助手席にすわったまま、顔をうしろへむけた。「きいてほしい話がある。これから先は〝もし〟と〝かもしれない〟を禁句にしたい。きょう一日は、アウトサイダーはまちがいなく実在する。きょう一日は、アウトサイダーはその気になればいつでもクロード・ボルトンの思考を読みとれるし、新しい情報が得られないかぎり、アウトサイダーはメアリーズヴィル洞窟内にひそんでいる。今後はもう仮定の話じゃない——存在を信じることだ。どうだ、できそうか？」

すぐに答える者はひとりもいなかった。しばらくののち、ハウイーが口をひらいた。

「わたしは刑事弁護士だ。だから、どんなことも信じられるさ」

7

一行は立て看板――ガスランタンをかかげて周囲の光景に心底から驚嘆しきっている一家のイラストがあしらわれている――のところにたどりついた。ハウイーは精いっぱい道路の穴を避けながら、アスファルトがひび割れている連絡道路まで車をゆっくりと進めた。出発した時点では摂氏十五度もなかった気温が、このときには二十度を超えて上昇しつつあった。これからもっと暑くなりそうだった。

「向こうに小高い丘があるでしょう？」ホリーが指さした。「洞窟の正面入口はあの丘の麓《ふもと》にあります。いえ、封鎖されるまでは入口があったというべきね。まず、あそこを調べなくては。アウトサイダーがあの入口をつかったとすれば、侵入の形跡が残っているはずですから」

「おれも賛成だ」ユネルがいい、あたりを見まわした。「それにしても、ずいぶんさびれた土地だな」

「双子の少年たちと、ふたりをさがしにいった捜索チームが犠牲になった事件は、それぞれの家族にとって恐ろしい経験でした」ホリーはいった。「しかし、事故は同時にメアリーズヴィルの町にとっても大災難でした。この町で人々に働き口を提供していたのは洞窟だけだったからです。洞窟が閉鎖されると、多くの人々が町を去りました」

ハウイーが車にブレーキをかけた。「あそこがチケットブースだったようだな。鎖がわたされて道が封鎖されてるのが見えるぞ」

「迂回して進むんだ」ユネルがいった。「この車のサスペンションを鍛えてやればいい」

ハウイーは鎖をよけて、路肩に車を進ませた。シートベルトを締めた乗客たちの体が上下に跳ねた。「よし、諸君。これでわれわれは正式に私有地への無断侵入者になったぞ」

車がさらに進むと、一頭のコヨーテが隠れ場所から躍りでて走り去った。ほっそりとした影がコヨーテと併走していた。ラルフは風雨で薄れたタイヤの痕跡を見てとった。地元の若者たちがここまで四輪バギー《ATV》を走らせてきたのだろう。その若者たちの一部は町を出ていったにちがいない、とラルフは思った。しかしラルフがもっぱら注意をむけていたのは、前方の岩がちな崖だった。かつて、メアリーズヴィルのたったひとつの観光資源を擁していた山だ。洒落た言い方をお望みなら、存在理由《レゾン・デートル》といってもいい。

「おれたち全員で行く」ユネルがいった。シートにすわったまま背すじをぴんと伸ばし、視線をまっすぐ前方に固定して、油断なく見張っていた。「それでいいんだな？」

男たちがいっせいに肯定の返事をした。ホリー・ギブニーだけは無言だった。

8

崖の上の監視スポットからは、連中が広大な駐車場に到着するよりもずっと前から、その車が見えていた。ジャックは武器を点検した——最大限にまで弾薬が装塡され、一発は薬室に送りこんである。これに先だって、崖っぷちぎりぎりの場所に平らな石をひとつ置いた。ジャックはいま全身を伸ばしてうつぶせになり、ライフルの銃身を石に載せていた。スコープをのぞき、十字線の中心をフロントガラスの運転席側に据える。そこへ太陽の光が反射して、つかのまジャックの目をくらませた。ジャックは顔をしかめて顔をスコープから離し、ふわふわ浮かぶ光の残像が消えるまで目もとをこすってから、あらためてスコープをのぞいた。

《さあ、来い》ジャックは思った。《駐車場のまんなかに車を駐めろ。そうなりゃ申しぶんなしだ。まんなかに車を駐めて降りてこい》

しかしSUVは駐車場を対角線状に横切って進み、板を打ちつけられた洞窟の入口の前で停止した。ついでドアがいっせいにひらいて、五人の人間が降り立った。男が四人、女がひとり。五人のお節介屋ども、全員が一列にならんでいる。好都合だ。ただし、かなり撃ちにくくもなった。太陽の位置の関係で洞窟への入口が日陰になっていた。それを押して発砲することもできなくはないが――リューポルド製のスコープはきわめて高性能だ――SUVの問題がある。五人のうち、〝ミスター・意見なし〟をはじめとする三人の姿が車体で隠れてしまっていた。

ジャックはライフルの銃床を頰に押し当てて身を横たえていた。胸やのどでは、ゆっくりと規則的に脈が搏っていた。もう、うなじのずきずきとする痛みも意識してはいなかった。いま意識を占めているのは、《メアリーズヴィル洞窟へようこそ》という看板の下にあつまっているお節介屋集団のことだけだった。

「さあ、もっと広いところへ出てこい」ジャックはひとりささやいた。「こっちへ出てきて、まわりを見まわせよ。ほら、あたりを見たいんだろう?」

ジャックは彼らがそうするのを待った。

9

洞窟へのアーチ状の入口は、二十枚ほどの板で閉ざされていた。板はどれも、入口に隙間なく充塡されたコンクリートに錆びついた大きなボルトでしっかり留めてあった。無許可の洞窟探険者を阻むこの二重の壁があれば、《立入禁止》の標識はもう必要ないようにも思えたが、それでも二枚の標識が出されていた。くわえて、すっかり薄れたスプレーペンキによる落書きも見うけられた——四輪バギーでここまでやってきた若者たちが残したものだろう、とラルフは思った。

「ここの入口に手出しをした者がいると思うか？」ユネルがたずねた。

「それはないな」アレックが答えた。「この板切れにだって、わざわざ手出しするやつがいるとはとても思えないな。入口に詰めこまれてるコンクリートに穴をあけたかったら、ダイナマイトがたっぷり必要になるぞ」

「ダイナマイトなんかつかった日には、地震が手をつけた仕事を最後までおわらせることになりそうだな」ハウイーがいい添えた。

ホリーがふりかえり、ＳＵＶのルーフごしに少し先を指さした。「土産物屋の先に道路があるのがわかりますか？〈アヒーガ門〉に通じている道です。観光客はそちらの入口から洞窟にはいることを禁じられていましたが、手前には多くの興味深い岩壁画《ピクトグラフ》がありました」

「そんなことをどこで知ったんだ？」ユネルがたずねた。

「当時、観光客に配られていた地図がいまでもネットで参照できます。いまはなんでもネットにあがっている時代ですから」

「それを調査活動《リサーチ》というんだよ、アミーゴ」ラルフがユネルにいった。「おまえも、そのうちやってみるといい」

一同はまたＳＵＶに乗りこんだ——今回も運転席にはハウイーが、助手席にはラルフがすわった。ハウイーは車を発進させ、ゆっくりと駐車場を横切りはじめた。「見たところ、かなりの悪路のようだね」

「心配するほどのことはないと思います」ホリーはいった。「あの丘の反対側には観光客向けのキャビン群があります。新聞記事によれば、二度めの救難チームがそこを集結地点として利用したそうです。さらにひとたびニュースが広がると、多くのマスコミの報道陣や心配した家族があつまってきた、ともありました」

「もちろん、いつもながらの野次馬連中もあつまってきただろうな」ユネルがいった。「野次馬連中はおおかた——」

「車をとめるんだ、ハウイー」アレックがいった。「まいったな」

一同はいま駐車場を半分ほど横切ったところだった。SUVのずんぐりした鼻づらは、いまキャビン群に通じている道を指している。ということは、おそらくメアリーズヴィル洞窟の裏口へと通じている道だろう。

ハウイーがブレーキを踏んだ。「どうした？」

「ひょっとしたら、おれたちは必要以上にこの仕事を面倒くさくしてるんじゃないかと思ってね。アウトサイダーが洞窟に隠れているとはかぎらないぞ——やつはカニングの町では納屋に潜んでいたんだ」

「その心は？」

「その心は——土産物屋の建物を調べてみるべきだ。無断侵入の痕跡がないかどうかをね」
「おれが調べてくる」ユネルがいった。
ハウイーは運転席のドアをあけた。「どうせなら全員で行けばいい」

10

お節介屋たちは板を打ちつけられた洞窟入口からＳＵＶに引き返した。がっしりした体格で頭の禿げかかった男が、ふたたび運転席にすわるためだろう、ボンネットの前をぐるりと歩きはじめた。これで妨害物のない射線が確保できた。ジャックはスコープの十字線を男の顔にあわせると、吸いこんだ息を肺にとどめ、引金にかけた指に力をこめた。しかし、引金は動かなかった。つづく悪夢そのものの一瞬のあいだ、ウィンチェスターになんらかの不具合が生じたにちがいないと思い……ついで、安全装置を解除していなかったことに気づいた。おれはどこまで愚かになれるのか？　ジャックはスコープをのぞいたまま、安全装置を指で押して解除しようとした。しかし、汗でぬるぬるになっていた親指が滑った。いざ解除できたときには、がっしりした体格の男は運転席にすわってドアを閉めているところだった。ほかの面々も車内に引き返していた。

「くそ！」ジャックは小声で毒づいた。「くそ、くそ、くそっ！」

SUVが駐車場を横切って連絡道路のほうへむかっていくのを見ていると、パニックがぐんぐんと膨らんできた。向こうへ行ってしまえば、連中は射線の外へ出てしまう。それに最初の丘を越えればキャビン群が見え、つづいて用具小屋も見えてくる。そうなれば、小屋横に駐めたトラックを見られてしまう。ラルフ・アンダースンなら、トラックをひと目見るだけで所有者がわかるのではないか？　わかるに決まっている。車体側面に貼ってある跳ね飛ぶ魚のシールだけではわからなくても、**《おれが乗るのはこいつとおまえのママだけさ》**というバンパーステッカーを見ればわかるはずだ。

《連中をあっちの道に行かせるわけにはいかないぞ》

それが訪問者の声なのか自分の声なのかはわからなかったが、どちらでもかまわなかった。どちらにしても正しいからだ。とにかくあのSUVをとめなくては。高性能弾薬の二、三発もエンジンブロックに撃ちこめば目的は果たせそうだ。車がとまったら、いよいよ窓ごしに車内への銃撃開始だ。直射日光がガラスに反射してぎらぎら光っているので、一度に全員を仕留めるのは無理かもしれない。しかし生き残った連中は泡を食って、がらんとした駐車場に飛びだしてくるはず——しかもその連中は負傷しているかもしれず、茫然となっていることはまちがいない。

ジャックの指が引金にからみついた。しかし最初の一発を放ちもしないうちから、SUVは看板が落ちてしまっている土産物屋の廃屋近くでいったん停止した。ついでドアがあいた。

「神さま、ありがとよ」ジャックはぼそりとつぶやき、ふたたびスコープに目を押し当てて〝ミスター・意見なし〟が車外へ降り立つのを待った。連中はひとり残らず始末しなくてはならない――しかし、まっさきに始末するべきはお節介屋の筆頭のあいつだ。

11

体に菱紋《ひしもん》のあるガラガラ蛇は、先ほど逃げこんだ岩の裂け目から這いずり出てくると、寝そべったジャックが広げている両足のほうへむかった。途中でいったん動きをとめ、ちろちろ揺れ動く舌で温まりつつある空気を味見してから、また地面を滑って進みはじめる。蛇には攻撃しようという気はまったくなく、あたりを偵察しているだけだった。しかしジャックが最初の一発を撃つと、蛇は尾をかかげて〝がらがら〟という音を出しはじめた。ジャックは――射撃用の耳栓を忘れ、歯ブラシだけではなく耳に詰める綿球も忘れていたせいで――蛇が出すこの警告音にも気づかなかった。

12

ＳＵＶを最初に降りたのはハウイーだった。ハウイーは腰に手をあてて、地面に落ちている《旅の記念品&本物の先住民工芸品》という看板に目をむけた。アレックとユネルが後部座席の運転席側のドアから降り立ち、また助手席から降りたラルフが、ドアハンドルのあつかいに手を焼いていたホリーのためにドアをあけた。そのあいだ、ラルフはひび割れた駐車場の舗装面に落ちていた品に目を引かれた。

「驚いたな」ラルフはいった。「あれを見てくれ」

「なにがあったの？」ホリーは地面にしゃがみこんだラルフにたずねた。「なに、なにがあったんです？」

「たぶん鏃《やじり》じゃな――」

そこへ銃声が響いた。高性能ライフルに特有の、水っぽい響きが混じった鞭《むち》の一撃にも似た音だった。ラルフは弾丸が空《くう》を切る気配を肌に感じた――つまり、頭頂部からわずか五センチ前後しか離れていないところを弾丸が飛んでいったということだ。ＳＵＶの助手席側のサイドミラーが一撃で砕けて吹き飛ばされ、ひびだらけのアスファルトに落下したあと、光をまぶしく反射させながら舗装面の上を転がっていった。

「銃だ！」ラルフはそう叫んでホリーの両肩に手をかけ、その体を引きずりおろして地面に膝立ちになる姿勢をとらせた。「銃、銃、銃だ！」

ハウイーが頭をめぐらせてラルフに目をむけた。その顔には驚きと困惑の表情がのぞいていた。「なんだって？　いまなんと——？」

二発めの弾丸が飛来し、ハウイー・ゴールドの頭頂部が一瞬で消滅した。頭からあふれた鮮血が両頰やひたいを伝い落ちていくあいだ、ハウイーはしばしその場に立っていた。ついで、その体がばったり倒れた。アレックがハウイーに駆け寄ろうとしたところに三発めが襲いかかった。アレックはうしろむきのままSUVのボンネットへ叩きもどされた。シャツのベルトの上あたりから鮮血がどっと噴きだした。四発めが飛んできた。弾丸がアレックの首の側面をざっくりと抉ったのがラルフにも見えた。次の瞬間、ハウイーのもとで調査員をしていた男はくずおれ、SUVの車体に隠れて見えなくなった。

「伏せろ！」ラルフはユネルに大声で叫んだ。「伏せろ、やつは崖の上だ！」

ユネルは地面に両膝をつき、両手もついて這い進んだ。立てつづけに三発の弾丸が襲いかかった。SUVのタイヤの一本が、空気の抜ける〝しゅうっ〟という音をあげはじめた。フロントガラスが一瞬にしてひびで白濁したようになり、弾丸が穿《うが》ったハンドル近くの穴を中心に車内へ沈みこんでいった。三発めは運転席側の後部クォーターパネルに命中し、さらに助手席側のパネルにテニスボール大の射出口をつくって飛びだしていった——それも、ラルフとユネルがホリーをはさんでしゃがんでいる場所のすぐ近くに。いったん間があったのち、またしても連続射撃に見舞われた。今回は連続四発。リアウィンドウが割れ、安全ガラスが無数の粒になって飛び散った。ついでリアデッキにも、へりがぎざぎざの穴が出現した。

「ずっとここにいるわけにはいきません」ホリーがいった。完璧に落ち着きはらった声だった。「たとえわたしたちを撃ち殺さずとも、犯人はガソリンタンクを撃つはずです」

「そのとおり」ユネルがいった。「それにアレックとハウイーのことだ。どう思う？　助かる可能性があると思うか？」

「いいや」ラルフは答えた。「ふたりとも——」

ふたたび、例の水っぽい響きまじりの鞭打ちめいた音がした。三人全員が思わず身をすくませ、別のタイヤが空気の抜ける音をたてはじめた。

「ふたりとも死んでる」ラルフはいいかけた言葉をしめくくった。「土産物屋の建物に逃げこむほかはないな。きみたちが先に行け。おれが掩護《えんご》する」

「掩護はおれにまかせろ」ユネルがいった。「おまえとホリーがまず走るんだ」

狙撃者がいるあたりから悲鳴があがった。苦痛による悲鳴なのか激怒の叫び声なのか、ラルフには判断できなかった。

ユネルはさっと立ちあがって足をひらき、拳銃を両手でしっかりかまえると、小高い丘の頂上めがけて一定の間隔で弾丸をはなちはじめた。

「行け！」ユネルが叫んだ。「いまだ！　行け、行け、行け！」

ラルフは立ちあがった。隣のホリーも立った。そしてテリー・メイトランドが射殺されたあの日とおなじように、ラルフにはすべてがくっきりと見えているように思えた。ホリーの腰に巻きついている自分の片腕。翼をいっぱいに伸ばして上空で旋回している鳥。音をたてて空気が洩れつつあるタイヤ。運転席側に傾きかけているＳＵＶの車体。丘のてっぺんに目をむけると、ちらちらと揺れ動くような光の反射が見えた——クソ野郎のライフルのスコープにちがいない。スコープがそんなふうに動いている理由はわからなかったが、とりたてて知りたくもなかった。二回めの悲鳴があがり、さらに三度めの悲鳴があがった——最後の悲鳴は、引き攣《つ》った金切り声そのものだった。ホリーがユネルの腕をつかんで体を引き寄せた。ユネルは驚き顔をホリーにむけた——夢の国から荒っぽく叩き起こされた男そのままの顔つきに、ラルフはユネルが死ぬ覚悟だったことを悟った。死を待っていたことを悟った。三人は土産物屋という待避所目指して全力で走った。致命傷を負ったＳＵＶから土産物屋までは五十メートル強だったが、三人ともスローモーションで走っているように思えた。馬鹿馬鹿しいロマンティックコメディ映画のラストシーンに出てくる親友トリオにそっくりだった。ただしその手の映画では、つい九十秒前まで元気に生きていたのに、いまは無残な死体になったふたりの男のそばを登場人物が軽やかに駆け抜けたりはしない。その手の映画では、新しい血だまりを踏んで背後に鮮やかな赤い足跡を残すようなこともない。そしてまたも銃声が響き、ユネルが叫んだ。

「撃たれた！　くそ野郎に撃たれちまった！」ユネルは地面に倒れた。

13

ジャックが耳鳴りに悩まされながら弾薬を装塡しなおしていたそのとき、ガラガラ蛇はついに縄張りへの邪魔な侵入者に我慢がならなくなった。蛇がまず嚙みついたのは、ジャックの右ふくらはぎの膝に近いあたりだった。ガラガラ蛇の牙はジャックが穿いていたチノパンツの生地をやすやすと貫いたうえ、毒腺は満タン状態だった。ジャックは転がって仰向けになりながら悲鳴をあげ、ライフルを右手で高くかかげた――といっても、痛みにあげた悲鳴ではなかった。痛みは兆しはじめたばかりだった。悲鳴をあげたのは、足を這いのぼってくるガラガラ蛇をまともに見てしまったからだ。ちろちろ出入りしている、先端がふたまたに割れた細い舌、一心に見つめる黒いビーズのような目。ひときわおぞましかったのは、ぬらぬらと捕えどころのない体の重みだった。蛇がふたたび飛びかかってきた。二回めは腿だった。そのあとも蛇は、がらがらという音を出して全身をくねらせながらジャックの体を這いのぼってきた。次に嚙みつかれるのは金玉だろうか。

「あっちに行け！　**おまえなんかあっちに行けって！**」

ライフルで追い払おうとしても効果がないことはわかっていた。蛇はやすやすとライフルをかわすだろう。その代わりジャックはライフルを捨てて、両手でガラガラ蛇をつかんだ。蛇はたちまち右手首に襲いかかった。最初は嚙みつきそこねたが、二度めでジャックの手首に新聞の大見出しにつかわれるコロンそっくりの一対の穴を穿った。といっても毒腺の中身はもう尽きていたが、ジャックはそのことを知らず、また関心さえなかった。いまジャックは濡れたタオルを絞る要領で、毒蛇の体をねじりあげていた。目の前で、蛇の皮が一気にぱっくり弾けた。崖のずっと下では、だれかがくりかえし発砲していた。音から察するに拳銃のようだった。しかし距離がかなりあるため、崖の上まではなにも届かなかった。ジャックはガラガラ蛇を投げた。蛇は岩だらけのがれ場にどさりと落ちて、またしても這いずって逃げていった。

《やつらを始末しろ、ジャック》

「ああ、わかった、わかったってば」

いま自分は本当にしゃべったのか、それとも考えただけか？　わからなかった。耳鳴りはいまでは高いハム音に変じていた。針金を強くこすって震動させたような音だった。

ジャックはライフルをつかむと寝返りを打って腹ばいになり、銃身を平らな石の上に固定してからスコープをのぞいた。生き残っていた三人が——女をまんなかにして——土産物屋に逃げこもうと走っていた。ジャックはスコープの十字線をラルフ・アンダースンにあわせようとしたが、両手がひどく震えてしまい（片手はガラガラ蛇にくりかえし嚙まれていた）、結局はラルフではなく肌が浅黒い男に命中させたにとどまった。二発は失敗だったが、三発めで仕留めた。男はとっておきの豪速球を投げようとしているピッチャーのように片腕をたかだかとふりあげて……横ざまに倒れた。残るふたりが男を助けようとして足をとめた。ジャックにとってはベストチャンスであり、最後のチャンスかもしれなかった。いまこの場でふたりを倒さなくては、ふたりがあの廃屋の裏に走りこんでしまう。最初に嚙まれた箇所から、激痛の波が足を上へと這いあがってきた。同時にふくらはぎの肉がぐんぐん腫れてきたのが感じられた。しかし、それさえ最悪の部分ではなかった。最悪だったのは、熱がたちまち全身に広がっていることだった——最悪の熱病にかかったときのように。いや、地獄で日焼けしたようだというべきか。もう一度引金を絞る。今度こそ女を仕留めたと思ったが、女はびくっとしただけだった。見ていると、女は肌の浅黒い男の怪我をしていないほうの腕をつかんでいた。ラルフ・アンダースンが倒れた男の腰に腕をまわして体を引き立たせた。ジャックはいま一度引金を引いたが、〝かちっ〟という乾いた音がしただけだった。急いでポケットをさぐって予備の弾薬をとりだし、二発を装塡したが、残りは落としてしまった。両手が痺れてきた。蛇に嚙まれたほうの足も痺れてきていた。口のなかで舌が腫れてきたように感じられた。ジャックはふたたび悲鳴をあげた。今度は思うにまかせぬもどかしさの叫びだった。なんとか片目をスコープにあてがったときには、三人の姿は消えていた。つかのま、彼らの影だけは見えていたが、それもたちまちかき消えた。

14

体の片側をホリーに、反対側をラルフに支えられて、ユネルはなんとか土産物屋の廃屋の、材木が劣化している側にたどりつくことができた。息を切らしながら、建物の壁によりかかる。顔は灰のような色で、ひたいは玉の汗だった。シャツの左袖は手首まですっかり赤く染まっていた。

ユネルはうめき声をあげた。「くそっ、とんだ切れ味のよさだな、まったく」

丘のてっぺんから狙撃者がまた発砲した。弾丸が空を切ってアスファルトに跳ね返った。

「傷の具合はどうだ？」ラルフがいった。「見せてみろ」

そういってユネルの袖口のボタンをはずし、慎重な手つきで袖を引きあげた。ユネルが疳高《かんだか》い声をあげて歯を食いしばった。ホリーは携帯電話をつかっていた。

銃創があらわになると、ラルフが恐れていたほどの重傷ではないことがわかった。弾丸はかすり傷よりも若干重めの傷を負わせたにすぎなかった。これが映画だったら、軽傷だとわかった時点でユネルはふたたび戦闘の場に引き返せるようになる——しかしこれは現実の世界であり、現実の世界では映画と事情が異なる。高性能ライフルの銃弾は、ユネルの肘に影響を与えるほどの損傷を与えていた。銃創のまわりは早くも腫れて紫色になりかけていた――棍棒でこっぴどく殴られたかのようだった。

「頼むから、肘が脱臼しただけだといってくれ」ユネルがいった。

「そういえればいいんだが、骨が折れてると思う」ラルフはいった。「それでも、おまえはツイてるぞ。弾丸があと少しでも体を抉っていたら、肘から下がざっくり切り落とされていたかもしれない。やつがなんの銃をつかっているかはわからないが、デカい銃だな」

「肘が脱臼してるのはまちがいないな」ユネルはいった。「衝撃で腕がうしろへ叩き飛ばされたときに関節がはずれたんだ。くそっ。これからどうする、アミーゴ？　おれたちは身動きとれないぞ」

「ホリー？」ラルフはたずねた。「なにかわかったか？」

ホリーは頭を左右にふった。「ボルトン家にいたときにはアンテナバーが四本立ってたけど、ここはまったくの圏外です。崖の上の男はさっき『あっちに行け』と叫んでませんでしたか？　おふたりのどちらかに心当た――」

ライフル男がまた発砲した。アレック・ペリーの体がびくんと跳ねてから静かになった。

「おまえを仕留めるぞ、アンダースン！」丘のてっぺんから、その声がただよい落ちてきた。「仕留めてやるぞ、ラルフ野郎！　おまえら全員を仕留めてやる！」

ユネルが驚いた顔でラルフを見つめた。

「困ったことになりました」ホリーはいった。「アウトサイダーはやはりドラキュラでいうレンフィールド的な人物、つまり協力者を得ていたのですね。その正体がだれかはともかく、その人物はあなたのことを知っています、ラルフ。心当たりはありますか？」

ラルフはかぶりをふった。狙撃者は声を限界まで張りあげて叫んでいた。雄叫びといってもいいくらいだったうえに、反響をともなってもいた。だれの声であってもおかしくなかった。

ユネルが腕の銃創に目を落としていた。出血のペースは落ちていたが、腫れのほうはなおも進んでいた。このぶんだと、もうじき肘がどこにあるのかが目で見るだけではわからなくなりそうだ。「親不知《おやしらず》がひどいことになったとき以上の痛みだな、これは。ラルフ、頼むから、名案があるといってくれよ」

ラルフは土産物屋の建物の反対側まで急いで走り、口もとに両手をあてがってメガホン代わりにして叫んだ。「そこのクソ男、警察がこっちへむかってるぞ！　ハイウェイパトロールだ！　あの連中はおまえに投降を呼びかけたりはしないぞ——狂犬病の犬を相手にするときみたいに、問答無用で撃ち殺すんだ！　死にたくなければ、いますぐとっとと逃げるんだな！」

いったん間をはさんでから、また悲鳴があがった。痛みの悲鳴だったのかもしれず、笑い声だったのかもしれず、両方だったのかもしれない。悲鳴のすぐあとに、二発の弾丸がつづいた。一発はラルフの頭のずっと上のあたりで建物の壁に命中し、衝撃で一枚の羽目板が壁から叩き飛ばされ、木端《こっぱ》がつむじ風のように舞いあがった。

ラルフはさっとあとずさり、待ち伏せ襲撃でも生き残った仲間ふたりに目をむけた。

「いまのはノーの返事だったらしいな」

「ヒステリックな声でしたね」ホリーがいった。

「頭がいかれてるんだろうよ」ユネルが同意し、頭を建物の壁にあずけた。「まいったな、アスファルトの上はめちゃくちゃ暑いぞ。昼になったら、いま以上に暑くなる。酷暑《ムイ・カリエンテ》だぞ。そのときもまだここにいたら、おれはこんがり焼けそうだ」

ホリーがいった。「右手だけでも銃を撃てますか、サブロ警部補？」

「ああ、撃てる。ついでにいっておけば、おれたちみんな、ライフルをもった頭のおかしなやつのせいで足止めを食らってる仲間なんだから、もっとラフに〝ユネル〟と名前で呼んでくれていいぞ」

「あなたにはこの建物の向こうの端、いまラルフがいるところまで行ってほしいんです。ラルフ、あなたはわたしのところへ来てもらいます。サブロ警部補が銃を撃ちはじめたら、わたしたちは観光客むけのキャビン群と〈アヒーガ門〉に通じている道路まで走っていきます。わたしの推測では、ひらけた空間に身を置いているのは距離にして五十メートル弱。それだけなら十五秒で走りきれるはずです。ことによったら十二秒で」

「十二秒もかかったら、上にいるあいつにどちらか片方が撃たれてもおかしくないぞ、ホリー」

「わたしは、ふたりとも走りきれると思います」あいかわらず、アイスキューブが盛られたボウルごしに吹きつけてくる扇風機の風なみにクールな声。驚くほかはなかった。二日前の夜、ハウイー・ゴールドの事務所の会議室に姿をあらわしたとき、ホリーは緊張しきっていて、だれかが大きな咳でもしようものなら飛びあがって天井に頭をぶつけそうなくらいだったのに。

《この女は前にもこういった局面に立たされたことがあるんだ》ラルフは思った。《そしてこういった局面にいたってこそ、本物のホリー・ギブニーが顔を出すんだ》

また銃声が響き、すぐに金属音が鳴りわたった。つづいてまた一発。

「やつはSUVのガソリンタンクを狙ってる」ユネルがいった。「レンタカー会社の人間が渋い顔をしそうだ」

「とにかく行かなくてはなりません、ラルフ」ホリーはラルフの目をまっすぐ見つめていた――以前のホリーなら不得意なことだったが、いまはちがう。そう、いまはまったくちがっていた。「わたしたちがあいつを逃がしてしまったら、そのあと何人のフランク・ピーターースンが殺されることになるかを考えましょう。将来のフランクたちはあいつを知りあいだと思いこんで、いわれるままについていってしまう。あるいは、とても親しみやすい雰囲気が理由かもしれません――ハワード姉妹にも、そうやって親しげに接したんでしょうね。いいえ、あの丘の頂上にいる男のことではありません。あの男が守っている存在のことです」

立てつづけに三発の銃声が轟《とどろ》いた。ラルフが目をむけると、SUVの後部クォーターパネルに複数の穴があいていた。たしかにあの男はガソリンタンクを狙っている。

「もし協力者のミスター・レンフィールドが上から降りてきて、おれたちを出迎えたらどうする？」ラルフはたずねた。

「降りてこないと思います。いまのように有利な高い場所から動かないかもしれません。とにかくわたしたちは、〈アヒーガ門〉に通じている道を少しでも先まで行かなくては。わたしたちが〈アヒーガ門〉に着く前に男が丘から降りてきたら、あなたに撃ってもらえばいいし」

「喜んで撃たせてもらうよ――向こうが先におれを撃たなければね」

「あの男の身になにかあったんじゃないかと思うんです」ホリーはいった。「さっきのあの悲鳴から」

ユネルがうなずいた。「『あっちに行け』といってたな。おれにもきこえたよ」

次の銃撃でSUVの燃料タンクに穴があいて、ガソリンがアスファルトに流れおちはじめた。すぐに爆発するということはなかったが、丘の上の男がまたタンクに弾丸を命中させれば、そのときにはたちまちSUVが爆発するだろう。

「オーケイ」ラルフはいった。それ以外に自分たちがとれる道はひとつしか思いつかなかった――ここにしゃがんだまま、アウトサイダーの共犯者が高速弾を連射して土産物屋の壁を撃ちぬきはじめるのを待つという道だ。共犯者はそれで、こちらをひとりかふたり倒せればいいと踏んでいるのだろう。「ユネル？　おれたちをできるだけ掩護してくれ」

ユネルは体を前へと引きずるたびに襲ってくる痛みに、食いしばった歯のあいだから

〝しゅっ〟と音をたてて息を吐きながら、建物の端に近づいていった。右手にかまえたグロックを胸に押しつけている。ホリーとラルフのふたりは建物の反対の端に移動した。丘をのぼった先にある観光客向けキャビン群に通じている連絡道路が、ラルフの目に見えてきた。道は左右からふたつの大岩にはさまれていた。片方の石にはアメリカ国旗が、反対の石にはテキサス州の州旗の〝ひとつ星《ローンスター》〟が描いてあった。

《とにかく、アメリカ国旗が描いてある岩の裏に逃げこめれば安全だな》

これ自体はまずまちがいではないが、五十メートルという距離が五百メートルもあるように見えたのは初めてだった。ラルフは自宅でヨガをしているか、あるいはダウンタウンで忙しく用事をすませているだろう妻ジャネットを思った。サマーキャンプにいる息子デレクのことも思った。いまごろは新しい友人たちと工作室でテレビ番組やビデオゲームを話題にしたり、女の子のことを話したりしていることだろう。それればかりかラルフには、ホリーはだれのことを考えているのだろうかと思いをめぐらせる時間もあった。

いうまでもなく、ホリーが考えていたのはラルフのことだった。「用意はいいですか？」

ラルフが答える間もなく狙撃者がふたたび発砲し、ＳＵＶのガソリンタンクが爆発、オレンジ色の火の玉が膨れあがった。ユネルは自分がいる建物の隅から身を乗りだし、丘のてっぺんへむけて拳銃を撃ちはじめた。

ホリーが一気に走りだした。ラルフはそのあとを追った。

15

SUVが爆発して炎に包まれるのを見て、ジャックは勝利の叫びをあげた——といっても、勝ち誇る理由はひとつもなかった。そもそも、あの車にはだれも乗っていなかったのだから。ついで、なにかが動く気配を目がとらえた。そちらを見ると、ふたりのお節介屋が連絡道路を目指して走っていた。先に立って走っているのは女で、そのすぐうしろをラルフ・アンダースンが走っていた。ジャックはすかさずライフルをふたりの方向へむけて、スコープをのぞいた。引金をまだ絞らないうちに、飛来してくる弾丸の〝ひゅるひゅる〟という音が耳をつき、岩のかけらが肩にぶつかってきた。あとに残った男が銃でこちらを撃っていた。男がどんな拳銃をつかっているのかはわからないが、正確にこちらの標的を撃ちぬくには距離がありすぎる。ただし、直近の一発は思わず不安になるほどきわどかった。ジャックはあわてて姿勢を低くしたが、あごを強く胸にむかって押しつけた拍子に、のどの腺が——膿が溜まっているかのように——膨れあがって疼いていることに気づかされた。頭は痛み、肌は焼けるように熱く、目玉は眼窩が窮屈に感じられるほど膨れあがっているようだった。

スコープをのぞくと、ちょうどラルフ・アンダースンがふたつある巨岩の裏に身を隠すところだった。これでふたりとも見失った。しかも、それだけではなかった。燃えているSUVから黒煙があがっていた。太陽が完全に空にのぼっているいま、煙を吹き散らしてくれる風は吹いていなかった。だれかがあの煙を目にとめて、このさびれたちっぽけな町の消防団に通報したらどうなる？

《山を降りろ》

今回ばかりは、だれの声なのかと考える必要さえなかった。

《おまえには、あいつらが〈アヒーガ〉にたどりつく前に仕留めてもらうぞ》

ジャックには〝アヒーガ〟がなんなのか見当もつかなかったが、頭のなかにいる訪問者がなにを話しているかは疑問の余地なくわかっていた——大族長の絵のあった案内看板がさし示していた道だ。下にいるクソ男がまた発砲した。すぐそばの地面から突きでた岩から小さな破片が飛び散り、ジャックは思わず身をすくめた。それから、もと来た方向へ引き返すべく最初の一歩を踏みだしたところでばったり倒れた。つかのま、激痛があらゆる思考を塗りつぶした。ふたつの石のあいだから生えていた灌木をつかんで体を引き立たせてから自分を見下ろしたとたん、変わりはてたありさまに目を疑った。蛇に嚙まれたほうの足が、反対の足の二倍の太さになるほど腫れていた。スラックスの生地がきつく引き伸ばされていた。さらにわるいことに、股間が盛大に盛りあがっていた。まるで小さな枕を詰めこんだかのように。

《さあ、下へ降りろ、ジャック。やつらを仕留めろ。そうすれば、おれがおまえの癌を取

り除いてやる》

そういわれても、いまの自分はもっとせっぱ詰まった問題に直面しているのではないか？　体がこうして水びたしのスポンジのように膨れているのだから。

《蛇の毒も取り除いてやる。おれがおまえを元気な体にもどしてやるよ》

タトゥー野郎の言葉を信じていいのかどうかはわからなかったが、自分が選り好みできる立場でないことだけはわかった。それに、あそこにはラルフ・アンダースンがいる。〝ミスター・意見なし〟を生かして帰すわけにはいかない。なにもかもあいつの責任だ。だから、あいつをむざむざと逃がしてなるものか。

ジャックは足をもつれさせ、片手に握ったウィンチェスターの銃身を杖代わりにしながら、速足で坂道をくだりはじめた。二回めに転んだのは、左足で踏んだ岩屑《がんせつ》がずるりと滑り、腫れあがって痛みに疼く右足では力の埋めあわせができなかったときだった。さらにその次に転んだときにはスラックスの布地が裂けて、壊死《えし》したかのように青黒く変色した肉があらわになった。ジャックは岩を必死につかんで体を起こした。激しく息を切らし、顔にはびっしょり汗をかいていた。自分がこの岩と雑草しかない地、神に見捨てられたような地で死ぬことは確実に思えた。しかし、ひとりで死ぬのはまっぴらだった。

16

ラルフとホリーは体を折って頭を低くしたまま、連絡道路を走って進んでいた。最初の丘をのぼりきったところで、足をとめて息をととのえる。下方の左手を見おろすと、輪をつくるように建てられた観光客向けのキャビン群がいずれも朽ちかけた姿をさらしていた。右側を見ると細長い建物があった。メアリーズヴィル洞窟が採算のとれている事業だったころには、用具や備品をしまっておく物置だったのだろう。建物の横に一台のトラックが駐めてあった。ラルフはいったんトラックを見てから目をそらしたが、すぐにあわててトラックを二度見した。

「なんてことだ」

「なに？　なんですか？」

「やつがおれを知っていたのも当然だよ。あれはジャック・ホスキンズのトラックだ」

「ホスキンズ？　フリントシティ市警の刑事さんですか？」

「ああ、やつだ」

「どうしてその人が――」ホリーはそこまでいってから、切りそろえた前髪が浮かびあがるほど勢いよくかぶりをふった。「そんなことはどうでもいい。銃撃がやんだということは、あの男がこっちへ降りてくるのではないでしょうか。だったら、こちらは早く行かなくては」

「ユネルがジャックを撃ったのかもしれないな」ラルフはいったが、ホリーから〝そんなことは信じられない〟と目で語られると、こうつづけた。「ああ。わかったよ」

ふたりは急いで用具小屋の横を走った。建物の反対側からは、丘の裏側に通じている小道が延びていた。

「おれが先に行く」ラルフはいった。「拳銃をもっているのはおれだからね」

ホリーは異をとなえなかった。

ふたりは九十九折《つづらおり》になっている細い小道を小走りにあがっていった。ゆるんだ岩屑が靴の下で滑って、ふたりともあやうく転倒しかけた。山道をのぼりはじめて二、三分もすると、丘のずっと上のほうから石が転がっては跳ねている物音がラルフの耳に届くようになった。まちがいない、ホスキンズがふたりを迎え撃とうとして丘から降りてきているのだ。

ふたりは地面から突きでている大岩をまわりこんだ——ラルフはグロックを水平にかまえ、ホリーはすぐ背後の右側に控えていた。まわりこんだ先で、小道はまっすぐ十五メートルほど延びていた。ホスキンズが丘を降りてくる物音はしだいに大きくなっていたが、岩が迷路をつくっているせいで、どのくらい離れているのかは判断できなかった。

「洞窟の裏口に通じている連絡道路はどこにあるんだ？」ラルフはたずねた。「やつはだんだん近づいてくる。なんだか、ジェームス・ディーンの映画の〝度胸だめし《チキン・ラン》〟みたいになってきたな」

「ええ、映画の題名は〈理由なき反抗〉。確かなことはわかりませんが、もうそれほど遠くはないはずです」

「このメインストリートから離れて目的の道にはいる前にジャックと鉢あわせすれば、まず銃撃戦になる。だから、あいつの姿が見えたら、きみはすぐ――」

ホリーがラルフの背中をどんと叩いた。「あいつより先に目的の道にはいってしまえば、銃撃戦になることもなく、わたしがすぐになにかする必要もなくなります。さあ！」

ラルフは直線コースを走りだしながら、体力は回復していると自分にいいきかせた。あいにく真実ではなかったが、前向きに考えるのはいいことだ。背後のホリーはラルフの肩をとんとん叩きつづけていた――ラルフを急《せ》かしているのか、それとも自分がまだうしろにいることを知らせているのかはわからなかった。ふたりは小道の次の折り返しにさしかかった。ラルフはホスキンズのライフルの銃口との対面を覚悟しながら、カーブの先をのぞきこんだ。銃口は見えなかったが、色褪せたアヒーが族長の肖像のある板づくりの案内看板が目に飛びこんできた。

「よし、行くぞ」ラルフはいった。「急げ」

ふたりは看板を目ざして走った。ラルフには、近づきつつある狙撃者の苦しげな息づかいがきこえるようになっていた。しゃくりあげて泣いているような声。ついで、石が崩れるような音と痛みの悲鳴がきこえてきた。音から察するにホスキンズが倒れたらしい。

《よし、いいぞ。ぶっ倒れたままでいてくれ！》

その願いもむなしく、石がぶつかりあう音と足がもつれたり滑ったりする音がつくる物音が再開した。かなり近い。じりじり接近してくる。ラルフはホリーの体をつかむと、〈アヒーガ門〉へ通じる小道のほうへ押しやった。ホリーの青白く小さな顔は汗だくになっていた。唇をきつく結んで、両手をスーツの上着のポケットに押しこんでいた。上着はいまでは砕けた岩の粉をかぶり、血しぶきが点々と散っていた。

ラルフが立てた一本指を唇にあてがい、ホリーはうなずいた。それからラルフは看板の裏にはいりこんだ。テキサスの乾燥した熱い空気のせいで看板の板がわずかに縮み、できた隙間のひとつから外のようすが見てとれた。見ていると、ジャック・ホスキンズがよろめきながら視界にはいってきた。とっさに思ったのは、ユネルの撃った弾丸がまぐれでジャックに命中したのではないか、ということだった。しかしそれだけでは、裂けたスラックスからのぞくグロテスクなほど腫れた足の説明がつかない。《あれじゃ転んだのも無理はない》ラルフは思った。それどころか、あの足でこれだけの急斜面をここまで下ってこられただけでも驚きだ。ジャックの手にはハウイーとアレックを殺したライフルがまだあったが、いまでは杖としてつかっているだけで、指は引金から離れていた。そもそもいまのジャックでは、たとえ至近距離からでもなにかを撃つことはできないだろう、とラルフは思った。あれだけ手が震えていては無理だ。目は血走り、眼窩の奥に落ちくぼんでいた。岩の粉がジャックの顔に歌舞伎《カブキ》の舞台化粧をほどこしていた。しかし汗が垂れ落ちたところでは化粧が剝がれ、恐るべき紅疹を発症しているような真っ赤な肌がのぞいていた。

ラルフは両手でグロックをかまえて、看板の裏から前に進みでた。「そこでとまれ、ジャック。ライフルを捨てろ」

ジャックは十メートル弱先で前へつんのめるようにして、よろけながら足をとめた。しかし、ライフルの銃身はつかんだままだった。あまり歓迎できなかったが、この程度ならラルフにも我慢できた。しかしジャックがライフルをもちあげようとしたら、そこでジャックの命はおわりだ。

「おまえたちはここへ来ちゃいけなかった」ジャックはいった。「死んだ祖父《じい》ちゃんがよくいってたとおりだ――なあ、おまえは生まれついての馬鹿なのか、それとも馬鹿に育っただけなのか？」

「おまえのくだらないおしゃべりにつきあう気分じゃない。おまえはふたりの人間を殺し、ひとりに怪我を負わせた。それも卑怯な待ち伏せ攻撃で」

「そもそも、あいつらはここに来たのがまちがいだったのさ」ジャックはいった。「まちがいを犯して関係のないものに手出ししたから、その報いをうけたんだ」

「その関係のないものというのは？」ホリーが質問した。

ジャック・ホスキンズの唇はひび割れ、にたりと微笑むと血が流れはじめた。「タトゥー野郎だよ。おまえなら知ってると思った。お節介ビッチが」

「よし、いいたいことはいったな」ラルフはいった。「ライフルを地面におろせ。あれだけ人を傷つければ、もう充分だろう。そのまま手を放して落とせばいい。前かがみになれば、おまえはそのまま顔から地面にぶっ倒れそうだ。蛇に嚙まれたのかい？」

「蛇に嚙まれたのは、ただのおまけだよ。おまえはもう帰れ、ラルフ。おまえたちふたりとも帰らなくちゃだめだ。そうでないとやつは、おれに毒を盛ったみたいに、おまえたちにも毒を盛るぞ。これは賢者の助言だ」

ホリーはジャックに一歩近づいた。「その男はどうやってあなたに毒を盛ったの？」

ラルフが警告の意味でホリーの腕に手をかけた。

「おれに触れただけだ。うなじにね。たったそれだけだ」ジャックは疲れた驚嘆の面もちでかぶりをふった。「触られたのはカニング町のあの納屋だ」ジャックは声を高めた――声は怒りのあまりわなないていた。「おまえはどうしておれをあそこへやった？」

ラルフは頭を左右にふった。「それを決めたのは署長にちがいない。おれはその話を少しも知らなかった。これっきり二度といわないぞ――銃を地面におろせ。おまえはもうその銃に用はない」

ジャックは考えこんだ……というか、そんな顔を見せた。ついでジャックはゆっくりとライフルをもちあげはじめた――銃身を握った両手を交互に動かすことで、手がじりじりと引金に近づいていた。「おふくろとおんなじ道を行く気はない。ああ、断じてそんなことはするものか。まず、そこにいるおまえの友だちを撃ち殺す。そのあとはおまえだ。おまえがおれを止めないかぎり」

「ジャック、やめろ。最後の警告だ」

「そんな警告はおまえのケツの穴にでも――」

ジャックはホリーにライフルの狙いをつけようとしていた。ホリーは動かなかった。ラルフはホリーの前に割りこむと、つづけて三回発砲した。狭い空間で耳がつぶれそうな銃声が響いた。一発はハウイーのため、一発はアレックのため、そしてもう一発はユネルのためだ。拳銃にとっては若干距離がありすぎたが、グロックは頼れる銃器だし、これまで射撃練習では苦もなく優秀な成績をおさめてきた。ジャック・ホスキンズはばったりと倒れた。死にゆく男が顔に浮かべていた表情が、ラルフには安堵に見えていた。

17

ラルフは看板と道をはさんだ反対側の斜面に突きでている岩棚に腰かけて、ぜいぜいと荒い息をついていた。ホリーはジャックに近づくと地面に膝をつき、体を押し転がして仰向けにした。死体を一瞥してから、ラルフのところにもどってくる。「あの人は二回以上、蛇に嚙まれていました」

「ガラガラ蛇にちがいない。それも、でっかいやつだ」

「蛇の前にも、ほかのものが毒を盛っていましたね。どんな蛇よりも邪悪なものが。それをあの男は〝タトゥー野郎〟と呼び、わたしたちはアウトサイダーと呼んでいます。エル・クーコ。わたしたちの力で、これをおわらせなくては」

ラルフは、この神に見捨てられた岩の塊の反対側に横たわっているハウイーとアレックを思った。ふたりには家族がいる。それからユネル——死んではいないものの、負傷して苦しみ、いまごろはショック状態に陥っているかもしれない——やはり家族がある身だ。

「きみのいうとおりだ。この拳銃をつかうか？　きみがこの銃をもっていくのなら、おれはあいつのライフルをもっていく」

ホリーは頭を左右にふった。

「よし、わかった。仕事にかかるぞ」

18

最初のカーブをまわると、〈アヒーガ門〉への道は幅が広がり、下り坂になった。左右にはいくつもの岩壁画《ピクトグラフ》があった。古代人が描いた絵画のうちいくつかは、スプレーペンキの落書きで飾り立てられたり、永遠に塗りつぶされたりしていた。

「あいつはわたしたちが来ることを察するはずです」

「わかってる。せめて懐中電灯を一本でももってくるんだったな」

ホリーは大きなサイドポケットのひとつに手を入れて――重たげに垂れていたほうのポケット――〈ホームデポ〉で買ってきた太く短い紫外線《UV》懐中電灯をとりだした。

「きみには本当に驚かされるな」ラルフはいった。「ついでにおなじポケットから、ふたり分のヘルメットが出てくるなんてことはないよな？」

「気をわるくしないでほしいのですが、ラルフ、あなたのユーモアのセンスはいささかお粗末です。もっと磨きをかける必要があります」

小道の次のカーブをまわりこむと、岩壁の一部が自然に窪《くぼ》んでいるところの前に出た――窪みは地面から一メートル二十センチほどの高さにあった。窪みの上には、薄れかけた黒ペンキの文字で**《わたしたちは決して忘れません》**とあった。岩壁の窪みのなかに埃をかぶった花瓶があり、何本もの枯れ枝が――まるで骸骨の指のように――突き立っていた。かつて枯れ枝を彩っていたはずの花弁はとっくの昔に散っていたが、ここにはそれ以外の品が残されていた。花瓶の底のまわりに、おもちゃのアヒーガ族長が十ばかりも散らばっていたのだ。それは双子のジェイミースン兄弟が大地の下腹の奥へと這いこんでいって、二度と見つからずじまいだったとき、ふたりの背後に残されていた人形と同種のものだった。散乱している玩具はどれも歳月で黄ばみ、素材のプラスティックはひび割れていた。

「ここを訪れていた人たちがいるのですね」ホリーはいった。「スプレーペンキでの落書きから察するに若者たちだったのでしょう。でも、そんな若者たちもここを破壊するようなことはしなかったのですね」

「見たところ手を触れてもいないみたいだ」ラルフはいった。「さあ、急ごう。銃で撃たれて肘も脱臼しているユネルが丘の反対側にいるんだ」

「そうですね。おそらくかなりの激痛に苦しんでいることと思います。しかし、わたしたちは慎重に動かねばなりません。それはつまり、ゆっくりと行動するということです」

ラルフはホリーの肘をつかんだ。「おれたちがふたりとも例のやつにやられたら、ユネルをひとりで残してしまうことになる。それを考えると、きみはもどったほうがいいのかもしれんな」

ホリーは空を指さした。炎上中のSUVから黒煙が空に立ちのぼっていた。「だれかがあの煙を目にして、ここへ来るはずです。それにわたしたちふたりの身になにかがあっても、ユネルだけにはその理由もわかるはずですし」

そういうとホリーはラルフの手をふり払って、小道を歩きはじめた。ラルフは長い歳月のあいだにも乱されなかった小さな祭壇にいまいちどだけ視線を投げてから、ホリーのあとを追いはじめた。

19

この小道を歩いていっても〈アヒーガ門〉にもどこにも行き着かず、結局は土産物屋の裏へもどるだけじゃないのか——ラルフがそんなふうに思いかけたとき、小道は折り返しに近い急角度で左へ曲がり、世界じゅうのだれが見ても郊外住宅地にある物置小屋としか見えない建物に行きあたった。ただし、緑色のペンキは剝がれ落ちて色も薄れ、中央にある窓のない扉はあいたままになっていた。ドアの左右には警告の表示があった。表示をおさめたプラスティックのケースは長年のあいだに曇ってしまっていたが、いまも文字は読みとれた。左側は《**無断侵入を厳に禁ず**》とあり、右側には《**メアリーズヴィル町議会命令により本物件を収用する**》とあった。

ラルフはグロックをかまえてドアに近づいた。小道の岩壁に近い側にとどまっているようホリーに手で合図してから一気にドアをあけ、同時に膝を折って体を落としつつ拳銃を両手でかまえる。小屋の内部は、狭い玄関ホールのようになっていた。なにもない室内には、もともとは幅一メートル八十センチほどの暗闇に通じている岩の裂け目を封じていて、そこから引き剝がされたとおぼしき板が床に散らばっているばかりだった。長年のあいだに錆びた巨大なボルトで岩に固定されていた端の部分だけが、まだそのままになっていた。

「ラルフ、ちょっと見てください。なかなか興味深いものです」

見ればホリーはドアを手で押さえたまま体をかがめて、いまでは徹底的に破壊されている錠前を調べていた。しかもラルフが見たところ、錠前を壊したのはバールやタイヤレバーではないようだった——なにものかが石をくりかえし打ちつけて錠前を壊したように見うけられた。

「なにがあったんだ？」

「わかりますか――ホテル錠のように片方からしか施錠できない錠前です。施錠するには、外側から鍵をつかうしかない。つまり、ジェイミースンの双子なり最初の救難チームのメンバーなりがまだ洞窟内で生きているかもしれないという希望をもちつづけていた人がいたしるしです。生存者がこのドアにたどりつけば、この錠前は内側からは鍵がなくても解錠できるので、閉じこめられたままにはならないんです」

「しかし、ここにたどりついた生存者はいなかった」

「ええ」ホリーはドアから岩の裂け目のところまで歩を進めた。「このにおいがわかりますか？」

ラルフにも嗅ぎとれていたし、自分たちが異界への入口に立っていることも理解できていた。淀んだ湿気のにおいだったが、それだけではなかった。腐りつつある肉の鼻を刺すような甘ったるい香りもまじっていた。かすかだが、まちがいなく存在していた。ラルフはふと大昔のマスクメロンと、メロンの内部に這いこんでいた蛆虫のことを連想した。

ふたりは闇へ足を踏み入れた。ラルフは背が高かったが、岩の裂け目のほうが高く、頭をさげる必要はなかった。ホリーは懐中電灯のスイッチを入れた。まっすぐ前方を照らして、次第に地下深くへむかって延びている岩の回廊を確かめたのち、ふたりの足もとに光をむけた。地面に落ちた水滴の痕が光って浮かびあがり、それが闇の奥へむかって点々とつづいていた。ラルフのためにホリーは説明をあえて控えたが、ここで光っているのは、ホリーがラルフの自宅の居間で間にあわせのブラックライトをあてて光らせたのとおなじ物質だった。

ふたりが横にならんで歩けたのも、最初の二十メートル弱だった。そこから通路は狭まり、ホリーはラルフに懐中電灯をわたした。ラルフは左手に懐中電灯を、右手に拳銃をもって進んだ。岩の壁には、さまざまな鉱物がつくる筋が不気味な輝きを見せていた――赤い輝きを発するものがあれば紫色の輝きもあり、黄緑の輝きもあった。ラルフはおりおりに光を天井へむけた――折れて短くなった鍾乳石がつくる不規則的な形状の天井に、エル・クーコがひそんではいないことを確かめるためだ。洞内は決して寒いというほどではなかったが――ラルフは以前にどこかで、洞窟のなかの気温は一年を通じて、おおざっぱにその洞窟がある地域の年間平均気温のままだという話を読んだ記憶があった――それでも、外からはいってきたふたりには涼しく感じられたし、いうまでもなくふたりとも体を恐怖の汗に覆われているという事情もあった。より地中深くから風がふたりの顔に吹きつけ、同時にあのかすかな腐敗臭も運ばれてきた。

ラルフがいきなり足をとめた――ホリーはその背中にぶつかり、それでラルフを驚かせた。

「どうしたんです？」ホリーは小声でたずねた。

ラルフは言葉で答える代わりに、左側の岩壁の裂け目に懐中電灯をむけた。裂け目の上にふたつの言葉がペンキで書きこまれていた——《調査ずみ》と《なし》だった。

ふたりはゆっくりと慎重に進んだ。ホリーはどうか知らないが、ラルフは恐怖がしだいに膨れあがってくるのを感じていた。二度と妻や息子の顔を見られないにちがいないという思いも強くなってきた。妻子の顔だけではなく、太陽の光を見ることもないのではないか。人間がこれほどあっという間に日光を恋しく思うようになるとは驚きだ。ここから出られたら、直射日光を水のようにごくごく飲めるのではないだろうか。

ホリーがささやいた。「ここって、本当に不気味ではないですか？」

「そうだな。きみはもう引き返したほうがいい」

ホリーは無言でラルフの背中のまんなかを軽く押しただけで、答えの代わりにした。どんどん地下深くへむかっているこの通路を進むあいだに、ふたりはいくつかの岩の裂け目に行きあった。どの裂け目にも、先ほどとおなじ二語が書いてあった。文字が書かれてから、どのくらいの年月がたったのだろう？　クロード・ボルトンがティーンエイジャーだった時分だというから、少なくとも十五年……いや、二十年になるかもしれない。それからいままで、だれがここに来たのだろう？　もちろんアウトサイダー以外に。そもそも、来た者がいるのか？　わざわざ来る理由があるだろうか？　ホリーの言葉のとおり、ここは不気味なところだ。一歩前へ進むと、生きながら埋葬されている気分がそれだけ強くなる。ラルフは自分を鞭打つようにして、フィギス公園の空地のことを思った。フランク・ピータースンを思った。突き立っていた木の枝を思った——くりかえし強く押しこめられたせいで樹皮が剝がれ、血のりの指紋がべったりとついていた枝を。テリー・メイトランドのことも思った。ラルフにむかって、どうやって心の曇りを晴らすのかとたずねていたテリー。横たわって死に瀕しながら問いかけていたテリー。

　ラルフは先に進んだ。

　その先で通路がいきなり、また狭くなった。両側から石壁が迫ってきたせいではなく、左右両側に瓦礫《がれき》が転がっていたせいだ。ラルフが懐中電灯を上へむけると、岩石でできた天井にぽっかりと深くへこんだ部分があるのがわかった。それを見てラルフは、歯を抜かれたあとの歯茎にできた穴を連想した。

「ホリー、天井が崩落したのはここのようだな。二度めの救難チームが大きめの岩石を運びだしたんだろう。ここに残っているのは――」いいながらラルフは懐中電灯の光で瓦礫の山を薙《な》いでいき、その過程で虹のように光っている水滴の痕のようなものが、またふたつばかり見つかった。

「ここにあるのは、救難チームが手をつけなかったものですね」ホリーはいった。「通行の邪魔にならないよう左右に押しやっただけで」

「そうだな」

　ふたりはまた前へ進みはじめたが、最初のうちはじりじりとしか進めなかった。肩幅がかなりあるラルフは、横向きにならなければ先へ進めなかった。そこで懐中電灯をホリーに手わたして、銃を握った手を顔とおなじ高さにもちあげた。「おれの腕の下から光を前へむけてくれ。つねにまっすぐ前方を照らすよう頼む。びっくりさせられたくないからね」

「わ、わかりました」

「寒そうな声だね」

「だって本当に寒いから。もう声を出さないでください。アウトサイダーにきかれてしまいます」

「それがどうした？　やつはおれたちが近づいてるのを知ってる。銃で撃てば、やつを殺せると本気で思ってるか？　きみなら──」

「止まって、ラルフ！　止まって！　踏んじゃいます！」

ラルフはすぐに足をとめた。心臓が早鐘のようだった。ホリーは懐中電灯の光をラルフの足から少し先へむけた。通路がふたたび幅を広げる箇所のすぐ手前にある最後の瓦礫の山に、犬かコヨーテの死骸が投げだされていた。おそらくコヨーテだと思われたが、正確な判断はむずかしかった。頭部がなくなっていたからだ。腹部は切りひらかれ、内臓はすっかりすくいだされていた。

「あのにおいの正体はこれだったんですね」ホリーはいった。

ラルフは死骸を踏まないよう慎重に足を進めた。三メートル進んだところで、また足をとめる。なるほど、コヨーテでまちがいなかった。頭部がここに転がっていた。コヨーテは大袈裟に驚きを示す表情でラルフを見つめているように思えた。最初のうちは、そんなふうに思える理由がわからなかった。

　ホリーのほうがわずかに早く理由を見抜いた。「目がなくなってます。内臓を食べるだけでは足りなかったんですね。あいつは、かわいそうなコヨーテの頭から目玉を抉りだして食べた……。おええっ」

「となると、アウトサイダーが食べるのは人間の血と肉だけじゃないんだな」ラルフは言葉を切った。「あるいは人間の悲しみだけじゃなく」

　ホリーは静かに話した。「わたしたちのせいで──それももっぱら、あなたとサブロ警部補のせいで──いつもなら冬眠しているはずの時期にも、アウトサイダーは活発に活動していました。しかも、好きなものを食べられなくなっている。ですから、腹をかなり空かせているにちがいありません」

「弱ってもいる。きみは、やつが弱っているはずだといっていたね」

「そのとおりであることを祈りましょう」ホリーはいった。「ここにいると、本当に怖くてたまらなくなります。狭くて閉じているところは大きらい」

「だったら、いつでも──」

　このときもホリーはラルフの背中をそっと小突いた。「先へ進んでください。くれぐれも足もとに気をつけて」

20

仄暗《ほのぐら》く光る水滴の痕は、ここでもまだ点々と先へつづいていた。ラルフはこれを化け物の汗だと考えるようになっていた。自分たちとおなじで恐怖の汗をかいたのか？　そうであればいいと思った。クソ怪物がこれまで怯えていたならばいいと思ったし、いまなお震えあがっていればいいとも思った。

あのあとも岩の裂け目があるにはあったが、もうスプレーペンキの文字は書かれていなかった。どの裂け目もひび割れに毛の生えた程度で、たとえ子供でもすり抜けて奥へはいれないほどの――あるいは奥から出てこられないほどの――狭さだった。通路そのものはかなり窮屈だったが、ここへ来てまたホリーとラルフがならんで歩ける広さになった。どこか遠いところから、水がしたたり落ちている音がきこえてきた。ここでもラルフは吹きつけてくるそよ風を感じた。今回感じたのは左頬だった。亡霊の指に愛撫されているような感覚だった。風は岩壁のひび割れから吹きつけて、ガラス細工を思わせるうつろな響きのうめき声をあげた――ビール瓶の口に息を吹きこんだときのような音だった。なるほど、不気味なところにちがいなかった。わざわざ金を払ってまでこんな岩づくりの地下納骨堂じみた場所を見物にきた人々がいたというのが、どうにも信じられなかったが、考えればその人々は、いまのラルフが知っていて事実だと信じているあれこれをひとつも知らなかったのだ。以前なら荒唐無稽としか思えず、そればかりか笑止千万にも思えた話が、大地のはらわた深くにいるだけで真実だと信じられるようになるとは驚きではないか。

「気をつけて」ホリーがいった。「またおなじようなものがあります」

今回は、ずたずたに引き裂かれた二匹のホリネズミの死骸だった。その先にはガラガラ蛇――ただし残っていたのは、菱形模様の皮のちぎれた断片だけだった。

そこから少し進むと、急傾斜でくだっていくスロープのてっぺんに出た。表面はダンスフロアなみに滑らかだった。おそらく大昔、それも地球上を恐竜たちが歩いていた時代にはここを流れていたものの、そののちイエス・キリストが地上にあらわれる前に干上がった地下川の浸食作用がつくりだした斜面だろう。斜面の片側に手すりがそなえつけてあった。手すりには、小さな花のような錆が散っていた。ホリーが懐中電灯の光を走らせると、点々と落ちている水滴がぼんやりと発光したほか、掌紋と指紋も浮かびあがってきた。そのどちらもがクロード・ボルトンのものと一致することを、ラルフは信じて疑わなかった。

「化け物野郎はずいぶん慎重なんだな」ラルフはいった。「つるんと滑らないように気をつけていたとみえる」

ホリーはうなずいた。「ラヴィが〈悪魔の滑り台〉と呼んでいた洞内の通路がここだと思います。足もとに気を――」

ふたりの背後の下方から、岩がばらばらと落ちる音が短時間だけ響き、つづいて感じとれないほど微弱な衝撃がふたりの足もとの岩を通りぬけていった。ラルフは、しっかりと硬い氷でさえずれて動くことがあるという話を連想した。ホリーは大きく見ひらいた目でラルフを見つめていた。

「心配ないと思う。この古い洞窟はずっと昔から、いまのようなひとりごとをつぶやいてきたんじゃないかな」

「そうですね。でもラヴィが話してくれた地震からこっち、洞窟のひとり語りが以前よりも活発になったのではないかと思います。二〇〇七年の地震のことです」

「きみはいつでも引き返——」

「その話は二度としないでください。この目で最後まで見とどけずにはいられないので」

本心だろうと、ラルフは思った。

ふたりは手すりをつかって——といっても、自分たちよりも前にここを降りていった怪物が残した痕跡に触れないように気づかいながら——降りていった。最後まで降りきったところに、こんな表示が出されていた。

〈悪魔の滑り台〉へようこそ。
安全のために手すりをおつかいください。

〈悪魔の滑り台〉を通りすぎると、通路の幅はさらに広がった。ここにもアーチ状になった開口部があった。しかし張られた板の一部が落ちて、大自然がここに残したものがあらわになっていた――周囲がぎざぎざの、底知れぬ穴だった。

　ホリーは両手を口もとにあてがって、静かに声を出した。「ハロー？」

　声はたがいに重なりあった一連のこだまになって、ふたりのもとに跳ね返ってきた――《ハロー……ァロー……ァロー……》という感じに。

「思ったとおり」ホリーがいった。「この先が〈音の大広間〉です。ラヴィが話していた広い場所――」

「ハロー」

《アロー……ロー……ロー……》

　ごく静かな声だったが、ラルフは息を吸いこむ途中で凍りついた。ホリーが前腕をつかんできた――その手が鉤爪のように感じられた。

「ここまでやってきたのか、おまえたち……」

《おまえたち……ぇたち……たちぃ……ちぃ……》

「おれを見つけるのにさんざん苦労してきたんだろう……だったら思いきって、こっちまで来たらどうだ？」

21

ふたりは肩をならべてアーチ状の開口部を通り抜けた。ホリーはあがり症の花嫁のようにラルフの腕にしがみつき、手には懐中電灯をもっていた。ラルフはグロックをかまえ、標的を確認したら即座につかう気がまえだった。一撃必殺で。ただし、標的は見当たらなかった——すくなくとも最初は。

アーチ状の開口部の先には突きでた岩棚があり、整備されてバルコニーのような場所になっていた。バルコニーから洞窟内の広い部屋の床まではほぼ二十メートルあって、金属の螺旋階段が下までつづいていた。上に目をやったホリーは眩暈《めまい》を感じた。螺旋階段は上にも六十メートル以上の高さに伸びていた。階段は途中で以前はここへのメインの入口だったらしき開口部の前を通りすぎ、さらにその上、鍾乳石がいくつも垂れている天井までつづいていた。ホリーは、外からは断崖のように見えたが、その内側はすっかり空洞だったことを理解した——ケーキ店の店頭に飾られた張りぼての大きなケーキのようなものだ。バルコニーから下へ降りる螺旋階段は、一見したかぎりは問題なさそうだった。しかしバルコニーから上では、固定用の握り拳大のボルトが岩壁からはずれているところがあり、階段は力なく虚空へ垂れていた。

そしてごく平凡なフロアスタンド――それなりに設備のととのった居間なら、どこでもかならず置いてあるような品――の光を浴びて、ふたりをこの洞窟の広間の底で待ちかまえていたのはアウトサイダーだった。スタンドの電気コードはうねうねと曲がりくねって、側面に《HONDA》という文字があり、低いうなりをあげている赤い箱につながっていた。スタンドがはなつ光の範囲ぎりぎりのところに簡易ベッドがあり、毛布が足もと側に押しつけられていた。

これまでにもラルフは警察官として多くの逃亡犯をつかまえてきた。今回、自分たちが行方をさがしていた相手もまた、そうした逃亡犯のひとりでもおかしくない姿だった――うつろな目、痩せすぎの体、体力をつかいはたした姿。アウトサイダーはジーンズを穿き、汚れた白いシャツの上に生革のベストを羽織って、足には傷だらけのカウボーイブーツを履いていた。見たところ武器はもっていなかった。いまアウトサイダーはクロード・ボルトンの顔で、ホリーとラルフを見あげていた。黒髪、数世代前にアメリカ先住民の血がはいっていたことをうかがわせる高い頬骨、そして山羊ひげ。高い場所にいるラルフには男の指のタトゥーは目で確認できなかったが、そこにタトゥーがあることはわかっていた。

タトゥー野郎――ジャック・ホスキンズはこの男をそう呼んでいた。

「おまえたちが本気でおれと話をつけたければ、いちかばちかでその螺旋階段を降りるしかないぞ。おれは無事に降りられた。ただし、これはいっておくべきだろう――階段全部がしっかり安定しているわけではないぞ」

アウトサイダーはごく普通の会話口調で話していたが、言葉は反響して重なりあい、二重三重になってきこえてきた——まるでアウトサイダーがひとりだけではなく、ひとつきりのフロアスタンドの光が届かない暗がりや岩の裂け目の奥などに、数多くのアウトサイダーたちがひそんでいるかのようでさえあった。

ホリーは螺旋階段のほうへ歩きだした。ラルフが引きとめた。「おれが先に行く」

「わたしが先に行くべきです。わたしのほうが体が軽いので」

「おれが先に行く」ラルフはくりかえした。「おれが底にたどりついたら——まあ、たどりつければの話だが——そのあと、きみが来ればいい」そう話す声は静かだったが、洞窟の音響特性を考えるなら、アウトサイダーにもすっかり聞こえているはずだ。《とにかく、言葉が聞こえていてほしい》ラルフは思い、言葉をつづけた。「しかし、底から十段ばかり上で立ち止まってくれ。おれがまず、あいつと話をする必要がある」

こう話しながら、ラルフはホリーの目を見つめていた——それも視線に力をこめて。ホリーがわずかに視線をグロックにむけ、ラルフは小さくうなずいた。そう、ふたりのあいだに会話は存在しないし、長たらしい質疑応答もない。頭部にずどんと一発撃ちこみ、それっきりふたりはここをあとにする。もちろん、天井が崩落してこなければの話だが。

「わかりました」ホリーはいった。「くれぐれも気をつけて」

気をつければどうにかなるものでもない——つまるところ、古い螺旋階段がもちこたえるかどうかという問題だ。しかしラルフは、体が本当はもっと軽いはずだと自分にいいきかせながら階段をおりていった。階段はうめき声をあげ、金切り声をあげ、ぶるぶると震えた。

「これまでは上首尾だな」アウトサイダーがいった。「壁に近いところを歩くといい。それがいちばん安全かもしれないぞ」

《かもしれない……もしれない……しれない……》

ラルフは底にたどりついた。アウトサイダーは、奇妙にも家庭的な雰囲気のスタンドの近くに立ったまま、身じろぎひとつしていなかった。こいつはあのスタンドを――発電機や簡易ベッドともども――ティピットの〈ホームデポ〉で買いこんだのか？　おそらくそうだろう。〝ひとつ星の州《ローンスター》〟ことテキサスの一部、神に見捨てられたようなこの地域では、買物のできる場所はあそこくらいだ。それはどうでもいい。ホリーが階段を降りはじめると、背後から階段のうめき声と金切り声がきこえてきた。

おなじ高さに立ったいま、ラルフは好奇心を刺戟された科学者のような目でアウトサイダーを見つめていた。見た目は人間そのものだが、それにもかかわらず……とらえどころがなかった。たとえるなら、目をすがめて見ている絵のような感じだった。なにを見ているかはわかっているのに、すべてが歪んで、わずかに噓くさく見えている。そこにあるのはクロード・ボルトンの顔だが、あごはちがっていた――丸くはなく角ばっていて、中央に浅い切れこみがある。あごのラインについていえば、左よりも右のほうが長く、そのせいで顔が全体として斜めに傾いているように見えた。グロテスク一歩手前だった。髪はクロードと同様、鴉の羽根のように艶やかな黒だったが、そこに明るい赤褐色の筋がメッシュのようにはいっていた。なかでも最大の驚きは目だった。片目は茶色——クロードとおなじ茶色——だったが、もう片方は青かったのだ。

ラルフは切れこみのあるあごや長いあごのライン、赤褐色の髪がだれのものかを知っていた。しかし、いちばんよく知っていたのは青い目だった。その青い目から命の光が消えていくのを、ラルフは目のあたりにした——つい先日の七月の暑い朝、街路に横たわっていた瀕死のテリー・メイトランドの目だ。

「おまえはまだ変身の途上にあるようだな」ラルフはいった。「妻が目撃したおまえの〝投影像〟はクロードそっくりだったが、実物はまだそこまで追いついてないんだな？　そうだろう？　おまえはまだ完成していないんだ」

ラルフとしては、これをアウトサイダーがこの世で耳にする最後の言葉にするつもりだった。螺旋階段があげていた抗議のうめき声はやんでいた。これはつまり、ホリーが安全をたもてる高い位置で足をとめたことを意味する。ラルフはグロックをもちあげ、右手首を左手で押さえた。

アウトサイダーは両腕を大きく左右に広げて、自分をラルフに晒した。「殺したければ殺せよ、刑事さん。だけどそんな真似をすれば、おまえは自分やお仲間のあの女を殺すことになる。おれはクロードの頭の中身にアクセスできても、おまえの頭の中身は読めない。それでも、おまえの考えはお見通しだ——そう、いまおまえは一回だけの発砲なら、リスクとして引き受けられると考えてる。どうだ、図星だろう？」

ラルフはなにもいわなかった。

「ああ、図星だな。ついでにいってやるが、そのリスクは巨大だぞ」そしてアウトサイダーはいきなり大声で叫んだ。「**おれの名前はクロード・ボルトンだ！**」

響きわたった谺《こだま》のほうが叫び声そのものよりも大きかった。ホリーが驚きに大声をあげた。ずっと上の天井から垂れていた鍾乳石のひとつが——すでに亀裂が内部にかなり広っていて落ちる寸前だったのだろう——天井から離れて、岩の短剣のように落下していった。鍾乳石はスタンドの弱々しい明かりが届く範囲からずっと離れたところに落下したので、危険はだれにも及ばなかったが、アウトサイダーのいいたいことはラルフにもよくわかった。

「ここに来れば、おれを見つけることができることを知っていたくらいだ、このこともとうに知っているはずだな」アウトサイダーは広げた腕をおろしながらいった。「しかし知らないといけないので話しておけば、双子の少年たちはここよりも深いところの洞窟や通路で迷った。救難チームがふたりの捜索をすすめているときに——」

「だれかが拳銃を撃ち、それがきっかけで天井部分が崩落した」ホリーが階段からいった。

「ええ、そのことは知ってる」

「だれかが銃を撃ったのは〈悪魔の滑り台〉の通路だ。あそこだったら、銃声は抑えられてくぐもったはずだ」にたりと笑う。「ではアンダースン刑事がここで発砲したら、いったいどんな結果を招くだろうね？　大きめの鍾乳石が何本も天井から落ちてくるのはまちがいない。そうなっても、おまえたちは鍾乳石をかわせるかもしれない。当然、避けられなければ体がぺしゃんこだ。そればかりか、ここの天井をすっかり崩落させて、おれたち全員が土砂で生き埋めになる危険をおかすことにもなる。その危険をおかすつもりはあるのか、刑事さん？　そこの階段をおりてきたときには、おまえもそのつもりだったんだろうよ。しかし、いまじゃおまえの勝ち目も減ってるんじゃないか」

ホリーがまた一段おりたらしく、話に出た螺旋階段が短くきしんだ。いや、二段おりたのかもしれない。

《距離をたもっておけよ》ラルフは思ったが、ホリーに思いどおりの行動をとらせるのは無理な相談だ。ホリーにはホリーの考えがある。

「それにわたしたちは、あなたがここへ来たわけも知ってる」ホリーはいった。「クロードの伯父とふたりの息子さんがここにいるから。大地の下にね」

「ああ、そのとおり」男は――それは――先ほどよりも大きく笑っていた。笑みにのぞいている金歯は、指に入れたタトゥーの文字とおなじくクロードのものだった。「大勢の仲間たちもいっしょだ。連中が行方をさがしてたふたりのガキもそのなかにいる。地中のあいつらの存在を感じるよ。近場にいるやつもいる。ロジャー・ボルトンと息子たちは近場だ――〈蛇の下腹〉の地中、六メートルばかりの深さだな」アウトサイダーは指さした。「いちばん強く感じるのはロジャー親子だ。理由は三人が近くにいることだけじゃない。

その三人は、おれがなろうとしている男の血縁だからさ」

「だが、食べられるほどではなかった――そうだな」ラルフはいった。視線の先にあるのは簡易ベッド。ベッド横の石の床に発泡スチロールのクーラーボックスがあり、その隣にも骨と皮が乱雑に積みあがっていた。

「ああ、もちろんだとも」アウトサイダーは苛立ちもあらわにラルフを見つめていた。

「しかし、連中のなきがらは輝きを発している。どうたとえればいいか……ふだん話に出すような事柄ではないので、言い方がわからないが……ああ、放射のようなものといっておこう。例の愚かな双子の少年でさえ――ひどく弱々しいものだが――光をはなっているよ。双子はずっと深いところにいる。ふたりはメアリーズヴィル洞窟のなかでも、だれひとり足を踏み入れたことのない区画で死んだ――そういってさしつかえないな」いいながらアウトサイダーはにたりと笑い、今度は金歯だけではなく歯をすっかり剝きだした。こいつはフランク・ピータースン少年を殺すときにも、こんなふうに笑っていたのだろうか――ラルフは思った。少年の肉を貪り、少年の生血ばかりか死の苦悶をもがぶ飲みしていたときにも？

「常夜灯のような光かしら？」ホリーがたずねた。心の底から好奇心を感じているような口調だった。ホリーがまた一、二段おりてきたらしく、螺旋階段がきしみ音をあげた。ラルフは真剣に、ホリーが引き返してくれればいいと願った。階段をあがって地上へ、外へ、暑いテキサスの日ざしのなかへもどってほしかった。

アウトサイダーは肩をすくめただけだった。

《引き返せ》ラルフはホリーに届けと念じた。《Uターンして引き返すんだ。きみが裏口の〈アヒーガ門〉に間に合うようたどりつけるとわかったら、おれは一発だけ撃つ。それで妻が夫に先立たれた女になり、息子が父親のいない少年になっても、おれは一発を撃つ。テリーにも、テリー以前におなじ道をたどったすべての人々にも、そのくらいの借りがある身だからね》

「常夜灯ね」ホリーはそうくりかえしながら、一段くだってきた。「夜のあいだ安心するための明かり。ええ、子供のころ部屋にあったわ」

アウトサイダーはラルフの肩の先に目をむけて、ホリーを見あげた。フロアスタンドに背をむけて立って顔が影になっているせいで、左右ちぐはぐなアウトサイダーの瞳の奇妙な輝きがラルフに見てとれた。ただし、その光にはしっくり来ないところがあった。輝きは目のなかにあるのではなく、目からはなたれていた。グレイス・メイトランドは、自分が見た怪物は目の代わりに藁があったと話していたが、ラルフにもいまその言葉の意味がよくわかった。

「安心？」アウトサイダーはその語に考えをめぐらせているようだった。「ああ、そういえるだろうな——そんなふうに考えたためしはなかったが。それに、情報でもある。たとえ死んでいても、あいつらはボルトンらしさに満ちているからね」

「彼らの記憶ということ？」ホリーはいい、また一段おりてきた。ラルフは左手を右手首から放し、ホリーが従わないと承知しつつ、手ぶりでさがっていろと伝えた。

「いや、そういうものじゃない」アウトサイダーはこのときもホリーへの苛立ちをのぞかせたが、苛立ち以外の要素もあることにラルフは気づいていた。格別な熱意……それは、多くの取調室での経験からラルフが見知っているものだった。容疑者の全員が話をしたがっているわけではないが、大半は話したがっている。というのも、彼らはおのれの思考という閉ざされた密室で孤独をかこってきたからだ。いま目の前にいるこの人外の存在も、ずいぶん長い歳月のあいだ、おのれの思考だけを友として、ひとり孤独に過ごしてきたにちがいない。孤独——まちがいない。そのくらいは、ひと目でわかる。

「だったらなんだというの？」ホリーはおなじ場所から動かずにいった。ラルフはこのささやかな恵みを神に感謝したくなった。

「血筋だ。血筋には、記憶や何世代にも受け継がれる顔かたちの似通った特徴などを越えるものがある。人間のたたずまいというか。ものの見方というか。食べ物ではないが、まぎれもなく力の源泉だ。彼らの魂は……彼らの〝魂《カー》〟はもう消えている。それでも残っているものもあるのだよ。彼らの死んだ脳や体のなかにさえ」

「DNAのようなもの」ホリーはいった。「部族的なものかもしれないし、人種由来なのかもしれない」

「だろうな。それで気がすむのなら」アウトサイダーは、《MUST》の文字がある側の手をさしのべながら、ラルフに一歩近づいた。「このタトゥーのようなものだ。命があるわけではないが、それなりの情報――」

「やめろ！」ホリーが大声をあげた。ラルフは思った。《驚いたな、また近づいてるぞ。おれに気配を悟らせずに、どうやって近づいたんだ？》

反響が高まって、ぐんぐん拡大するかのように思え、なにかが落下した。今回は鍾乳石ではなく、ごつごつした岩壁から岩が落下したのだった。

「馬鹿な真似をするな」アウトサイダーはいった。「おれたちの頭にここの天井がすっかり崩れ落ちてくるようなことを望まないかぎり、いまみたいな大声を出すんじゃない」

ふたたび口をひらいたとき、ホリーはずっと声を抑えてはいたが、せっぱ詰まった調子には変わりなかった。「そいつがホスキンズ刑事になにをしたかを忘れないでください、ラルフ。そいつに触られれば毒を盛られます」

「といっても、それはこうした変身過程のあいだだけだ」アウトサイダーは穏やかな調子で話した。「自然の抵抗力の一形態で、命とりになることはめったにない。放射能よりもツタウルシの毒に近いな。もちろんホスキンズ刑事は……抵抗力が弱かったとでもいえばいいかな。ついでにいっておけば、おれがだれかに触れたとする。そうすると――いつもではないが、かなり頻繁に――その相手の頭にはいりこめるようになる。あるいは、そいつが愛する人間の頭にね。フランク・ピータースンの家族の頭にもはいったよ。ほんの少しね――その前から家族が足をむけはじめていた方向にさらに進むよう、背中を押してやっただけだ」

「いまいる場所から一歩も動くな」ラルフはいった。

アウトサイダーはタトゥーのある手をかかげた。「もちろん。さっきもいったが、この場で銃をもっているのはおまえだ。だが、おまえたちをこの場から帰すわけにはいかない。わかるだろうが、おれは疲れていて、いまさら新しい居場所に移るわけにはいかない。ここまで来るにも予定よりもずいぶん早く車を飛ばさなくてはならず、必要な品々を買いそろえるのにも体力を消耗させられた。さて、おれたちはどちらも手づまりのようだな」

「おまえは自分で自分をその立場に追いこんだんだ」ラルフはいった。「自分でもわかっているんだろう？」

アウトサイダーは、いまなおテリー・メイトランドの薄れゆく名残をとどめている顔からじっとラルフを見つめているだけで、なにもいわなかった。

「ヒース・ホームズは上首尾だった」ラルフはいった。「ホームズ以前の面々も問題なかった。しかし、メイトランドではしくじったな」

「まあ、そうだろうね」アウトサイダーは困惑をのぞかせたが、あいかわらず落ち着いた顔だった。「これまでおれが獲物にした連中も、みんなしっかりしたアリバイがあり、疵ひとつない名声のもちぬしだった。だけどな、物的証拠と目撃者の証言がそろっていれば、アリバイや名声は無力だった。世間の人間には、当人が見ている現実世界の外側にあるものは見えないんだよ。おまえたちも、こうしておれをさがすような真似はやめていればよかった。いっておけば、いくらテリー・メイトランドに鉄壁のアリバイがあろうとなんだろうと、おれの存在を感じとることさえ控えていりゃよかったんだ。それでも、おまえたちはおれを感じとった。おれがあのとき裁判所前に行ったからか？」

　ラルフは答えなかった。ホリーは螺旋階段を最後までおりきって、いまはラルフの隣に立っていた。

　アウトサイダーはため息をついた。「あれはミスだった。テレビカメラがあの場に来ることについて、もっと真剣に考えておくべきだった。ただ、まだ腹が減っていてね。そりゃ、離れていようと思えば離れていられただろうが……あのときは食い意地が張っていたんだ」

「ついでにいっておけば、おまえは自信過剰にもなっていた」ラルフはいった。「自信過剰から生まれるのは不注意だ。警官なら、その実例をどっさり見ている」

「食い意地、自信過剰、そして不注意――その三つ全部だったのかもしれないな。だけどおれは、それでもまだ逃げきれると踏んでいた」アウトサイダーは推しはかるような目で、ラルフの隣に立つ白髪まじりの女の青ざめた顔を見つめた。「おれたちがこんな立場になったのも、ひとえにおまえのせいだと考えてもいいな？　ホリー。クロードはおまえの名前がホリーだと話してた。どうしておまえは信じた？　自分たちの五官のおよぶ範囲しか信じないような、いまどきの普通の男たちにチームを組ませて、ここまで来させるのに、どんな説得の手をつかった？　どこかほかの土地で、おれの同類を目にした経験があるとでもいったか？」その声にみなぎっているのが熱望であることに疑いの余地はなかった。

「おまえの質問に答えるために、ここまで来たわけじゃない」ホリーはいった。片手は皺だらけのジャケットのポケットに押しこんでいた。反対の手には紫外線《UV》懐中電灯。いまはスイッチを切ってある。いまあたりを照らしているのはフロアスタンドの明かりだけだ。

「ここに来たのは、おまえを殺すためよ」

「その言葉をおまえたちがどうやって実行しようと夢見ているのか、おれにはさっぱり見当もつかないね……ホリー。おまえの友人は、おれとふたりきりなら銃を撃つという危険もおかしたかもしれない。しかし、おまえの命まで危険にさらすことにはためらうはずだ。おまえたちのどちらかが……あるいはふたりがいっしょになって……おれを腕力で倒そうとするかもしれないな。そうなればおまえたちは、おれがちょっとした毒をもっているだけじゃない、驚くほどの怪力だってことを思い知るぞ。いまみたいに体力が枯渇した状態でもだ」

「いまは手づまりかもしれない」ラルフはいった。「でも、これもそう長くはつづかないな。ホスキンズは州警察のユネル・サブロ警部補を傷つけはしたが、殺してはいない。だから、いまごろユネルがこの件を通報しているかもしれないな」

「巧い手だな。でも、ここじゃ通用しない」アウトサイダーはいった。「ここから東に十キロ、西に二十キロの範囲は携帯電話の圏外だ。もしや、おれがチェックしていないとでも思ったか？」

　こいつが見逃していればいいとラルフが思っていたのは事実だが、もともとはかない望みだった。とはいえラルフには、隠し玉がもうひとつあった。

「ホスキンズは、おれたちが乗ってきた車を爆破させたんだ。それで煙があがってる。大量の黒煙がね」

このとき初めて、アウトサイダーの顔に本物の動揺がのぞくのをラルフは見てとった。

「そういうことなら事情は変わる。やはり逃げないと。いまの体調だと逃げるのは困難で、苦痛に満ちたものになりそうだ。おれを怒らせようとしているのならね、刑事、まんまと成功しているぞ――」

「おまえはさっき、わたしにたずねた――以前にも自分の同類を見たことがあるのか、とね」ホリーが口をはさんだ。「見たことはない――ええ、おまえと厳密におなじ存在なら見たことがない。でも、ラルフなら見たことがあるはずよ。だって、姿形を変える能力や人の記憶を吸いとる能力や光る目をとっぱらってしまえば、おまえはただのサディストの変態で、ちんけな小児性愛者《ペドファイル》だもの」

アウトサイダーはホリーに横面を張り飛ばされたかのようにぎくりとした。つかのまアウトサイダーの念頭から、もうつかわれていない駐車場で黒煙の信号を送りつつある炎上中のSUVのことさえ消えたかのように思えた。「ずいぶん無礼だな。馬鹿馬鹿しく、また事実に反する。おれだって、生きるために食べなくてはならない――それだけだ。おまえたち人間も豚や牛を食うために殺すときには似たようなことをしてるじゃないか。おれにとって、おまえら人間はそれとおんなじさ――そう、肉牛だよ」

「嘘つきもいいところ」ホリーは一歩前へ踏みだした。ラルフが腕をつかんで引きとめようとしたが、ホリーはその手をふり払った。青白かったホリーの頬で、赤い薔薇が花ひらきはじめていた。「おまえには他人に――自分ではないものにも――変身する力がある。その力があれば、他人の信頼を得ることもできる。だから、ミスター・メイトランドの友人なりを毒牙にかけることもできたはずよ。それどころか、あの人の奥さんだってね。でも、おまえはそうはせずに子供を餌食にした。そう、おまえはいつだって子供を餌食にしてきたの」

「そりゃ子供がいちばん滋養があって旨味たっぷりだからさ！　子牛を食ったことがないのか？　子牛のレバーを食ったことがないのか？」

「あんたは子供の肉を食べただけじゃない、子供の体に射精した」ホリーは嫌悪に口を歪めた。「子供たちの体にザーメンをかけた。反吐が出る！」

「証拠のＤＮＡを残すためだ！」アウトサイダーは叫んだ。

「それだけなら、残す方法はほかにあったのに！」ホリーが叫びかえすと、頭上の卵の殻のような天井からまたなにかが落下した。「でも、あんたは自分のものを挿入しなかった。不能《インポ》だからじゃないの？」ホリーは指をまっすぐ立て、その指をぐんにゃり力なく曲げた。「そうでしょ・そうでしょ・そうなんでしょ？」

「黙れ！」

「あんたが子供をつかまえるのは、子供をレイプするのが好きなくせに自前のペニスが役立たずだからで、代わりにあんたがつかうのが――」

アウトサイダーがホリーめがけて走りだした。憎悪に歪んだ顔には、もうクロード・ボルトンやテリー・メイトランドはかけらもなかった。その顔はアウトサイダーそのものだった――ジェイミースンの双子兄弟が最後の最後で命をさしだした、さらなる地中の深淵に匹敵するほど暗くて恐ろしい顔だった。ラルフは銃をかまえた。しかし引金をしぼるよりも先に、ホリーが射線に踏みこんできて発砲をさえぎった。

「撃たないで、ラルフ、撃っちゃだめ！」

またしても、なにかが落下してきた。それも大きなものが落下して、アウトサイダーの簡易ベッドと隣のクーラーボックスを叩きつぶし、鉱物がきらきら輝く石の破片がいくつも回転しながらなめらかな地面を滑って散っていった。

ホリーが、ジャケットの垂れ落ちていた側のポケットからなにかをとりだした。細長く白いその品は、なにか重いものが詰まっているかのようにだらりと延びていた。同時にホリーは紫外線《UV》懐中電灯のスイッチを入れ、光を正面からアウトサイダーの顔にむけた。アウトサイダーは顔をしかめ、うなり声をあげ、タトゥーのはいったクロード・ボルトンの手をあいかわらずホリーのほうへ伸ばしながらも、光から顔をそむけた。ホリーは白いものを反対の肩のうしろまで大きく振りあげ、次の瞬間、渾身の力で一気にふりおろした。ずっしりと重い側がアウトサイダーのこめかみ、髪の生えぎわのすぐ下に命中した。

そのあと目にした光景を、ラルフはこののち数年間もくりかえし夢で見せつけられることになった。アウトサイダーの頭部の左半分が――骨ではなく紙張子《パピエマシェ》でつくられていたかのように――あっけなく陥没したのだ。茶色の瞳の目玉が眼窩のなかで跳ねた。アウトサイダーが膝をついた――怪物の顔は、いま液状化しつつあるように見えた。ラルフが見ていたわずか数秒間にも、百もの異なった顔だちがその顔に出現しては消えていった。広いひたいにつづいて狭いひたいがあらわれ、もじゃもじゃの眉毛が消えて、ほとんど見えないほど淡いブロンドの眉が出てきた。深くくぼんだ目と飛びだした目、厚い唇と薄い唇。歯が突きだして出っ歯になり、すぐに引っこんだ。あごがいったん尖ってから丸くなった。しかし最後の顔、いちばん長くとどまっていた顔はアウトサイダーの本当の顔と断定してよさそうだったが、特徴というものがまったくなかった。街ですれちがう人のだれであってもおかしくない顔、ひと目見ても、次の瞬間にはすっかり忘れてしまうような顔だった。

ホリーがふたたび腕を大きく振った――今回白い品は頬骨に命中した。その衝撃で、人の記憶にまず残りそうもない平凡な顔が見るもおぞましい三日月に変じた。それは異常な精神が産みだした子供向き絵本の挿絵そのままだった。

《つきつめれば、そこにあるのは〝無〟だ》ラルフは思った。《だれでもない存在。クロードに似ているなにか……テリーに似ているなにか……ヒース・ホームズに似ているなにか……無。あったのは上べの見かけだけ。舞台衣裳だけだ》

アウトサイダーの頭にあいた穴や鼻孔、それに形の定まらない口のなれの果てというべき涙滴形の隙間から、赤っぽい色の地虫めいたものがわらわらとあふれだしていた。虫に似たものは這いずりまわる洪水となって、〈音の大広間〉の石の床へ落ちていった。クロード・ボルトンの肉体が最初はわななき、ついで大きく反りかえったかと思うと、服へ吸いこまれるように縮んでいった。

ホリーは懐中電灯を地面に落とすと、白いものを——靴下、それも男物の白くて長いスポーツソックスであることをラルフは見てとった——両手でつかんで頭上に高々とかかげた。それから最後にいま一度ふりおろし、怪物の頭頂部に強く叩きつけた。アウトサイダーの顔が、腐った瓜のように上からまっぷたつに割れた。頭部の内側があらわになったが、そこに脳組織はなかった——さかんに蠢《うごめ》いている地虫の巣があるだけだった。その光景にラルフはいやでも、大昔に見たマスクメロンの内部に詰まっていた蛆虫の大群を思い出してしまった。早くも頭部から逃げだした地虫たちは地面を這いずって、ホリーの足に近づいていた。

ホリーは地虫たちからあとずさって離れ、その拍子にラルフに背中からぶつかり、膝を折ってくずおれそうになった。ラルフはすかさずホリーをつかんで体をささえた。顔から血の気がすっかり失せていた。左右の頰を涙がつたい落ちていた。

「靴下を捨てろ」ラルフはホリーの耳にささやきかけた。

ホリーはわけがわからないという顔でラルフを見つめただけだった。

「靴下についてるんだよ、あれが何匹か……」

それでもホリーが反応せず、茫然とした困惑の顔で見あげているだけなのを見てとると、ラルフは力ずくで靴下をとりあげようとした。ホリーは死にものぐるいの力で靴下を握りしめていた。ラルフはホリーの指を一本ずつ引き剝がそうとした。指の骨を折らずに靴下をあきらめさせたかったが、必要なら骨を折ることも辞さないつもりだった。あの地虫めいたものが肌に触れれば、ツタウルシとは比較にならない害毒がもたらされそうだ。さらにあの地虫が皮膚から体内にもぐりこめば……。

そこでホリーがいきなり我に返り——といっても、返ってきたのはホリーのごく一部だったが——手から力を抜いた。靴下が落ちた。石の地面にぶつかると、靴下の爪先から〝がちゃん〟と金属音があがった。ラルフはあとずさり、周囲をやみくもに探っている地虫ども（いや、じっさいにはやみくもに探っているわけではなかったのかもしれない——地虫どもはふたりにむかって這い進んでいた）から離れると、ホリーの手をぐいっと引いた。ホリーの指は必死に靴下を握っていたときの形のまま固まっていた。ついで地面に目を落としたホリーは危険を見てとり、ひゅっと息を吸った。

「大声は禁物だ」ラルフはホリーにいった。「これ以上、なにかが天井から落ちる危険をおかすわけにはいかないぞ。とにかく階段をのぼれ」

それからラルフはホリーの手を引いたまま階段をあがっていった。最初の四、五段を過ぎると、ホリーは自力で階段をあがるようになった。しかし、地虫の動きに目を光らせている必要があるため、ふたりともうしろむきにあがるしかなかった。地虫はいまもまだ、ぱっくりと左右に割れたアウトサイダーの頭部からあふれつづけていた。それればかりか、涙滴形にひらいた口からも。

「止まって」ホリーがいった。「止まって、あれを見て。あいつらは這いまわってるだけです。階段をあがることはできないみたい。それに死にはじめてます」

ホリーの言葉のとおりだった。地虫たちの動きは緩慢になっていたし、そればかりかアウトサイダーの近くで大きな山をつくっている地虫たちはもう動いていなかった。しかし、肉体は動いていた――裡《うち》にひそんで肉体に命を与えている存在が、いまもなお生きのびようとしていた。クロードの体が背中を丸めたり反らせたりしながら、両腕を手旗信号のようにばたばたと動かしていた。ふたりが見まもる前で、アウトサイダーの首が縮まっていき、見る影もなくなった頭部がシャツのカラーの奥へ引きこまれていった。最初のうちはクロード・ボルトンの黒髪が突っ立っていたが、それもやがて消えた。

「あれはなんなの？」ホリーはささやいた。「あいつらはなんなの？」

「おれは知らないし知りたくもない」ラルフはいった。「おれが知ってるのは、この先きみは死ぬまで、自分の金で酒を買わなくてもいいってことだけだ――すくなくとも、おれがいっしょの席ではね」

「わたし、アルコールはめったに口にしません」ホリーはいった。「常用薬との相性がよくないので。たしか、この話は以前にも――」

ホリーはここでいきなり手すりから顔を突きだして吐きはじめた。おさまるまでのあいだ、ラルフがホリーの体を支えていた。

「ごめんなさい」

「謝ることはないさ。さて、もう——」

「——こんなところは、とっととおさらばしましょう」ホリーが言葉を引きついだ。

22

外の日ざしがこれほどすばらしく思えたためしはなかった。

アヒーガ族長の看板から精いっぱい遠くまで歩いたところで、ホリーの口から眩暈《めまい》がするので少しすわって休みたい、という言葉が出た。ラルフはふたりがならんですわれる広さの平らな岩を見つけ、ホリーの隣に腰をおろした。四肢を広げて地面に倒れているジャック・ホスキンズの死体をちらりと見るなり、ホリーは哀れっぽく引き攣った声を洩らして泣きはじめた。最初のうちは、のどにつかえて素直に出てこない嗚咽めいた感じの声がつづいていた——それはまるで、人前で涙を流して泣くのはとことん恥ずべきふるまいだと、だれかに強くいわれたかのような泣き方だった。ラルフはホリーの肩に腕をまわした——肩は悲しくなるほど薄かった。ついでホリーはラルフのシャツの胸もとに顔を埋めて、身も世もなくしゃくりあげはじめた。ユネルのところまで引き返す必要があった——ユネルは目で見てとれた以上の深傷《ふかで》を負っているかもしれなかった。なんといっても先ほど銃撃を浴びせられたのであり、正確な診断をくだす時間の余裕はなかった。どんなに軽く見ても、肘を骨折して肩を脱臼しているはずだ。しかし、ホリーにはわずかでも時間が必要だったし、それだけの時間をこの女性は自分で稼いでいた——なんといっても、大柄な刑事のラルフにもできなかったことをやり遂げたのだ。

四十五秒もすると、涙の嵐の勢いは弱まってきた。一分後には嵐は過ぎ去っていた。ホリーは大丈夫だった。強くなっていた。見あげてきたホリーの目は、赤く充血して涙にうるんでいた。最初は自分がどこにいるかもわからなかったにちがいない、とラルフは思った。それをいうなら、ラルフがだれなのかも。

「あんなことは二度とできない、ビル。ぜったい無理。ぜったい・ぜったい・ぜったい！今度のあいつがブレイディみたいにもどってきたら、わたしは自殺してやる。ねえ、きいてる？」

ラルフはやさしくホリーの体を揺すった。「あいつがもどってくることはないよ。約束する」

ホリーは目をしばたたいた。「ラルフ。ラルフっていうつもりだったのに。見ましたか、あいつの体から出てきたあれ……這いずりまわってた虫みたいなものを見ましたか？」

「ああ」

「おええっ！　おえええっ！」ホリーは空《から》えずきを洩らし、あわてて手で口を覆った。

「靴下をブラックジャックにする方法はだれに教わった？　長い靴下にすれば、叩きつけたときの衝撃がそれだけ増すことも。ビル・ホッジズに教わったのかい？」

　ホリーはうなずいた。

「靴下になにを詰めた？」

「ビルのとおなじ、ボールベアリング。フリントシティにいたときに、〈ウォルマート〉のカー用品売場で買いました。わたしには銃は撃てないから。といっても、〈ハッピースラッパー〉をつかう羽目になると思ってたわけじゃない——衝動買いです」

「あるいは第六感が働いたのかも」ラルフは笑みをのぞかせたが、自分ではほとんど意識していなかった。いまもまだ全身が痺れたような感覚が残っていた。それに、しじゅう周囲に目を走らせては、あの地虫めいたものが地面を這いずり、新しい宿主の体内で生き延びたい一心で自分たちを追いかけてきてはいないかどうかを確かめずにはいられなかった。

「で、きみはそんなふうに呼んでいるんだな？〈ハッピースラッパー〉と」

「ビルがそう呼んでいました。ラルフ、もう行かなくては。ユネルが——」

「わかってる。でも、その前にやっておくべき仕事があるんだ。そのますわっていてくれ」

　ラルフはジャック・ホスキンズの死体に近づき、おのれに鞭打って死者の服のポケットを調べていった。やがてピックアップ・トラックのキーを見つけると、ホリーのもとに引き返す。「これでよし」

　ふたりは小道を歩きはじめた。ホリーが転びそうになり、ラルフがすかさず体を支えた。

その次に危うく倒れかけたのはラルフのほうで、このときはホリーがすかさず体をつかんだ。

《くそっ、まるで同病相哀《あいあわ》れむ怪我人カップルじゃないか》ラルフは思った。《でも、あんなものを見せられたあとなのだから――》

「わからないことが、まだたくさん残ってます」ホリーがいった。「あいつがどこから来たのか。さっき見た虫どもは病気のひとつか、それとも異星の生命体なのか？　どんな人たちがあいつの犠牲になったのか？　もちろんあいつが殺した子供たちだけではなく、あいつが子供殺しの罪をなすりつけた人たちのことも含めて。そういった人たちがたくさんいるはず。ええ、ほんとにたくさん。最期のときのあいつの顔を見ましたか？　顔がどんなふうに変わったかを？」

「見たよ」ラルフは答えた。一生忘れられそうもなかった。

「あいつの寿命がどのくらいなのかもわかりません。どうやって自分を投影していたのかもわからない。そもそも、あいつの正体もわかりません」

「それだけは、おれたちにもわかってるはずだぞ」ラルフはいった。「やつは――あれは――エル・クーコだった。ああ、わかってることはほかにもある。あの下衆野郎がもうくたばった、ってことさ」

23

ふたりが小道をほとんど降りきるころ、いきなり車のクラクションが短く立てつづけに鳴り響いた。ホリーはぎくりとして足をとめ、すでにたっぷり痛めつけられていた唇を嚙みはじめた。

「落ち着けよ」ラルフはいった。「ユネルじゃないかな」

道幅も次第に広がって傾斜もゆるやかになってきたので、ふたりの歩調は速まった。物置小屋をまわりこんで先に出ると、クラクションの主が予想どおりユネルだったことがふたりに見てとれた。ホスキンズのピックアップトラックの運転席に上半身だけ突っこんで下半身は外に出た姿のまま、右手でクラクションを押していた。腫れあがって血まみれになっている左腕は、膝の上にごろんと丸太のように横たわっているだけだった。

「もう鳴らさなくてもいいぞ」ラルフは声をかけた。「母さんと父さんが来たからな。具合はどうだ？」

「こっちの腕がクソ馬鹿みたいに痛むよ。でも、それ以外は元気そのものさ。やつを倒したか？　エル・クーコを？」

「ああ、倒した」ラルフは答えた。「倒したのはホリーだ。やつは人間じゃなかったが、それでも死ぬことは死んだ。これでもう、やつが子供たちを殺すこともなくなった」

「ホリーが倒したって？」ユネルがホリーに目をむけた。「どうやって？」

「その話はあとまわしにしましょう」ホリーはユネルにいった。「いまは、あなたの体のほうが心配です。気をうしないましたか？　いま眩暈《めまい》がするということは？」

「ここまで歩くあいだに、少し気が遠くなったよ。永遠にたどりつけないかと思ったし、二度ばかり休むしかなかった。きみたちが洞窟から出てくるのを出迎えたかった。いや、帰ってきてくれと祈るような気持ちだった。そのとき、このトラックが目についたんだ。銃を撃ってきたやつの車だろうな。車輛登録証によれば本名はジョン・P・ホスキンズ。おれがにらんだとおりの男かな？」

ラルフはうなずいた。「通称ジャック。フリントシティ市警察の刑事だ。刑事だった、だな。ジャックも死んだ。おれが撃ち殺した」

ユネルが目を見ひらいた。「だいたい、そいつがここでなにをしてた？」

「アウトサイダーに送りこまれてきたんだよ。手口は見当もつかないが」

「トラックにキーが挿しっぱなしになってないかと思ったんだが、そのあてははずれたね。グラブコンパートメントをさがしたが、鎮痛剤はなかったし。あったのは車輛登録証と自動車保険のカード、それに紙くずがひと山だ」

「キーはおれがもってる」ラルフはいった。「やつのポケットにあった」

「痛み止めの薬なら、わたしがもってます」ホリーはそういうと、くたびれたスーツのジヤケットの膨らんだポケットのひとつに手を入れて、処方薬の茶色い大きな瓶をとりだした。ラベルはついていなかった。

「そのポケットには、ほかになにがはいってる？」ラルフはたずねた。「キャンプ用のガスバーナー？　コーヒーポット？　短波ラジオとか？」

「あなたはユーモアのセンスを磨く必要がありますよ、ラルフ」

「まぜっかえす意図はないが、それはおれにとっては本気の褒め言葉だ」

「心から同意するよ」ユネルはいった。

ホリーは携行薬局のふたをあけ、さまざまな錠剤をざらりと手のひらにあけてから、薬瓶を慎重な手つきでトラックのダッシュボードにおいた。「ここにあるのはゾロフト……パキシル……ヴァリアム……最近は、もうめったに飲みませんけど。それからこれ」ホリーはオレンジ色の錠剤を二錠だけ残して、残りの薬を注意深く瓶にもどした。「モトリン。緊張性頭痛のときに飲みます。顎関節症候群の痛みにも——あ、でも寝るときにマウスピースを入れるようにしてから、ずいぶん楽になりました。わたしがつかっているのはハイブリッドモデルです。値段は張りますが、性能は最高で——」そこまで話したところで、ホリーはふたりの視線に気がついた。「どうかしましたか？」

ユネルは、「賞賛はいや増すばかりだよ、かわいい人《クエリーダ》。万一の事態への備えを欠かさない女性は大好きだ」といってから、水なしで錠剤を飲んで目を閉じた。「ありがとう。本当に。きみのマウスピースが期待どおりの結果を招くことを祈る」

ホリーはユネルの真意を疑うような目をむけながら、薬の瓶をポケットにもどした。「まだ一錠残っていますので、必要なときはいってください。消防車のサイレンはきこえましたか？」

「いいや」ユネルは答えた。「このぶんだと消防署の連中なんか来ないんじゃないかと思いはじめてたところさ」

「いずれは来るさ」ラルフはいった。「ただ消防車が来たとき、おまえはもうここにはいない。おまえはとにかく病院に行く必要があるからね。ここからだとティピットよりもプレインヴィルのほうが少し近いな。途中にボルトン家もあるし。ホリー、おれがここにとどまるから、きみは車を運転してもらえるか？」

「ええ。でも、どうして……」といいかけたところで、ホリーは掌底で自分のひたいを軽く打った。「ミスター・ゴールドとミスター・ペリー」

「いかにも。ふたりを倒れたその場に残していくに忍びなくてね」

「犯罪現場を乱すのは、一般的には眉をひそめられる行為だぞ」ユネルはいった。「おまえなら知ってるだろうが」

「わかってる。しかし、ふたりの立派な男を焼けつくような日ざしのなか、燃えている車のすぐそばに放置して、こんがり炙《あぶ》られるがままにしておくなんて許せなくてね。その点になにか異論でも？」

ユネルはかぶりをふった。海兵隊スタイルに短く刈りそろえられて突っ立っている髪のあいだで、汗のしずくが光っていた。「もちろん異論なしだ《ポル・スペスト・ノー》」

「よし、まずおれがトラックにおまえたちを乗せて運転し、駐車場まで行こう。駐車場に着いたら、ホリーと運転を交替する。どうだ、ユネル、さっきのモトリンは効いてきたか、相棒《アミーゴ》？」

「ああ、ほんとに効いてきてる。たいした効き目じゃないが、前よりも楽になった」

「それはよかった。動きはじめる前に、ぜひとも話しあっておきたいことがあるんだ」

「なにを？」

「今回のことを、どんなふうに人に説明するか、ということです」ホリーはいった。

24

駐車場までトラックを走らせると、ラルフは外へ降り立った。ホリーがトラックのボンネット側をまわって、運転席にやってきた。今回はホリーのほうからラルフをハグした。ごく短いハグだったが、力がこもっていた。レンタカーのＳＵＶはほぼすっかり焼け落ちていて、煙は細くなりはじめていた。

ユネルが——何度か顔をしかめては痛みに〝じゅっ〟と息を吐きつつ、慎重な身ごなしで——助手席へ移動した。ラルフが外から顔を突き入れると、ユネルがたずねた。

「やつはまちがいなく死んでるんだろうな？」ユネルがたずねているのがジャック・ホスキンズのことでないことくらい、ラルフにはわかっていた。「まちがいなく死んだな？」

「ああ、死んだ。〈西の国の悪い魔女〉のように溶けはしなかったが、まあ、似たような最期だった。ここが扇風機にクソがぶつかったような騒ぎになるころには、見つかるのはやつが着ていた服だけだ……ま、もしかしたら地虫の群れが見つかるかもしれないが」

「地虫？」ユネルが眉を寄せた。

「それは、あいつらがどれだけ早く死ぬかにかかってます」ホリーがラルフにいった。「また地虫はひとたび死ぬと、あっという間に腐っていくようにも見えました。しかし、残された衣類からはDNAが採取されるでしょうし、クロードのDNAと比較すれば一致するという鑑定結果が出るはずです」

「あるいはクロードのDNAとテリーのDNAが混ざった状態かも。やつの変身はまだ途中だったわけだから。そういうことじゃないのかい？」

ホリーはうなずいた。

「となると、例のDNA検体は無価値になる。だったらクロードはもう心配ないはずだ」

ラルフはポケットから携帯電話をとりだして、ユネルの無事なほうの手に押しつけた。

「携帯の電波が通じるようになったら、すぐ電話をかけることくらいはできるな？」

「了解《クラーロ》」

「電話をかける順番はわかるな？」

ユネルが電話をかける相手を数えあげているあいだに、ティピットの方角からかすかなサイレンの音がきこえてきた。どうやら車の煙を目にとめた者がいたようだ。しかし煙を見た人物は、ここまで足を伸ばして自分の目で調べる手間はかけなかった。それが幸いしたといえるだろう。「まず、地区首席検事のビル・サミュエルズ。次はおまえの奥さん。そのあとでゲラー署長。締めはテキサス州ハイウェイパトロールのホレス・キニー警部。番号は全部おまえの携帯の連絡先にはいってる。ボルトン親子には、おれたちが直接顔をあわせて話す」

「ふたりにはわたしから話します」ホリーがいった。「あなたはじっとすわって、腕に無理をさせないようにしてください」

「クロードとラヴィの親子とは口裏をあわせておく必要があるな」ラルフはいった。「さあ、もう出発しろ。消防車が到着したときにもここに残っていたら、身動きがとれなくなるぞ」

ホリーは納得するまでシートとミラーを調節してから、ユネルと、このときもまだ助手席ドアから車内に顔を突きいれていたラルフにむきなおった。ホリーはくたびれた顔だったが、疲労困憊というほどではなかった。もう涙は消えていた。いまのホリーの顔から見てとれたのは、精神を集中させている気配と目的意識のふたつだけだった。

「とにかく話を単純にしておく必要があります」ホリーはいった。「単純であり、かつ可能なかぎり真実に近い話にしておく必要が」

「きみは前にもおなじ立場を経験しているんだな」ユネルがいった。「おなじとまではいかずとも、似たような立場を。そうなんだな？」

「ええ、そうです。それに、みんなはわたしたちの話を信じるはずです——たとえ決して答えの出ない疑問が残されていても。おふたりなら理由もわかっているはずです。ラルフ、サイレンが近づいていますから、わたしたちはいますぐ出発しなくては」

ラルフは助手席のドアを閉め、いまは死んでいるフリントシティ市警察所属の刑事のピックアップトラックに乗ったふたりが去っていくのを見送った。この先ホリーは道路を封鎖している鎖を迂回し、泥が乾燥して硬くなった道なき道を走る必要がある。ただしホリーなら巧く切り抜けるだろうし、怪我をしているユネルの腕に衝撃を与えないように最悪の穴ぼこや溝《みぞ》を避けるはずだ。もうこれ以上褒めるところはないだろうと思うそばから、ラルフはホリーの新たな美点を褒めることになった。

ラルフはまずアレックの遺体に近づいた。こちらのほうが回収に手間がかかりそうだったからだ。ＳＵＶの炎はほぼおさまっていたが、焼け焦げた車体からはまだかなりの熱気が放射されていた。アレックの顔や腕は黒く焦げ、頭髪はすっかり焼け落ちてしまっていた。ラルフはベルトをつかんでアレックの遺体を土産物屋のほうへ引きずっていったが、あとに点々と落ちていく焼け焦げた小片や溶けた小さな塊のことは考えないようにした。くわえて、いまのアレックがあの日の裁判所前にいた男にどれほど似てしまったかについてもだ。《足りないのは頭にかぶる黄色いシャツだけだな》ラルフはうっかりそう思ったが、それだけでも考えすぎだった。ラルフはベルトから手を離して、よろめきながらもなんとか二十歩ばかり歩いたが、そこで両膝をつかんで前かがみになり、胃の中身をすっかり吐いた。ひととおり吐きおわると引き返し、手をつけた仕事を最後までおわらせた――最初にアレックを、そのあとハウイー・ゴールドのなきがらを土産物屋が落とす影のなかへと引きずったのだ。

いったん体を休めて息をととのえたのち、土産物屋のドアを調べてみた。錠前がおろしてあったが、ドアそのものは長年風雨にさらされていたし、そもそも薄かった。二回ばかり殴ると、蝶番《ちょうつがい》がはずれた。屋内は薄暗く、爆発しそうなほどの暑さだった。商品の陳列棚は、すっからかんになっていたわけでもなかった。目にも鮮やかな色で《**メアリーズヴィル洞窟へ行ってきました**》と書いてある土産物のTシャツが数枚残っていた。ラルフは二着を手にとってはたき、精いっぱい埃を落とした。外ではサイレンがかなり接近していた。隊員たちは高価な機材を積んだ消防車を、でこぼこの硬い地面の上に走らせたがらないだろう――むしろ、いったん車をとめて鎖を切ろうとするはずだ。となると、こちらにはまだ多少の時間がある。

ラルフは地面に膝をついて、ふたりの男の顔を覆った。本来なら、人生がまだまだつづくことを信じて疑わなかった善人の男たち。その死を悲しむはずの家族がいる男たちだ。そして、ここにありがたい面がひとつあるとすれば（そもそも、ありがたい面など存在すればの話だが）、遺族たちの悲しみが怪物の餌になってしまう心配がなくなったことだった。

ラルフはふたりのかたわらにしゃがみこむと、立てた膝に腕をかけて、力なくうなだれた。この自分もまた、ふたりの死に責任があるのか？　責任の一端からは逃れられまい。なぜなら事態の鎖をたぐった先のすべての発端は、衆人環視のなかでテリー・メイトランドを逮捕したあの愚行だからだ。しかし、こうして疲労困憊しているいまでも、それ以来のすべての事態の責任までも背負いこむ必要はないことは感じられていた。

《みんなはわたしたちの話を信じるはず……》ホリーはそういった。《おふたりなら理由もわかっているはずです》と。

ラルフには理由がわかっていた。ほかの面々は、こちらの話がどれほどあやふやでも信じるはずだった。というのも、足跡がいきなり途切れることはないし、硬い皮に傷ひとつないマスクメロンなら、果肉に蛆虫がはいりこむはずはないと決まっているからだ。だから彼らは信じる——その話以外の可能性もあると認めたがさいご、現実そのものに疑義を呈することになるからだ。ここにひそむ皮肉から逃れるすべはなかった——殺人に明け暮れた長い歳月のあいだアウトサイダーを守ってきたものが、いまでは自分たちを守る道具になるとは。

《大宇宙には果てがない》ラルフはそう思いつつ、土産物屋が落とす日陰にすわって消防車の到着を待った。

25

ホリーは運転席に背すじを伸ばしてすわり、教則本どおりハンドルを十時と二時の位置で握ってボルトン家を目指しながら、ユネル・サブロが電話をかけるのをきいていた。ハウイー・ゴールドとアレック・ペリーが死亡したと知らされたビル・サミュエルズ地区首席検事は恐ろしさに震えあがっていたが、ユネルはその質問をさえぎった。質疑応答の時間も必要だが、いまでなくてもいい。サミュエルズは、タクシー運転手のウィロウ・レインウォーターを皮切りに、事情聴取をおこなった証人すべての再事情聴取をおこなうこと。サミュエルズはその席では隠し立てせずに、ストリップクラブからダブロウの鉄道駅へ行った男の正体に重大な疑義が生じてきたための再聴取だ、と語る。そこで、どうだろう、いまでもそのとき見たのがテリー・メイトランドだと断言できるだろうか？

「うまく疑いの念を植えつけるような方向で再聴取をおこなうんだ」ユネルはいった。

「できそうか？」

「まかせとけ」サミュエルズはいった。「こっちはこの五年間、陪審の前でその手の証人尋問を進めてるんだ。調書によれば、ミズ・レインウォーターは最初《はな》からいくつか疑念をいだいていたようだ。ほかの証人たちも同様だね——それも、キャップシティの大会に出席していたテリーのビデオ映像が公開されたあとならなおさらだ。あの映像はYouTu《ユーチュー》be《ブ》だけで五十万回は再生されてる。さて、ハウイーとアレックのことを話してくれ」

「その話はあとで。時間の余裕がないんだよ、サミュエルズ検事。レインウォーターからはじめて、ほかの証人の再聴取をたのむ。それからもうひとつ。二日前の夜、おれたちみんなであつまった会議のことだ。いいか、これはとても大事なことだ《ムイ・インポルタンテ》――だからしっかり話をきいてくれ」

サミュエルズは話をきき、サミュエルズは同意した。ユネルは、次にジャネット・アンダースンに電話をかけた。この電話のほうが長くかかった。ジャネットはもっと完全な説明を必要としたばかりか、もっと完全な説明をされて当然の立場だったからだ。ユネルが話しおわると、ジャネットは涙を流した。しかし、それはもっぱら安堵の涙だったのかもしれない。弁護士と調査員が死亡し、ユネルも負傷したが、ジャネットにとって大事な男――息子の父親でもある男――は無事だった。そしてユネルはジャネットになにをしてほしいかを話し、ジャネットはすぐに実行するといってくれた。

ユネルが三本めの電話――フリントシティ市警察のロドニー・ゲラー署長への電話――の準備をしているとき、さらにサイレンがきこえてきた。サイレンがぐんぐん近づいてきたかと思うと、二台のテキサス州ハイウェイパトロールの車がふたりの乗ったトラックと猛スピードですれちがい、メアリーズヴィル洞窟の方角へむかっていった。

「運が味方をしてくれたら」ユネルがいった。「いまむかっていった隊員のうち、ひとりはボルトン親子の話をききにいった者だろうな。名前は、たしかステイプだったと思う」

「サイプ」ホリーは訂正した。「オーウェン・サイプ。腕の具合はどうですか？」

「まだクソみたいに痛くてたまらん。さっきのモトリンを、追加であと二錠飲みたいね」

「いけません。あの薬は飲みすぎると肝臓を傷めます。残りの電話をかけてしまってください。でも、まず携帯の履歴をひらいて、サミュエルズ検事とミセス・アンダースンへの履歴を削除してください」

「おや、きみならさぞや凄腕の犯罪者になれそうだな、セニョリータ」

「とにかく気をつけてください。慎重第一《プルデンテ》です」ホリーは一瞬たりとも道路から目をそらさなかった。ほかに走っている車はなかったが、つねに目を光らせるタイプのドライバーだった。「まず削除を——そのあと、ほかの人に電話をかけてください」

26

たずねたところ、ラヴィ・ボルトンの手もとには腰痛のためのパーコセットがあることがわかった。ユネルはモトリンではなくパーコセットを二錠飲んだ。最後になった三度めの刑務所暮らしで応急処置の講座を受講していたクロードがユネルの怪我に繃帯を巻き、そのあいだホリーが話をした。早口になっていた——ユネル・サブロ警部補に、一刻も早く本物の治療を受けさせたかったからだが、理由はほかにもあった。当局関係者が姿をあらわす前に、ボルトン親子にこれからの役割をしっかり理解してほしかったからだ。当局関係者はすぐにも来るはずだ。現場に駆けつけたハイウェイパトロールはラルフに質問したはずだし、質問されればラルフは答えたに決まっている。少なくとも、ボルトン家には真実を信じない者はいなかった――ラヴィとクロードは二日前の夜にアウトサイダーの存在を感じていたし、クロードのほうはそれ以前からアウトサイダーの気配を感じていたからだ――漠とした不安や周囲との違和感、そして、だれかに見られているような感覚を。

「あなたがアウトサイダーを感じていたのも当然です」ホリーはいった。「あいつはあなたの頭の中身を吸収していたのですから」

「あんたはやつを見たんだな」クロードはいった。「やつは洞窟に隠れてて……あんたはやつを見たんだ」

「ええ」

「やつはおれにそっくりだった？」

「ほとんど生き写しでした」

ラヴィが口をひらき、おどおどした口調でいった。「あたしが見れば、本物とちがうってわかったかね？」

ホリーはにっこりと微笑んだ。「ひと目でわかったはずです。まちがいありません。サブロ警部補――ユネル――もう出発できますか？」

「ああ」ユネルは立ちあがった。「強い薬《ハード・ドラッグ》のありがたい点をひとつあげれば――体じゅうが痛いままでも、そんなことがクソほども気にならなくなることだな」

クロードがいきなり大声で笑いだし、指で拳銃をつくってユネルにつきつけた。「いえてるよ、ブラザー」そういってから、母ラヴィに渋面をむけられていることに気づいていい添える。「ごめんよ、母さん」

「警察が来たら、なにをどう話せばいいかはわかっていますか？」ホリーがたずねた。

「イエス・マーム」クロードが答えた。「あそこまで単純だと、まちがえるはずもない。フリントシティの地区首席検事がメイトランド事件の再捜査を考えていて、あんたたちがそろって、おれの事情聴取にやってきたんだ」

「それで、あなたはなにを話したの？」ホリーがたずねた。

「あれからいろいろ考えたし、考えれば考えるほど、あの晩おれが見たのはコーチのテリーじゃなく、よく似た別人だったと思えてならない、と話した」

「ほかには？」ユネルがいった。「とても重要なことだぞ」

この質問に答えたのはラヴィのほうだった。「きょうの朝、あんたらはうちに寄ったた――あたしらに〝さよなら〟をいい、話しわすれてたことはないかと質問するために。それで、あんたらが出発の準備をしているとき、電話がかかってきた」

「ええ、こちらのお宅の固定電話に」ホリーはそう補足しながら思った。《このうちに、まだ固定電話があって本当に助かった》

「そう、そうだったね、固定電話にだ。で、電話の男は、自分はアンダースン刑事といっしょに働いてる男だと話したんだ」

「ラルフ・アンダースン刑事は、男と電話で話をしていた」ホリーはいった。

「ええ、そうだったね。電話の男はアンダースン刑事に、あんたたちがさがしている男、つまり殺人の真犯人はメアリーズヴィル洞窟に潜伏している、と教えたんだ」

「その線からはずれないようにお願いします」ホリーはいった。「おふたりに感謝します」

「お礼をいわなきゃいけないのは、あたしら親子のほうだよ」ラヴィはいい、両腕をさしのべた。「頼むから、こっちへ来ておくれ、ミズ・ホリー・ギブニー。こっちへ来て、老いぼれラヴィをハグしておくれ」

ホリーは車椅子に近づいて体をかがめた。メアリーズヴィル洞窟から帰ってきたあとあって、ラヴィ・ボルトンの両腕がことのほか心地よく感じられた。そればかりか、必要なもののようにさえ思えた。ホリーは時間の許すかぎりラヴィの抱擁に身を委ねていた。

27

夫が衆人環視のなかで逮捕されてからというもの——そして、いうまでもなく夫が衆人環視のなかで処刑されてからというもの——マーシー・メイトランドは自宅への訪問者を極端に警戒するようになっていた。だから自宅玄関にノックの音がすると、マーシーはまず窓に近づき、カーテンをわずかに横へずらして外をのぞいた。玄関ポーチに立っていたのは、ラルフ・アンダースン刑事の妻のジャネットだった。ジャネットは泣いていたかのような顔つきだった。マーシーは急いで玄関に近づくと、ドアをあけた。まちがいない、ジャネットの顔は涙に濡れていたし、マーシーの不安げな顔を目にとめるなり、ジャネットはふたたび泣きはじめた。

「どうしたの？　なにかあったの？　ね、大丈夫？」

ジャネットは家のなかに足を踏み入れた。「娘さんたちはいまどこに？」

「裏庭の大きな木の下へ出ていって、ふたりでテリーのボードでクリベッジをしてる。ゆうべもずっと遊んでたし、きょうも朝早くから夢中よ。で、どうかしたの？」

ジャネットはマーシーの腕をとり、居間のほうへ導いた。「ちゃんとすわってもらったほうがいいみたい」

マーシーはその場に立ったまま動こうとしなかった。「いいから、話してちょうだい」

「いいニュースがいくつもあるけれど、悲しいニュースもある。ラルフも、あのホリー・ギブニーという女の人も無事よ。サブロ警部補は銃で撃たれたけれど、命に別状はないみたい。でもハウイー・ゴールドとアレック・ペリーのふたりは……死んだわ。ラルフの同僚の待ち伏せ攻撃で撃たれたの。刑事。名前はジャック・ホスキンズ」

「死んだ？　死んだ？　いったい、どうしてふたりがそんなことに――」マーシーは、以前は夫テリーの定位置だった安楽椅子にどさりと腰をおろした。そうでもしなければ、その場に倒れそうだった。それからわけがわからないという顔で、ジャネットを見あげた。

「いいニュースがあるって、どういう意味? どうして、いいニュースなんてものが……だって、わるいことがどんどん重なるばかりなのに」

マーシーはそういって両手で顔を覆った。ジャネットは椅子のかたわらの床に膝をつくと、マーシーの手をとって、やさしく、しかし決然と顔から引き離した。

「あなたには気を確かにもってもらいたいの、マーシー」と話しかける。

「そんなの無理。夫が死んだと思ったら、今度はこれだもの。気を確かにもてる日なんて二度と来ないに決まってる。たとえグレイスとセーラのためといわれても」

「そういう話はやめて」ジャネットの声は低かったが、マーシーは平手打ちを食らったかのように目をぱちくりさせた。「なにをどうしてもテリーはもう帰ってこない。でも、テリーの名誉をとりもどして娘さんたちにこの町で生きていくチャンスを与えようという努力のさなか、ふたりの男の人が死んだの。ふたりにも家族がいる。わたしはここを失礼したら、その足でエレイン・ゴールドに知らせを伝えにいくつもりよ。胸の張り裂けそうなひとときになるに決まってる。ユネルは撃たれて大怪我を負ったし、夫のラルフは命を危険にさらした。あなたがつらい思いをしていることは知ってる——でも、いまの話の主役はあなたじゃない。ラルフにはあなたの力が必要なの。もちろん、ほかの人たちにも。だから気をしっかりもって、話をきいて」

「ええ、わかった。そうする」

ジャネットはマーシーの片手をとってもちあげ、握りしめた。指は冷たかった。わたしの指も似たような冷たさだろうとジャネットは思った。

「ホリー・ギブニーがわたしたちに話していたことは、すべて真実だった。アウトサイダーは存在していたし、人間ではなかった。正体は……とにかく人外の存在だったの。エル・クーコでもドラキュラでも、サムの息子でも悪魔《サタン》でも、呼び名はどうだっていい。とにかく、そいつが洞窟に隠れてた。ラルフたちが見つけて、そいつを殺した。ラルフはそいつがクロード・ボルトンにそっくりだったと話してた——といっても、本物のクロード・ボルトンはそこから何キロも離れたところにいたんだけど。ここにうかがう前にビル・サミュエルズと会ってきた。あの検事がいうには、全員がおなじ話を口にすれば問題ないって。そうすることで、テリーの汚名を晴らすこともできそう。わたしたち全員がおなじ話を口にすれば。どう、あなたにもできる？」

ジャネットが見ている前で、マーシー・メイトランドの瞳にみるみる希望が満ちてきた——井戸を満たす水のように。

「ええ。わたしにもやらせて。どんな話をすればいいの？」

「わたしたちが出席したあの会合は、テリーの名誉を回復させることだけが目的だった。それ以外の話は出なかった、ということ」

「あの人の名誉を回復させることだけが目的だった……」

「あの会議の席でビル・サミュエルズ検事は、ラルフやほかの警官たちが事情聴取をおこなった証人たちから、あらためて事情聴取をおこなう意向を示した。ウィロウ・レインウォーターからはじめて、順番を逆にさかのぼって。わかった？」

「ええ、わかった」

「再聴取をクロード・ボルトンからはじめられなかったのは、ミスター・ボルトンが体調を崩した母親の介護のためにテキサスに行っていたから。そこでハウイーが、自分と調査員のアレックとホリー、それにわたしの夫のラルフともどもテキサスへ行き、現地でクロードの事情聴取をおこなったらどうかと提案した。ユネルは、行けるようなら自分も立ち会うといった。どう、覚えていられる？」

「ええ」マーシーはせわしなくうなずいた。「わたしたち全員が、それは名案だと賛成した。でも、どうしてミズ・ホリー・ギブニーが会議に出席していたのかが思い出せない」

「あの人はアレック・ペリーが雇った調査員——オハイオ州でのテリーの動向をあらためて調べるという仕事のためにね。事件への関心を深めたホリーは、なにか力になれることはないかと考えて、当地へやってきた。どう、思い出した？」

「ええ」

それからジャネットはマーシーの手を握り、マーシーの目をのぞきこみながら、最後に残ったいちばん重要な部分を口にしていった。「会議では、姿形を変える妖怪《シェイプチェンジャー》だのエル・クーコだのの話はもちろん、幽霊のような姿を遠くへ投影するとかなんとか、およそ超自然的と呼ばれるような話はいっさい出なかった」

「ええ、いっさい話に出なかったし、そもそもそんなことはだれも考えもしなかった——第一、考える理由がどこにもないんだし」

「わたしたちはテリーによく似た何者かがフランク・ピータースンを殺害し、その罪をテリーに着せようとしたのではないか、と推理した。そして、その何者かを〝アウトサイダー〟と呼んだの」

「ええ」マーシーはそう答えて、ジャネットの手を握りしめた。「わたしたちは真犯人をそう呼んだ、アウトサイダーと」

フリントシティ

後日

1

ハウイーこと故ハワード・ゴールドが生前チャーターしていた飛行機がフリントシティ空港に到着したのは、午前十一時をわずかにまわったときだった。ハウイーもアレックも乗ってはいなかった。ふたりの遺体は監察医による検案ののちに、すでにプレインヴィル葬祭社の霊柩車でフリントシティまで運ばれていた。費用はラルフとユネルとホリーが分担した。二台めの霊柩車の費用も三人が負担した――こちらはジャック・ホスキンズの遺体を運ぶためだった。この人でなしのクソ野郎を、こいつに殺されたふたりとおなじ車で帰宅させるなんて言語道断だ――ユネルのその言葉は全員の気持ちを代弁していた。

タールマカダム舗装のエプロンで到着を待っていたのはジャネット・アンダースンで、隣にはユネルの妻とふたりの息子たちが立っていた。ふたりはジャネットのすぐ横を駆け抜けて（ふたりのうち大柄な十二歳前のヘクターという男の子は、それこそジャネットを突き倒しそうな勢いだった）、ギプスを着けた片腕を三角巾で吊っている父親めざして全速力で走っていった。ユネルはふたりを無事なほうの腕で精いっぱい抱きしめてから体を引き離すと、妻を手招きした。妻はユネルのもとへ走った。ジャネットもスカートを背後にひるがえして走った。そして両腕を広げてラルフに抱きつき、力のかぎりその体を抱きしめた。

サブロ夫妻とアンダースン夫妻は小さなプライベートジェット機用のターミナルに通じる入口の近くでハグをかわしあい、笑い声をあげていた。やがてふと周囲を見まわしたラルフは、ホリーがキングエア機の翼のそばにぽつんとひとりたたずんで一同を見ていることに気がついた。ホリーは新しいパンツスーツ姿だった――最寄りの〈ウォルマート〉が六十五キロも離れたオースティン郊外にしかなかったため、プレインヴィルの〈レディズ・アパレル〉で買うしかなかった品だった。

ラルフが手招きをすると、ホリーは少し恥ずかしそうに前へ進みでてきた。ホリーは一同から二、三メートル離れたところで足をとめたが、ジャネットはそんなことを気にもとめなかった。手を伸ばしてホリーの手を握って体を引き寄せ、ハグしたのだ。ラルフはそんなふたりをいっしょに抱きしめた。

「ありがとう」ジャネットはホリーの耳もとでささやいた。「あの人をわたしのもとへ連れ帰ってくれて、本当にありがとう」

ホリーはいった。「検屍審問がおわったらすぐ帰りたかったのですが、お医者さんたちからサブロ警部補――ユネル――の入院をもう一日延ばしてくれと要望されました。腕に血栓ができているので溶かしておきたいといわれて」それからホリーは抱擁から身をふりほどいた。顔は赤らんでいたが、表情はうれしそうだった。三メートル先ではガブリエラ・サブロが、いいかげんお父さん《パピ》から離れなさい、そうじゃないと腕の骨がまた折れてしまうから、と息子たちを叱っていた。

「デレクは今度のことをどのくらい知ってるんだ?」ラルフは妻にたずねた。

「父親がテキサスで銃撃戦に巻きこまれたことも、父親が無事だったことも知ってる。ふたりの男の人が死んだことも。あの子、予定よりも早めに家に帰ってもいいかといってきたわ」

「きみはどう答えた?」

「帰ってきていいと答えた。来週にはこっちに帰ってくる。それで、あなたに不都合はない?」

「ないよ」息子の顔をまた見られるのはうれしかった——水泳やボート漕ぎやアーチェリーで体にいくらか新しい筋肉のついた、日焼けした元気な息子だ。しかも地面の下ではなく、ちゃんと地面の上で会える。それがなによりも大事だった。

「今夜はみんなでうちにあつまって食事をとるの」ジャネットはホリーにいった。「あなたもまた、うちに来てちょうだい。異論は受けつけません。客間の用意はすっかりととのってるわ」

「ご親切にありがとうございます」ホリーはそういって微笑んだ。ついでラルフに顔をむけると、笑みがすっと薄れた。「ミスター・ゴールドとミスター・ペリーもいっしょだったら、もっと楽しい食事になったでしょうね。あのふたりが死ぬなんて、ひどいまちがいです。そんなのは、まるで——」

「わかるよ」ラルフはそういい、ホリーの肩に腕をまわした。「まるで……どんな気分かはおれにもわかってる」

2

ラルフはバーベキューグリルでステーキを焼いていた。公務休暇でラルフに時間ができたおかげで、グリルは汚れひとつないぴかぴかの状態になっていた。それ以外にもサラダがあり、軸つきのとうもろこしがあり、デザートにはパイ・アラモードが用意されていた。

「これぞアメリカンといった感じの食事だね、セニョール」自分のためにステーキを切りわけている妻を見ながら、ユネルがそういった。

「おいしいお食事でした」ホリーはいった。

ビル・サミュエルズがぽんぽんと腹を叩きながらいった。「夏が終わって〝労働者の日《レイバー・デイ》〟になれば次の料理も食べられそうだが……いや、それもわからん」

「なに馬鹿なことをいってるの」ジャネットはそういうとピクニックテーブルの横にあるクーラーボックスからビールを一本抜きだし、半分をサミュエルズのグラスに、残り半分を自分のグラスに注いだ。「あなたは痩せすぎよ。あなたにはお腹いっぱい食べさせてくれる奥さんが必要ね」

「検事を辞めて弁護士になり、個人事務所をひらけば、別れた妻がもどってきてくれるかもしれないな。この町では腕のいい弁護士が引く手あまたになりそうじゃないか。ハウイーがあんなことに――」そこで自分がなにをいいかけているかが唐突にわかったのだろう、サミュエルズは後頭部の癖毛を撫でつけた（といっても散髪に行ったばかりなので、癖毛はなくなっていた）。「いや、腕のいい弁護士はいつでも必要とされていると、そういいたかっただけだ」

一同はしばし黙りこんだ。それからラルフがビール瓶をかかげた。「ここにいない友人たちに乾杯」

一同は乾杯した。ホリーが、ほとんどききとれないくらいの静かな声でぽつりといった。

「人生って、どうしようもなくクソなやつになっちゃうことがあるし」

だれも笑わなかった。

息苦しいほどの七月の熱気も一段落し、虫たちの最悪の時季もおわっていたので、アンダースン家の裏庭は過ごしやすくなっていた。食事がおわると、ユネルのふたりの息子たちとマーシーのふたりの娘たちは、ガレージ側面の壁にとりつけてあるバスケットボールのゴールのところへ行き、シュートの成功数を競う〈HORSE《ホース》〉ゲームをはじめた。

「さて」マーシーがいった。子供たちはずいぶん遠くに行っていて、おまけにゲームに夢中だったが、それでもマーシーは声を落としていた。「検屍審問。例の話は通用した？」

「したよ」ラルフは答えた。「ジャック・ホスキンズがボルトン家に電話をかけてきて、おれたちをメアリーズヴィル洞窟へおびきだした。洞窟前でホスキンズは銃撃魔になり、ハウイーとアレックを射殺、ユネルに重傷を負わせた。おれは、ホスキンズが本当に狙っていたのはおれだと思うと証言した。長年のあいだに、おれたちのあいだの溝はどんどん深まった。そして酒を飲めば飲むほど、おれへの敵意がやつの心をむしばんだにちがいない。ホスキンズには現時点では正体不明の共犯者がいたのではないか、という推測も口にした。その共犯者がホスキンズに酒やドラッグを供給することで――監察医はホスキンズの体内からコカインの残留物を見つけていたからね――やつの疑心暗鬼を煽りつづけていたんじゃないか、とね。テキサス州ハイウェイパトロールの隊員たちが〈音の大広間〉を調べたが、共犯者は見つからなかった」

「見つかったのは若干の衣類だけです」ホリーはいった。

「で、あいつが死んだのはまちがいないのね」ジャネットはいった。「アウトサイダー。まちがいないんでしょう？」

「ああ」ラルフは答えた。「きみだってあの場を見ていれば、死んだのがわかったはずだ」

「あの場を見なくて正解でした」ホリーはジャネットにいった。

「すべておわったの？」ガブリエラ・サブロがたずねた。「わたしが知りたいのはそれだけ。本当にすべておわったのかどうか」

「おわってない」マーシーはいった。「わたしにとっても、娘たちにとっても、おわってなんかいない。テリーの汚名がそそがれるその日までは。でも、どうすればそんなことができるの？　テリーは法廷で主張を述べることもできないうちに殺されてしまったのに」

サミュエルズが口をひらいた。「それについては折衝中だ」

3

（八月一日）

フリントシティにもどってから迎える最初の日の朝、ラルフは空が白みはじめる時刻にまたしても両手を背中で組んで寝室の窓ぎわに立ち、きょうも裏庭のローンチェアに腰かけているホリー・ギブニーを二階から見おろしていた。ラルフはジャネットのようすを確かめてから――ぐっすりと眠って、静かな寝息をたてていた――一階へ降りていった。キッチンには、北へのフライトにそなえて数少ない荷物を詰めたホリーのバッグが置いてあったが、それを見ても驚きはなかった。自分自身のことをよく知っているホリーは、ひとつところに長居するタイプではないだろう。そもそもホリーは、大喜びでこのフリントシティからおさらばしていくはずだ。

この前、朝早くにホリーとふたりでこの裏庭に出ていたときは、コーヒーの香りでジャネットを起こしてしまった。だからきょうはオレンジジュースをもってきた。妻のジャネットを愛していたし、寄り添ってくれることが心からありがたかったが、いまばかりはホリーとふたりだけで話をしたかった。ふたりのあいだには絆ができた——たとえ二度と会わなくても、これからも生きつづける絆が。

「ありがとう」ホリーはいった。「朝いちばんのオレンジジュースにまさるものなしです」満ち足りた表情でグラスを見つめたのち、半分を飲み干した。「コーヒーはあとでもいいですし」

「何時の飛行機だ？」

「十一時十五分発。だから八時にはこちらを失礼しないと」ホリーはラルフの驚き顔を目にとめて、恥ずかしげに微笑んだ。「わかります——でもわたしは、早め早めに行動せずにいられない強迫観念のもちぬしなので。ゾロフトはいろいろな効き目のある抗鬱剤ですが、この面には効き目がありません」

「眠れたかい？」

「少しだけ。あなたは？」

「少しだけだ」

ふたりとも、しばらく無言だった。いちばん早起きの鳥が、やさしく甘い声で歌いはじめた。仲間の鳥が応じた。

「悪夢は？」ラルフはたずねた。

「見ました。あなたは？」

「見たよ。あの地虫のね」

「わたしもブレイディ・ハーツフィールドの事件のあと、何度も悪夢を見ました。二回ともです」ホリーは軽くラルフの手に触れると、すぐ指を引っこめた。「最初のうちはしょっちゅう夢を見ますが、月日がたてばだんだん見なくなります」

「じゃ、いずれはまったく夢を見なくなるのかな？」

「それはありません。見なくなりたいとも思いません。夢は目に見えない世界に触れるための手段ですから――少なくとも、わたしはそう信じています。そう、夢は特別なプレゼントだ、と」

「たとえ悪夢でも？」

「たとえ悪夢でも」

「これからも連絡をくれるかい？」

ホリーは驚いた顔になった。「もちろん。この先どういうことになるかを知りたくなるはずですし、わたしはとても好奇心が強いので。そのせいで、トラブルに巻きこまれることもありますが」

「でも、好奇心のおかげでトラブルから脱出できる場合もある」

ホリーはにっこりと笑い、「そう思っていたいものです」といってジュースを飲み干した。「この件であなたは、ミスター・サミュエルズのお力を借りられると思います。あの人を見ていると、ちょっと『クリスマス・キャロル』のスクルージを思い出しますね――

三人の幽霊と出会ったあとで心を改めたスクルージを。実をいえば、あなたを見ても少し連想します」

その言葉にラルフは笑った。「ビルなら、マーシーとふたりの娘さんのためにあらゆる手をつくすはずだよ。おれも手伝うさ。おれもビルもたっぷり罪ほろぼしをしなくちゃいけない身だからね」

ホリーはうなずいた。「自分にできることは、ぜったいにやらなくては。でも、その一方で……カスみたいなことは忘れましょう。過去をふり払わなければ、人は自分の過ちに生きながら食われてしまいます」そういってラルフに顔をむけ、ホリーにしては珍しくまっすぐ目を見つめてきた。「わたしはそれをこの身で知っている女です」

キッチンの明かりがともった。ジャネットが起きてきたのだ。もうじき三人でこのピクニックテーブルを囲み、コーヒーを飲むのだろう。しかしラルフには、ふたりきりでいるあいだに話しておくべきことが――それも重要なことが――あった。

「ありがとう、ホリー。こっちへ来てくれてありがとう。信じてくれてありがとう。おれを信じさせてくれてありがとう。きみがいなかったら、あいつはいまもまだあそこにいたはずだ」

ホリーは微笑んだ。輝くような笑みだった。「どういたしまして。でも、わたしは喜んで、借金の踏み倒し屋や保釈中の失踪者や迷子のペットをさがす仕事にもどります」

ジャネットが裏口をあけて声をかけてきた。「ねえ、コーヒーを飲みたい人はいる？」

「ふたりともだ！」ラルフが返事をした。「いますぐそっちへ行く！　わたしの席も用意しておいて！」

ホリーは、ラルフが身を乗りださずにはききとれないほど低い声でぼそりといった。

「あいつは悪でした。それも純粋な悪だったんです」

「まったくもって異論なしだ」ラルフはいった。

「でも、どうしても考えてしまうことがあります。あなたがヴァン車内で見つけた紙きれのことです。〈トミーとタペンス〉のメニューちらしの一部。あの紙きれがどうして最終的にあんなところに行きついたのか、その理由を解き明かそうとして、ふたりでいろいろな仮説を話しあったこと、覚えていますか？」

「もちろん」

「わたしにはどの仮説もありそうにないと思えてなりませんでした。そもそも、あんなところに紙きれがあるはずはなかった——それなのに存在していたんです。そしてあの紙きれが——オハイオ州での出来事につながる手がかりが——なかったら、あの怪物はまだあそこで生きていたかもしれません」

「つまり……なにがいいたい？」

「単純なことです」ホリーはいった。「この世界には善を目ざす力もまた存在している、ということ。ええ、それもわたしの信念です。この世のありとあらゆる恐ろしいことを考えても正気を失わずにいられるのは、ひとつにはその信念があるからだと思いますが……

ええと……それを支える証拠もあると思いませんか？　いえ、今回の件にかぎった話ではなく、いたるところに。この世界には、バランスを回復させようとする力が存在しています。この先また悪夢を見たら、あの小さな紙きれのことを思い出すといいですよ、ラルフ」

最初のうちラルフはなにも答えなかった。ホリーはラルフに、なにを考えているのかとたずねた。網戸が音をたてて閉まった──ジャネットがコーヒーを運んでいた。ふたりきりの時間はもうすぐおわりだった。

「大宇宙のことを考えていたよ。大宇宙には本当に果てがないんだね？　それに説明も存在しない」

「ええ、そのとおり」ホリーは答えた。「理由を解き明かそうとしても無意味です」

4

（八月十日）

フリント郡の地区首席検事をつとめるビル・サミュエルズは薄いファイルフォルダーを片手に、裁判所の会議室に置かれた発言台に歩み寄った。前にはマイクがずらりとならんでいた。テレビの撮影用ライトがともった。サミュエルズは後頭部に手をやり（癖毛は見あたらなかった）、あつまった記者たちが静かになるのを待った。ラルフは最前列にすわっていた。サミュエルズはラルフに小さくうなずきかけてから、おもむろに話しはじめた。

「おあつまりのみなさん、おはようございます。本日はフランク・ピータースン殺害事件に関連して簡潔な発表をおこなったのち、質疑応答にうつりたいと思います。

みなさんもすでにご存じのように、ここフリントシティでフランク・ピータースン少年が拉致され、そののち殺害されたのと同時刻、キャップシティで開催されていた会議に出席していたテレンス・メイトランドの姿をとらえた映像が存在しています。映像が本物であることに疑いの余地はありません。またこの会議にミスター・メイトランドとも出席し、のちに氏がキャップシティにいたことを裏づける証言をした同僚教師のみなさんのことも疑ってはおりません。われわれが捜査を進めたところ、会議が開催されたキャップシティのホテル内からミスター・メイトランドの指紋が発見され、さらに関係者の証言によって、ホテル内に指紋が付着した時刻が、ミスター・メイトランドが容疑者視されていたピータースン少年殺害事件の犯行時刻ときわめて近接していたことも明らかになったのです」

記者たちのあいだからざわめきがあがった。ひとりの記者が質問の声をあげた。「だったら、殺害現場からメイトランドの指紋が発見されたことについてはどのように説明するんですか？」

サミュエルズは記者に、とっておきの検事ならではの渋面をむけた。「恐縮ながら、質問はいましばらくお待ちいただきたい――まさにいまから、その点を話そうと思っていたところです。さらなる法科学的検査を実施した結果、少年の拉致にもちいられたヴァンの車内やフィギス公園で採取された指紋は、いずれも不正工作で付着させられたものだと判明しました。きわめて稀《まれ》なことですが、まったく不可能でもありません。インターネットには、偽の指紋を付着させるさまざまな方法を指南する記事があり、犯罪者にとっても、また法執行機関の関係者にとっても、貴重な情報源になっています。

しかしまたこの事実は、本件殺人犯が変質者であり、きわめて危険な人物であることのみならず、狡猾きわまる人物であることを示唆してもいます。真犯人がテリー・メイトランドへの怨恨をいだいていたかどうかについては、その答えが示唆されるとも示唆されていないともいいきれません。この面においては、今後とも捜査を継続していく所存です」

サミュエルズはあつまった面々を深刻な面もちで見わたしながら、フリント郡で再選をめざして出馬する必要がもうなくなったことで心底から安堵していた。この会見のあとなら、通信教育でお手軽に取得できる法律の学位しかないいいかさま弁護士でも、選挙でなんなくサミュエルズをくだせるだろう。

「ただいまみなさんにお話しした事実がありながら、その一方でわたしたちがなぜミスター・メイトランドを容疑者とする捜査を進めたのか――その点を質問するのは、みなさんの当然の権利です。捜査を進めた理由はふたつあります。もっとも当然の理由はといえば、ミスター・メイトランドを逮捕した当日も、そして氏が罪状認否の場に出席するはずだった日においても、いまお話ししたような事実をわたしたちがひとつも知らなかったことにあります」

《ほう……とはいえ、その時点でおれたちはほとんどの事実を知っていたんじゃなかったか？》手もちのなかでは最上のスーツ姿で会場にすわり、法執行機関職員ならではの最上のポーカーフェイスで記者会見を見まもりつつ、ラルフはそう思った。

「捜査を進めたもうひとつの理由が——」サミュエルズはつづけた。「——現場から採取されたＤＮＡの存在です。世間では一般的に、ＤＮＡが一致するという鑑定結果にはまちがいが生じえないと考えられています。しかし、いみじくも非営利ＮＧＯ〈責任ある遺伝学評議会〉がその学術論文『法科学分野のＤＮＡ鑑定における誤謬《ごびゅう》の可能性』において指摘しているとおり、結果が絶対だというのは誤解にほかなりません。たとえば、採取された検体に複数人のＤＮＡが混在していれば、一致するという鑑定結果は信頼のおけないものになります。そしてフィギス公園の現場から採取された検体は、まさにそのような検体——犯人と被害者の双方のＤＮＡが混在した検体だったのです」

サミュエルズは記者たちがメモを書きおわるのを待ってから、話をつづけた。

「くわえて検体には、もうひとつの別件の鑑定作業のあいだに紫外線《UV》ライトが照射されていました。そのため検体はあいにく劣化し、わたしの所属する組織の基準では法廷で証拠として採用されるに足るものではなくなってしまったのです。もっと単純な言葉で申し上げれば、検体は無価値なものになったのです」

サミュエルズはいったん言葉を切り、ファイルの用紙を一枚めくった。といっても、これは演技にすぎなかった。ファイルに綴じこまれていたのは、すべてが白紙だったからだ。

「テレンス・メイトランドが殺害された事件ののちにテキサス州メアリーズヴィルで起こった事件についても、ここで簡単に触れておこうと思います。わたしたちは、フリントシティ警察署のジョン・ホスキンズ刑事とフランク・ピータースンを殺した犯人とのあいだに、歪んだ共犯関係のようなものがあったのではないかと考えています。ホスキンズはこの人物が身を隠すのを助け、ふたりで類似の恐るべき犯罪を実行するための計画を立てていたのではないか――それがわたしたちの見解です。さいわいなことに、ラルフ・アンダースン刑事とその同行者たちの英雄的な努力のおかげもあり、彼らがたくらんでいた犯行は未遂におわりました」ここでサミュエルズは顔をあげ、深刻な面もちで一同を見わたした。「ハワード・ゴールド弁護士と調査員のアレック・ペリーの両名は、テキサス州メアリーズヴィルで亡くなりました。ここに哀悼の意を表します。この件でわたしたちやご遺族にとっての心の慰めがあるとするなら、ただひとつ――いまこの瞬間もどこかの街に、フランク・ピータースンがたどった運命をたどらずにすんだお子さんがいるはずだ、という事実につきることでしょう」

《巧いぞ》ラルフは思った。《お涙頂戴に堕すことなく、必要最小限の悲しい雰囲気を演出するとはね》

「記者のみなさんのなかには、メアリーズヴィルでの出来事について質問したいと思っている方が大勢おられるでしょう。しかし、わたしにはそうした質問に答える権限がありません。テキサス州ハイウェイパトロールとフリントシティ市警察の合同捜査が進められているからです。州警察のユネル・サブロ警部補が両組織をつなぐ主任連絡担当官として尽力していますので、いずれしかるべき時期に警部補からみなさんに情報を提供することになろうかと思われます」

《この会見を見事にこなしてるな》ラルフは心底からサミュエルズに感歎しつつそう思った。《要点を残らず押さえてる》

サミュエルズはファイルを閉じていったん顔を伏せ、また顔をあげた。「ここでみなさんに申しあげますが、わたしには再選を目ざして出馬する意図はありません——ですからこの場は、みなさんに心底から正直になれる珍しい機会でもあります」

《ますます上出来になるとはね》ラルフは思った。

「証拠を検討するための時間にもっと余裕さえあったなら、当検事局はまずまちがいなくミスター・メイトランドの訴追をとりやめていたはずです。また、仮にわたしたちが手続を進めて公判審理がひらかれても、無罪評決がくだされたはずだとも確信しています。それに、いわずもがなのことですが、ミスター・メイトランドは他界したその時点では——法学の基本にならえば——まちがいなく無実でした。しかしながら疑惑という雲はミスター・メイトランドを覆ったまま残り、さらにはご遺族までをも覆っています。わたしはいまここで、その雲を吹き払いたいと考えています。テリー・メイトランドはフランク・ピーターースン殺害事件とはいっさい関係なかった、というのが当検事局の総意であり、わたしの個人的見解でもあります。それを受けて、わたしはここに再捜査が開始されたことを発表します。現時点では、捜査はテキサス州に集中しておりますが、フリントシティとフリント郡、およびカニング町においても捜査は継続中です。さて、これからはみなさんの質問にお答えしようと思います」

記者からの質問は多かった。

5

その日遅くなってから、ラルフはサミュエルズをオフィスに訪ねた。まもなく地区首席検事の地位をしりぞくサミュエルズは、デスクに〈ブッシュミルズ〉の瓶を置いていた。サミュエルズはふたりのグラスにウィスキーを注ぐと、自分のグラスをかかげた。

「騒ぎがおわったそのときに、戦《いくさ》に負けて勝ったとき……か」と、『マクベス』の魔女の科白を引用する。「まあ、法律の世界の戦いに負けたのはもっぱらわたしだが……かまうものか。さあ、今度の騒ぎに乾杯といこう」

ふたりは乾杯した。

「質問をずいぶん上手にさばいてたな」ラルフはいった。「それに先立って、おまえがあれだけの嘘八百をばらまいたことを思えばなおさらだ」

サミュエルズは肩をすくめた。「手だれの法律家たる者、商売道具として嘘八百をふところにたくわえているものさ。この街ではテリーの嫌疑がまだ完全に晴れてはいないし、将来もそんな日は来ないだろう。マーシーもその点は理解している。それでも、人々は考えをひるがえしている。たとえばマーシーの友人のジェイミー・マッティングリーだ。マーシーから電話で教えてもらったんだが、ジェイミーが自宅を訪ねてきて謝罪したそうだ。ふたりでたっぷりと涙を流したらしい。そんなふうに心変わりさせたのはキャップシティにいるテリーをおさめたビデオテープだが、くわえてわたしが話した指紋とDNAの話もこれから力をもってくるだろうね。マーシーはこの街で頑張りとおす気だよ。あの人ならやりとおすだろうね」

「そのDNAの件だ」ラルフはいった。「あの検体を鑑定したのはエド・ボーガンだ——フリントシティ総合病院の病理診断・血清検査課の責任者のね。自分の名声がかかっているとなれば、それこそ頭がふっ飛ぶほどの金切り声で抗議するはずじゃないか」

サミュエルズは微笑んだ。「抗議するはず……かな？　とはいえ、真実の味はもっと苦くてね。これもまた、いきなり途切れた足跡のようなものだといってもいいかもしれない。紫外線《UV》ライトの照射はなかったが、検体に正体不明の白い斑点がぽつぽつ浮きだして完全に劣化してしまったんだよ。ボーガンがオハイオの州警察の鑑識に連絡をとったんだが、どんな話が出てきたと思う？　ヒース・ホームズの検体にもおなじものが出たそうだ。一連の写真を見たところ、検体が根底から分解しかけていることが見てとれた。被告弁護人なら、あれでとびっきり楽しめるんじゃないかな？」

「目撃証人たちは？」

ビル・サミュエルズは声をあげて笑い、自分のグラスにまたウィスキーを注ぎ、瓶をラルフにむけて差しだした。ラルフは頭を左右にふった――家まで車で帰るからだ。

「証人たちがいちばん簡単だった。全員、自分たちはまちがっていたと認めたよ――例外はふたりだけだ。アーリーン・スタンホープとジューン・モリス。このふたりだけは、最初の証言をひるがえそうとしなかった」

その話もラルフには意外ではなかった。スタンホープは高級食料品店〈ジェラルズ〉の駐車場でアウトサイダーがフランク・ピータースンに声をかけ、車に乗せて走り去るところを目撃していた高齢女性だ。ジューン・モリスは、フィギス公園でシャツを血まみれにしたアウトサイダーを目撃した少女。高齢者と幼児は、だれよりも物事をはっきりと目にしているものだ。

「そうか。じゃ、これからどうする？」

「それぞれの酒を飲み干して別々の道を行くさ」サミュエルズは答えた。「ただ、その前にひとつ質問したい」

「なんなりと」

「アウトサイダーはあいつだけなのか？　それとも、ほかにもいるのか？」

ラルフは頭のなかで、洞窟における最後の対決を再生していた――《どこかほかの土地で、おれの同類を目にした経験があるとでもいったか？》という質問を口にしながら、アウトサイダーがのぞかせていた熱望の目つきを。

「ほかにはいないと思う」ラルフはいった。「でも、確実に知る日なんか永遠に来ない。広い世界にはなにがあってもおかしくない。いまのおれにはそうわかってる」

「勘弁してくれ――そんなことは知りたくなかった！」

ラルフは答えなかった。頭のなかでホリーの声がきこえた。《大宇宙には果てがありません》

6

（九月二十一日）

ラルフはコーヒーを手にしたまま、ひげを剃るためにバスルームへ足を踏み入れた。命じられて仕事から離れていた期間はひげ剃りという日々の雑用をサボっていたが、二週間前に復職を命じられたのだ。ジャネットは一階で朝食をつくっていた。ベーコンの香りがして、朝のニュース番組〈トゥデイ〉のはじまりを知らせるトランペットのメロディが鳴りわたっていた。番組は一日分の暗いニュースで幕をあけ、今週の有名人《セレブ》たちが登場したのち、処方薬のコマーシャルがどっさりと流される。

小さなテーブルにコーヒーカップを置くなり、ラルフは凍りついた——親指の下から赤い地虫が身をくねらせながら這いだしてくるのが見えたからだ。鏡に目をむけると、自分の顔がクロード・ボルトンの顔に変わりつつあることがわかった。ラルフは悲鳴をあげようとして口をあけた。蛆虫と赤い地虫が唇の内側から洪水のようにあふれだして、シャツの前に流れ落ちていった。

7

ラルフはベッドでがばっと上体を起こした——胸ばかりか、のどの奥や両のこめかみでも心臓が激しい搏動を刻み、両手は強く口を押さえつけていた。悲鳴を押しとどめているかのように……いや、押さえつけているのは、悲鳴よりもなお忌まわしいものかもしれない。ジャネットが隣で眠っていたので、悲鳴をあげるわけにはいかなかった——そういうことだ。

《あの日、おれの体には一匹の地虫もはいっちゃいなかった。一匹だって、おれの体に触

れちゃいなかった。わかってるだろうが》

ああ、わかっていた。なんといっても自分はあの場にいたのだし、そのあと現場に復帰する前には完璧な（そして遅きに失した）身体検査を受けた。わずかながら太りすぎなのとコレステロール値が高めなこと以外は申しぶんのない健康体だ——ドクター・エルウェイはそう太鼓判を捺《お》した。

時計に目をむける。午前四時十五分前だった。ラルフは仰向けに横たわり、天井を見あげた。夜明けの光が射しそめるまでには長い時間があった。考えをめぐらせるための長い時間が。

8

ラルフとジャネットは早起きだった。デレクは朝七時に起こすまで寝ているはずだ——スクールバスに乗りおくれず、できるだけ長く寝かせてやれる時刻が七時だった。ラルフはパジャマ姿でキッチンテーブル前の椅子にすわり、一方ジャネットはBUNN《バン》のコーヒーメーカーのスイッチを入れ、降りてきたデレクが好きなものを選べるように各種のシリアルの箱をならべていた。ジャネットは、ゆうべはよく眠れたかとラルフに質問した。ラルフは、よく眠れたと答えた。ジャネットは、ジャック・ホスキンズの穴を埋めるための人材選考は進んでいるのかとたずねた。ラルフは、選考はもうおわったと答えた。ラルフとベッツィ・リギンズの推薦により、ゲラー署長はトロイ・ラメイジ巡査を昇進させ、フリントシティの三名からなる刑事課の一員にするという決定をくだしていた。

「トロイはシャンデリアでいちばん明るい電球じゃないが、骨を惜しまず働くし、チームプレイヤーでもある。だから、いい仕事をしてくれるはずだ」

「よかった。それをきいて安心したわ」ジャネットは自分のマグカップにコーヒーを満たすと、片手をラルフの頬に滑らせた。「顔じゅうざらざらよ、色男さん。ひげを剃ってこなくちゃね」

ラルフは自分のコーヒーのカップを手にとると、二階にあがって寝室のドアを閉め、携帯を充電器からとりはずした。目あての番号は連絡先に含まれている。まだかなり朝早い時間だったが――〈トゥデイ〉のトランペットが鳴りわたるまでには、まだ少なくとも三十分ある――話したい女性がもう起きていることは知っていた。これまでにも、女性の側の携帯が最初の呼出音を最後まで鳴らさなかった日は多かった。そしてきょうもまた、そういった一日だった。

「ハロー、ラルフ」

「ハロー、ホリー」

「よく眠れましたか？」

「あんまり。地虫の出てくる悪夢を見た。きみはどうだ？」

「ゆうべはよく寝られました。コンピューターで映画を見たあと、ばったり眠りこんだんです。見たのは〈恋人たちの予感〉。あの映画を見ると、いつも笑ってしまいます」

「よかったな。それは本当によかった。いまはどんな仕事を手がけてる？」

「だいたい、昔ながらの変わらない、馴染みの仕事です」ホリーの声が明るくなった。

「でも、フロリダのタンパからの家出人をユースホステルで見つけました。お母さんは半年も娘さんをさがしてたんです。見つかった娘さんに話をして、タンパの家へ帰ってもらいました。お母さんのボーイフレンドのことは大きらいだけど、もう一度だけ努力してみる、といってました」

「きみのことだから、その娘にバス代をわたしたんだろうな」

「ええと……」

「いまごろその娘がどこか田舎町の無料宿泊所あたりに行き着き、もらったバス代で買ったドラッグを吸ってるかもしれないぞ──わかってるんだろう？」

「みんながみんな、そうするわけではありませんよ、ラルフ。あなたに必要なのは──」

「わかってる。必要なのは信じることだ」

「ええ」

　この世界におけるラルフの場所とホリーの場所をつなぐ回線が、ひととき静まった。

「ラルフ……」

　ラルフは待った。

「あいつの体から出てきたあの……あのしろものは……一匹もわたしたちには触れなかった。あなたなら知ってますよね？」

「ああ、知ってる」ラルフはいった。「それで思ったんだが、おれが見る夢はおおむね子供のころに切ったマスクメロンと、メロンの内側にはいりこんでいたものにまつわるもののような気がする。その話はしたことがあったな？」

「ええ」

ホリーの返事の声に微笑みが感じられたので、ラルフも——ホリーがおなじ部屋にいるかのように——微笑みを返した。「ああ、話したに決まってる。それも一度や二度じゃないはずだ。ときどき自分がボケているような気がするよ」

「そんなことありません。この次ふたりで話すときには、わたしが電話をかけることになりそうです——ブレイディ・ハーツフィールドの顔をしたあいつがクロゼットにいる夢を見たあとに。そのとき、〝よく眠れた〟と口にするのはあなたでしょうね」

ラルフはそれが事実だと知っていた——そういったことが、これ以前にもあったからだ。

「あなたが感じていること……わたしが感じていること……そう感じるのは正常なのです。現実は薄い氷です。でも大半の人々はその上で一生スケートをしていても、命が絶えるそのときまで、氷が割れて下に落ちる目に一度もあわずにすんでいます。わたしたちは氷の裂け目に落ちてしまった——落ちたけれど、助けあって逃げだしました。そしていまもなお、助けあっているのです」

《いや、おれのほうが助けてもらってる》ラルフは思った。《ホリー、きみはきみなりに問題をかかえているのかもしれない。でもこの件にかぎれば、きみはおれなんかよりもずっと巧みなんだ》

「きみは本当に大丈夫なのか？」ラルフはホリーにたずねた。「その……本当に？」

「ええ。本当に大丈夫。あなたもいずれこうなります」

「メッセージをありがとう。足もとから氷の割れる音がきこえてきたら、いつでも電話をくれ」

「もちろんです」ホリーはいった。「あなたもおなじですよ、わたしたちは、そうやって前へ進むのです」

一階からジャネットが声をかけてきた。「朝食の用意ができたわ、ハニー」

「もう切らないと」ラルフはホリーにいった。「いてくれてありがとう」

「どういたしまして」ホリーはいった。「身のまわりに気をつけて。どうかご無事で。夢がおわるのを待つことです」

「ああ、そうする」

「では、さようなら、ラルフ」

「さよなら」

ラルフはいったん間をおいてから、「愛してるよ、ホリー」といい添えた。といっても、そう口にしたのは通話をおえたあとだった。いつもの習慣だった——もし本当に口にすれば、ホリーが当惑して、ろくに口もきけなくなるとわかっていたからだ。それからラルフはひげ剃りのため、バスルームへ足を踏み入れた。いままでは立派な中年だった——〈バーバゾル〉のシェービングクリームを塗った無精ひげには、ぽつぽつと白いものが混じっていた。しかし、とにもかくにも自分の顔にはちがいない。妻と息子が知っている顔、愛している顔だ。そしてこの顔が、これから先もずっと自分の顔でありつづける——いいことだった。

そう、これはいいことだった。

（了）

著者あとがき

感謝すべきは、わが有能な調査助手のラス・ドーア、および本書の物語における法律面で助力をたまわったウォレンとダニエルのシルヴァー親子チームだ。おふたりにはこの仕事をこなすための唯一無二の資格がある。ウォレンはそのキャリアの大半をメイン州の刑事弁護人として過ごし、一方ご子息のダニエルは——いまは個人で法律事務所をかまえてはいるが——ニューヨーク州検察官としての傑出した経歴をそなえていた。エル・クーコと女プロレスラー《ラス・ルチャンドラス》たちについての知識があったクリス・ロッツに感謝する。また〝エル・ククイ〟が出てくる絵本を突きとめてくれた娘のネイオミにも感謝を。スクリブナー社のナン・グレアムとスーザン・モルドウとロズ・リッペルに感謝する。ホダー＆スタウトン社のフィリパ・プライドにも感謝を。そして、わたしとともにツアーに出ているあいだに本長篇の最初の百ページほどを飛行機で読み、早く先を読ませてくれといってよこしたケイティことキャサリン・モナハンには特段の感謝を捧げたい。小説家として、これ以上励みになる言葉をきいたことはない。

また、いつものようにわが妻にも感謝を。愛しているよ、タビー。

最後に、本書の舞台設定についてひとこと。オクラホマはすばらしい州であり、その地ではすばらしい多くの人たちと顔をあわせた。そうしたすばらしい人たちのなかには、わたしが多くの面でまちがっているという人も出てくるだろうし、その言葉のとおり、わたしはまちがっているかもしれない——ある土地の風土を正しくとらえるためには、そこに何年も身を置く必要があるからだ。作者としてはベストをつくした。その範囲を超える部分については、どうか大目に見ていただきたい。いうまでもなく、フリントシティとキャップシティはいずれも空想の産物である。

スティーヴン・キング

解説

朝宮運河

今年（二〇二四年）に作家デビュー五十周年を迎えるスティーヴン・キング。第一長編『キャリー』（一九七四年）以来、〝ホラーの帝王〟として長年エンターテインメントの世界に君臨してきた彼の影響力は、ますます大きくなっているようだ。特に近年は代表作『ＩＴ』（一九八六年）をはじめ、『ペット・セマタリー』（一九八三年）、『ドクター・スリープ』（二〇一三年）など代表作の映像化（再映像化を含む）が相次ぎ、往年のモダンホラーブームを知らない若い世代にあらためてその存在感をアピールした。

この十年は『心霊電流』（二〇一四年）など超自然ホラーの力作を書き継ぐかたわら、ミステリにも意欲を強く示し、『ミスター・メルセデス』（二〇一四年）、『ファインダーズ・キーパーズ』（二〇一五年）、『任務の終わり』（二〇一六年）からなる「ビル・ホッジズ三部作」で高い評価を獲得。退職刑事が大量殺人鬼を追う『ミスター・メルセデス』は、アメリカ探偵作家クラブ賞（エドガー賞）の最優秀長編賞に選ばれている。

キング作品はもともとホラー・ＳＦ・ミステリ・ファンタジーなどの手法を融合させたジャンルミックス性に特徴があり、ミステリへの挑戦も『ドロレス・クレイボーン』（一九九二年）などで比較的早くから試みられてきたが、その手腕が玄人筋からもあらためて評価されたということだろう。

二〇一八年に原著が刊行された本書『アウトサイダー』は、恐怖の帝王の貫禄とミステリ作家としての技倆がともに堪能できる、キングの現在形が詰まった長編だ。「結局それってホラーなの？　ミステリなの？」と疑問に感じる方もいるだろうが、答えは後ほど述べることにして、あらすじを簡単に紹介しよう（先入観なく作品に接したい方は、ここで一旦解説ページを閉じていただきたい）。

物語の主な舞台はオクラホマ州フリントシティ。犯罪とはほぼ無縁のこの地方都市で、住人たちを震撼させる凶悪事件が発生した。町に住む少年フランク・ピータースンが何者かに殺害され、無惨な死体となって発見されたのだ。

事件の容疑者として浮上したのは、地元の高校で英語教師を務めるテリー・メイトランド。少年野球チームの指導に熱意を注ぎ、多くの人に慕われる人物だった。多くの目撃証言や指紋などの物的証拠から、テリーが犯人であることがほぼ確実となり、刑事ラルフ・アンダースン率いる捜査チームは、衆人環視のもとテリーに手錠をかける。

逮捕されたテリーは動揺の色を見せるが、取り調べでは一貫して犯行を否定。というのも彼には鉄壁のアリバイがあったからだ。事件が起こった日、テリーは高校の同僚たちと、遠く離れた町での会議に出席していた。その証言に嘘がないことが、当日の映像などから徐々に分かってくる。一方でDNA鑑定の結果は、テリーが事件現場にいたことを物語っていた。

この絶対的矛盾に、関係者それぞれの心は揺れる。同日同時刻に、一人の人間がまったく異なる場所に現れることなど可能だろうか。ラルフの妻ジャネットが言及したポーの怪奇小説「ウィリアム・ウィルソン」のように、テリーと同じ顔をもつ男がどこかに存在しているのか。

キングはこの不可解極まる事件を、強烈なサスペンスをもって描いている。サスペンスとはそもそも〝宙吊り〟の意だが、読者は文字通りふたつの矛盾する可能性の間で宙吊り状態にされ、もどかしい思いを味わうことになるのだ。物語の緊迫感を高めるのに大いに役立っているのが、キングが好んで用いる多視点描写である。

本書には序盤だけでもテリーをはじめ、夫の逮捕にショックを受けたテリーの妻マーシー、テリーを救おうと奔走する弁護士ハウイー・ゴールド、テリー犯行説を信じて疑わない検事ビル・サミュエルズ、そして逮捕劇の責任者でありながらテリーの人格を否定できないラルフなど、数多くの関係者が登場するが、ひとりひとりがキングの筆によって命を吹き込まれており、読者の眼前で事件の印象はめまぐるしく変化する。

そのことが事件の奇妙さをいっそう強調し、読者に分厚い本のページをめくらせていく。視点の切り替えによってここまで読者を翻弄するキングの語りはやはり圧倒的だ。そして訪れたテリーの罪状認否手続の日、フリントシティにまた新たな悲劇が降りかかる――。

本書の構成上のひとつの特徴は、探偵役にあたる人物がリレーのように移り変わっていくことだ。最初は弁護士ハウイーの依頼を受けた調査員アレック・ペリーがテリーの足跡を追い、その後ラルフが妻ジャネットとディスカッションしながら、事件の真相に迫ろうとする。それを引き継ぎ、調査を一気に進展させるのがホリー・ギブニー。「ビル・ホッジズ三部作」にも登場する探偵社〈ファインダーズ・キーパーズ〉の調査員だ。

つまり本書は「ビル・ホッジズ三部作」と同一の世界を扱っており、時系列的には第三作『任務の終わり』の後に位置している。とはいえ本書から読んでもまったく問題はない。ホリーがいかに有能で、しかも愛すべき女性であるかはすぐに伝わるだろうから。

テリーの父親が入所しているオハイオ州デイトンの施設を訪ねたホリーは、そこで重要な手がかりを得、とうとうおぞましい真相に到達する。どうやら一連の事件には、フリントシティの人々が知らないまったくの部外者＝アウトサイダーが関わっているらしいのだ。ではアウトサイダーとは何者なのか。本編を未読の方のために、ここではある種の超自然的な存在、とだけ書いておこう。そのようなものの存在にホリーが気づくことができたのは、彼女は過去にも超常的な事件に関わった経験があるからだ。

ここで「本書はホラーかミステリか」という先ほどの問いに立ち戻るなら、ある時点まではサスペンスと緊迫感に満ちたミステリ、そこから先は超自然的存在の脅威を扱ったホラーということになる。この中盤での不意打ちめいたギアチェンジが、本書の大きな読みどころだ。これに「ミステリじゃなかった」と腹を立てるか、「待ってました」と拍手するかで本書の感想は変わってくるだろう。

しかしこの展開がご都合主義に思えないのは(といっても少々唐突ではあるが)、前半の調査パートが実に丁寧に描かれているからだ。作中、読書好きのジャネットが引用するシャーロック・ホームズの名台詞「不可能なものをすべて除外したあと、そこに残ったものがどれほど突拍子がなくても、それこそが真実だ」を、キングは本書で実践してみせているのである。人の仕業でないなら、それは人ならざるものの仕業というわけだ。ちなみにこのミステリからホラーへという転換は、「ビル・ホッジズ三部作」を通して試みられたことでもある。もしかするとキングの脳裏には、「これと同じことを一作の中でもできないか」というアイデアが浮かんだのかもしれない。

後半はオクラホマからテキサスへと舞台を移し、ホリーとラルフを中心にした調査チームと、人知を超えたアウトサイダーとの死闘が描かれる。こうなるとホラーの帝王の独壇場だ。結末に向かってフルスピードで突き進んでいく波瀾万丈の物語に、読者は身を委ねればいい。齢七十を超えてもまったく衰えることのない筆力で、ホラーエンターテインメントの醍醐味をたっぷり教えてくれる。

なおキングファンならご存じのとおり、共通の秘密を抱えた者たちが一致団結し、強大な敵に立ち向かうというクライマックスは、『IT』などにも見られるキング作品お得意の展開だ。殺人事件をきっかけに出会った〝旅の仲間〟が、悪夢の連鎖を止めるために奮闘する姿は、定番といえば定番なのだが、やはり胸を打つものがある。とりわけ事件を通して信頼関係を深めていくホリーとラルフの姿は、多くの人にとって忘れがたいものとなることだろう。

同じ顔、同じ名前をもつ人間が異なる場所に現れる本書の主要テーマは〝分身〟である。それはドッペルゲンガーを扱ったポーの「ウィリアム・ウィルソン」が再三言及されることからも明らかだ。これ以外にも分身の恐怖を扱った作品には、E・T・A・ホフマン『悪魔の霊薬』（一八一五～一八一六年）、ジェイムズ・ホッグ『悪の誘惑』（一八二四年）、オスカー・ワイルド『ドリアン・グレイの肖像』（一八九一年）など数多くの例があり、ホラーの歴史においてひとつの流れを形成している。キング自身も過去に『ダーク・ハーフ』（一九八九年）でこのテーマに挑んでいた。

分身譚が私たちを不安にさせるのは、〝自分は自分である〟というこの世界を生きていくうえでの大前提を、呆気なく崩壊させてしまうからだ。しかも物語の中に現れる分身は、普段目を背けている自らの影の部分であることが多い。ロバート・ルイス・スティーヴンスンの『ジキル博士とハイド氏』（一八八六年）の結末に象徴されるように、主人公と邪悪な分身は二人で一人というべき存在なのだ。

本書の冒頭でテリーは自らの犯罪を強く否定する。身に覚えがないのだから当然だ。しかし車に残った指紋などの動かぬ証拠を突きつけられた彼の胸には、（ひょっとして自分がやったのでは……）という疑念が一瞬過ぎらなかっただろうか。はっきりとは書かれていないが、キングの筆はその微妙な怯えを確かにとらえている。自分が自分でなくなる恐怖を描いた本書の前半は、後半とまた違った意味で怖ろしい。

それと関連して注目しておきたいのが、『アウトサイダー』という表題である。本書におけるアウトサイダーは部外者、秩序の外側にいる者を意味しており、そのニュアンスを補強するため、キングは巻頭に「盲人の国」の一節を掲げている。イギリスの作家・評論家コリン・ウィルソンの評論集『アウトサイダー』（一九五六年）に含まれる文章だ。同書においてウィルソンはニーチェやゴッホ、ニジンスキーなどを例にあげ、社会秩序の外側で生きたアウトサイダーたちの栄光と孤独を描いた。

この往年のベストセラーを引用しながら、キングの脳裏にはもう一冊の『アウトサイダー』の存在も浮かんでいたのではないだろうか。そう、アメリカンホラーの巨匠、H・P・ラヴクラフトの作品集『アウトサイダー、その他』（一九三九年）である。その表題作である「アウトサイダー」（一九二六年）では、長年暮らしてきた廃墟の城を抜け出した語り手が、人間の住む世界に足を踏み入れ、そこでおぞましい怪物を目にする。それこそは鏡に映った彼自身の姿に他ならなかった。一種の分身譚でもあるこの怪奇小説の古典を、ラヴクラフトからの影響を公言するキングが、まったく意識しなかったとは考えにくい。

本書をラヴクラフトへのオマージュと呼ぶのはさすがに言い過ぎだが、キングは『アウトサイダー』というタイトルを通して、この長編が分身テーマの怪奇譚であることを、ホラーファンに向けてさりげなく宣言しているのだ。そして往々にして実存的・心理的恐怖に終始しがちな分身テーマを、大興奮の娯楽ホラーに仕立て直したところにこそ、キングという作家の資質がよく表れている。

冒頭でも述べたとおり近年はキング作品の映像化が相次いでおり、本書も二〇二〇年にHBO製作で連続ドラマ化されている。ラルフを演じるのはベン・メンデルソーン、ホリー役にはシンシア・エリヴォ。各種配信サービスで観ることができるので、興味がある方はチェックしてみてほしい。

デビュー以来、精力的に執筆を続けてきたキングは作品数が多く、どこから手を付けていいか分からないという方もいるだろうが、個人的にはどこから読んでも構わないと思う。確かに『シャイニング』（一九七七年）や『IT』はホラー史に燦然と輝く傑作だが、近年のキングも文句なしに面白いのだ。人物描写は円熟味を増す一方で、エンターテインメント性は相変わらず高く、現代アメリカ社会への切り込み方にも信が置ける。

本書でキングとの幸運な出会いを果たした方は、ぜひ他の作品にも手を伸ばし、歩みを止めない帝王の凄みに触れていただきたい。キング世界の全貌を把握するには、文藝春秋電子書籍編集部が無料配信している冊子『デビュー50周年記念！　スティーヴン・キングを50倍愉しむ本』が、大いに役立つことも言い添えておこう。

（怪奇幻想ライター・書評家）

単行本　二〇二一年三月　文藝春秋刊

文春文庫

アウトサイダー　下

定価はカバーに
表示してあります

2024年1月10日　第1刷
著　者　スティーヴン・キング
訳　者　白《しら》石《いし》朗《ろう》
発行者　大沼貴之
発行所　株式会社　文藝春秋

東京都千代田区紀尾井町3-23　〒102-8008
TEL　03・3265・1211(代)
文藝春秋ホームページ　http://www.bunshun.co.jp

落丁、乱丁本は、お手数ですが小社製作部宛お送り下さい。送料小社負担でお取替致します。

印刷製本・TOPPAN
Printed in Japan
ISBN978-4-16-792165-1